光文社文庫

長編本格推理

りら荘事件

増補版

鮎川哲也

光　文　社

りら荘事件　増補版――目次

りら荘事件

霧雨の死

一

ライラック荘の名のおこりは、もとの所有者藤沢正太郎《ふじさわしょうたろう》氏がライラックの花を愛し、それを建物の周囲にギッシリ植えていたからだという。いまでも四、五月の候になれば、白色系のチールズにウィルモット、紅紫系のシリオンやペルシカ・アルバ、いわゆるライラック色と称される藤色系のタピーだとかオブラスだとかハーベメイヤーなどの品種が八重一重《やえひとえ》の房《ふさ》咲きとなって、馥郁《ふくいく》たる芳香があたりにみちるのである。

一般人で藤沢正太郎氏の名を知るものはほとんどあるまいと思うけれど、藤沢証券のワンマン社長としてかつては飛ぶ鳥をもおとす勢いをもち、正妻と十二人の妾の間を疲れも知らぬげに游ぎまわった氏の私生活は、いまでも兜町《かぶとちょう》一帯の伝説となっている。藤沢氏としてみれば、そのようなことで人々に記憶されるのは不本意に相違ないであろうが、わかい証券会社の社員たちが氏を讃仰《さんぎよう》し、婦人社員が彼を否定しようとするのも一にここにかかっているのだから、なんとも致し方のない話である。

　藤沢氏は、株屋の小僧からたたき上げた人だけに非常な辣腕《らつわん》家であり、自信家であったが、そうした人間にありがちなように、猪突猛進的《ちよとつもうしんてき》なきらいがなかったとはいい切れなかった。氏が一代にして隆盛をきずいたのもそうしたやり方のためだといえるし、また数年前の恐慌にぶち当って持ち株の大暴落をきたし、ライラック荘で自殺をとげたのもそのせいであった。氏に石橋をたたいて渡る慎重さがあったら、拳銃のタマをおのれの頭にぶちこむというような悲惨な死に方をする必要はなかったはずである。

　藤沢氏は、お面や民芸品の蒐集家《しゆうしゆうか》としても仲間の間では名の通った人で、ライラック荘の書斎は、棚も床も壁も、各地各国の面でうずまっていた。その廻転椅子の上で氏の死体が発見されたとき、かけつけた家人も呼ばれた医師も、無数の面のかもしだす異様なアトモスフェアに脅《おび》えて、冷静な処置ができなかったということだ。この部屋のことは後章でふたたびふれることがあると思うからこれ以上タッチせずにおくが、相場師の一夜乞食という言葉があるように、未亡人は、昨日にかわる落魄《らくはく》した生活を送らなければならなかった。ライラック荘が藤沢家の手をはなれたのはそうした理由によるのであり、それを日本芸術大学が買いとった上で、レクリエーションの寮として学生に開放したのである。

　ライラックは、別名を刺羅《りら》という。学生たちがこの寮を「りら荘」と呼ぶようになったのは変死者がでた「ライラック荘」の名をいみ嫌ったというよりも、りら荘という短い名前が、若者の近代感覚に合ったせいであろう。これらの芸術家の卵たちは、御幣《ごへい》をかついだり縁起にこだわったりするにはあまりに呑気であり、明朗であり、楽天家ぞろいであった。

りら荘は荒川の上流の、埼玉県と長野県の境にちかいところにある。江東区と江戸川区の境を流れて東京湾にそそぐあたりの荒川下流は汚くにごって、義理にも美しい水だとはいえないけれど、りら荘の近くを流れる荒川は、清冽《せいれつ》という文字がぴったりあてはまる、蒼くすんだ川なのだ。そのりら荘にいくには、池袋から東上線の電車にのるのと、八王子から八高線にのるのと、又は上野から熊谷《くまがや》にでるのと、つごう三つのコースがあるわけだが、いずれにしても寄居《よりい》から先は、秩父《ちちぶ》鉄道の厄介《やっかい》にならなくてはならない。熊谷をでた列車は荒川にそってさかのぼり、寄居をすぎ、紀州の瀞八丁《どろはっちょう》をまねて命名した秩父長瀞《ながとろ》をすぎてなおも走ると、やがて影森《かげもり》というしずかな小駅につく。熊谷を発車して一時間半の行程である。ここで下車してさらに三峰口《みつみねぐち》の方向に二十分ちかく歩いた頃、ようやくりら荘に到着するのだった。清流に坐し、いながらにして河鹿《かじか》をきくには多少の不便さは我慢しなくてはなるまいが、それにしても上野から三時間という距離は少々遠すぎて、そのため、せっかく設けた寮でありながら、これを利用する学生は夏休みの間ですら数が少なかった。自殺した藤沢氏が夏期の週末をかかさずここで過ごしたというのは、その勤勉さをほめてやってもいいほどであった。

いわゆるマンサード・ルーフという屋根の型は、フランス人のMansard氏の考案になるそうだから、正しくはマンサールと呼ぶのかもしれないが、りら荘はこの形式を採用して屋根を銅でふき、その銅が一面に緑青《ろくしよう》を生じて、見るものに一層どっしりした印象をあたえていた。また、北側に生えた灰色の四角い煙突が、緑の急勾配の屋根に見事なアクセントとなっていることも、見逃せない事実であった。

駅から一本道路をてくてく歩いてくると、やがて左側に白いペンキぬりの立札がでていて、「りら荘」と書かれてある。脚のみじかい丈《たけ》のひくい立札だから、うっかりすると見逃してしまう。事実、お喋りに夢中の女子学生などは往々通りこして、一里も向うにいってようやく気がつき、べそをかいて引き返してくることもあるのだが、さすがに男の中にはそのようなものはいない。札のところから左に入って一間はばの道を百メートルばかりいくと、石積柱にとりつけられた鉄柵の扉につきあたる。門がとじてあるときは柱の「りら荘」としるされた大きな名札の下のボタンをおせば、中から留守番の園山万平《そのやままんぺい》があたふたとでて来るはずだ。万平老が不在のときとか、或いは持病のリューマチスが悪化して歩けないときには、妻君のお花《はな》さんがエプロンでぬれた手をふきふき小走りにやって来る。似た者夫婦とよくいうけれども、万平老とお花さんはなにもかも正反対である。亭主のほうは六尺ちかい大男のくせに体重は十三貫しかなく、妻君のほうは五尺そこそこのくせに、二十貫あまりもある。性格にしても、夫は小心であるが女房は無類にのんびりしている。似ているところは夫婦そろって人が好くて親切な点と、それから大学生が門のそばで経験する夫婦独特のおじぎである。まるで糸がきれたあやつり人形のようにヘナヘナぺこりとやる恰好《かっこう》がなんともユーモラスなものだから、一時ふざけた学生たちの間でもこのヘナヘナぺこりがはやったために、特に学長が発言を求め、一同に対して学生としての矜持《きょうじ》の再認識を要請したことさえあった。りら荘に遊んだ大学生の間では、万平老人とお花さんはそのように人気があったのである。

二

暑中休暇もおわりにちかづいた八月二十日の夕暮れのこと、このりら荘に七名の学生がやって来た。彼らの学校は戦前までそれぞれ美術学校と音楽学校として独立していたのだが、戦後の学制改革で統合されたのである。だから一校にまとまってからの日もまだ浅く、したがって昔の校風とか伝統とかいうものが、それぞれの学生の内側にしみこんでいた。いま、りら荘に到着した一群の若者をみても、どことなく不精《ぶしょう》くさいのは美術学部の学生であり、垢《あか》ぬけた服装をしているのが音楽学部の学生たちであることは、すぐに判断がつくのだった。

「いやねえ、成金趣味というのは。あのポーチの恰好みてごらんなさいよ」

鉄の扉の前に立って、寮の様子をすかし眺めながら同意を求めるようにつぶやいたのは、ショートカットの髪をして、ふちのふとい男物の眼鏡をかけた日高鉄子《ひだかてつこ》である。画板《キャンバス》をこわきにかかえ、絵具で極彩色のしみをつけたスカートをはいて、マドロスパイプをスパスパとやっている。ブラック女史というニックネームのあるのは色が黒いからではなく、ブラックに心酔し、ブラックばりの絵をかくからであった。顔の色はむしろ白いほうである。

「ふん、俗臭ふんぷんさ。こいつらと変りない」

行武栄一《ゆきたけえいいち》が長髪をゆさぶりながら顎でさしたのは、音楽学部の連中のことだった。彼自身、音楽学部の学生でありながら自分の仲間をけなすのは訝《おか》しいようだが、以前は美術学部の洋画科にいて、その独特なタッチと豊富な色彩感覚で将来を期待されていたくらいだから、音楽学部に転科したいまでも、やはり美術の人間のほうがウマが合うのである。

学生の間には対抗意識というものが底流している。なにしろ、美校の先輩には沖倉天心《おきくらてんしん》をはじめ、世界的に知られた人士がいくらもいるのに比べて、音楽学校出身者で海外の楽壇に名をはせた人物といえば、『マダム・バタフライ』の、三村《みむら》たま子女史ひとりきりである。美術学部学生の優越感の根拠は、そこにあるのだった。音楽学部の学生はどちらかというと金持の息子や娘も多くて、とくに女子学生の中には高級車で通学し、音楽をお嬢さん芸として学ぶものもいる。それに対して美術学部の学生たちは苦学力行型のものが少なくない。ことに行武は、画学生のころの話だけれども、木炭画のデッサンを消すために使った食パンのくずを集めて、これにマーガリンをぬって夕めしのかわりにしたこともあるくらいで、彼がいまもって音楽学部の学生になじめぬのは、胸底にそのような感情がからまっているからなのだ。しかし、行武がその才能をすててなぜ声楽科に転籍したかということは、単に心境の変化というのみで、多くを語りたがらないのであった。

この二人の学生にくらべると、音楽学部の学生は屈託がないせいか、ミソサザイのように声高に陽気なおしゃべりをつづけていた。中でも、人一倍饒舌《じょうぜつ》なのは尼《あま》リリスである。声楽科でソプラノを学んでいる彼女は、イタリヤ人の教師からビフテキを喰いなさいとすすめられてそれを実行したため、見る見るふとってきて最近は十七貫五百になった。身長が五尺四寸もあるからおかしい程には目立たないが、そのむかし鼻炎を患《わずら》ったため声が鼻にかかって甘ったるく、いかにも、金持のわがまま娘らしい調子に聞こえる。ことわるまでもないことだけれど、リリスというのは勿論本名ではない。本来の名前は南《みなみ》カメといい、その名にいささか間のぬけたひびきのあるのを嫌って、尼リリスを名乗っているのだ。将来ステージに立つときの芸名を、いまから用意しているわけである。

「あらちょいと、あのバルコニー、蔦《つた》がからまって素敵じゃないの。あそこで『ルチア狂乱』をやってみたいわ。牧《まき》さん、あなたが相手役よ」

婚約者の牧数人《かずんど》はまんざらでもない面持ちだが、行武は呆れ返った表情で横をむき、フッと笑いをもらした。冗談じゃない、こんな肥ったルチアがあるものか。観客がふきだしてオペラが滅茶苦茶になってしまうじゃないか。

一同が勝手なことを喋っているところに、ようやく万平老がやって来て門扉をあけてくれた。そして例のヘナヘナしたおじぎをして、口の中で挨拶《あいさつ》をつぶやく。

すでに夕方ちかくなっていたので、ライラックの葉は冴えた濃緑《こみどり》にそまり、林のなかでひぐらしが哀れっぽい鳴き声をきそっていた。ゆるく曲った砂利道を歩いてポーチに達する。鉄平石をしいたその一隅に蘇鉄をうえた大きな鉢がおいてあった。

「悪趣味だわね」

と日高鉄子がささやき、先に立ってホールに入った。成金好みをけなすくせに金持の邸が珍しいらしく、目を丸めてあたりを見廻している。廊下はすぐ右へのび、つきあたりが内玄関だ。その手前でT字型にもう一本の廊下がわかれて、これは東から西へむけて建物をつらぬいている。左側、つまり南側に応接間と予備室が、右手には遊戯室と食堂がならんでいた。その先は調理室をはさんで南が万平老らの私室、北側が浴室である。

「みんな、ここで休んだらよかンべ」

万平老はそういって左手の扉をあけた。二十畳ほどの洋室で中央にカーペットがしかれ、その上に、白カバーでおおわれた数脚の安楽椅子が、丸いテーブルを囲んでいた。学生たちは、それが自分たちの寮であるということを忘れ、まるで客に招待されたような錯覚をおこして、神妙な顔をして中に入った。

煖炉の上とその反対側の壁には油絵がかけられており、庭に面した壁にガラスをはめた水彩画がかざってある。日高鉄子と行武のふたりは、それが気になるとみえ、三枚の絵の前を一巡して、たがいに感想をのべあっていた。どうもその顔つきから判断すると大したものではないらしくて、とくに水彩の風景画の稚拙さは、素人目にもよくわかるのであった。

「暗い感じのお部屋だわ」

と、アームチェアに坐った尼リリスが感想をもらした。たしかに彼女のいうとおりで、白い壁はほこりがしみこんだようにうす黒くよごれているし、三枚の絵も例外なくくすんだような色彩だった。広く豪華ではあるが、陰気な感じのすることは否めなかった。ノックもなしにドアがあいて、お花さんが例によってエプロンで手をふきふき現れた。彼女は目がさめているかぎりなにかしら用事をみつけて働き、そして忙しいことをこぼしている。

「ああら、みなさんお早いおつきで。東京はさぞお暑いことでござんしょうねえ」

丸い体をよじってしなをつくるのが滑稽だ。埼玉言葉まるだしの亭主とちがって、東京弁を巧みにあやつるのは、以前東京のさるお屋敷に女中奉公をしていたからであった。

「お手紙いただいたもんで、はりきって夕食のお仕度をしてますの。あと三十分でお食事にいたしますから、もう少しの辛抱でござんすわ……」

そういっているところに万平老がやって来て、各自を二階の部屋に案内すると告げた。

「あたし北側のお部屋がいいわ。暑い南側はまっぴらよ」

尼リリスが女王のように傲然《ごうぜん》と主張した。階上は階下と同様東西に一本の廊下が走り、その両側に寝室が並んでいる。いくら山国であるとはいえ、日中は太陽の光がじりじりとさし込むから、だれにしても北側の部屋をとりたいところであった。

「そりゃいかん。わり当ては籤《くじ》かなにかで公平にやるべきだ」

行武が太い声を張り上げて正面きって反対した。北九州生まれのこの男は色が蒼くて髪と眉が濃く、いかにも神経質そうにひょろりとしてみえるが、声の調子は意外にも粗野な感じのバスである。しかもそのバスは日本人には珍しく厚みがあって、ブルガリヤのボリス・クリーストフにたとえられている。彼の性格も一見したところ芸術家肌の神経が細そうな印象をうけるが、実際はまったくちがって芯がふとくて意地がわるく、またときには冷酷でもあった。だから異論があると少しの遠慮もなく反対をとなえ、誰彼の見さかいなく衝突する。ことに尼リリスとは俗にいう犬猿の仲だった。目にかど立てて睨み合うのは毎度のことであった。

「どうしてさ、どうしていけないのさ」

と、彼女はすぐ喰ってかかる。わがままに育ったひとり娘だから無理ないことともいえようが、肥っているせいか、口をとがらせるとふくれた河豚《ふぐ》に似てくる。

「文明人はレディー・ファーストを知るべきだわよ。野蛮人なら知るはずもないけどさ」

「なにっ、野蛮人とはなんだ、え、野蛮人とは！」

行武は酒をのんだり腹をたてたりすると青くなるたちである。こめかみの血管をふくらませて鼻の孔《あな》をヒクヒクさせ、立ったまま相手を威圧するように睨みすえた。尼リリスはふんと鼻の先をならすと、ことさら落着いた様子でポケットからチューインガムをとりだし、紙をはいで口の中にほうり込むと、下品な音をたてて嚙みはじめた。行武は怒りのあまり、ただふるえるきりで言葉がでなかった。彼女の人をのんだやりかたはいつも見慣れていることだったが、行武はその図太さにすっかり圧倒されてしまったのである。

「よせよせ、喧嘩は」

行武の敗北をみとめたように仲裁をかってでたのは橘和夫《たちばなかずお》だ。度のうすい、ふちなしの眼鏡をキラリと光らせ、みどりの半袖シャツに空色のズボン、ひと握りの髪の毛をわざとらしく額にたれ下げた気障な男で、専門はピアノをやっているけれど、学期末の試験でバッハの『平均律』に妙なシンコペーションをつけて弾き、試験官の教授を慨嘆させたというエピソードをもっている。卒業後の希望はキャバレーでジャズピアノをやること。そのほうがクラシックのピアニストよりも収入が多いからだそうだが、いかにも橘らしいわりきった考え方であった。

本来ならば行武もこうした薄っぺらな男の仲裁をいさぎよしとするはずはないのだけれど、敗色の明らかとなったいまは橘も「時の氏神《うじがみ》」である。おとなしくいうことを聞いて身をひいたが、なんとも無念きわまりない表情であった。

結局、一同は騎士《ナイト》精神を発揮して、ご婦人がたに北側の部屋をゆずることになり、万平老の案内で階上に上っていった。

三

食事の仕度ができたことは、ディナーチャイムによって知らされる。万平老がチャイムを左腕にかかえて階段の下に立ち、右手の打棒《タクト》で金属板をポロロンポロロンと鳴らす図は、欧州の絵や物語にでてくる辻音楽師の現代版といったところだ。

その夕方はだれもが空腹であったとみえて、七つの扉がいっせいに開いた。男性の多くは部屋衣に着かえているが、牧数人だけはりゅうとした服の胸からハンカチをのぞかせ、几帳面な性格の一端を示していた。服装を整えることに気をつかうのが紳士の条件であるならば、彼こそはりら荘随一の紳士といってよかった。五尺六寸のすらりとした体つきの貴公子然としたテノールで、在学中すでに三つのオペラで主役をやっている。いつも子爵とか伯爵とかいう役どころだったが、今年の四月に日比谷公会堂で『マルタ』の百姓青年ライオネルを演じたところ、これまた見事に成功して〝夢の如く《マッパリ》〟はアンコールをしなくてはならなかった。わが国のオペラ上演は日が浅いため、観るほうもやるほうも慣れていない。その慣れない観客が、熱狂したあまりアリアのアンコールを求めたのは牧のライオネルが初めてのことで、その舞台姿が水際《みずぎわ》立っていたのは勿論のこと、彼の歌、彼の演技のなみはずれてすぐれていることが証明されるのである。と同時に、そのことは在学生の間に多くの敵をつくった。嫉妬反感という感情は、とくに芸術家人種には強烈なものだからだ。

牧のあとから、なりふりかまわぬ行武が歩いてくる。まさにいいコントラストだが、彼の場合は風態を無視することがお洒落となっていることに、自分では気づいていない。

七人の男女は一団になって食堂に入った。食堂は、先刻の応接間の前をとおりこした右側にある。そこは北向きの部屋であるにもかかわらず、淡い桃色の壁紙をはったところが、応接間とは違って明るい感じを与え、日高女史も行武栄一も満足らしい表情だった。裏庭に向いた窓には金網《スクリーン》がとりつけてあるが、この山国には蚊もいないし蝿もいない。

行武は、尼リリスと隣り合うのはまっぴらだとでもいうように、大きな歩巾で入って来るといちばん奥の席に、入口をむいて坐った。橘はヘアトニックのにおいを発散させ、ふちなしのレンズを光らせて松平紗絽女《まつだいらさろめ》をエスコートしようとしたが、一足先に椅子を引いて彼女を招いたのは安孫子宏《あびこひろし》だった。

「紗絽女さん、こちらへどうぞ。ぼく、お隣に坐らせて頂きますよ」

髭の剃りあとが真っ蒼なくせに、一座のなかでもっとも背が低く、童顔である。彼を見たものは、誰もが子供と大人が同居しているようなちぐはぐな感じをうける。が、その声がまた意外にも錆《さび》のきいたバスであった。音楽学部合唱団のなかでは低音部の有力なメンバーだけれど、体格にめぐまれぬためか行武に比べると声量にとぼしい。胸声に対して彼のようなものを頭声というのだけれど、そこに低音歌手としての安孫子の悩みがあるのだった。子供子供しているくせに気位が高いものだから、滅多なことで頭をさげない。道ですれ違ったときに交わす挨拶にしても、先方から声をかけぬうちは知らぬ顔をしている。そうした傲岸な安孫子宏ではあるが、橘と恋の鞘当てをやるとなると、反り身になっているわけにもゆかぬとみえて、不器用ながら、つとめて松平紗絽女のご機嫌をとりむすぶのであった。

「あらすいません」

紗絽女はちょいと頭をさげるようにして、椅子にかけた。トビに油揚をさらわれた形の橘は、あっけらかんとした表情で立っていたが、やがて安孫子の顔をみると冷笑をうかべて鼻をならし、紗絽女をはさんで安孫子の反対側に座をしめた。安孫子は彼の妙な笑いに気がついたのかどうか、しきりと紗絽女にお世辞をつかっている。

男物の眼鏡をかけ、マドロスパイプをくゆらす日高鉄子は、そうした男女間の微妙な問題には超然としているはずだった。ところが内心かならずしもそうでないことは、橘和夫の前に席をとろうとしてやきもきしているのを見ればわかる。彼女は決して美人ではない。だがいくら不美人といっても、恋してならぬ道理はなかろう。葡萄酒の上等なものとなると十年二十年と貯蔵し、こくの出るのを待つという。鉄子も当年とって二十と三歳、その二十三年間かかって仕込んだホルモンはいまようやく醱酵《はっこう》して、葡萄酒にたとえればまさに呑みごろであった。自分を呑んでくれる相手をほしい齢ごろであった。しかしなおおのれのことを自覚しているがゆえに、心ならずも心を偽って、異性を超越しているがごとく振舞わざるを得ない。鉄子は自身の悲哀を痛感し、美人をみると心平らかならざるものがある。

しかし、橘和夫が彼女の心を忖度《そんたく》してくれるはずもなかった。とき折り示す鉄子の好意を、多くは気づかずにいるが、たまにそれと知っても、彼女のふしぎなそぶりを気味わるく思うだけである。だからこのときも、後から入ってきて牧と尼リリスに声をかけると、席をわりあててしまった。

「きみきみ、ここに坐ったらどう？　牧はおれの前だ。リリス君はそのとなり……」

鉄子はこわばった表情をむりに押えて、悄然として行武のとなりに坐った。

料理番としてのお花さんの腕前は、口のおごった藤沢正太郎氏に仕えたくらいだから、一応の水準には達しているとみてよい。その日の夕食に供されたものも、川魚の類を煮たり焼いたりフライにしたりして、結構学生たちの胃袋をたんのうさせてくれた。食卓の青磁《せいじ》のつぼに活けられたいろとりどりの庭の花も、ただ雑然とさしたのではなく、一茎一茎がちゃんとした調和を保っていた。行武や尼リリスが先刻の口論を忘れたようになごやかに卓を囲んだのは、胃袋のお相手をすることでいそがしかったせいもあったにちがいないけれど、卓上の草花が人々の心をやわらげたためでもあったろう。

さて、夕食はいまも述べたとおりなごやかに、そしてにぎにぎしく終った。やがて一同の前に食後の水菓子がだされたとき、にわかに尼リリスが立ち上がると咳ばらいを一つして、ひとわたりみなの顔を見廻したのである。

「……じつは皆様……」

そういってふたたび咳ばらいをすると、あとはすらすらした調子でスピーチをはじめた。

「今晩は皆様に大変よろこばしい、また嬉しいニュースをおきかせ致します。このたび、橘和夫さんと松平紗絽女さんとの間に婚約が成立しました。橘さんは将来を期待されるジャズピアニスト、ゆくゆくはわが国のポール・ホワイトマンにおなりになるかたですし、紗絽女さんは日本のルネ・シュメー、いいえ、エリーカ・モリーニ、いえ、ジネット・ヌヴーとなられる女流ヴァイオリニストで——」

「ちょい待ち」

と牧が声をかけた。

「ヌヴーは縁起がよくないぜ。せいぜいシュメーかモリーニにとどめとくんだな」

ジネット・ヌヴーはフランスの若い女流提琴家として名があった。そのむかし或るコンクールに出場して、わかき日のオイストラフを押えてみごと一位の栄冠を獲得したこともある名手である。そしてその女流らしい繊細なフランス派の奏法は多くの人に絶讃されていたが、アメリカへ演奏に向った途中旅客機が大西洋で墜落したため、哀れにも惨死をとげたのである。牧はそのことを意味したわけだが、やがて発生した一連の殺人事件を考えると、彼の言葉にも思い当たることがあるのだった。

尼リリスは元来が鼻ッ柱のつよいわがまま娘であるけれども、思慕の情をささげている牧数人に対してはなにごともさからわない。

「あら、そう。ともかくこのご両人は、一対のお雛《ひな》さまのように美しく幸福なご夫婦となることでしょう。結婚の日取りは未定でございますけど、来春の黄道吉日《こうどうきちにち》と承っております」

彼女のテーブルスピーチを橘はたのしそうに聞いていた。ときどき手をのばしてブドウの粒をちぎり、ちゅっと音をたてて口に入れる。あまり行儀のよくない花婿候補だ。

松平紗絽女というのはいかにもわるふざけした名前のようだけれど、これは文学にかぶれていた彼女の父がつけてくれた真物《ほんもの》の名前なのだ。ヨカナンの首をだいて裸おどりをやったストリッパーの先祖みたいなヒロインに、まさかあやかるようにと希《ねが》って命名したわけでもあるまいが、その由緒ある名前にとんと無頓着な教授がシャロメ君と発音しようものなら、彼女は憤然として絶対に返事をしない。そうした点をみても判るように仲々勝気な女性であった。ピンクがかった赤いわかわかしいツーピース、ぬきえもんの丸えりからのぞかせた黄色のブラウスが印象的である。尼リリス嬢とは反対に小柄でほっそりしていて、顔も平面的だし、洋装よりも和服のほうが似合いそうだ。しかし目が大きいので化粧をすると派手な顔になる。

「ご両君おめでとう。そうだ、乾杯しよう。待ってくれ」

牧が簡単に祝福して、そういい残して立ち上った。ちかごろわかい人の間ではホームバーをつくることが流行している。彼もさまざまな洋酒の組み合わさったセットを持っていて、それを貨物便で先に送り、いまもこの食堂の一隅においてあるのだった。

牧が立ったあとの食堂には、白茶けた、気まずい空気が、波紋のようにひろがっていた。

先に述べた尼リリスと行武のいさかいが陽気な前奏曲であるとしたなら、これは、陰気でじめじめした間奏曲であった。日高鉄子は不意をつかれたように、激しくまばたきをしてリリスのスピーチを聞いていたが、すぐに下を向いてしまった。行武が話しかけるととんでもない返事をし、ふたたびうつむいてしまう。

安孫子も驚かされたことは同様である。根が傲岸不遜な性格だけに、鉄子のようにへこたれることはない。剃りあとの蒼々とした顔をぐいとねじって、紗絽女と橘の横顔をねめまわすように交互に睨んでいた。自尊心の強い男だから、胸中の無念さはおして測ることができる。浅薄な橘にしてやられたことも口惜しいけれども、彼のごとき浮薄な男を夫として選んだ紗絽女そのものに対しても、激しいいきどおりを感じているようだ。ジャズピアニストが芸術家であるかないかは別問題として、安孫子自身はそれを芸能人であると考えていた。この芸能人と芸術家たる自分とを秤《はかり》にかけて比較したとき、紗絽女が自分を選ぶにちがいないという絶対の信念をもっていたのだ。その自信がいま小気味よいほどにペリペリと音を立てて引き裂かれ、紗絽女の小さなパンプスの下で無残にもふみにじられてしまったわけである。ついいましがた、そういうこととは露知らず彼女の椅子を引いて腰かけさせてやった愛人気取りの間抜けさかげんがなんとも腹立たしく、いまいましくてならないのであった。

尼リリスはこの場の空気を形容して、後日事件が発生したとき駆けつけた係官に、つぎのように述懐している。

「皆さんがあれほどショックをうけるとは思いませんでしたわ。なんといいますか、どす黒いモヤモヤしたものがお部屋いっぱいに拡がってゆくような気がして、なにか不吉なことが起らなければいいがと、胸のうちで祈らないわけにはゆきませんでしたの……」

彼女はその場の雰囲気を敏感によみとったせいか、やがて牧が洋酒のケースを抱えて席にもどると、とりなすように自ら先に立ってグラスをならべ、葡萄酒の瓶をとりだして、みんなについでまわった。

「おれは呑まん、おれは呑まんぜ……」

手をふって拒んだのは、行武栄一である。先刻から黙々としてつまようじで歯をせせっていた彼は、このときはじめて口をひらいた。以前の行武は酒豪として鳴らしたものだったが、音楽学部に転科する前からぷっつり盃と縁を切ってしまっていた。

「でも、お祝いだからいいでしょ」

「呑みたくない」

「普通の場合とちがうんですからね。これはエチケットの問題よ」

両名の間の雲行きがまたもやおかしくなってきた。行武が目をむいたのは、先刻の野蛮人を想起したためかもしれない。

「おい行武、呑む真似をすればいいんだ。強情をはるなよ」

牧に声をかけられて不承不承酒を受けた。

やがてグラスに葡萄酒がみたされると、一同は盃をあげて橘と紗絽女の婚約成立を祝した。もっとも、プロージットと気障っぽくいったのは尼リリスと牧数人の二人きりで、安孫子の童顔は苦りきっているし、鉄子はすっかり意気銷沈《しょうちん》していた。行武はお花さんから番茶をついでもらい、唇をとがらせて吹いている。婚約の発表などまったく無視しているようだった。祝福し祝福されて愉快そうなのはあとの四人だけで、ことに橘と紗絽女の両名は幸福に酔いしれたせいか、それとも元来が他人の思惑にこだわらぬたちなのか、無遠慮に笑いさざめいて、沈みがちの食卓をにぎわしていた。

四

一夜明けて八月二十一日。

熟睡できなかった安孫子宏は早目にベッドからおりて窓をあけた。昨夜は星月夜であったのに、今朝はけぶるような霧雨が音もなく降っている。芝生の上の日時計のしっぽりぬれそぼれているさまが、妙に哀れっぽく見えた。洗面道具をもって階下におりていくと、洗面所にだれやら人のいる気配がする。扉をあけた彼は、そこに日高鉄子の姿を発見した。彼女もまた眠れなかったとみえる。昨夜の安孫子は大きな衝撃《ショツク》をうけたあまりに他を観察するゆとりはなかったけれど、ベッドの上で輾転反側《てんてんはんそく》しているうちに、ふと鉄子の恨みがましい眸《ひとみ》を思いうかべ、彼女もまた被害者の一人であることに気づいたのであった。

「おはよう」

と安孫子は故意に快活に声をかけた。気位のたかいこの男が、自分から挨拶をするのは珍しいことなのだ。

「あらおはよう」

鉄子は眼鏡をはずした顔でなにかはじらいの色をみせて答えた。その表情は女でなければ表現することのできないなまめいたものであり、安孫子は、はじめて鉄子が女性であることを認識したように目を見はったのだった。

さて、りら荘第二日目の最初のいさかいは、朝食のすんだあとで起った。昨夜の気まずい雰囲気が少しではあるけれど薄れたのは、時間がたったせいもあるだろうが、鉄子と安孫子がたがいの立場を同情しあい、それぞれの傷ついた気持をいたわったためでもあった。

ところで食後のお茶を飲んでいるとき、紗絽女がふと思いついたように、こんなことをいい出したのである。

「お部屋の入口にめいめいの名札を貼っておきましょうよ。お船みたいで素敵だわ」

女というものは、いくつになっても女学生気分がぬけないらしい。尼リリスが即座に賛成した。

「そうだわ、そうだわ。一週間もいるんですもの。名札をだしたほうがいいわよ。名札をださないと、ドアがずらりと並んでいるものだから、あたしが牧さんのお部屋にいくつもりで行武さんのところへ入ったら、たちまち大騒動になるじゃないの」

そうした他愛ない話から、万平老人の硯函《すずりばこ》をかりて、行武が一筆ふるうことになった。現代の若者に共通した特色として一同そろいもそろって字が下手である。だが行武だけはどうしたわけか枯れた手をもっていて、なかなかうまい文字をかく。学校にいるときは、アルバイトに出かける学生たちの履歴書を代筆することが、彼のアルバイトでもあった。

行武は筆先を嚙みくだくと、もっともらしい表情で各人の名を紙片にしたためていった。

「うまいね」

「ほんと。味がある字だわ」

周囲の連中は、しきりにお世辞をいっていた。やがて書き上げた七枚のカードをずらりと卓上にならべて、行武がほっとした顔になったとき、一座のなかからいきなり爆笑がおきた。驚いてふり返ってみると、安孫子が臍《へそ》のあたりを両手で押え、小柄な体を二つに折るようにして、子供っぽい丸顔を真っ赤にそめて笑っている。

「どうしたのよ、どうしたのよってばさ」

「なにがおかしいんだ、おい？」

口々にきかれてようやく発作がとまると、それでもまだこみ上げてくる笑いを押えるのに苦心しながら、安孫子はとぎれとぎれに答えた。

「シリだよシリだよ……リリスさんのシリだよ……」

みた。

「あたしのお尻がどうかしたの？　いいなさいよ、はっきり！」

リリスは狼狽したように怒鳴りつけて、自分のスカートをつまんで肥満した腰のあたりを

「ちがうんだ、ちがうんだ、あの字だよ……名札の字……」

指さされて、ようやく気がついた。弘法《こうぼう》も筆のあやまりというべきか、行武は尼とかくつ

もりで尻とかいていたのである。

今度は彼が狼狽した。その様子をながめていた安孫子はまたも笑いがこみ上げてきた。

「ワハハハ、尼リリスが尻リリスなら、雨合羽が尻合羽で甘納豆が尻納豆だ。ハハハ、天《あま》

照大神《てらすおおみかみ》が尻照大神とは恐懼《きょうく》おく能《あた》わざるところだよ。これが戦前だったら行武、お前は

皇室侮辱の罪で絞首刑だぞ、ワハハハ……」

彼がここを先途《せんど》とばかり笑いころげたのは、昨夜来の鬱積したものを吐き出そうとした欲

求もあったろうが、もう一つは行武に対する反感がいっぺんに爆発したものともいえる。美術

学部から転入してきた行武のほうがバス歌手として才能にも恵まれ教授の覚えもめでたいとい

うことは、安孫子にとって我慢できなかったに相違ない。そのはけ口を見出して、彼は快よげ

に爆笑し、嘲笑した。だが彼は、傍らにリリスのいることをすっかり失念していたのである。

「なんですって？　あたしが尻リリスで、甘納豆が尻納豆？　とっちゃん小僧が何いっててん

のさ、チンチクリンのプンプクリンのくせに」

彼女は真っ赤な唇をゆがめて憎々しげに毒づいた。いままで、大口をあいて笑いつづけていた安孫子は、ポカンとした表情でリリスを見、ついでみるみる顔色をかえた。逆鱗《げきりん》にふれると竜が激怒するように、安孫子はとっちゃん小僧といわれることをなによりも嫌っていたのである。

「う、う、う!」

カーッとのぼせるとともに舌がひきつって、唸るきりで言葉がでない。卓上の茶碗をひっつかむや相手めがけて叩きつけた。間一髪、茶碗は女の髪をかすめて背後の壁にぶち当り、大きな音をたててわれた。

あとから考えてみると、後に問題の焦点となったあの男がリリスのレインコートを盗んでいったのはこの騒ぎの最中にちがいないと判断されたのだが、一同は二人の男女をなだめすかすのにおおわらわになっていた。そうした侵入者があったとしても気づくわけがなかったのである。橘と牧と行武が一緒になって安孫子をだきとめれば、鉄子と紗絽女がリリスの腕をおさえる。ようやくにして両人をひきはなしたときには、仲裁者のほうがぐっしょりと汗をかいていた。

さて事件はこの日を発端として続発するのだから、当日のことは、できるだけくわしく叙述していく必要があろう。後日ふり返ってみると、ちょっとした言葉の端にも、些細な行動にも、謎を解くに足る大きな意味がひそんでいたからである。

尼リリスという女性は、どこか人を喰ったところがある。行武と争った最中にガムを口に入れたのも、相手をなめてかかったわけでなく、ふいにガムを噛みたくなったから噛んだにすぎない。行武がその図々しいやり方に気勢をそがれてしまったのは、むしろ彼のほうが純な性格をもっているためといってもよいであろう。安孫子と大喧嘩をやったのちケロリとした表情で一座を見渡し、トランプをして遊ぼうではないかといったのも、いかにも彼女らしいことだと思って、めいめいが胸中で呆れかつ感心したのである。

馬鹿にしてやがる、といった表情で、安孫子は肩をそびやかして食堂をでていった。

「ふん、丁度いいわ。六人でできるゲームしましょう。紗絽女さん、すまないけどカード取って頂戴よ。そこの棚の上においてあるはずだわ」

紗絽女はすぐ立ち上ってカードの函をとると、牧に手渡した。彼女が素直なのは牧数人とリリス、それに未来の夫に対してのみである。

「ありがとう……」

礼を述べてうけとった牧は、とたんに合点《がてん》のいかぬ表情をうかべて、カードの函を耳もとでふってみた。

「どうしたの?」

それには答えずにふたをあけてみると、いやに数が少ないのである。枚数が不足していてはなんの役にもたたない。牧はひいふうみい……と口のなかでつぶやきつつ数えていたが、いぶかし気にリリスの顔を見た。

「変だぜこれは。十三枚ほど足りない」

「どれ、貸して」

尼リリスが手にとって調べていたが、やがていきなり卓上にぱらりとなげ出した。

「馬鹿にしてるじゃないの、スペードが全部ぬけてるわ」

若者たちは黙ったまま、たがいに顔を見合わせていた。だがその時点で紛失したスペードの札があのような禍々《まがまが》しい目的に使用されようとは、犯人を除いたこの屋根の下にいるもののだれ一人として気づくものはいなかったのである。

「それじゃ仕方ないわ。トランプするのはあきらめましょう」

リリスはそういってため息をついた。窓外の雨はいつか濃い霧にかわっている。紗絽女は立って電灯のスイッチを入れた。

五

日高鉄子が朝食をすませたあとで東京へ帰ったものだから、その日の夕方食堂に顔をそろえたのは六人であった。リリスは、紗絽女とおそろいで買ったレインコートが盗まれたといって、うかぬ顔をしている。

一同がラジオで「話の泉」をきいていると、そこに背をまるくした万平老人が入ってきて、手近かにいた牧の耳に何事かをささやいた。

「諸君、警官がわれわれに会いたいというのだが、どうする？」

「警察？　なんの用だ？」

行武がとがめるように訊いた。

「知らん。なにか重要な話らしい」

「応接間でお会いしましょうよ」

と紗絽女が提案した。はずんだ声をだしたのは彼女一人だけで、あとの男女は、警官が来訪した目的がどこにあるのかしきりに訝《いぶか》っていた。

一同が応接間の安楽椅子に腰を降したかおろさぬうちに、扉のところで如才ない挨拶をして入ってきたのは齢のころ三十前後の精力的な感じの男で、丈が高くむだ肉のない、しまった体つきをしていた。目が細くて鼻孔が思いきりふくらみ、行武にいわせれば「ハードボイルドによく出てくる、ぶっ壊れたような顔つき」の刑事であった。彼は椅子に坐ると、自分は秩父警察署の由木《ゆき》刑事であると自己紹介をした。ついで風呂敷づつみのなかから百円紙幣と山手線の回数券のつづり、一本の万年筆をとりだした。

「皆さんの中で、この万年筆に見覚えのあるかたはいらっしゃいませんか」

指につまんで一同に見えるようにした。女もちの小型のものである。尼リリスはいつになく少々うわずったような声で答えた。

「あたしのですわ、それ」

するとは彼は回数券を、彼女のほうにおしやりながら、つぎの質問を発した。

「これは？」

「それもあたしんです、何処にありましたの？」

刑事はそれには答えなかった。

「あなたは尼リリスさんとおっしゃるんですか」

リリスはごくりと唾をのんで、珍しく神妙な表情をうかべた。

「そうですけど」

「すると、これもあなたのですね？」

彼は風呂敷のなかから白いレインコートをひきだした。

「尼リリスというネームが入っています」

「あたしんです。今朝なくして、盗まれたものと思ってあきらめていたんですの」

刑事はコートをふたたび風呂敷にしまい込むと、万年筆と紙幣と回数券をリリスに渡した。

「このコートは証拠物件として、もうしばらく拝借させていただきます」

「あら、なぜですの？」

「じつはですね、ここから二百メートルばかり上流の崖下に死人がありまして、その死体の横にこれがおちていたんですよ」

室内の空気は急にひきしまったようだった。由木刑事は一同の表情を素早く見廻して、言葉をつづけた。

「死んだのは須田佐吉《すださきち》という炭焼きの男でしてね、死因は崖から落ちて頭を打ったためとわかったのです。崖の途中には辷《すべ》りおちた跡がついていました。この辺では、霧のために道をふみ誤るという事故は珍らしくありません。そこでわたしのほうでは過失死とみなした。雨がふっていたため、どこかでレインコートを失敬して、これを頭からかぶって歩いていくうちに、足をすべらせて墜落したもの、と考えたんです。ところが……」

刑事はふたたび一同の表情を素早く見渡して、ポケットから一枚の紙片をとりだし、それを卓上においた。

「死体のそばにこんなものが落ちていました」

紗絽女が息をのんだ。おどろいたのは当然だった。それは紛失したカードのなかのスペードのA《エース》だったからである。

「あなたがたと違ってわたしは田舎者ですから、トランプ遊びなどはほとんど知らんのですが、しかしスペードのAがスペキュレーションという強力な切り札であることぐらいは知っていますし……」

刑事はそこで言葉をきると、また一同の表情をながめながら、語りついでいった。

「……スペードのAが死を意味する札であることも承知しておるのです。だからわたしは、ひょっとするとこれは殺人ではあるまいかと考えました。今夜こうしてお邪魔に上ったのも、そうしたわけからなのです」

「ぼくらがやった、とおっしゃるんですか」

と、牧が訊いた。おだやかな口調であった。

「いえいえ、そんなことを申しているわけじゃありませんよ。ただですね、ほんの形式として、みなさんがたの今日の行動をおたずねしたいのです」

「ぼくからいいます。午前中は部屋から出ませんでしたよ」

と安孫子が反り身になって答えた。

「不愉快なことばかりあったもんで、ベッドに寝ころんで、東京へ帰ってしまおうかなどと考えていたんです」

「午後は？」

「午後はちょっと出ました。駅の前までタバコを買いにゆきましたが」

「午前中ずっと部屋にいたことをだれか証明してくれますか」

「さあ。ともかく独りでいましたからね」

刑事は案外あっさりした口調でそれをみとめ、手帳をひらいた。

「結構です。つぎどなたでも……」

「あたくし、九時頃から散歩に出ましたわ」

紗絽女の大きな目がいつになく興奮したようにかがやいていた。

「一人でですか」

「いいえ、この人と一緒に。あの、昨晩婚約したばかりですの……」

由木刑事は、当てられたように微笑して彼女と橘の顔をみた。橘はふちなしのレンズをしきりに磨きながら、平静をよそおっているふうだった。

「東京は霧がでることは少ないですからね。なんだかロマンチックな気がしたもんであちこち歩いて、昼食をとりに戻ったのが一時すぎでしたな。午後は晴れたから庭のベンチで語り合っていましたよ」

「なるほど、それはお楽しみなことで。ではつぎ……」

「あたしは昼食がすんだあと、写真をとりに出かけましたわ。午前中は霧雨がふってたし、レインコートを失くしてしまったもんだから、お部屋にいたの」

と尼リリスが答えた。彼女はカラー写真に凝っていて、今度もフィルムを三本持ってきている。そしてそれを、あるフィルム会社のコンテストに応募するつもりでいたのだ。以前も二等に入賞してトロフィーをもらったほどの腕である。

「途中までいってフィルターを忘れたことに気づいたので、一度とりにもどりましたわ」

入口の鉄柵の門のところでタバコを買いに出る安孫子と顔を合わせ、たがいにそっぽを向いたことは黙っていた。

「ちょっと。レインコートはどこで盗まれたんですか」

「階下の廊下ですわ。トイレの入口のそばの台にのせておいたのです。しみがついたもんだから、食事がすんだら洗おうと思ってだしてあったんです」

「内玄関からのぞいてちょいと失敬したんだな」

刑事はひとりごとのように呟いた。

「午前中部屋にいたことは、だれか証明してくれますか」

「それはわれわれ、つまり、わたしと日高君……」

といい掛けて、牧は、彼女が東京へ帰ったのに気がついた。

「わたしが証明します。わたしの部屋で話をしたりしましたからね。わたしは一日中まったく外出しませんでしたよ」

「すると残ったのはあなたですね」

と刑事は行武に視線をうつして、メモをとっていた鉛筆で耳をかいた。バスの行武は長くたれた髪をかき上げておいて、蒼白い顔を刑事にむけた。つめたい、切れ長の目をしている。

「松平君たちに少々おくれて十時前から散歩に出ました。霧が顔にあたって気持がよかった。駅のちかくまでぶらぶらして、昼めしの時刻には帰ってきましたな。ところで刑事さん、その男が仮りにつきおとされたとしてですな、殺されたのは何時ごろなんです？」

「十一時前後」

刑事はプッンと答えた。行武はグッというような声をあげて安楽椅子をにぎりしめた。そのころ外出していたものといえば、行武と紗絽女と橘和夫の三人きりではないか。彼は落着きを失った目つきで紗絽女の表情をうかがった。気のせいか彼女も橘も平然と構えている。刑事は、行武の顔に鋭い一瞥をくれてから牧をかえりみると、しずかな調子でたずねた。彼も牧のおだやかな性格をみぬき、好感をよせているふうに見えた。

「ところで牧さん、あなたはどうですか」

「わたし？　いまも申したとおり、一日中ここにおりましたよ」

「なるほど。すると一歩も外出しなかったのはあなただけですな」

「ええ」

「それを証明してくれる人は？」

「午前中は尼君と一緒でしたが、午後は独りでいました」

「散歩はきらいですか」

「いえ。ただですね、霧のなかを歩くことはなるべく避けるようにしています。喉をいためますからね」

なめらかな、きれいな声だった。声楽家の卵だから、喉を大切にするという理由にも説得力がある。刑事は大きくうなずいて手帳に書きいれていた。そして初めから読みなおしているふうだったが、急に顔を上げ、細い目で牧を見つめた。

「もうひとりの女のひとがいるという——」

「ああ、日高君は東京へ行きましたよ。絵具を買いに……」

「ここを出たのは何時頃でしたか」

「朝食のあとですから、八時半頃でしたね」

「するとまた戻ってこられるんですな。しかし画家が絵具の用意を忘れるというのは変じゃないんですか」

「さあ」

と、彼は肩をすくめた。牧は、ブラック女史のうちのめされたような気持をよく理解できるつもりでいた。昨夜も、カードを手にして二階へ上っていく姿を見かけたが、それは自分の恋愛運でも占うためではなかったろうか。その鉄子が、ひそかに心をよせていた橘をうばわれて、敗北者として去っていった心境には同情をしないわけにはいかないのである。絵具を買うというのも、ここを逃げ出すための口実にすぎまい。

だが、そうしたことまで刑事に語る必要はなかった。

「わたしに絵のことは解りませんが、ペルシャンブリューという絵具がだめになっているとかいってましたね」

刑事は黙ってうなずいた。すると会話のとぎれるのを待っていたように、安孫子が口をはさんだ。

「刑事さん、その炭焼きを殺した犯人が仮りにこの中にいるとすると、動機をなんと説明するんですか。われわれは会ったことのない男を殺すほど酔狂じゃないですよ」

「それはですね」

刑事はしずかな調子で答えた。

「犯人は須田がこのかたのレインコートを着ているのを見て、それを取りかえそうと思ったのかも知れませんよ」

「しかしですな」

と、小男の安孫子は後にひかなかった。

「松平、橘の両君ならともかく、行武君にはそのような親切心があるとは思えんですな。なぜならば、彼と尼リリス君とはただでさえ犬猿の仲なところにもってきて、昨晩大喧嘩をやったくらいですからな」

「それならばこうも考えられるじゃないですか。犯人は尼リリスさんを殺したいと希《ねが》っていた。たまたま、白いレインコートの人間が歩いて行くのを目撃したその人物は、てっきり相手を尼リリスさんと誤認したわけです。そして、発作的に殺意にかられてやったのです。なにしろ、ああした深い霧だから見違えるのも無理はない」

「まあ怖い。止して頂戴、そんなお話……」

尼リリスが脅えたように目を大きく開いて叫んだ。両手を心臓のあたりにのせて、胸をだきしめるようにしている。その手の甲は肌があれて、ぎすぎすしているように見えた。

「あたしを殺すなんて……残酷だわ」

刑事は素直に頭をさげた。

「気に障ったら勘弁ねがいます。単なる仮定の話ですよ」

すると、いままで擬似犯人にされていた行武がいささか気色《けしき》ばんだ口吻《くちぶり》でいった。彼は興奮するとますます蒼白くなるたちだった。

「単なる仮定の話でよければ、もう一つの解釈がありますぜ」

「なんですね、それは?」

行武はすてばちな笑いを口のあたりに浮べ、二人の女性のほうを顎でしゃくった。

「松平紗絽女嬢と尼リリス君は、おそろいの白いレインコートを持っているということですよ。つまりですな、犯人は炭焼きをリリス君と見誤ったのではなくてですな、この紗絽女嬢と誤認して殺したかもしれんのです。ことわっておきますがね、わたしがやったのではないです。わたしには彼女を殺すような動機はないのですからね」

いい終えると、とってつけたように声をたてて笑った。

今度は紗絽女が小柄な身をちぢめるようにして脅えた。橘が映画のなかの二枚目がやるように、その手をにぎってなでている。

刑事は開いた手帳に目をおとしていた。簡単なメモ程度のものではあったが、各人の行動が一見して判るように、表にしてある。

	午前	午後
安孫子　宏	自室にいた。証人なし。	タバコを買いに外出。
松平紗絽女	九時から散歩に出る。	一時に戻る。
橘　和夫	右に同じ。	右に同じ。
尼　リリス	在室。証人は牧。	昼食のあとで外出。
行武　栄一	十時前に散歩に出る。	昼食までに戻る。
牧　数人	自室にいた。証人は尼リリス。	在室。
日高　鉄子	八時半に出発、東京に帰る。	東京に帰っていた。

註　炭焼きが殺された時刻は午前十一時前後である。

由木は一つうなずくと、手帳から顔を上げた。

「ところで、二階の部屋にいるものが、だれにも気づかれないようにして外出することはできますか」

由木刑事が安孫子のことを訊ねていることは、だれにでもすぐ解った。

「できないことはないですな」

怒ったように答えたのは当の安孫子だった。

「人の見ていないときを狙えば、堂々と出ていくこともできるし、窓から樋《とい》を伝っておりることもできるでしょう。それにわたしには動機もあるんだ。昨夜紗絽女さんに失恋しているんです。可愛さ余って憎さが百倍というではないですか。まさにわたしはその心境ですからなあ……」

ハートの3とクラブのジャック

一

刑事という仕事は、ある意味で心理学をマスターしていなければ勤めることが難しいであろう。安孫子の破れかぶれな発言に対して、この秩父署の刑事は真っ向から追及するようなことはせずに、まるで彼の心をいたわるような表情で軽くうなずくと、質問の方向をぐいと変えてしまった。

「ところでこのカードですがね」

と、彼は死体のそばにおちていたというスペードのAを指ではじいてみせた。

「どなたか見覚えありませんか」

「…………」

一同はすぐに返事をせずに、たがいに顔を見合わせた。見覚えがあるないの段ではない。彼らがいままでに幾回となく遊んだカードなのだ。

「あたしんですわ」

尼リリスが喉のつまったような声をだした。

「あなたの？　これがですか」

「ええ」

刑事は体の向きをかえると、上体をリリスのほうにのりだした。

「それがどうして死体のそばにおちていたんです？」

「知りませんわよ、そんなこと！」

肥ったソプラノ歌手は吐きだすようにいった。刑事はあわてて首をちぢめると、すなおに謝った。

「これは失礼、あなたが知るはずはなかったですな。では残りのカードを拝見させて下さい」

刑事の質問が癇《かん》にさわったとみえ、リリスは頬をふくらませて立ち上ると応接間を出ていったが、まもなく食堂の棚からカードの函を持ってきた。

「やあ、すまんです」

軽く頭をさげて受け取った刑事は、函の感じで中身の少ないことを悟ったのであろう。おやという表情でふたをとると、カードを卓上にぱらりとふりだした。一同の視線は、刑事がついでどんな表情をするであろうかとそれを楽しみにしているように、いっせいに彼の顔にそそがれている。カードを卓上にひろげていくに従って、刑事は訝しそうな面持ちをうかべたが、やがて顔を上げると怒鳴るようにいった。

「これはどうしたわけなんです？　スペードの札が全部ぬけてるじゃないですか」

「そうなんです。われわれも今朝気がついたんですが」

牧の説明を刑事は体をのりだして聞いていたが、話が終るとはずんだ調子で質問を再開した。

「最後にトランプをやったのはいつですか」

「昨晩でした」

落着いた口調で答える牧の顔を、じいっと喰いこむように鋭い眸で見つめながら、刑事は鉛筆の先をなめた。

「メンバーはだれでしたか？」

「あたくしと橘さんと、それからリリちゃんに牧さん。そのよったりでしたわ」

と、横から松平紗絽女が口をはさんだ。ほっそりした体にふさわしく、細い声だった。

「そのときは異状なかったのですな?」

「ございませんでしたわ」

「ゲームがすんだのち、カードは、どこに置いたのですか?」

「食堂の棚ですの」

「するとその後から今朝にかけて、だれかがそれをひきぬいたことになる。食堂はだれでも入れるのですか」

「ええ、鍵はかけてございませんから。それに、カードを盗る人があろうとは夢にも思いませんでしたし……」

由木刑事は無言のままうなずくと、みなの顔を無遠慮な眸でぐるりと見廻した。りら荘にやってくるまでは、刑事も炭焼きの死が過失か殺人か、決めかねていたのであろう。だが、屍骸の近くに落ちていたカードがリリス所有の紛失した十三枚のスペードの中の一枚であることを知ったとたんに、事件が単なる過失死でなかったと悟ったに違いない。彼の陽焼けした頰にさっと血がのぼったのは、内心の興奮をあらわしているとみてよいだろう。

刑事の視線が行武に及んだとき、彼は長髪をゆさぶるようにして意見を述べた。ロシヤの農奴を思わせるような野性的な低音である。

「ぼくはこの点を考えてみたいんですがね。つまり犯人は、刑事さんのいわれる通り、盗んだレインコートを被っていた炭焼きを、紗絽女君もしくはリリス君と誤認して崖からつき落す。そのあとで十三枚のカードのうちスペードのAをえらんで死体のそばに投げおとしておいた。問題は、それがなにを意味しているだろうか、ということなんですよ」

「で、あなたはどう解釈されるんですか」

「つまりですな、ぼくが警告したいのは、犯人が連続殺人を計画しているのではないか、ということですよ」

「なんだって？」

はじかれたような声をだしたのは橘だった。素通しみたいなレンズに天井の灯りがきらりと反射した。

「連続殺人……？」

「そうさ。連続殺人だよ、連続殺人」

行武はジャズピアニスト志願のこの男をからかうように語尾に力をこめていうと、刑事のほうを向いた。

「さもなければ、スペードの札を十三枚もひきぬくわけがないでしょう？」

「するときみは、事件がまだまだ続発するとおっしゃるんですな？」

「そうです、犯人が尼リリス君を殺そうと考えているのか、松平紗絽女君を殺そうと考えているのか、その点はいまもいったようにわからんですが、自分の計画が失敗した以上は、あくまで目的を完遂しようとしてかかるに違いない。だからぼくは、つぎの犠牲者は尼君か松平君だろうと思うんです」

悲鳴をあげて、尼リリスが牧にしがみついた。紗絽女は頬を蒼白ませたきり、身動きすらしない。

「止して頂戴！　あたし、人から恨みを買うことなくてよ」

「ないことはないさ。きみみたいに傍若無人に振舞ってれば、振舞う当人は愉快かも知れないが、振舞われるほうはたまらん。腹を立てている人間も少なくはないと思うがね」

「それじゃあんたが犯人ね。そうだわ、きっとそうよ。あたしを嫌ってるのは、あたしを憎んでるのは、あんたよ」

「おいリリちゃん、興奮しちゃいかん。刑事さんの前で滅多なことをいうものじゃない」

見かねた牧数人がリリスの肩をつかみ、軽くゆすぶるようにしてたしなめた。

「いや、いや、止めないで。この人よ、この人だわ。あたしを殺そうとしているのは行武さんだわよ」

リリスは駄々ッ子のように声を高めてわめいたかと思うと、牧の胸に顔をうずめてわっと泣きはじめた。橘はびっくりしたように目を丸めて彼女をながめている。紗絽女は顔の筋肉一本うごかさずに、じっと壁を見つめていた。

「そうかもしれんよ、おれが犯人かもしれん。事実おれはきみが大嫌いなんだし、だいいち、おれには午前中のアリバイがないんだからな」

やぶれかぶれな言い方をして、行武はふたたび刑事に視線を転じた。

「もう一つぼくがいいたいことはですね、犯人は尼君か松平君を殺すことに成功したら、それで殺人劇の幕をおろしはしまいということですよ。いいですか刑事さん、第一の殺人事件は誤殺だったんですよ。犯人は炭焼きを殺すことは計算に入れてなかったのです。だから、彼が尼君なり松平君なりを殺そうと計画し、その死体にスペードのAを残しておこうと考えていたならば、この函の中からA一枚だけをひきぬいてゆけばよかったわけです。ただ一枚だけ持ちだしてゆけばよかった。にもかかわらずスペード全部の札をとっていったということは、犠牲者が三人や四人ではとどまらないことを暗示しているではないですか」

由木は小さな鉛筆で耳の穴をはげしく掻いていたが、彼がまだなにもいわぬうちに、安孫子が歯をむきだし鼻にしわをよせて、行武の説にはげしく反対した。

「ナンセンスだ。推理小説の読み過ぎによるノイローゼだよ。きみの論法でいくと犠牲者の数とカードの数が合わなくなる。仮りに、われわれ全員が殺されるとしても、犯人を除けば六名しかいないじゃないか。殺された炭焼きを加えて七名だ。ところがスペードの札は十三枚あるんだぜ」

口論好きな行武は、いいカモが見つかったとでもいうふうに、蒼白い顔にうす笑いをうかべた。いかにも余裕ありげな表情である。

「おれの取り越し苦労だというならそれでいいさ。おれはただ当局の係官に一言注意しておきたかっただけだ。だが犯人は数学者じゃないんだぜ、芸術家の範疇には入るかも知れんが、数学者じゃないんだ。カードが二枚余ろうが、三枚余ろうが、そんなことを気にするはずはないと思う。犯人がわれわれの中にいて、そいつが六名全員を殺そうとしてスペードの札を六枚ぬいておいたとする。そこに今回のように冒頭に思わざる誤殺が起ったとすれば、たちまちカードは、一枚不足してくるじゃないか。だから犯人がスペードのAからキングまでの札を盗っていたのは、あらかじめ不測の事態を勘定に入れておいたと考えることもできるんだ」

二人とも低音がきくから、やりとりが妙にドラマチックにきこえる。

安孫子はちょっとの間黙っていた。が、すぐに顔を上げるとにやりとした。

「妙にくわしいじゃないか、え？」

行武は彼の皮肉を黙殺したまま刑事の顔を見た。

「落ちていたカードに指紋はついていなかったのですか」

彼らのカードは、汚れれば洗うこともできるようにビニールがひいてある。と同時に、それは指紋がつき易くもなっているのだった。

「指紋は発見できませんでしたよ。犯人が自分の指紋をハンカチで周到に拭きとったということが考えられますな」

「なるほど」

行武はおもむろに腕を組んで首をひねった。蒼白いひたいに髪がたれた。

二

刑事が帰ったのは九時少し前である。一同は揃って食堂にもどった。

「まったく長っ尻の刑事だな。八時半からFENでシナトラがあったのに聞きそこなったじゃないか」

橘はぶつぶつこぼしながら、ラジオにスイッチを入れてダイヤルを合わせた。すると、たちまちフランク・シナトラの喧騒なジャズがスピーカーをふるわせて聞こえてきた。

「和夫さん、お願い、止して……」

「オッケー」

紗絽女が頭痛のするような表情で叫ぶと、彼はただちにラジオをけしてとなりに坐った。お花さんが番茶をいれて持ってきた。お茶菓子は山国のこととてカリントウぐらいしかない。行武は早速それを齧《かじ》りはじめた。

「みんなどう思う？」

と、だしぬけに牧が一座のものをかえりみた。

「どう思うって、なにをだ？」

橘はそういうと番茶をごくりとのみ、舌をやけどして顔をしかめた。

「決ってるじゃないか。行武の発言さ」

「おれの意見はさっきいったとおりだ。ナンセンスだと思うな」

安孫子が口をはさんだ。ナンセンスに思うというよりも、彼の真意は行武の言葉に遮二無二さからいたいようだった。

「そう単純に考えられれば世話はない。ぼくは行武説に賛成するね」

「すると牧、ぼくらのうちの誰彼が殺人鬼の犠牲になって殺されていくというのか。冗談じゃない。ぼくは安孫子に賛成だな」

と、ジャズピアニスト志望のこの男は眉をあげて、カリントウをつまんだ。橘の応援を得て安孫子は元気づいた。

「牧、きみはここにいる六人の中に殺人鬼がまじっているというんだな」

彼は頬をゆがめて苦々しげに笑うと、言葉をつづけた。

「きみはおれのことを単純だと批判したが、簡単に行武の説に賛成するほうが単純じゃないか。殺人のたびに死体のそばにカードを残していくというそのこと自体がナンセンスだ。なんの意味があるんだ?」

牧は即座に反駁《はんばく》した。

「きみには殺人者の心理がわかっていない」

「兇悪無惨な殺人鬼が小動物を可愛がったという例はいくらもある。人を殺すことは平気な男が、一匹のカナリヤを助けるために身を挺して猛火の中にとびこんだという話もあるんだ。

その話が法廷で発表されたとき、傍聴人はいっせいに笑った。ナンセンスだというんだよ。どいつもこいつもきみみたいな男ばかりだったとみえるね。だがこの一見矛盾した行為も、彼らの心理にたち至ってみれば決して矛盾じゃないのだ。世に容《い》れられない極悪非道の犯罪者は、代償として小動物を愛する傾向があるんだよ。ぼくがいいたいのはこの点さ。犯罪者の心理を常識でわりきれると思っているほうがナンセンスなんだ。今度の場合にしたって、犯人が死体のそばにカードを残していくということは、殺人者に共通した虚栄心のあらわれとみれば納得できるんだ。こうした例は幾らもあるんだぜ」

「止しましょうよ、そんな縁起でもないお話」

紗絽女が仲裁するように中に入った。彼女は菓子にもお茶にも手をふれていなかった。

「なにもぼくは不吉なことをいってるわけじゃない。たがいに用心したほうがよかろうと注意したまでさ」

牧はそう答えて茶碗を手にした。

カリントウをたべ終った橘の指先を、紗絽女がポケットからとりだしたハンカチでふいてやる。安孫子は不快そうな眼差でそれを見つめていたが、やがてプイと視線をはずすとタバコに火をつけて、まずそうに煙を吐いた。

ふだんはだれにもまして黄色い声ではしゃぐリリスも、今夜は脅えきったように一言も口を開かなかった。

その夜の牧はベッドに横になってもすぐには眠られなかった。行武の予言に興奮したとも思わないが、こうして眠れずにいるところをみると、やはり神経が昂ぶっているに違いない。ベッドからおりてスリッパをはくと、窓の金網《スクリーン》をすかして夜空を見上げた。降るような星空だ。胸いっぱいに夜気を吸いこんでみる。肺の細胞にふれる空気が、汚れた東京のそれとはまるで違った甘い味がした。

彼はスタンドに灯りをつけて、読みさしの本をとりだしてページを開いた。目が光線に慣れるのを待って読みはじめる。と、三ページほど進んだころ廊下にかすかな足音がして、ドアを叩くものがあった。あたりをはばかるような小さなノックだった。

「だれだ?」

と、こちらも小さく応えてあけてみると、立っているのは橘和夫だった。半袖シャツを着たままの姿である。スタンドの灯りを正面からあびて、ふちなしのレンズが楕円形に輝いている。彼は部屋に入ると、そっとドアを閉じた。

「眠れないのか」

「ああ、きみの部屋に灯りがついたのをみてやって来たんだ」

先程は行武の連続殺人説を否定していたくせに、眠れぬところをみるとやはり気にかけているのだろう。彼はガウンのポケットをさぐってタバコをとりだすと、牧に一本とらせて自分もくわえ、そのまま火もつけずに何事か考えるように目を伏せた。気障でスタイリストを売り物としているこの男にしては、いつになくしょんぼりとしている。牧がマッチをすってやった。

「あ、すまん」

「どうかしたのか」

「いや、なに……」

みじかくいったきりけむりを吐いていたが、半分ほど吸ったタバコを灰皿にすてると、急に牧をかえりみた。レンズの奥の眸が、思いつめたような妙な光をたたえている。なにかいおうとして息を呑んだようだったが、ふたたびそれをほっと吐きだした。

「どうしたんだ、一体？」

「………」

「行武の連続殺人説が気になるのか」

「いや、そんなもんじゃない」

ジャズピアニストは言下に首をふった。

「ぼくはね、女が魔物だということを痛感しているんだ」

「女が魔物？　ははは、たしかにそうだ。女がいるからこそ、この灰色の世の中が美しく見える。人類がアミーバみたいな単性生殖をやっていたら、おそらく芸術は存在しなかったろうと思うね。女の魔力また偉大なる哉《かな》だよ」

「そうじゃないんだ、女がお面を被ってぬけぬけと男を騙《だま》そうとする下劣な根性、そいつをぼくは非難しているんだ」

平生の軽薄な橘にはまるで想像もできぬしんみりした口調である。牧は呆気にとられてしばらく相手の顔を見つめていた。

「おいおい、どうしたというんだ。自他ともにゆるすフェミニストがなにをいってるんだ」

力づけて、机の上からジンの瓶とグラスをとり上げた。

「一杯やれよ」

「ありがとう。だが、女ってまったく油断のできないしろものだなあ」

「止せ止せ、そんなことにこだわるのは」

橘和夫は返事をするかわりにぐいとジンを呷《あお》って、グラスをコトリと机においた。紗絽女となにか悶着があったらしい、と牧は思う。女に対する不信を云々するところをみると、彼女がなにかを告白し、橘はそれを一応許したものの、胸の中になにかが澱んで悩みもだえているのだろう。ここは一つ男同士の友情として、なんとか励ましてやらねばならない。

牧がそのように考えていると、先を越すように橘が口をひらいた。

「しかしだね、男たるもの女房の不貞に気づいたときはどうしたらいいのだろう」

「なんだって?」

「いや、女房とは限らなくてもさ、婚約中の男女でもいい。相手の女の不倫を知った場合、きみならどうする？」

牧は、彼が不倫という古くさい言葉をもちだしたことに可笑《おか》しさを感じ、同時に髪をおでこにたれ下げたこの友が、案外しっかりした道徳観をもっていることに妙な安堵を覚えた。

彼はいきなり手を伸ばすと、スタンドの灯りを消した。目が暗闇になれてくると、金網《スクリーン》のかなたに四角くくぎられた星空がくっきりとうかんで見えた。

「おい橘、あの星を見ろよ。ぼくはなにか精神的な打撃をうけるたびに星を眺めることにしているんだ。そして想いを無窮《むきゅう》の宇宙に馳せる。すると人間社会のちっぽけなトラブルが馬鹿馬鹿しく思われてくるんだな。一度や二度の失恋がなんだという気になる。裏切った恋人をゆるしてやろうという気にもなる。試験に失敗してくよくよしたときなぞ、星空を眺めることによってたちまち気分が一新されるんだ」

橘は黙ってつっ立っていた。彼も夜空を見上げているようだった。鈴虫がよく鳴いていた。

「……そうか。きみはいつもそうするのか」

「ああ、だからぼくの精神はつねに健全だ。ぼくの字引《じびき》には打撃という文字もない。失望という文字もない。どうだい、ぼくの字引を頒《わ》けてやろうか」

橘はまた口をつぐんだ。暗い中で彼の立ち上がる気配が感じられた。

「解ったよ、よく解った」

その表情はみえないが、元気が出た声であった。ドアを開ける音がした。

「失敬するぜ」

「ああ」

と、牧が暗いドアのほうを向いた。

「おおらかな気持をもつことだな。女にはそれを要求することは不可能だ。しかし男には可能だからな」

橘はうなずいた様子だった。そっとドアが閉じられ、足音が遠ざかっていった。

三

尼リリスはベッドの上に起き上ると、両手をあげてあくびをした。十七貫の体重に耐えかねたようにスプリングがきしんだ。

外は一面の深霧だった。窓の金網に、水滴がいっぱいついている。部屋のなかにながれこんだ霧の粒が喉を刺激して思わず咳がでた。昨夜ガラス戸を閉めわすれたのである。喉を大切にする声楽家志望の学生としては、決してほめられぬことだった。

手でふれてみる。布団も服もしっとりとぬれていた。顔をしかめてスリッパをはくと、スーツケースをあけてツーピースをとり出したが、これは無事だった。寝衣《ねまき》をぬぎ服を着ながら、そっと夜中の妙な経験を思い出してみた。

あれは二時ごろだったろうか。トイレにゆきたくなって目がさめた。常夜灯に照された廊下をとおって階段をおり、用をすませて帰ろうとしたとき、食堂の方向でかすかな物音を耳にしたのである。気のせいかと思って階下の廊下の様子をうかがってみたが、それきりコトリともいわない。応接間の扉も食堂の扉も炊事場の扉もぴたりと閉じられて、しんと静まりかえった通路に、真紅の絨毯がながく一筋にのびていた。

肥ってはいるけれど、リリスの神経は敏感であった。室内に入っただけで額の裏にかくれている蜘蛛の存在を感じることができる。いや蜘蛛ばかりでなく、あの不気味なすべての節足動物の存在に対して、彼女の神経は異様なほど敏感にはたらくのであった。彼らが物蔭にかくれてこちらを睨んでいる視線を、視覚によることなしに、全身にはりめぐらされた皮膚感覚をもって知覚するのである。たといお嬢さん芸にしろ音楽を専攻する以上、そのくらいの敏感な神経を要求されることは当然かもしれない。

昨夜のリリスもそうだった。廊下の両側にならぶ扉を見ただけで、食堂にかくれて息をひそめているものの気配をはっきりと知覚したのであった。すると、自然に恐怖の感情がうしおのようにおしよせてきた。彼女はあとも見ずに階段をのぼると自分の部屋にとびこみ、手早く錠をおろしてしまったのである。

リリスは服の袖にハムのようなふとい腕をとおしながら、そのことを考えているのだが、改めてふり返ってみると、夢であったのか事実であったのか判然としない。トイレットにおりたことや廊下をのぞいたことは事実であるにしても、食堂の扉の内側にだれかがひそんでいたと感じたことが夢であったかうつつであったか、どう考えてもはっきりしないのだ。

洗面をすませ、髪にブラシをあてているうちにみんなも起きはじめて、朝のチャイムが鳴らされたのは八時であった。

ハムエッグズのハムは、一同が東京から持って来たものである。パンや卵は駅の前までゆけば手に入るが、うまいハムとなると電車にのって寄居まで行かないと売っていない。

起きぬけの食事だというのに、さすが若者だけに食欲は旺盛だった。リリスも二枚目のパンにバタをぬりながら、そっと人々の顔を見廻した。どれもこれも無心に顎をうごかしている。彼らの顔を見ることによって、昨夜この食堂にひそんでいた人物がだれであるか、見当をつけるのは難しかった。いや、その人間が食卓をかこむ一同の中にいるとはいいきれない。あるいはお花さんであったかもしれないし、寝呆けた万平老かもしれない。あるいはまたコソ泥でも忍び込んでゴソゴソやっていたのかもしれないのだ。

食事が終ると思い思いにくつろいだ。ラジオの朝の音楽をきくもの、タバコをすうもの、さまざまである。

リリスはまたぞろカードの函を手にとった。一同の中で最も遊び好きだし、カードの遊び方もポーカーからオークションブリッジに至るまでなんでも心得ている。

「どう、カード、遊ばない?」

「四十枚しかなくては、なにもできないだろ」

「そんなことないわ、いくらでも遊び方あるのよ」

牧と彼女のやりとりを、行武が上目づかいにちらりと見た。誘われたら堪らんという表情である。

「牧さんの結婚運を占ってあげるわ。あたしにも関係あることだもの。慎重にやらなくちゃならないわ」

リリスはカードを卓上に並べはじめた。しばらく室内はしずかになった。と思う間もなく、尼リリスは盛り上った胸をゆさぶってはげしく息づいた。

「あら、変だわよ」

カードを一枚一枚数え始めた。

「……どうも妙だと思った。三十八枚しかないわ」

「三十八枚？　昨日勘定したときは四十枚あったろ？」

「そうなの。スペードが全部ぬけてたから四十枚よ。それがいま数えると二枚減ってるの」

二人の顔を交互に見比べていた紗絽女が声をかけた。

「どうしたの？　なにがないの？」

「ハートの3とクラブのジャック」

「訝《おか》しいわね。一夜あけるごとにカードが減っていくなんて変てこだわ。アラビアンナイトみたい」

「なんだって、またなくなった？」

と、安孫子もわり込んだ。

「ハートの3とクラブのジャックだよ」

「ハートとクラブ……？　妙な組み合わせだね。行武先生にお伺いしたらどうだい。奇想天外な珍説を披瀝《ひれき》するにちがいないぜ。でなくとも先生なにか発表したくてムズムズしてるんだから」

その童顔に似ず、彼は執念ぶかいところがある。まだ昨夜の口争いを根にもっているように、皮肉めかして行武のほうに顎をしゃくった。

しかしその行武も、今度のカードの紛失がなんのまじないだかさっぱり理解しかねるようだった。彼が首をひねっていると、だしぬけにリリスが叫んだ。

「そうだ、わかったわ」

「なんだい、びっくりするじゃないか。なにがわかったのさ」

「昨日の夜のことなの。あたしおトイレにいったのよ。そしたらこの食堂にだれかがひそんでいる気配がしたの。リリ、こわくなっちゃったから、あわててお部屋へ帰ると、鍵かけて寝ちゃったんだ。いま思うと、カードからハートの3とクラブのジャックをえらんでいたとこだったんだわ」

男女は顔を見合わせて黙っていた。その人物の狙いがなににあるのかわからぬだけに、妙に不気味である。窓の外には濃霧が渦まいていた。

四

牧はそれとなく橘の様子に注意を払っていた。だが、彼が昨夜の悩みをケロリと忘れてしまったように陽気になっているのを見ると、牧もほっと安心し、自分の精神療法の効果のあったことをひそかに得意になっていた。

食卓にも紗絽女とならんで坐り、いつもと変りなく楽しそうに語っている。この仲のむつまじそうなところを見せつけられれば、二人の間にトラブルがあったことはだれも気づくまいと牧は思い、あの件に関しては自分も口に緘《かん》していようと考えた。彼は口の固い、自分の発言に対して責任を持つたちの男であった。カードのさわぎがしずまると、橘はひとり二階へ上っていった。彼が紗絽女を放りだすのは、釣りに夢中になるときに限られている。当世風の浅薄なプレイボーイの彼が釣りに趣味をもっているとは、ちょっと想像できぬことだった。

「紗絽女ちゃん用心しなさいよ、釣り竿を買うためにあんた質に入れられるかもしれないわ」

橘が出ていったあと、リリスはそういって彼女をからかった。紗絽女はうふっと喉を鳴らしたきりなにも答えない。ねむそうに細めた目が、いかにも幸福に酔い痴れた女のように見えた。

「なにを釣るの、メダカ?」

「鮎だって」

「へえ、ドブ釣りかい？」

と牧が訊いた。

「なんだか知らない。あたし興味ないもの、釣りなんて」

「大分年季が入ってるって話じゃないの」

「去年からはじめたの。ここで万平さんに手ほどきしてもらったんだって。今日はおひるごはんがすんでから出かけるっていってたわ」

餌やなにかは万平老に頼んであり、彼は東京から二本の竿と釣り糸を持参してきていた。なにかにつけ通人ぶりたがるたちの男だから、新橋の有名な釣具店の親爺に注文して作らせた竿である。牧が上ってゆくと、果して彼はランニングシャツ一枚で竿をみがいていた。

「どうだい、この艶をみてくれよ。そんじょそこらの職人にゃとてもだせない色だ。名人芸だね」

うっとりとした目で、もとから先のほうへ見つめていった。まるで刀剣の目ききをやってるような形だ。なにかというと恰好をつけたがる橘の性格が、牧にはこの上なく滑稽にみえる。邪気がないといえばそれまでだが、意地のわるい見方をすると気障で単純で鼻もちがならない。橘は、牧がそんなことを考えているとは知るはずもなく、どこで仕込んだのか竿の講釈をとうとうと述べていた。いい加減にうんざりしているところに、尼リリスが顔をのぞかせたものだから、明らかに牧はすくわれた表情になった。

「なんだい？」

「あたし、ちょっと外出してくるわ。郵便局に用事を思い出したのよ」

局は駅の近くまで行かなくてはならない。

「すぐめしだぜ」

「いいの。朝喰べすぎたもんだから、まだ頂きたくないの。少し散歩したほうがいいようだわ」

「じゃお昼になったら先に喰べるぜ」

「いいわ。それじゃ行ってきます」

手をふって出ていった。

やがて、昼食の時間になって食堂に出た牧は、いつもの話相手がないためか、ひどく手もちぶさたのていであった。

「牧、いやにしょんぼりしてるな」

と声をかけられ、いつもなら間髪をいれずに返答をするのだが、今日はそうする気力もないといった表情で、黙って安孫子の子供っぽい顔を睨んでいた。

「武士は喰わねど高楊子てんだ。そうもの欲しそうな顔をすんなよ。こちとらまで涙が出らあ」

安孫子は調子にのって喋りつづけた。牧は黙って顎をなでている。

「お止しなさいよ、いじめるの」

紗絽女が見兼ねて注意した。毎度のことだが、彼女は牧の肩をもちたがる。

「止すよ、きみがそういうなら止すともさ」

安孫子はからむような口調だった。彼女に失恋してからというもの、安孫子はどこか常《じょう》軌《き》を逸《いっ》しているようであった。

食事がすむとジャズピアニストは自室にかけ上り、ピケ帽に空色の開襟シャツ、白の半ズボンという軽装にきかえ、釣道具片手におりてきた。真っ白い手ぬぐいをえりにまいて、いっぱしの釣り師気取りだ。『スターダスト』のメロディを口ずさんでいる。

かけよった紗絽女がまた女房気取りで、まめまめしく世話をやく。

「あなた、この手ぬぐい新らしすぎておかしいわよ。お帽子はこう被ったほうがいいわ。早く帰っていらしてね」

「妬けるね、まったく。おれでさえそうなんだから、相手のいない行武や安孫子の胸中察して余りありだ。目の毒だな」

牧が玄関のポーチに出てきて笑った。橘は運動靴をはくと紗絽女の手をにぎり、牧には手をふった。

「晩めしの仕度は要らんと伝えてくれ。うんとこさ釣ってくるからな」

投げキスをしていった。いかにも橘のやりそうな気障なゼスチュアであった。

「大きくでたね。帰りに魚屋で鯨の肉でも買ってくるんじゃないかい」

紗絽女をからかいながら食堂にもどってくると、その足音を聞きつけて、お花さんがエプロンで手をふきながら顔を出した。

「あのお嬢さん、まだお帰りにならないんですの？」

「どうしてさ、リリちゃんが何かおみやげでも買ってくるって約束でもしたのかい？」

「そうじゃないんですの。あたくしこれから買い物に出かけるんですのよ。おひるのごはんが冷めてしまうし、どうしましょう？」

「なに、いいさ。今日はあまり喰べたくないなんていってたからね、冷めたら冷めたでかまわないよ。買い物にいってらっしゃい。ちょっと遠いから、主婦は毎日大変だね。自転車があればいいけど、おばさんが乗るんじゃタンクでもなくちゃ壊れてしまうよ」

「あら、お人がわるい」

からかわれたお花さんは、赤ん坊のようにまるまると肥った手で牧をたたくまねをした。

「それじゃ行って参ります。今日のおひるはビーフンの広東《カントン》風炒めなんです。お帰りになったら、電熱器で温めて召し上るようにおっしゃっていただきますわ」

彼女はそうたのんで出て行った。

牧が食堂に入っていくと、そこでは紗絽女と行武と安孫子が食後のお茶をのみながら雑談をしていた。ラジオからタンゴ音楽が流れている。

「アルゼンチンタンゴのことをポルテーニャ音楽っていうのはどうしたわけだい？」

急に顔を上げて、行武が訊いた。

「ポルテーニャというのは港のって意味さ。この場合のポートはブエノスアイレスをさすのだがね」

「ああそうか、どうもおれは通俗音楽はわからんのでね」

行武はいつもの癖で皮肉ともつかずに独りごちた。芸術家を気取る彼らの間では、大衆音楽につうじるといわれることは一種の侮辱ととれぬこともない。安孫子は果してむっとした顔になると、おし黙ってしまった。

行武の皮肉は意識しないで口を出るらしく、いまの場合も悪意があっての発言ではないようだ。それは、ケロリとした表情で「いまやっている曲はなんだい？」と訊いたのをみてもわかる。

安孫子がぶすっとしているので、彼は牧と紗絽女の顔をみた。歯切れのいいバンドネオンのリズムにのって唄われているのは『さらば草原よ《アディオス・パンパミーア》』である。

「有名な曲だわ、あなたご存じないの？」

「知らんね」

「知らなきゃ教えて上げる。『ブルー・サンセット』、つまり青い夕焼って意味ね」

行武の言い方に彼女も腹を立てたのだろうか、挑むような調子が感じられた。

「なんだと、ブルー・サンセット？」

「そうよ、なぜそんな顔なさるの？」

「おれをからかおうとしてるのか」

「あらいやだ、なにおっしゃるのよ。題名を教えてくれというから、青い夕焼だと申し上げているのじゃありませんか」

紗絽女の切り口上にまくしたてられて、行武は自分の非を悟ったらしく沈黙してしまった。しかしなお心中は穏かではないとみえて呼吸が荒く、平素の蒼白い顔がさらに蒼くなっている。牧は彼がなぜ些細なことでムキになるのかわからぬままに、二人の顔を交互に見くらべた。安孫子も思いはおなじとみえて、子供っぽい目をキョトンとさせて呆気にとられていた。

四人が立ちつくしているうちに、音楽は終った。後日になってみると思い当ることがあるのだけれども、青い夕焼という言葉になぜ彼が腹を立てたのか、そのときの牧にはまったく見当がつかなかったのである。

四人の気まずい沈黙をやぶったのは、外出からもどってきた尼リリスだった。急いで歩いてきたとみえて、頰を赤らめ、上気したように汗をにじませていた。

「あら、橘さんは？」

「釣りに行ったわ」

「そう、紗絽女ちゃん気をつけなくちゃだめよ。いまからこんな有様じゃ、先が案じられるわ。ゴルフ・ウィドウじゃなくて、フィッシング・ウィドウになりかねなくてよ」

「ご心配いりません。いざ結婚したら、あたしの愛情で釣り竿を折らせてみるわ。自信あるの」

「いやだあ、ただでそんなこと聞かされて。東京へ帰ったらなにかおごりなさいよォ」

リリスはひどくはしゃいだように、浮き浮きした調子でいった。

「牧さん、ただいま」

「ああお帰り、めしが冷えちまうといってお花さん心配してたよ。電熱器で温めてくれってさ」

「いいのよ、冷たくても」

彼女は手を洗うと髪の形をちょいと気にして鏡をのぞき、席にすわってひとり昼食をとりはじめた。が、すっかり冷めてしまったのでまずいらしく、ビーフンにはほとんど手をつけなかった。

「温めればいいじゃないの」

「いいわ、面倒くさいんですもの。もう止めとくわ。それよか、明日みんなで三峰山《みつみねさん》へのぼらない？　安孫子さんどう？」

その場の沈んだ空気に、また何かあったなと察したとみえ、リリスはわざとはしゃいだような言い方をした。

「そうだな、ここまで来たんだから一度はのぼってみたいね」

彼はリリスの意図を察したように、すぐ同意した。

「行武さん、あなたも行くわね？」

「ああ」

「紗絽女ちゃんも行くのよ」

「でも、途中でロープウェイが停ったらこわいわ」

彼女は真剣な顔をしてしりごみした。一年ほど前に空中ケーブルが谷の上空数十メートルの高所で停ってしまい、救出されるまで乗客は宙づりのスリルを味わった事件があった。しかもそのとき、日はとうに暮れて、まっ暗になっていたのである。

「なにいってるのよ、橘さんと二人きりだったら喜ぶくせに」

リリスはずけずけと冷やかした。

「あなたは橘さんを口説いてね」

「おいおい、ぼくは仲間はずれかい？」

「そうね、牧さんにはお留守番をお願いしようかしら」

「薄情だね、どうも」

衆議が一決して、ひとしきり三峰山の話がはずんだあと、リリスは口笛をふきながら食器をさげて炊事場へ行った。

小さな波風はあったにしても、このときまでりら荘は平穏そのものだったのである。犯人をのぞいてはだれひとりとして、その平穏が瞬時にして破れることを予知するものはいなかった。

第二の殺人

一

「どうだい行武、ひとつ西洋将棋《チェス》のトーナメントといこうじゃないか」

貴公子然とした牧数人が提案した。

「そいつはいい。挑戦されて逃げるような行武じゃないはずだ、なあ、そうだろう？」

童顔の安孫子も即座に賛成した。彼も牧も、退屈をもてあましていたのである。彼らがりら荘にきたのは確とした目的があったからではなく、アルバイトが終ったところにもってきてきびしい残暑がつづいたものだから、揃って避暑することを思いついたにすぎない。リリスは牧のあとにくっついてきたのだ。

「むだだ、止めといたほうがいい」

行武は長髪をかき上げながら大きく構えた。彼は将棋がうまい。初段ぐらいの実力がある。牧も安孫子もまるで歯がたたなかった。しかしチェスとなると、こちらに一日の長があった。

「ほざいたね、そうこなくちゃ面白くないからな」

「だがね行武、チェスは少々勝手がちがうぜ。アメリカのプレイヤーが世界一周旅行でわが国にやってきたとき、木村名人が帝国ホテルまで手合わせに行ったが、ころりと負けてしまったんだよ」

「そりゃ相手がちがう。きみらとやって負けるようじゃ仕方がないさ。盤はあるのか」

「ある。藤沢氏が愛用したという象牙と黒檀の駒があるんだ」

「成金だけのことはあるね。おれたちのプラスチックのとはわけがちがう。早速やろうじゃないか、指がムズムズしてくるぜ」

　風呂をたきつけている万平老にたのんで、保管してある盤を出してもらうと、応接間のテーブルを囲んで対局することになった。

「きみもやらないか」

「情勢次第ね。あなたが負けたら雪辱戦にでるわ」

　肥ったリリスがいい、紗絽女は紗絽女で、「気が向いたらやるわ」とおっとりした口調で答えた。

　慣れたせいか応接間は昨日ほど暗い感じをうけなかった。あの渦をまいていた濃霧はすっかりはれ上って、晩夏の陽ざしがかっと庭にふりそそぎ、その照り返しが部屋のなかを明るくしている。花壇のカンナの真っ赤な花弁が眩しいほどだ。

　銀貨のトスによって第一戦は牧と行武の組み合わせになった。安孫子と二人の女性にかこまれた対局者は真剣な面持ちになる。行武は長髪のたれさがるのを邪魔にして、手ぬぐいで鉢巻をした。

先番の牧はなにか期するところがあるように歩《ポーン》を動かし、行武も悠然と第一手を指した。とみるや、牧の頬の筋肉はたちまちひくひくと痙攣をはじめ、はじめはそれを無理におさえようとしていたが、とうとうこらえきれずに破顔した。

「チェックだ」

「え？」

「王手だよ」

わずか二手で王手をかけられ、行武は信じられない表情で自分の陣営をみた。謀《はか》らざりき、王様ははやくも敵の女王に狙われて身動き《キャッスリング》もできない。

「しまった、やったな！」

鉢巻を床にたたきつけて口惜しがったが、今更どうにもならなかった。わずか二手で詰めるこの妙手は俗に馬鹿詰め《フールズ・メイト》といわれている。少しでもチェスをさすものは、決してこんなヘマな詰め方はされないはずである。今日の行武はよほどどうかしているにちがいない。一座は彼の口惜しがりようを見て腹をかかえて爆笑した。ようやく人々の間のしこりがとけたようであった。

渋々と席を立った行武のあとに安孫子が坐った。今度の一戦は簡単に片がつきそうもない。庭の松の幹にとまった死に損《ぞこな》いのあぶら蟬が、ゆたかな声でなきはじめた。

「紗絽女ちゃん、喉かわかないこと？　お珈琲でもいれて下さらなくて？」

肥っているせいか、リリスはよく喉がかわくようだ。

「いいわ、いれて上げる」

「すみません。角砂糖も三盆白《さんぼんじろ》も、炊事場においてあるわ」

「珈琲はどこ？」

「炊事場の棚よ。あたしはココアにして頂くわ」

と、リリスが注文をつけた。紗絽女もまた珈琲が胃に合わないので、ココア以外は飲まない。あとの連中はそれぞれモカとサントスとジャワという好みの相違はあるが、珈琲党ばかりである。大体が紗絽女はリリスとちがって主婦型の女性で、台所いじりが好きだった。だからこうした仕事をたのまれると、むしろ嬉々として炊事場へとんでゆく。事実へボ将棋を観戦しているのよりも、台所で珈琲をわかすほうが遥かにたのしかった。

プロパンコンロに火をつけ、水を入れたポットをのせる。棚の上からサンカの珈琲とピーターのココアの缶をおろして、湯のわくのを待つ。そして好きなイタリア民謡の『海に来よ』を口ずさむ。声楽専攻の連中の前ではどうも歌いにくいのである。彼らと共同生活をしていると、それだけがなんとも気づまりでならない。だから紗絽女は独りになると、鎖をとかれた犬が自由にはねまわるように、手あたり次第に好きな歌をうたうのだった。ヴァイオリンの練習をするのは辛いことだけれど、歌はたのしい。歌っていると、時間のたつのがとても早く感じられる。

二、三度くり返しているうちにもうお湯がわいた。珈琲をいれて煮る。いい香りが炊事場に充満する。珈琲嫌いの彼女もこのにおいだけは大好きだ。香りの点ではココアはとうてい珈琲の敵ではない。

つぎに少量の水をわかして練っておいたココアを溶かす。ココアが二杯に珈琲が三カップ。ココアには三盆白とミルクをいれ、珈琲には角砂糖をそえて盆にのせた。

「あら悪かったわね、わがままいっちゃって」

部屋に入っていくとリリスが労をねぎらった。

「そこにのせときなさいよ」

「どっちが勝ったの？」

「牧さんの敗け。今度は、あなたとあたし。あなたのくるのを待ってたのよ」

リリスは積極的な言い方をして、無理に紗絽女をすわらせた。

「まだ、あなたとやったことないわね」

「あたし弱いのよ」

「知ってるわよ、一局教授して上げるわ」

「相変らず鼻息だけはあらいね。これで負けたらなんて言いわけをする気だろう、楽しみだね」

テノールの牧はととのった顔に白い歯をみせた。紗絽女が黒をとり、リリスは白をとって自陣に並べた。

「呆れたね。黒はキングとクインの位置が逆だよ。あれで勝とうというんだから、けなげだね」

と、安孫子が真実呆れたような声をだした。紗絽女は可愛い舌をぺろりと出すと、あわてて二つの駒を並べかえた。

「この王様、少し中性的なんだわ」

「なるほどね、ご夫婦して性の転換かい」

減らず口をたたいているうちに準備なって、紗絽女の先攻で開始された。どちらも駒の動きをマスターしたばかりだから、やることがたどたどしい。

「ほらほら、城《ルーク》が危ないじゃないか、紗絽女さん」

「……今度はきみの僧《ビショップ》が危機一髪だぜ。どうせ生臭坊主なんだ、いっそ殺しちまえ」

「うるさいわね。少ししずかにしてよ」

「これが見殺しにできるものかい、そら、やられちゃった」

女流棋士よりも、かたわらの安孫子と牧のほうが気をもんでいた。

安孫子は腕をのばすと珈琲のカップをとって角砂糖をおとし、スプーンでかきまわすと、ひと口のんだ。

「美味しいとかなんとかおっしゃいよ。黙ってのんでいないでさ」

「うむ、早くのまないと冷たくなるぜ」

彼はリリスにとり合わなかった。自分を拒否した女のいれた珈琲をほめることが、気位のたかいこのバスにとってはなんとも業腹《ごうはら》でならぬらしい。

「一人で飲んでいないで、あたしにも取ってよ」

安孫子は不承不承立ち上ると盆を手にもち、各自に茶碗を配った。リリスはそのままひと息にのんでしまい、紗絽女は駒をうごかしてからゆっくりかきまぜて、うまそうにひと口すった。牧は砂糖を入れずにのみ、バスの行武は神経質そうにちょっと口をつけただけだった。彼は馬鹿詰めされたのが無念らしく、先程から無言のまま、しきりに作戦を練っている様子であった。

「さあ、これで詰めたわ。動けるものなら動いてご覧なさい」

リリスが勝ち誇ったようにいった。紗絽女の王様は二つの騎士《ナイト》ではさみうちされている。

「敗けたわ」

と紗絽女はあっさり駒を投げた。

「ああよかった。あたしがもし敗けたら、えらそうなことをいった手前、どんな顔しようかと思っていたのよ」

リリスは正直にそう告白して席を立った。かわって行武と安孫子の対戦となる。平素から何事によらず対立しがちなふたりのことだ、盤上いかなる風雲をよぶか、観戦者も大いに興味をもって見守っていた。果して劈頭《へきとう》から乱戦となり、安孫子の王様は早くも疎開の準備にとりかかった。

小柄な紗絽女は口に片手をあててなまあくびを嚙み殺すと、つと立ってテラスの扉のところにたたずんで、こちらに背を向けて花壇を眺めている様子だった。

ややあって、「いま時分になるとほんとにいいお天気ね」と独りごち、耳をすませるようにちょっと黙ってから、「あら、郭公《かっこう》かしら」とつぶやいた。

秋口になろうとするこの頃、郭公が鳴くはずもない。おそらく山鳩かなにかの声をきいたのだろうが、リリスも牧も黙っていた。行武と安孫子は、なにものも耳に入るゆとりはない。指しつ指されつの熱戦にわれをうちこんでいる。

そうした状態がしばらくつづいたのち、扉の前にたたずんでいた紗絽女のクルリと振り返った気配に、牧はなにか異様なものを感じたのか、ふとそちらを見た。

「どうかしたの？」

「なんだか……頭が……いたいの」

元気のない声の調子に、リリスもいぶかるように彼女を見た。紗絽女は目を大きくひらいて、夢遊病者のように両手を前につき出すと、危なそうな足取りで歩きはじめた。

「どうしたのよ、紗絽女ちゃん」

「目まいがするの……。チラチラして物が見えないのよ」

「なんですって?」

リリスはあわててとんでいくと、両腕をのばして彼女の体を支えた。牧も手を貸して、椅子に坐らせた。行武も安孫子も驚いたように駒をすてて、紗絽女の顔に目をむけた。

「病気だな。二階の部屋に、つれて行ったほうがいいぜ」

「紗絽女さん、手を貸してやるよ。上へ行って寝たまえ」

行武と安孫子にいわれてうなずくと、彼女はよろよろと立ち上りかけ、ふたたびどすんと坐ってしまった。と同時に手足に急に痙攣がきて、顔の筋肉がひきつるように歪み、笑っているような表情になった。

「……頭が痛い。……頭が」

そういったかと思うと大きく体に波をうたせ、一声二声うめいてから、両手で服の胸をかきむしるようにひきさいて、床の上に仰向けざまに崩れおちてしまった。

二

「紗絽女ちゃん、しっかりして、紗絽女ちゃん!」

リリスはひざまずくと紗絽女をかき抱いた。ふたたび痙攣が手と足からはじまって、紗絽女の体はリリスの腕のなかではげしくふるえた。その拍子にペンダントをひきちぎったとみえ、固く握った左の拳から細い金のくさりがだらりとたれていた。男たちは茫然とつっ立ったきり、なにをすべきか、とまどっている。

「あんたたち何をぼんやりしてるのよ」

「ベッドへつれて行こうか」

「こんな苦しんでいる人を動かすことができるものですか。牧さん、いそいで洗面器をかりてきて頂戴！　そして万平さんをお医者にやって」

牧はあたふたと出ていった。紗絽女はなおも痙攣をおこし、その合間にうわごとをいった。

「苦しいでしょ？　我慢してね、いまお医者さんがいらっしゃるわ」

とリリスはやさしくあやすように声をかけた。こうした場合の看護は、やはり武骨な男よりは万事によく気がつく女性でなくてはならない。

紗絽女は抑揚のない声で、とぎれとぎれに意味のとれないことをつぶやきつづけた。

「橘のことをいってるんじゃないか」

「そうだわ。あの人、なにを呑気な真似してるんでしょう。安孫子さん、お願い、すぐ呼んできて」

「ああ、いいとも、どこにいるんだろう？」

「川下で釣るんだといってたわ」

「よし、行ってくる」

安孫子が横っとびに飛んで出たあと、紗絽女はまたも痙攣をおこし、激しい痛みをこらえるように唇をふるわせた。その拍子に胸のポケットからすべりだしたものか、小さなペンナイフがコトリと床の上に転りおちた。白字でMのイニシャルが入っている。

「あら行武さん、まだそこにいたの？」

「なにか用はないかい？」

「そうね、万平さんのかわりに、あなたに行ってもらいましょうか、自転車で行ってよ、そのほうが早いわ」

「どこだい、医者は？」

「駅の近くよ、きっと。あ、その赤いナイフひろって、このテーブルにのせといて」

彼が出ていくのと入れ違いに、牧が洗面器をもって駆けこんだ。

「済みません、お使いだてして。じゃ、あたし、吐かせますから」

「よし、手伝おう」

「駄目よ、扉の外に立っていて頂戴。女の人って、汚いところ見られるの恥ずかしいものなのよ」

どの男もまったく度を失って、ただリリスのてきぱきした指示をうけて右に左に動いた。牧がすごすご出ていこうとすると、入れ違いに、廊下のかなたから万平老があたふたとかけつけてきた。平素の人の好い顔が、いまは憂いに曇ってまるで仏頂づらにみえる。

「ああよかった、おじさんなら手伝ってもらえるわね」

リリスはほっとしたように叫ぶと、牧の背中に声をかけた。

「牧さん、出たらドアはぴったり閉めて頂くわ」

扉がしまるのを待って老人の手をかり、紗絽女に吐かせた。彼女はすでに半ば意識を失ったようにぐったりとなっている。

「これ、捨ててくべえ」

いやな仕事がすむと老人は洗面器に手をふれた。

「お医者さんに見せるのよ、そのままにしといて頂戴」

「なんの病気かなあ」

「日本脳炎じゃないかと思うの」

「ここに蚊はいねえ」

「だから東京で刺されてきたのよ」

「おっかねえところだな、東京は」

老人はつくづくと都会を嫌うようにいった。紗絽女はすっかり意識が混濁してしまったらしく、かすかに喉をならして昏睡状態におちいっていた。

「牧さん」

リリスは扉に向って叫んだ。

「もういいのかい？」

「ええ、大分しずかになったわ。二階の寝室に連れて行きましょうか。ここでお医者さんにも見せられないし。手伝って頂ける？」

「いいとも」

牧は病人の上体をかかえ、万平老が脚をもってそっともち上げた。痙攣はすっかりおさまり、軽く目をつぶったまま紗絽女はなにも気づかぬようだった。リリスは先に立ってドアをあけると、階段を先導して二階に上がり、紗絽女の部屋の扉を開いた。毛布をとりのけ枕の位置をなおす。小柄な紗絽女は、ベッドの上に羽根のようにふわりと横たえられた。顔色は真っ蒼で、ウエーブをあてた髪が無慙《むざん》にも乱れている。リリスはそっと毛布をかけた。昏睡しているうちにも劇痛がおそってくるのか、ときどき唇の端がきりきりとひきつるように歪んだ。六つの眸がいたましそうにそれを見守っていた。

「遅いな」

と牧は腕時計をみた。

「お医者さん？」

「医者もだが、橘もだよ」

「お医者は自動車をもっとるで、あと十分もしたら来ますべえ」

「あらそう、それじゃ応接間片づけといたほうがいいわね」

「いや、洗面器はわたしが始末すべえ。お嬢さんは看護をつづけたほうがええ」

万平老はのっそりと立ち上って出ていった。

牧はほとんど三十秒ごとに腕時計をみた。ひいでた眉の間に刻みこまれた深いしわが、いらだつ胸中の気持をよくあらわしていた。六、七分すぎたころだろうか、玄関に人の気配がした。

「来たぜ」

二人はほっとしたように顔を見合わせて部屋をとびだした。走るように階段をおりてみると、それは医者ではなくて安孫子だった。彼の子供子供した顔は不安におののいていた。まるで泣き笑いの表情であった。

「どうしたの、橘さんは？」

「いないんだ、いないんだよ」

「おかしいわね、よくさがしたの？」

「さがしたとも、下流にそって両岸をずうっと歩いてみたんだ。いないから、だれかほかのやつが呼びにきたのかと思って、帰ってみたんだよ。松平さんは？」

「少ししずまってきたらしい、もうすぐ医者も来る」

「そいつは安心だ。それじゃ、ちょっと、これを見てくれないか」

と、彼は一枚のカードをさしだした。

「なんだい？」

牧の眉のあたりがにわかにけわしい表情に変った。

「どこにあったんだ！」

「あそこだ、郵便受けのなかだ。帰りがけにふと見るとなにか入っているようなので、手をいれてみたらこいつだったんだよ」

安孫子の声はバスだから、こんな場合もどっしりと聞こえる。だが決して落着いていたわけではないのだ。

「あら、スペードのカードじゃないの」

と、リリスが声をふるわせた。

「そうだ、スペードの2だよ」

「2ですって？　すると……すると……」

「そうだよ、これは第二回目の殺人を意味するカードなんだ。紗絽女君は病気じゃなくて犯人に殺されかけたんだ。もし彼女が死んだなら、これは第二の殺人になるんだよ」

彼は早口でそういうと、ふと思いだしたように顔色を変えた。

「そうだ、あのココアの中に毒が入っていたのかもしれん」

「そうかもしれないわ。カップを保管しておかなくちゃならないわ、紗絽女ちゃんのカップを」

三人はあわてて応接間にかけこんだ。さいわいカップはまだ手をつけた様子がない。

「紗絽女ちゃんのカップ、どれかしら？」

「ココアだから、こいつだろう。向うがきみのカップじゃないか」

それぞれのカップには、リリスのうすいピンクの口紅と、紗絽女のオレンジ色のルージュがついていたことで容易に識別することができた。

「それ、厳重に保管しといたほうがいいわよ。あとは洗ってもかまわないけど……。おじさーん」

彼女は風呂のたきつけ口のほうに声をかけた。

「なにかね」

「あとのカップ洗って頂戴ね。それからこのカップ」

と紗絽女の茶碗を指さして、おごそかな声でいった。

「どこかに大切にしまっておいてほしいのよ」

「こ、この茶碗をかね？」

「そうよ、金庫があれば金庫のなかがいちばんいいわ。そしてだれがなんといっても渡しちゃだめよ」

それだけいうと、二階が気がかりになるように階段を上って行った。牧もすぐあとを追う。万平老は紗絽女の飲んだカップを大切そうに持って、事情がのみ込めそうもない顔つきで出ていった。

応接間には小男の安孫子だけが残された。彼は腹立たしそうに、椅子とテーブルのまわりをちょこまかと廻りはじめた。彼の童顔には不安と焦慮と立腹の色が次第にこくひろがってきた。

「おれがとってやったカップに毒が入っていた……。おれがとってやったカップに毒が……」

彼はおなじ文句を幾度もつぶやき、そして爪をかみながらなおも歩きつづけていた。

第二回目の殺人はこうして遂行された。

砒素

一

「ご免！」

玄関でふとい男の声がした。それを聞いて、応接間のなかで円を描いて歩きまわっていた安孫子は、すぐにとんで出た。

鼻下に髭をたくわえた丸顔の中年の紳士と、くたびれた折り鞄を小脇にかかえた白衣の看護婦が立っている。門の外に、医師が乗ってきたのだろうか、緑色のコロナが見えた。

「急患だというのでいそいでやって来たのですが……」

「ええ、症状がひどいんです。どうぞこちらへ」

ほっとした表情をうかべて安孫子がスリッパを二足そろえたとき、万平老とリリスがあたふたと出てきた。彼女は鞄をひったくるようにして受け取り、先に立って部屋にみちびいた。安孫子は医者のパナマを帽子かけにかけて、後につづいた。

紗絽女のわきに腰をかけて患者を見まもっていたテノールの牧数人は、医師が入ってくる姿をみるとそそくさと立ち上って、しかし礼儀正しく会釈をして席をゆずった。

「あたくし、洗面器を持ってきます」

リリスが廊下に出ようとするのを医者はとどめて、看護婦がさしだした消毒器のふたをあけ、アルコールをひたした脱脂綿で手早くかつ丹念に指をふいた。看護婦はものなれた手つきで器用に患者の服のボタンをはずし、胸を開きにかかった。

「ぼくら、遠慮していよう」

牧はそういって安孫子をさそうと廊下に出た。音もなく閉じられた扉を、安孫子は心配そうに見つめたまま、終始ものをいわなかった。しかし牧も想いはおなじとみえて、これまた黙々と、しきりに小指の爪をかんでいた。

まもなく、湯をいれた洗面器をささげるようにして万平老人が上ってきたが、診察がすでに始まっていると聞いて、沈んだ面持ちで扉の前に立ちつくしていた。室内からもれてくる微かな物音に、三人の男は異常な熱心さをもって聴き耳をたてるのだった。

応急の処置は十分もつづいたであろうか、やがて扉が内側から開くと、リリスが、ひきつったような顔をのぞかせて、みじかく告げた。

「お入りになって……」

部屋に入ったとたん、牧も安孫子も、患者の生命が絶望にちかいことを敏感に悟った。紗絽女は目を半ばひらき、顎のあたりまでタオルの夏布団をかぶせられて、完全に意識を失っているらしかった。

「いかがでしょう、先生？」

牧に声をかけられて、医師はちらっとベッドに視線をやると、むずかしい顔をしてかるく首をふった。そして万平がさしだす洗面器の湯で手を洗い、丁寧にタオルでふいたのち、鞄をかたわらにおしやった。卓上には聴診器や数本の注射器が乱雑においてある。

「毒物にやられたことは明らかですな。あなた方の好むと好まざるとにかかわらず、医師の義務として警察にとどけなくてはなりません。ちょっと、きみ、駐在所の和田《わだ》さんまで行ってくれませんか」

万平老人が出ていくと、あらためて医師は男女の大学生をかえりみた。

「駐在所はすぐそこにあるんです。電話で本署に通知すれば、追っつけ係官がやってくるでしょう。その前に予備知識を得ておきたいと思うんですが、一体、どうしたわけでこうなったのですか」

事の重大さに緊張した医師は、同時に、いかにして患者が毒物をのむにいたったかということに、大きな興味を感じているようだった。彼は、牧のかいつまんだ話に熱心に耳を傾けていたが、やがて聞き終ると、顔を上げた。

「そのココアの茶碗は保存してありますか」

「ええ、万平さんに頼んで保管してもらってありますわ」

「そりゃいいことに気がつきました。ちょっと拝見」

お花さんがすぐさま持ってきたカップをうけとると、小指の先にココアをつけて匂いをかぎ、ついで舌にのせて味をみた。

「症状からみて大体の見当はついていたんですが、やはり砒素系統の毒ですな。味もなければ匂いもない。十人が十人とも気づかずにのんでしまいますよ」

と、彼は声を小さくして囁くようにいった。

牧と安孫子と女の眸が、火花をちらすように激しくぶつかる。安孫子がなにか発言しようとして口を開けたとき、扉があいて一足おくれて着いた行武が入ってきた。

「あら、ご苦労さま」

リリスのねぎらう言葉が耳に入らぬように、彼はつかつかとベッドにちかづくと紗絽女の顔をそっとのぞいて、医師に質問するでもなく、無表情な顔で部屋のすみに立った。が、その視線が牧のポケットから首をのぞかせているカードの上にとどまると、にわかに驚いた顔になった。

「おい、そのカードはなんだ」

「郵便受けに入れてあったんだ。スペードの2だよ」

行武がどんな反応を示すか、それを試そうとするかのように、牧は語尾に力を入れて答えた。

「こんな場所で冗談は止せ」

彼はたちまち嚙みつきそうな顔になった。

「冗談をいってはいない。事実なんだ」

牧はおだやかに答えた。

行武の剣幕を、事情を知らぬ医師は、眉をひそめて非難するように見上げている。それに気づいた行武はあわてて話題を変えようとしたのか、「橘は?」と訊いた。

「まだ帰らないんだ。どこで釣っているんだろうな」

「さがしたのか」

「おれが行った。いくらさがしても姿が見えんのだ」

牧にかわって安孫子がぶっきら棒に答え、行武はそれをはねかえすように、「さがし方が悪いんだろう、さがし方が」といった。

「手をわけてさがしたらどう? フィアンセが大変だというとき、のんびりお魚を釣ってるなんてどうかと思うわ」

リリスが批難するとおりだった。病人の容態に気をとられてうっかりしていたが、早く橘を呼び戻して許婚者の枕元にそわせてやらねばならぬ。このままでは紗絽女も可哀想だし、そんなこととは夢にも知らずに糸をたれていた太公望《たいこうぼう》にも気の毒である。

四人が廊下にでて手筈をきめていると、入口のホールにだれか訪れた気配がして、男の声が聞こえてきた。一人が万平老であることはすぐ判るが、もう一人、聞き覚えのある声がまじっていた。

「刑事じゃないか、この前の……」

安孫子の声は悲鳴に近かった。

「ばかに早くきたね」

牧も不安な面持ちでいった。

やがて先頭に立って階段を上ってきたのは果してあの刑事だった。そのうしろに恰幅のいい中年の男がついてくる。刑事はすでに顔なじみになっているので軽く頭をさげると、行武の肩をそっと叩いていった。

「あんたのいわれたとおりになったですな、え?」

部屋に入った男たちはしばらく医師と話をしている様子だったが、やがて、幾分緊張した面持ちで出てくると、男女の学生をかえりみた。

「先日の客間で少々うかがいたいことがあるんですが……」

そして返事を待たずに、一同をうながして階段をおりた。

二

応接間の丸テーブルの上にはまだチェスの盤がのせられ、駒がならべられている。対局していた行武と安孫子がおどろいて立ち上った椅子も、紗絽女が苦しみもだえながらころがりおちた椅子もそのままであった。男女の学生は古戦場をながめる観光団のような顔をして入口にたたずんだ。

「ちょ、ちょっとそこで待っていて下さいよ」

刑事と、もう一人の男は扉のところで男女を制すると、あたりの様子を頭に刻みこむように、するどい視線を八方にはなちながら、テーブルを一周した。

「結構です。席におつきになって下さい。おや、椅子が足りないな。仕方がない、わたしはこの不吉な椅子で我慢しましょう」

刑事は紗絽女が坐っていた椅子をもってきて腰をおろすと、蒼ざめた一同の顔を刺すような目で見わたした。

「じつはですな、この間の炭焼きの怪死事件を調査するために県本部から原田《はらだ》警部たちの一行がみえて、駐在所で休憩しているところに、園山老人がご注進にあらわれたというわけでして。紹介しときます。こちらが原田警部です」

警部は坐ったまま、鉢のひらいた大きな頭を一同の前につきだすようにしてお辞儀をし、学生たちも同じく坐ったままで挨拶をかえした。造作の大きな、あくのつよい顔をした六尺ちかい大男で、つき出した下腹を両手でかかえるようにし、いかにも大儀そうにみえた。

「郵便受けのなかにスペードの2が投げこんであったというではないですか。どなたがお持ちなんですか」

「わたしです」

と、牧はポケットのカードを卓上にのせた。刑事は、自分のポケットから参考品として押収しておいたらしいスペードのAをとりだし、すばやく二枚を比較したのち警部にわたした。

「犯人がいよいよ第二の殺人にのりだしたことは明らかですが、ココアを調理したのはどなたですか」

「それは松平君自身なんです。自分でつくったココアに毒が入れてあったというわけです」

すかさず答えたのは安孫子宏だった。

「自分でつくった？」

と刑事は意外な顔をした。

「まさか自殺じゃあるまい」

「自殺ということも考えられるじゃありませんか」

と、安孫子は懸命に喰いさがった。

「これはぼくの想像ですから、そのつもりで聞いて頂きたいんですが、あの炭焼きを殺したのは紗絽女君じゃないかと思うんです」

「これは新説だ。しかし当時の彼女は、橘君と一緒に散歩していたという話ではなかったのですか」

刑事は橘の姿の見えぬことに気がついた。

「おや？　橘君は？」

安孫子はそれに答えずに、せきこんだ口吻で自分の推理を開陳した。

「でも刑事さん、紗絽女君と橘が終始一緒にいたかどうか、そこまで追及したわけじゃないでしょう。二人が散歩しているとき、紗絽女君はふと崖のふちを歩く尼リリス君の姿をみた。尼君と思ったのは、いうまでもなく炭焼きが尼君のレインコートを頭からかぶっていたから誤認したわけですが、紗絽女君は尼君に対してなにかわれわれの知らぬ殺害動機を持っていたかも知れんのです。そこで適当な口実をつけてちょっと橘のそばを離れると、尼君に近づいてこれを崖下につきおとしてスペードのAをなげおとしたのち、なにくわぬ顔で橘のところに戻ってきた……というわけですな。松平君に首ったけの橘のことだ。まさか彼女が犯人とは思わないから、わずかの時間を利用して殺人をしたとしても気がつくはずはない。或いはまた、愛する女のために彼もグルになったということも考えられぬわけではないです」

「そうかも知れぬ。なかなか面白い見方です」

と、刑事は陽焼けした顔に微笑をうかべていい、一方、原田警部は無言のまま目をひからせていた。

「するとですよ、いずれ発覚することを予期した松平君は、司直の手のとどく前に自殺することを決意した、ということも考えられるではありませんか」

「わざわざスペードの2を郵便函に投げこんでですか」

刑事は納得ゆきそうにない表情で、安孫子に反論した。

「つまりですよ、犯人の心理を分析すればすぐにわかることなんだけど、自分が殺人者であることを知られたくなかったんですな。とくに、愛している橘に対してね。だから、自分が第二の犠牲者であるように偽装する必要があったのです」

すると、由木刑事が答える前に行武が口をはさんだ。

「自殺説も成立するけど、それならば、過失死ということも考えられるじゃないですか。彼女が尼君を殺そうと思っていたことは、炭焼きを誤殺した事件をみれば明白です。ところで第二の事件の場合、ココアをのむのは松平君と尼君の二人だけなのですよ。殺人を計画していた紗絽女君が前もって毒薬を用意していたことは当然考えられます。台所で尼君のカップに毒を入れると、残った分は下水に流してしまったに違いないです。証拠となるべき毒物を捨てずに持っていて、あとで身体検査をされたときにばれてしまったら一大事ですからね」

刑事はかるく相槌を打った。

「さてこの部屋にもどってココアを分配しようとしたとき、これはあとの諸君も覚えているだろうが、尼君が彼女のもどってくるのを待ちうけていて、すぐチェスのプレイに誘い込んでしまったのです。松平紗絽女君はこれには困ったに違いないと思います。いやだというとかえって怪しまれる。仕方なしに素直に相手になったのが、間違いのもとだったんです。そんなこととは露知らぬ安孫子君は、みんなに飲み物をくばるとき毒入りのカップを尼君ならぬ本人の松平君にわたしてしまった」

「え、茶碗を配ったのはあなたなんですか」

刑事に聞きとがめられた安孫子は瞬間しまったという表情をみせたが、行武は強引にそのまま話をつづけた。

「松平君としては一か八かというところに追いつめられたわけです。いや、一か八かではなくて、こうなると自分がやられるか尼君を倒すか生死のチャンスは五分と五分です。かといって、躊躇していたのでは怪しまれてしまう。それは、自分が犯人であることを告白するようなもんですからね。あのとき紗絽女君はひと口ふた口すすったが尼君はひと息に飲んでしまったろう。あんな濃いやつをよく飲めるもんだと思って感心していたから、覚えているんだ」

彼は憑《つ》かれたように喋りおわると、反響を知ろうとするかのように、正面きって、リリスの顔を見た。だが彼女は、疑わしそうな冷淡なまなざしでこの小意地のわるい九州男児の蒼い頬のあたりを見つめたまま、ひとことも返事をしなかった。行武はばつがわるそうに安孫子に視線をやったが、これも黙りこくっている。彼はますます慌てて、救いをもとめるように、牧に眸を移した。

「うん、そうだな、ぼくも覚えているよ」

と牧は微笑みながら答えた。

「すると、なんですか安孫子さん、ココアをいれたのは松平さん自身だが、そのココアはいったん彼女の手をはなれて、あなたの手に渡ったということですね？」

「そ、そうです。ほ、ほんのちょっとですけれどね」

「あなた以外に茶碗にふれたものはいませんか」

由木刑事は遠慮のない目で一同を見廻した。先刻から質問はもっぱら刑事ひとりがやり、肥大漢の警部は黙したまま一言も口をきかなかった。その重々しい態度が、男女には、なにかうす気味わるいものに思われるのだった。

「ぼくは手をふれませんね」

「あたしもよ」

「松平君は、盆をもってくると、その小テーブルにのせたままチェスをはじめたんです。小テーブルのすぐとなりに安孫子が坐っていたのですから、彼が茶碗をくばるようになったのは極めて自然なことですし、また他のものがわざわざカップをいじるとしたら、かならずだれかの目にふれたに違いないんです」

牧が説明した。由木刑事は、一同を当時の席に坐らせて、小テーブルとの距離を実地にたしかめた。安孫子以外のものが投毒するとなると、どうしても椅子を立たなくてはならない。だが、あの当時席を立ったものはひとりもないことが、みなの記憶によって明らかになった。

「松平さんが毒入りのココアを誤って飲んだという説には同感できませんな。どちらかの茶碗に毒が入っている場合、彼女がココアに口をつけるはずがない。尼さん一人に飲まして、毒が入っているかいないか、その効果のあらわれるのをひそかに待つのが当然でしょう？すぐに飲まないからといって怪しまれるわけもないです。なにも、自分で命をかけて危ない橋をわたる必要は、さらさらないじゃありませんか」

刑事はあっさり紗絽女犯人説を駁《ばく》し、茶碗を配った安孫子の立場は一段と不利になっていった。

「そういえば安孫子さん、昨日あなたは妙なことをおっしゃっていましたな。松平さんに失恋して可愛さあまって憎さ百倍、ということでしたね？　そうじゃなかったですか」

まずいことを喋った、とでもいうように、彼はまるい童顔をしかめた。

「先程あなたは、松平さんが炭焼きを尼さんであると誤認して、崖からつきおとしたのだといわれましたが、この話は、犯人と狙われた人物とを変更しても、説明がつくのじゃないですか。つまりです、犯人は余人ならぬあなたであって、炭焼きを松平紗絽女さんと誤認してつきおとしたとも考えられるじゃありませんか。あなたは兇行時刻には自室にいたといわれるが、樋をつたって地上におりることは、男なら必ずしも不可能ではないのですよ」

刑事はこうきめつけておいてから、ふと語調をかえると、他の連中をかえりみた。

「どうです、安孫子さん以外に被害者とトラブルのあったものはいませんか」

するとリリスがニヤニヤ笑いをうかべて、挑むように答えた。

「あたしが郵便局から帰ってきたとき、紗絽女ちゃんと行武さんが妙に白い目をむいていたわね。なにかあったんじゃない？」

「いや、ありゃなんでもない。トラブルというほど大げさなもんじゃないよ」

牧がもみ消すように否定した。

「なんです、そりゃ？」

「つまらぬことですよ。行武君と松平君とがちょっとした、ほんとにちょっとした口論をしただけです」

「そりゃ是非きかせて頂きたい」

「刑事さん、この行武君という人は大体が天邪鬼《あまのじゃく》で臍《へそ》曲りですから、一日に何回かは、必ずいさかいをやるんです。とりたてていうほどのことはないですよ」

「牧さん、わたしも人間の端くれですから、隠されれば隠されるほど好奇心をあおられますな。些細なことでも構わんです。どなたかその話をきかせて下さい」

すると、しぼんだ花のように頭をたれていた安孫子が急に元気づいて顔を上げ、行武の蒼白い顔に敵意のこもった視線をなげて、おもむろに口を開いた。

「そのいきさつはぼくが話します。ちょうどラジオがアルゼンチンタンゴをやってたとき、行武が曲の名を訊いたんです。それに対する松平さんの返事が気にくわなかったとみえて、急に怒りはじめたというわけです」

「そりゃ違いますよ、刑事さん」

行武はじっとしていることができずに立ち上った。

「ただ単に返事が気にくわなくて怒ったというと、いかにもわたしが短気で思慮のない男みたいな印象を与えるじゃないですか」

「ほう、すると怒るだけの正当な理由があったというわけですな。なんです、それは？」

「その前にわたしが疑問に思うのは、そんなつまらんことが殺人の動機になるかという点ですよ。発作的な兇行は別として、今度のような計画的な殺人をやる以上、犯人としても、発覚した場合に法的に最高の制裁をうけることは覚悟しているはずです。自分の生命をかけてこれだけの犯行をするには、それにふさわしい大きな動機がなくてはならんと思いますね。愚にもつかぬことで人を殺すほどわたしは馬鹿ではないです。それとも、このわたしの考えはまちがっているとおっしゃるんですか」

行武は、ひたいにたれさがる毛を邪慳《じゃけん》にかき上げながら、憤懣《ふんまん》やるかたない面持ちである。

「たしかにそのとおりですな」

刑事は煙草をとりだして火をつけると、ゆっくり一服した。そして行武が腰をおろすのを待って、説いてきかせるようにいった。

「もっとも、犯人は百パーセントの自信を持っているようだから、万一の場合の覚悟などしていないかも知れませんな。それからついでに申しておきますが、こうした事件が発生した場合、捜査官としてはどのような些細なことでも見逃すわけには参らないのです。それが事件の解決にどんなひっかかりを持たぬとは限りませんからね。そこで改めてお訊ねしますが、松平さんがタンゴの曲名を教えたときあなたが怒られたという、その正当な理由なるものはなんでしたか」

言葉尻をつかまえられたことを悔いるように、行武はまずい顔をした。

「黙っておられてはわかりませんな。牧さん、あなたおっしゃって下さい」

「お望みとあれば仕方ないですな」

牧は迷惑そうな表情をうかべながら、行武のほうをみた。

「行武君のいうとおり、松平さんの返事のしかたに腹を立てたのではなくて、返事の内容に立腹したのです」

「返答の内容といいますと？　彼女はなんと答えたんですか」

「青い夕焼、ブルー・サンセット……と、たしかそんなことをいいましたな」

「ブルー・サンセット？　聞いたことのない曲ですね」

「いいえ、原名を聞けばだれでも知っていますよ。『さらば草原よ』という――」

「ああ、あれですか。それがアメリカに入ると『ブルー・サンセット』となるんですね」

「『エル・チョクロ』が『キス・オヴ・ファイア』に変るようなもんでしょう」

こうした些細な会話のなかに、あとになってみると謎を解くに足るキイが秘められていたのだけれど、刑事としては珍しく知的な彼も、そこまでには気づくわけがなかった。

「行武さん、あのタンゴのなにがあなたの気に障ったんですか」

訊かれた行武は庭の赤いカンナを眺めたまま、返事をしない。

「聞こえないのですか、行武さん」

刑事がつづけて二度よびかけたとき、彼はくるりとこちらを向くとティンパニイを強打したような激しい声で怒鳴り返した。

「いやだ。返事はせん。なんといわれても答えたくない！」

「それなら、強いてお訊きしません。多少の暇はかかるが、やがてつきとめてみますよ」

「勝手にやったらいい。なにもことわる必要はないです」

と、行武は肩をそびやかし、警部は黙々としたままするどい視線を行武にあびせた。その、気まずい空気をとりなすように口をはさんだのは牧である。

「しかし刑事さん、行武君と彼女との衝突は今日の正午すぎのことですよ。しかるに第一の事件はずっと以前に発生しているじゃないですか。したがってタンゴの問題にかかずらう必要はないと思いますがね」

「それもそうですな」

由木刑事は意外なほど素直におれた。この場の空気をやわらげて、調査をすらすらとはかどらせたく思ったからに違いない。

「どうです、みなさん。ほかに松平さんに対して動機をもつかたはいませんか」

「あのかた、どうかしら？」

リリスは容疑者の総ざらえをするつもりか、刑事の問題にすぐ応じた。

「紗絽女ちゃんを恨んでいるに相違ないわ」

「だれですね、その人は？」

「橘さんをとられてしまったんですもの。恨み骨髄に徹してるはずだわ。でも、いま東京に帰ってるから事件に関係ないわね」

「ははあ、日高鉄子さんのことですな。その、橘さんをとられたという話をくわしくきかせて下さい」

リリスが先頃の、婚約発表の件を早口で喋ると、二人の係官はしきりにうなずいていた。牧は、彼女の多弁をいささか苦々しく思っているらしく、男らしい跳ね上った眉をひそめていた。一方、行武と安孫子はそれぞれ鉄子に好意をもっているせいか、リリスのよく動く唇を憎悪のこもった眸でにらみつけていた。

のちに彼女が殺された際に、刑事はすぐにこのときの各人が示したさまざまな表情を思いうかべたのである。

赤いペンナイフ

一

応接間の扉を激しくたたく音がしたので、人々はいっせいにそちらをふり返った。

「どうぞ」

という刑事の声に応じて扉があくと、先程の看護婦が片手でノブをにぎりしめて早口で告げた。

「患者さんの容態が急におかしくなりました。お話中をなんですけど、すぐおいでになって下さい」

「そりゃいかん。諸君、行ってあげ給え」

刑事は一同にいうと自分も腰をあげた。四人の学生の顔が一瞬蒼ざめ、中でも安孫子は頰を痙攣させていた。

病室の前に立った看護婦が空巣狙いも及ばぬほどしずかにドアをあけた。医師は右手にからになった注射器をにぎり、ベッドの上におおいかぶさるようにして紗絽女の容態をうかがっている。

「駄目ですな、あと五分ともたんでしょう。砒素中毒は経過のながいのが普通なんですが、この人は心臓があまり丈夫でなかったとみえる。いずれにしても時間の問題でしたがね」

医者は無遠慮な大きな声で語った。瀕死の紗絽女にそれが聞こえるはずのないことを充分に承知しているような彼の態度をみて、人々は胸中に抱いていたもしやという希望が崩れていくのを感じた。紗絽女は枕にふかぶかと頭をうずめ、すでに苦悶の時期はすぎたとみえて昏睡状態をつづけている。

牧も、リリスも、行武も、そして安孫子も、彼女の枕元をぐるりと囲むようにして、無言のまま学友の顔を見つめた。四人の男女はどれもこれもが、憂いにみちた表情をうかべ、いまや吹き消されんとする紗絽女の生命のともし火を痛々し気に見守っていた。係官は床上の犠牲者にはまるで関心を示さず、言い合わせたように牧たちの顔をじっと見つづけていた。しかし係官の視線がいかに鋭くても、彼らの表情から犯人を察知することは、とうてい不可能であった。

あと五分といった医者の判断はわずかではあったが狂っていた。三分のちに紗絽女が、最後の息をひきとったからである。医者も看護婦もつくすべき手段はつくしたためか、べつに慌てるふうもなく、落ち着いた調子で彼女の魂が昇天したことを告げた。紗絽女の頬にかすかに残っていた生色が、その途端にふっとかき消えたように見えた。こうして犯人は第二の殺人に成功したのである。

看護婦が紗絽女の顔に真っ白いガーゼをのせたのと、牧が口を開いたのとは、ほとんど同時だった。

「おい、橘を呼んでこなくちゃならんぞ」

「そうだ、すぐ知らせなくてはいかんな」

「それもそうだけど、なんて告げるか、その口上を考えていかなくちゃならないわ」

「そりゃきみのいうとおりだな。だしぬけに松平君が毒殺されたと伝えたら、卒倒してしまうかもしれない」

「急病だといったらどう？　食あたりかなにかでお医者さまに診察して頂いているってふうに……」

「そうだね、そういうほかはあるまいね」

牧とリリスと行武は首をあつめて相談をしていたが、安孫子はその仲間に加わらないで、窓から庭を見おろしたままなにごとかじっと考えている様子だった。彼が手渡したカップに砒素が入っていたとなると、安孫子はだれよりも不利な立場に立たされる。平素は傲岸不遜、小さな体を反り身にして歩く安孫子が打ちのめされたように元気を失っているのは珍しいが、それも無理はないことかもしれなかった。その安孫子は自分にそそがれている執拗な視線を意識してか、ちょいとふり返った。そして原田警部のきつい視線に射すくめられて、ドギマギして向こうをむく。首筋のあたりがみるみる赤くなった。

「おい安孫子、きみはどの辺をさがしたんだ？」

牧に声をかけられて、ほっとしたようにそのほうを向いた。

「川下さ。そうだな。両岸を三百メートルばかりさがしたね」

「見落したんじゃないか」

「そんなことはない、空色のシャツに白い半ズボンだから、すぐ目につくはずだ」

牧は下顎をつまんで考えるふうだったが、ついで尼リリスの肥った顔に目をやった。

「リリちゃん、たしかに川下で釣るといってたのかい？」

「そうよ、あそこに吊り橋が架《かか》ってるでしょ、あの下流で釣るんだっていってたわ。でも、いないとすると、どこに行ったのかしら……」

「釣り師は穴場を求めて移動するからね、川下で釣るといったからって、川下にいるものとは限るまい」

「そりゃそうね。それじゃあなたとあたしで、も一度川下をさがしましょう。安孫子さんと行武さんは手分けして川上をさがすといいわ」

リリスはテキパキと指示した。安孫子と行武はたがいに反撥しあうようにチラと顔を見たが、組み合わせに不平をいってる場合ではない。やがて男女はふた組に分れると、川下と川上めざしてりら荘を出た。四人の学生がいなくなると、とたんに邸内がしんとしずまる。

「解剖するとなると早いほうがよいと思いますな。まだ気温が高いですからね」

医者が注意をした。

「すぐ連絡をとらせますよ。夕方までには一行が到着すると思うんですが、それまで待ってもらえますか」

「そうですな、ぐずぐずしているといたんできますが、夕方までなら大丈夫でしょう。わたしのみたところでは砒素系統の毒物による中毒ですけれど、果してそれが当っているかどうかは専門家がくればすぐ判りますよ。しかし砒素化合物のうちの何による中毒であるか、ということは分析してみなくちゃ答がでないし、少々時間もかかりますね」

医者はそういいながら指を消毒し、よれよれのボロ鞄をひきよせて、口をあけると診療具をつめこんだ。そして死体の処置をする看護婦ひとりを残すと、医師と警部は階段をおりて客間に入り、刑事は連絡をとるために駐在所に走っていったのである。

万平老人がだしてくれた渋茶を、応接間の二人は旨そうにすすった。医師は当然のことだが、警部も死体には不感症になっている。死体をいじくった直後だからといって、お茶の味がまずくなるようなことはない。

「おうっと、まさかこの茶の中には砒素は入っておらんでしょうな？　無味無臭というから始末がわるい」

ふた口ばかりのんだのち、警部が急に気づいたように叫んで、慌てて湯呑みを机においた。

「ハハハ、そう心配することはないですよ。使用した毒は多分亜砒酸じゃないかと思うんですが、あれはココアには溶解するけれども、お茶だとか珈琲のようなタンニン質に逢うと溶けにくくなるんです。こうやって中をのぞいて白い粉が浮いていなけりゃ、まあ安心していいでしょう、ハハハ」

無口の警部のあわてた恰好がよほどおかしかったとみえ、医師は肥った腹に掌をあててひとしきり笑った。しかしその笑い声がおさまると、死の家はふたたびしんとした静寂のなかに沈んでいった。

警部は湯呑みの底の茶柱をじっと眺めながら、黙々として思う。砒素はココアには溶けるが珈琲には溶けぬという。すると仮りに紗絽女が珈琲嫌いでなかったならば、今度のような羽目に合わずにすんだはずである。珈琲の表面に砒素が白く浮いていたなら、彼女も怪しんで口をつけなかったであろうからだ。勿論犯人はべつの手段で彼女の命を狙っただろうが、少なくとも、このような死に方はしなかったに違いない。

二人が砒素を話題にしばらく雑談をしているところに、処置をすませた看護婦がおりてきたので、医師はすぐに腰を上げた。不愉快な仕事をしたにもかかわらず、彼女の顔にはいささかも暗い表情はない。この看護婦にとって死体の始末をするということは、画家が絵を画き、音楽家が楽器を奏するのと少しの変りもないらしかった。小麦色の肌をした華奢な彼女のどこに、そうした図太い鋼鉄のような神経がひそんでいるのであろうか。

警部はなかば驚き、なかば呆れた面持ちで彼らを送りだすと、ふたたび応接間にもどった。晩夏の陽ざしを浴びた庭のカンナの緋の色が、目にしみるように燃えている。激しくまばたきをすると、視線をそらせて日時計をみた。円い台の上に、三角形の黒い影が午後の刻をくっきりときざんでいた。彼はさらに目をテラスの端においてある童子の像に転じた。裸の三人の男の子が洗面器に似たつぼを両手でささえながら、外側を向いて鼎立《ていりつ》している像だが、元来警部にはあまり美術鑑賞の心得がないから、この白色のセメントの像がどれほどの価値をもつものか一向に判らなかった。金満家の趣味はどうもわれわれごとき人間にはわからん……、そういいたげな面持ちで、なおもこの面白味のない彫像に見入っていた。

だが、後日あのまがまがしい事件が起ってみると、警部がそれにしばしなりとも視線を預けていたことは、そこになにか目に見えぬ糸が張ってあって、彼の眸をひきつけたのではあるまいかとも思われるのだった。

遅いな、と呟きながら時計をみた。四時を二分すぎていた。原田警部はあの俊敏な刑事を相手にとっくり事件を検討してみたかったのだが、その望みはさらに後刻まで延長されなくてはならなかったのである。事件の急テンポな展開が、彼にそのゆとりを与えなかったからだ。

刑事が帰って来たのは十分ほど後のことだった。時間がかかっただけのことはあって、浦和の本部に詳細な情報を伝え、警察医と鑑識班を呼ぶ手筈まですっかりととのえてくれた。刑事がその報告を終えると、それに対して警部がねぎらいの言葉を述べた。二人はしばらく黙って番茶を呑んでいた。暑いときは熱いお茶がいちばんだ。

由木刑事は手帳をひろげて先程の話を整理することにした。紗絽女殺しに動機をもつものは、つぎの三人になる。彼は、理解をたすけるために表にしてみた。

	動機	可能性
安孫子宏	失恋	自分で毒入りカップを渡した。可能。
行武栄一	タンゴの曲名が原因で口論をした。	カップに触れない。投毒することも、毒入りカップを渡すことも不可能。
日高鉄子	恋人を横取りされた。	現場にいなかったから不可能。

書き上げたそれを原田警部にみせると、彼はさっと目を走らせただけだった。

「一応の動機はあるね。ただ、この程度のことで殺人をやるかどうかということになると疑問だが……」

「そうですね。それに加えて砒素を用意してきたことから判断すると、どうみても計画的な犯行ですな。昨日今日の事件が動機になっているとはわたしにも考えられんのですよ」

「この表の面白いところというか、参考になるところは、投毒のチャンスを持ったのはだれかという問題が明らかにされている点だね」

原田はあらためて手帳に目をやった。

「そうなると安孫子という男以外にはおらんね。粉末の砒素を入れれば白いものがうかんでいるというので怪しまれるだろうが、水溶液をスポイトにでも入れておいて、そっと滴《たら》しこめば気づかれるわけもない」

「わたしも安孫子に目をつけているのです。あの男はなにか欲求不満でもあるんじゃないですかな。なにかこうお高く止まりたがっているんだが、力量がそれに及ばなくていらいらしているような感じをうけるんです」

「なるほどね」

「わたし、今度の犯人は精神を病んでいる者ではないかと思うのですよ。殺しのたびにナンバーの入ったカードをおいていくなんて、ノーマルな犯人のやることではない」

「ノーマルな犯人なんているのかね？」

刑事の失言を、肥った警部はにやにや笑いながら突いた。

「だれかがいっていたように、学生仲間の皆殺しをくわだてているとすれば、動機などを追及したってはじまらないだろう。そうなると相手はノーマルではないんだからね。だが、連続殺人なんてことは信じられないな。近頃は映画にだってそんな筋のものはない」

平穏の一刻をたのしむように、二人はそんな話をしていた。原田がまだ県警に入る前、どちらも大宮署でおなじ釜のめしを喰った仲であった。気心が知れているのである。

由木刑事がなにか発言しようとしたときだった。玄関のほうでひどく乱れた足音がしたかと思うと、やがて応接間の扉口に蒼ざめた行武が現れた。ふだんから色の蒼いつめたい感じの顔だったが、そのときの彼はチアノーゼをおこした心臓病患者のようにまるで血の気がなかった。口を開いて苦しそうに呼吸している。

「どうしたんです？」

と、刑事は上体をひねって声を大きくした。原田警部はおし黙ったまま、詰《なじ》るような視線を行武の上になげつけた。

行武は唇をわななかせたが、声がでない。肩で息をきりながらよろめくように入ってくると、手ぢかの椅子にどしりと坐った。頰も胸も腕も、ふきだす汗にぬれていた。

「どうしたんです、きみ」

刑事はもう一度声をかけた。行武はふたたび唇をわななかせたが、それもやはり声にはならなかった。汗はなおもあとからあとからにじみ出て、おとがいの先から床の上にしたたり落ちた。額にたれた毛もびっしょりぬれている。

「飲み給え」

刑事がさしだした湯呑にかぶりつくようにして一気に茶をのむと、ようやく行武は落ち着いたらしかった。

「け、刑事さん」

と、彼はあえいだ。

「橘君がやられました」

「なにっ」

刑事は思わず立ち上り、原田は坐ったまま目を大きく見開いて行武のつぎの言葉を待った。

「どこで？　どこでやられたんです」

「……獅子ケ岩の近くです」

「行こう、きみ、案内してくれ給え」

刑事は行武の袖をつかんだ。しかし彼は走りつづけてきたために疲労の色が濃く、折り返して現場へ向うことは耐えられそうになかった。

「そうだ、きみはここに待っていて下さい。場所を教えてもらおう。獅子ケ岩のどの辺です？」

獅子ケ岩というのはりら荘の川上六百メートルばかりの右岸にあって、その名のように獅子が寝そべった形をしている。荒川上流には象の鼻だとか虎の牙だとか獣に見立てた岩の名前が多いのである。

「……その向側です。安孫子が張り番をしているからすぐわかります」

「発見したのはだれです？　彼の死体を発見したのはだれ？」

「ぼくです」

「死体の状態は？」

「さあ……、よく見たわけじゃないからわかりません。体の半分以上が水に浸って、あおむけに倒れているんです」

「頸《くび》をしめたとか短刀で刺したとか、そうした跡はなかったですか」

「そんな様子はないです。とにかく早く行って下さい。……それから刑事さん！」

行きかけた係官の後ろ姿に声をかけた。

「なんです？」

「死体のそばにカードが置いてあったんです」

「なんだって？　どんなカードです」

「スペードの3ですよ」

「なに？」

彼と行武は無言のままにらむように顔を見合わせていたが、やがて刑事は肩をゆすってふり向くと、警部とともにあたふたと出ていった。行武はまだ胸の鼓動がおさまらぬとみえ、苦し気な呼吸をつづけていた。

二

このあたりは川幅もぐっとせばまって、切り立った両岸の上には松やブナの木の枝が、安孫子に襲いかかりでもするような姿で茂っている。死体の番をして立っていると、両側の絶壁がじわじわと目に見えぬ速度で迫ってくるような錯覚を生じる。その間にはさまれて平たく圧し殺される自分の死体を脳裡にえがいて、われになくおののいたようにあたりを見まわすのだった。こちら側の岸も、そして川をへだてた向う側の岸も、花崗岩と流紋岩とから成り立っている。点々と赤いまだらの飛び散った岩の肌をみていると、それが圧殺された犠牲者の血のように思われてくるのだ。

いま彼が立っている地点は、ごろごろした石塊《いしころ》が川の中程へおしだされているので流れも早く、水音が激しい。ジャズピアニストはその石の上に釣り場を見出して蚊鉤《かばり》をこころみていたらしいのだが、ざわざわと鳴る水音をきいていると、橋の魂が何事かを呟きかけるような気がしてくる。安孫子はそそけ立った面持ちで、警官の駆けつけるのを待っていた。じつに四十五分という時間を、彼はこうして怯えながら橋の死体とともにすごしたのであった。

やがて崖の上で男の話声が聞こえたかと思うと、刑事の声が降ってきた。

「おうい、死体はどこだあ……」

「ここだ、ここだ、ここですよオ……」

安孫子は、両手を口にあててメガフォンをこしらえると、生き返ったような元気な声で答えた。崖の端の笹がゆれて、そこから四つん這いになった刑事が熊のように首をだした。

「おお、そこですか。死体はどれ？」

安孫子が返事をするより早く、彼は死体に気づいて視線をこらしていた。

「どこから降りるんです？」

「もう少し川上に行くと道がついています」

安孫子が指で示すと、刑事の首は一つこっくりをして笹の茂みにすっとひっこんでしまった。

三分ほどのち、二人の係官は安孫子の横にひざまずいて、橘の死体と周囲の情況を入念に調査していた。つい三時間ほど前まで生きていたこのプレイボーイは、毛むくじゃらのすねをなげ出すようにして、ぶざまな姿で倒れていた。腰から上は水のなかに浸って、頭は完全に水底に潜っている。竿やビクや帽子はごつごつした石の上に散らばっていた。しかし係官が求めていたものはそうした漁具ではない。

「カードはそこにありますよ。ピケ帽のそばです」

安孫子にいわれて近づいてみる。きれいに彩色された小さなスペードの札は、すぐ目にふれた。たくあん石のような二個の石塊にはさんであるのは、風にとばされ紛失するのを用心してのことらしい。刑事はそれをとろうと手をのばした拍子に、ふまえていた石がぐらりと動いたために重心を失って、思わず尻もちをついた。

「畜生ッ」

と石を罵りながら、カードをそっとつまんだ。まぎれもなく、それは紛失した一連のスペードの一枚であった。

「妙な真似をするじゃありませんか。なんのためにいちいちカードを残していきやがるんでしょう、気になるな」

「殺人者の署名だね。一種の虚栄心のあらわれだろう」

警部は受け取ったカードと、ポケットのなかからとり出した二枚のカードを比較しながら、いつか牧が述べたのとおなじ見解を答えた。しかしそうはいうものの、二人の係官も犯人の残したカードが単なる見てくれであるとは思わなかったのである。犯人が死体のかたわらにカードを置いてゆく真意は決してそのような単純なものではなく、もっと合理的な納得ゆく狙いがあって然るべきだと思われてくるのだった。ではそれはなにか、と訊かれるとまったく見当がつかない。刑事はふと、犯人の正体を、この気障な洒落男に訊ねてみたい衝動にかられた。

すでに夕方ちかいが、木の葉をもる陽ざしはまだ明るく、川面の波をくぐった光線は水中を屈折して、橘の死顔に奇妙にゆらめく縞をつくっていた。水底の橘の表情はとどまることなく千変万化した。怒り、嘆き、おどけ、泣き、しかめ、笑い、そしてまた怒って嘆いておどける。彼の口のあたりがふっくり歪んで歯をむき出しそうに見えたとき、刑事は、自分の無能を嘲笑されているような気がした。駐在所から電話をかけておいたので、三十分あまりすると医者が自転車をかってかけつけてくれた。だが、たといどんな名医を連れて来ようと、橘を蘇生させることはできない。医師を呼んだのは彼の死体をみてもらうためだった。医師は緊張に顔をこわばらせて崖の急な小路をおりると、大きな石塊をふみしめながら近づいてきたが、挨拶もなにもはぶいてすぐさま死体のかたわらにかがんだ。

「どなたか手を貸して下さい」

つっけんどんな調子でふり返りもせずにいう。その怒ったような口調にも、医師が三度目の変事に驚いていることがよくうかがわれるのであった。安孫子と刑事が手をさしのばすと、橘の死体を水中からひき出してそれを賽《さい》の河原に横たえた。橘の冷たくぬれた指の先に赤トンボがついと来てとまると、忙しく目玉をうごかしていたが、またすぐに飛び立っていった。

医師は慣れた手つきで顔や四肢の外傷をしらべ、刑事に手伝わせてシャツとズボンをぬがせたが、なにも発見することができず、ふたたび刑事の手をかりて死体をぐるっと半回転して、うつむかせた。橘は釣り上げられた鰤《ぶり》のように他愛もなく、ピチャリと軽い音をたてて寝返った。水滴がはねたとみえ、いやな顔をしてシャツの袖で唇をこすっていた安孫子は、その動作を中途で止めると、眸をこらして、死体の後頭部を一心に見つめた。橘の延髄に、一本のペンナイフがぷっつりとつき立っているのだ。蒼白なうなじに刺さった真っ赤なナイフの柄は、じつに鮮やかな印象を人々にあたえた。

「ここをやられちゃ堪らん、即死ですよ。声をたてる暇もない。電気に撃たれたようなもんです」

「どうです、自殺の可能性は？」

「とんでもない、自殺や過失死じゃ絶対にないです。殺人ですよ、これは。充分に狙いをつけておいてずぶりとやったんですな」

医師は言下に否定しておいて、ハンカチで柄をくるむとぐいとばかり引きぬこうとしたが、容易にぬけない。

「筋肉がからみついている。生体につき立てた証拠ですよ。死んでからつき刺したなら、スルリとぬけるはずです」

ナイフを引きぬくことを諦めたふうに立ち上りかけたが、ふと気づいたようにもう一度腰をおろすと、死体の後頭部に手をあてて撫でていた。

「ここにコブができてますな」

さらに頭髪をかきわけるようにして地肌をしらべた。

「というと生前に撲《なぐ》られたことになりますか」

「勿論です。死んでから撲られたとか、あるいは延髄を刺されて倒れる拍子にぶち当ったとすると、このような皮下溢血は生じませんよ」

「すると犯人は背後から後頭部をぶんなぐって昏倒させておいて、悠々と延髄を刺したことになる。そう想像して間違いありませんか」

「もっとも妥当な解釈でしょうな」

「犯人は心をゆるした人間だったことはわかるな。この男は殺されるとは夢にも思わずに、敵にうしろを向けたまま、すっかり気を許して釣りをやっていたんだ」

刑事は独りごとのようにつぶやいて、小指の爪をかんでいた。だがその発見がなんの役にたつというのか。犯人がのこった四人の大学生のなかにいることは、最初から明らかになっているではないか。その四人の中のだれが背後に立ったとしても、橘は少しも疑うことなく釣りをしていたであろう。

「兇行時刻はいつごろになります？」

「さてね、どうも難しいご質問ですな。外部からみたのみで判断をくだすことは普通でも困難な問題なんですが、まして死体がこのような冷たい水に浸っている場合は、より一層むずかしくなるんですよ。なにしろ、この川の水温は真夏でさえ一分と手をつっこんでいられないくらい冷たいのですからね、死体も冷凍されているようなもんです。まあ、一時から四時までの三時間という大雑把なところで勘弁して下さい」

彼はすこぶる茫漠とした数字をあげた。これを換言すれば、りら荘を出たのちから、死体を発見されるまでの間に殺されたということになる。そうした推定ならばべつに医師の判断を待つまでもなく明らかなことであった。刑事はからかわれたとでも思ったのか、ちょっと不興な顔になった。原田警部は膝をついてハンカチをとりのぞくと、首のうしろに突き立てられたペンナイフを詳細に観察していたが、やがて刑事をかえりみた。

「女物のナイフらしいね。男はこんな色の品を持っちゃいまい」

「そうとばかりは限らんですよ。ちかごろの男のなかには赤いワイシャツを着てるやつがいますからね」

「赤いシャツなら昔からいたじゃないか。漱石《そうせき》の小説に出てくる。だがこのMというイニシャルはなにか暗示的だな」

二人の小声の会話をきいていた安孫子は、話のとぎれるのを待って言葉をはさんだ。

「ぼく、このナイフに見覚えがあります」

「だれのです？」

「りら荘で死んだ松平紗絽女君のナイフですよ。Mというのは松平の頭文字です」

「これがか？」

刑事は調子のはずれた声を出した。毒殺された女のナイフがその許婚者の延髄につき刺さっていたという事実は、怪談にでもありそうな因縁めいた話だった。

にわかに崖の上に足音がしたので、一同はいっせいに頭を上げた。行武を道案内にたて、万平老人が牧数人や尼リリスがやってきたのだ。間もなく河原におりた一行のうしろには、一様に駐在巡査と担架を持って従っていた。彼らはそこにうつ伏せになっている死体を見て、一様に面をこわばらせた。昼食をたべたあと、口笛をふきながらはずんだ足取りで出ていった学友がこのような痛ましい姿になったことを、彼らは恐怖するよりも哀悼するよりも、ただ驚愕して見つめるばかりであった。すると、リリスは口の中であっと小さくさけぶと、行武にあわただしく声をかけた。

「行武さん、あの赤いペンナイフ、あれじゃなくて？」

「そうだ、さっき松平君のポケットから転がり出たやつだ」

学生たちのそうした会話を、刑事が聞きとがめぬはずがない。

「このナイフがどうかしたんですか」

「いえ、べつにどうもしませんけど、ただ……」

「ただどうしたというんです？」

「あの、さきほど紗絽女さんを介抱してたとき、ポケットから転げ出たんです。行武さんに拾ってもらってテーブルの上にのせておいたんですけど……」

「テーブルというと、どの部屋です？」

「応接間のテーブルですわ」

「そいつがいつの間にか橘君の延髄につき立っていたというわけですな？　で、ペンナイフがテーブルの上から消えてなくなったことに気づいたのはいつです？」

刑事はするどい調子でつっこんだ。言葉ばかりでなく、彼の目もするどい光に輝いていた。

「さあ、存じませんわ。あの騒ぎでナイフのことなんぞすっかり忘れていましたもの。いまこれを見て、やっと思いだしたんです」

「行武君、あなたはどうです？」

「ぼくも同様ですな。テーブルの上にのせたまでは覚えとるのですが、それからあとは思いだすこともなかったです」

刑事は残念そうに唇をゆがめ、一同をふり向いた。

「みなさんはいかがです？」

牧も安孫子も万平も顔を見合せるきりである。

「知りませんな、どうも」

「そのあとで応接間に入った人はだれとだれですか？」

「われわれみなが入りましたよ。ほら、あなたの訊問を受けるために」

と、牧が答えた。身だしなみのいいこのテノールは、こうした場所に立つと何かちぐはぐな印象をあたえていた。

「そう。だが、あのときテーブルの上にナイフはなかった。すでに犯人が持ち去っていたわけです。わたしが訊いているのはそれより前のことですよ」

「あたくし入りましたわ」

リリスが言った。

「紗絽女ちゃんを二階のお部屋に連れていったあとで、毒入りのカップを万平さんに保管してもらうように頼みましたわ」

「そうだ、あのときはぼくも入ったよ。安孫子も一緒だったし、万平さんも入ったね」

と牧がいい、童顔の安孫子は不承不承それを認めた。

「そのときナイフはどうでした？」

「さあ……、あったといえばあったようだし、なかったといえばなかったようだし」

牧の返答は不得要領だった。しかし犯人をのぞいただれしもが牧と同様であったろう。あのような動転している際に、ナイフの存在に気づくものがいたらどうかしている。刑事は失望を隠そうともせず、腹立たしそうにタバコをくわえると、マッチで火をつけて軸木を流れの上にほうった。万平老人はのっそりした足取りでうち捨てられたビクに近づいて、ふたを開けて鮎をかぞえていたが、やがてかすかに首をふった。

「十六匹釣っとる。仏様にゃわるいが、いくら教えてやっても釣りの腕は上達しなかった。ビクも竿も上等だけんど、肝心のわざが駄目だったな。あの腕で十六匹も釣るにはたっぷり三時間はかかったべえよ」

死体がくしゃみでもしそうな痛烈な批評だけれど、そのなかにどことなく師匠が弟子を思うような暖か味が感じられた。しばらくの間だれもかれも黙っていた。

万平老の話から逆算してみると、兇行時刻を推定するのはきわめて容易なことだった。橘が竿をかついでりら荘を出たのは零時半である。この釣り場に到着して糸をたれたのが三十分のちの一時としてみると、殺されたのは四時ごろという答が出てくるのであった。

「行武君、死体を発見したのはあなただというお話でしたな？」

「ええ」

と、彼はぶっきら棒な返事をした。そこには明らかにそうした質問をされることを好まぬ響きがこもっている。

「そのときの様子をくわしくうかがおうじゃないですか」

と刑事は開きなおったような口調だった。行武はいくらか表情を固くしてしきりに唇をなめていた。その沈黙を破って一羽のセキレイがひと声鳴くと、長い尾をふって、青いつぶてのように流れをよこぎって飛んだ。

スペードの4

一

行武が語った話を整理すると、それはつぎのようになる。

婚約者の毒死したことを橘に知らせるため、りら荘を出た四人の大学生は、ネム林の下につづいている小路をたどって、川のふちに立った。巨大な庖丁でそぎとったように急な断崖の下に、透明な水がくろい岩をはみ、白いあわをたてて、身をよじり、くねらせ、もつれあうようにして激しく流れている。

「じゃ、ぼくらは下流をさがす」

水音に負けまいとして牧は大声をだした。

「もしきみたちが見つけたら、どちらか一人がぼくらに知らせにきてくれ、われわれのほうで発見したら、ぼくがきみたちに知らせる。おたがいに無駄な努力をするのはつまらんからな」

牧はそう提案すると、流れを見おろしたままでリリスにいった。

「尼ちゃん、きみはこっち側を行かないか。ぼくは向うにわたる。二人そろってこちら側を歩くと、この崖の下が死角になって見えないからね。橘の姿を見おとすおそれがあるんだ」

「そりゃそうだ。おれも向う側にわたる」

安孫子は、気の合わない行武とコンビになって歩くことがどれほど不快なものであるかを、つまり自分が相手をいかに嫌っているかを、ことあるごとに当人に思い知らせてやりたくてたまらぬらしい。それによって行武が腹をたてれば、幾分なりともこちらの虫がおさまるといった顔つきである。その、いや味のこもったあけすけな調子に、敏感な行武が気づかぬはずはない。だれがお前と一緒になるものかというふうに、眉をぴくりとさせ肩をはると長髪をゆすって、さっさと川上へ向けて歩きだした。そのうしろ姿を、安孫子はニヤリとしながら見つめていたが、あっ気にとられた面持ちで立っている牧たちをうながすと、川下へ向った。

流れを越えるには、百メートルほどしも手にある吊り橋を渡らなくてはならない。安孫子はじめじめとぬれた崖のふちの路をたどって吊り橋にでると、そこにリリスをのこして牧と二人で橋を渡り、さらに牧と別れて独り川上へ向ったのである。

行武は、少なくとも五分先んじて対岸の崖にそった路を歩いていたことになる。その彼が現場に立って刑事の問いに答えて語ったのは、つぎのようなものであった。

蟬の声と水音のほかはなにも聞こえなかった。彼のいく路はぴたりと流れによりそったかと思うと、浮気女のようにプイと離れたりしながら、うねうねと長くつづいていた。そのため、ときどき藪のなかに踏み入って対岸の様子をうかがわなくてはならず、思いのほか時間がかかるのであった。茨のとげにズボンをひっかけて危なく破りそうになったときには、こんな苦労をして橋をさがすことが腹立たしくさえなった。

「……はじめ獅子ケ岩の前をとおったとき、橋の死体には少しも気がつきませんでした。ぼくは彼が水際に立って釣り糸をたれている姿ばかり頭にえがいていたもんだから、こんな恰好の死体が目に入らなかったのは無理ないことなんです。そんなわけで、そのままとおりすごしてしばらく上流へ歩きました。ところがいくらさがしても見つからないもんだから、いい加減に見切りをつけてもどることにしたんです」

「すると死体を発見したのは帰り途だったのですな?」

「ええ。しかし、最初みたとき橋の死体だとは思いませんでしたね。増水のときに崩れた丸木橋が漂流して、その丸太ン棒がうち上げられたのかと、そんなふうに感じたのです。しかしよく見ると丸太じゃなくて、人間の二本の脚らしいことがわかった。だが、まさか橋だとは思いませんでした。木樵《きこり》かなにかの変死体がある！　……と、そう考えたんです。ドキンとしましたね、心臓が。一分ばかり……いや、五、六秒のみじかい時間だったかもしれませんが、どうすべきか判断をつけることができずに、立ちつくしていました。そして橋をさがすことも大切だが、変死者のあることを安孫子に知らせる必要もあると感じたのです。そう、考えたというよりは感じたといったほうが適切かもしれんです。とにかく、そのときのぼくはまだ半ば呆然としていたんですから」

「それからどうしました？」

刑事は冷酷なまなざしで、行武の話の先をうながした。少しでも嘘や不確かなところがあれば遠慮なしにつっこんでやろうと待ちかまえているような、感じのわるい視線である。先程、りら荘の廊下で行武の肩をたたいたときとはまるで別人のごときびしい視線であり、態度であった。

「だからぼくは、対岸に向って安孫子の名を呼んだのですよ。このとおり水音がやかましいもんだからなかなか声がとどかないんです。真向いには聞こえても、少し上流か下流にいると、聞こえるはずがないんです。そこで仕方なしにもう一度上にのぼって、しばらく安孫子の名前を呼びながら歩きました」

「すぐに見つかりましたか、安孫子君は？」

「運よく近くにいたもんだから三、四分で見つかりましたよ。彼はぼくの話を聞いてすぐこの石原におりてみたんです。死体が橘だとわかって、安孫子もびっくりしたようだが、ぼくも驚きました」

「そりゃそうでしょう。で……？」

「ぼくは、死体を見るために、対岸にわたりたいと思った。本来なら、変死人など見る勇気があるはずがないんです。鼠の死骸でさえ、正視することはできませんからね。だが相手が橘であるとすれば、そんなことはいっておられんです。ところがこのとおり流れが速い上に、深いときてるもんだから川に入ることができない。そこで死体を見ることはあきらめて、安孫子をその場にのこして、りら荘にかけもどったわけ……」

彼の語尾は、水の音にかき消されてはっきり聞こえなかった。刑事は行武の顔をじっと見つめたまま、胸中しきりにいまの話を検討している様子だった。原田警部はそ知らぬ顔でパイプをほじっているが、中途から到着した五、六名の警官は猜疑《さいぎ》にみちた目で行武を凝視していた。尼リリスも牧の指をにぎりしめたまま、目を大きく見開いている。その顔色がそそけ立ったように蒼ざめてみえるのは、崖の上におおいかぶさっている木の枝のみどりに染まったためであろうか。頭上の梢で鳴きつづけていたつくつく法師がその場の緊迫した空気を感じとったようにぴたりと声を止めた。

二人の捜査官はこちらに背を向けるとしばらく密談をしていたが、やがて手近の巡査を数名よぶと、なにやら命令をした。すると警官は万事承知というように大きくうなずいて、死体を前にしてたたずんでいる学生達に意味ありげな一瞥をくれたのち、崖の小路を上って行った。黙々としてそのうしろ姿を見送る学生の顔には、一様に不安のいろがかくせない。

「さあ……」

そう声をかけて、刑事が石の上を渡って小柄な安孫子の前に歩みよった。

「さ、今度はあなたの話を聞かせて頂きたいですな」

安孫子はかすかにブルッとふるえたようだった。するとそれに気づかれまいとするかのように、かえって反抗的な口調になった。

「ないですよ、話なんて。べつに……」

「ないことはないでしょう。あなたが吊り橋のたもとで牧君と別れたのちのことを聞かせてくれりゃいいんです」

「どうせね、本当の話をしたところで信じてもらえないんですから、気がすすみませんよ」

「そろそろ日が暮れるじゃないですか。いつまでもこうしているわけにはゆかん。さ、聞かせて下さい」

刑事は、うす気味わるく感じるほどにおだやかにうながした。

安孫子は、自分の立場がますます不利になっていくことをよく知っていたらしい。先程までは怯えていたが、いまはもうどうにでもなれという捨て鉢な気持になったとみえて、以前のようにふんぞりかえった傲岸な態度をとりもどしていた。くわえていたタバコを流れの中になげすてると、おもむろに両脚をふまえて体の重心をとり、両手をわざわざズボンのポケットにつっこんだ。

「ないんですよ、なんにも！　牧と別れると、この崖の上の道をたどって獅子ケ岩の百メートルばかり先まで行った。そのとき行武の声を聞いたので、てっきり橘が見つかったものだと思ったんです」

「行武君はなんていいました？」

「だれかが倒れとる、放っておくわけにはゆかんから橘のことは後廻しにして、お前ちょっと見てくれ、といいました。だからぼくは、橘のやつ一体どこに行って釣っているんだろうと考えながら、ともかくあと戻りをしてここに降りてみたんです」

「すぐに橘君だとわかりましたか」

「ええ、見覚えのあるピケ帽が転がっていたものだから、とたんにピンときました。水のなかをのぞいてみると間違いなく橘です」

「それからどうしました？」

「どうもしやしないですよ。びっくりして立ちすくんでいました。ぼくらは戦争に行ったわけではないんです、死体には慣れていませんからね。それでも勇気をだして足にふれてみると、もう体温が感じられない。いまさら上体を水中からひきだしてみたところで、助かる見込みはあるまいと思いました。だから死体にはそれ以上手をふれずに、行武を知らせに走らせたのです」

「ちょっとばかり合点のゆかぬところがありますな。あなたは、足にさわってみたところが冷たかったから助かる見込みはないと判断したという話だが、この冷たい水に浸っていれば一分間で冷凍魚なみに冷えてくるんですよ。だからあなたが死体をみたときは、まだ橘君が水中に沈められて一分たったころだったかもしれません。その場合なら引き上げて人工呼吸すれば蘇生したとも考えられる。一見しただけで絶望だと推定するだけの医学的素養があなたにあるとは思われんですがね」

「勿論そうです。ぼくは芸術家の卵であって、医者の卵じゃない。人工呼吸をいかにやるべきかも知らんのです」

「しかし、それは傍観していたことの釈明にはならんですよ」

「だけど延髄にナイフがつき立っている以上は、即死したことが明らかじゃないですか、ともかく橘は死んでいたんです」

「そりゃたしかに死んでいた。だが、当時あなたは延髄にナイフがつき刺さっていたことは知らなかったはずでしょう?」

「そりゃ理屈ですよ。いかにもぼくは延髄にナイフが刺さっていることは知らなかった。しかしその人間が生きているか死んでいるか、われわれは直感的に悟ることができると思いますね」

「どうですかね」

と、刑事はなおも懐疑的だった。

「なにはともあれ、橘君を水中からひきずりだして、人工呼吸は知らないまでも水を吐かせたりすべきではなかったんですかね」

「刑事さん、そういうひとの悪い質問の仕方はやめてもらおうじゃないですか。まるで嫁が姑にいじめられているみたいだ」

安孫子は得意とする反り身のポーズをとって、刑事の顔をにらみ上げながら言葉をつづけた。

「なん度もいうようだけど、ぼくは人工呼吸の知識がない。だからひきずりだしたところで手当ての方法を知らないです。そう思ったからそのまま放っておいたんだ……。いや、違う、ぼくは素人だからわかるはずはないんだけど、一見してこいつは駄目だと感じた。もう万事が手遅れだというような感じを受けて、それに支配されたんです。水底にある橘の顔にあらわれている死相、たしかそれを見てピンと感じたんじゃないかな。どうもうまい言葉が見つからなくて充分に説明できないが、つまるところそんなものです。それから……」

と、安孫子はますます反り返った。

「あんたがたはそんなことをいってぼくをいじめるけど、もしぼくが仮りに死体をいじくったとしたら、現場を荒したとかなんとかいって目に角を立てるところじゃないですか」

図星をさされたとみえ刑事は指で鼻の下をこすって、いままでの疑問を思いきりよく捨ててしまったように、べつの口調になった。

「スペードの3にはすぐ気がつきましたか」

「ええ、あたりを見廻したときにすぐ……」

「死体を見たのとカードを見たのとどちらが先です？」

「まず死体ですよ。それが橘だということがわかって呆然としたんです。そこに、行武からどうしたのかと声をかけられてはっとわれに返った。あたりを見廻すゆとりができたのはそのあとのことです。カードは石と石にはさまれてあったものだから、最初のうちはわからなかった。やがてそれと気づいて近よって目をこらしてみると、スペードの3なんだ。おどろいたな、あのときは。おれがそのことを怒鳴ると、行武もびっくりしていた」

と、安孫子は牧やリリスや万平の顔をひとりひとり見廻した。

「犯人らしきものの姿は見えなかったですか」

「残念ながら見ませんでしたね。とにかく、あのときほどびっくりしたことはないですよ。刑事さんも知ってると思いますが、行武が、盗まれたカードの数から判断して連続殺人説をとなえたとき、ぼくはこれに反対した。推理小説の読みすぎからくるノイローゼだといってね。あのあと刑事さんが帰られてからも、われわれの間でその問題がむし返されたんです。行武に賛成したのはこの牧で、ぼくに賛成したのは橘でした。ぼくはやはりナンセンスだと信じていた。行武の主張が非常識的だと思っていたんです。ところがつぎに松平さんが毒殺された。それでもまだぼくは、これが連続殺人になるとは思いもしなかった。そうしたところに、いきなり目の前に三番目の死体をつきつけられたものだから驚いた。いや、驚いたというよりも、慌てたといったほうがただしいでしょう。だれがやったのだろうかと思うと同時に、犯人はまだこれからも殺人をやるのではないかと直感した。ぼくはいつの間にか、行武の連続殺人説を肯定していたんです。だからじつをいうと、死体と二人きりで待っているのは恐ろしかった。犯人が上から狙い射ちをすればぼくは簡単にやられてしまうし、ナイフでも持って崖をおりてくれば逃げる路がない。そんなわけであなたがたが来てくれたときは、正直の話、ほっとしたのです」

彼はしんから安堵したようにみえた。しかし刑事は、なおも冷たい眸でつき刺すように相手を見つめている。胸中の平静を失ったためにペラペラ喋っているのか、ほかに何かの目的があってまくしたてているのか見当がつかない。

「自分がやられるのじゃないかと思って恐ろしかったとおっしゃるが、するとなにか殺されるような動機があるわけですな。なんです。それは？」

安孫子はしきりにまばたきをつづけ、なにか答えようとして唇を動かしたが、結局だまり込んでしまった。

「動機がある以上は、相手がだれであるか見当がついているはずです。だれですか、それは？」

と刑事がにじりよって追及した。

「そうじゃない、ぼくには殺されなくちゃならないような動機はありませんよ。ただ相手が殺人鬼じゃないかと考えたんです。理由もなにもなくて、ただ面白いから殺して歩くんじゃないかと思ったんです」

「殺人鬼か、いかにもこの犯人は殺人鬼に違いないな」

安孫子の返事に納得したのかどうか、刑事は独りごとのようにつぶやくと、牧とリリスをかえりみた。肥ったソプラノ歌手の卵はルージュをぬった真っ赤な唇をきっとむすび、牧の二の腕にとりすがっていた。

「ところで牧さんたちはいかがです？　吊り橋のたもとで別れたあと、あなたがたはそれぞれ単独で下流の左岸と右岸を探したと称しているわけですが、アリバイはありますか」

「ありますわよ！」

リリスはさも疑ぐられたのが心外そうに眉をひそめた。

「あたくしども歩きながら始終呼びあっていたんです。橋さんを殺しに行くなんて、とんでもない話ですわ。それに……」

唇をゆがめて毒々しい表情をすると、リリスはゆっくりと説き聞かせる口調になった。

「あそこで雑木を伐ってるお百姓がいたの、ご存じないかしら。あたし、あの農夫にいろいろ訊ねてみたんです。魚釣りにいく男のひとを見たかどうかって。そしたら、小さな男のひとが……というのは安孫子さんのことですけど、その安孫子さんがさがしにきた姿は見ているけど、橘さんを見た覚えはないというんですの。だから牧さんと川をへだてて相談し合った結果、橘さんは上流で釣っているにちがいないとの結論に達したので、捜索をあきらめてりら荘にもどったんですわ」

「そうなんです。りら荘に帰ってみると行武君が疲れた恰好で椅子にすわっている。どうしたのかと思ったら橘君がやられたというじゃないですか。われわれ大いに驚いてここにかけつけてきたという次第です」

「ですから刑事さん、あたくしどもが川下にいたということは、木を伐っていた農夫にお訊きになればおわかりになりますわ」

両人とも自信にみちた声音である。ともかくあとで農夫にあってみようと刑事は考えた。それが事実とするなら、牧とリリスは現場まで往復するゆとりはない。先行している安孫子に気づかれぬよう追い越して現場へおもむくことは、絶対に不可能であった。

するとそのとき、崖の上で人声がしたと思うと、先程のふたりの警官が降りてきた。

「発見しましたよ。すぐこの上流なんです。崖の上から見おろすとわかるんですが、水面すれすれに大きな岩が飛び石みたいに三つならんでいます。ですから、イナバの白兎の要領でその上を跳べば、簡単に横断できたはずです」

刑事が鉛筆で耳の穴をかいた。警部は無表情に巡査の報告をきいていたが、のっそり体を動かすと、巡査の顔を見た。

「どれ、そこにつれて行ってくれんか」

「はあ」

警部は学生たちにちょっと会釈をすると、巡査に腰をおされて崖を上っていった。

一同はようやく警官がなにを調べていたかを了解することができた。りら荘の下流にある吊り橋まで戻ることなしに、流れを越す足場が発見されたというのである。だれもかれもが黙っていた。その沈黙に反抗するかのように、行武はぎごちない動作で流れに向って唾をした。しかし彼がどんな表情をしているかはうかがうことはできなかった。谷底には夕闇が迫っていたからである。

二

解剖は秩父署で行なわれることになっていたので、りら荘の門の前には、警察の小型トラックが死体うけとりのため停車しており、紗絽女はすでにその上にのせられてあった。学友と万平の手ではこばれてきた橋の死体も、ただちに紗絽女とならべて横たえられた。婚約を発表してどれほどもたたぬうちに、冷たいむくろと化した一対の男女を、学友たちは一様に信じられぬ面持ちで見まもっていた。

やがてトラックが走りだし、あかいテールライトがカーブをまがって見えなくなると、暗闇のなかでだれかがほっと溜息をついた。それをきっかけとするように、リリスは急にハンカチで顔をおおった。先程から涙ひとつみせなかったのは勝気な性格のためか、緊張していたためか。しかしいま、二個の死体がはこび去られてしまうと、僚友の死が、いたましい実感として犇々《ひしひし》と胸に迫ったのであろう。ハンカチの下からむせび泣くような声がもれていた。牧がそっと肩を抱く。彼女はいやいやをするように首をふったが、すぐ男の胸に身をなげかけた。行武は門の石積柱によりかかってタバコに火をつけ、ふいごのようにふかしつづけている。安孫子は唐草模様の鉄門に片手をかけて、檻の中の類人猿のように、無意味にそれをゆすぶっていた。淡くうすい門灯の光りはあるが、人々の表情までは判然としない。その四つの顔を交互に根気よくながめながら、そこにうかんだ表情から犯人の正体を看破しようとしていた由木刑事は、とうとうあきらめたように声をかけた。

「いつまでここに立っていても仕様がない。家のなかに入ろうじゃないですか。みなさん食事がすんだあとで、もう一度われわれの質問に答えて頂きます」

彼の言葉にはのっぴきならぬ調子があった。四人の学生はおもい足取りでりら荘へもどることにした。こうこうと輝く建物の灯りは昨夜と少しも変っていないはずなのに、それが妙に暗くわびしく、寒々と陰気に見えた。係官は階下の客間に入り、学生たちはそろって階段を上った。平素は息つぐ暇もなく喋りまくるリリスも、いまはおし黙っている。彼らのうしろ姿は、絞首台にのぼる死刑囚を思わせるほどに元気がなかった。

そのころ、調理室のお花さんは夕食の仕度で多忙だった。原田警部たちにもりら荘でたべてもらうことになったから、なおさら忙しいのだ。食器をならべたり新香を切ったり釜のふたをあけたり、老夫婦が二人きりのときに冷めしと漬物ですませるのとは違って、大変な騒ぎだ。そこにのっそりと亭主の万平が入ってきた。

「ちょいとお前さん、お風呂はどうなの？」

「あと五分もすれば沸くだべえ。そろそろボンベを注文しとかなくちゃなンねえな」

「ほんとに困っちまうよ、今夜のお料理にゃお砂糖をつかうことができないからねえ」

「砂糖、どうしただね？」

「毒が入っているかも知れないといって、お巡りさんが持っていってしまったのさ。ココアの缶と一緒にね。そうと知ってりゃ、買い物に出たついでにべつのお砂糖を買っておいたのに。……ああそうそう、警察の旦那がたは鮎がたべたいとおっしゃるんだよ。ビクをここに持ってきておくれな」

「ビクってだれのビクだ」

万平は妙な顔をした。

「殺された橘さんのビクだよ」

「あンれ、死人の釣った魚を喰うちゅうのか」

「お巡りさんはね、そんなことで縁起をかついでた日にゃ商売ができないのさ。さ、早く持ってきておくれ」

お花さんは七輪をあおぐうちわの音をやけにパタつかせ、万平は自分のお尻をあおがれたようにあたふたと裏口のドアのほうへとんでいった。どういうわけだか彼は手足の関節のできがわるくて、動作がぎくしゃくとしている。だから本人は慌てているつもりだが、その動きはいかにものっそりとして見えるのだった。

お花さんは、パタパタやりながらしきりに独りごとをいう。

「どうも変てこだよ。あたしにゃさっぱりわけがわからない。気になってしようがないから刑事さんに相談しようとすりゃ、きみなどと話をしてる暇はない、それよか鮎の塩焼をたのむなんていわれるし……。でも刑事さんがムキになってるのも無理ないよ。炭焼きの佐吉どんが女の子に間違われて殺されたかと思うと、その犯人が捕まらないうちに、松平さんと橘さんがばたばたと殺されちまったんだからね」

パチン！　と炭がはねたので、お花さんは思わずとびさがった。そして中断された独りごとをはじめた。

「まさかね、ココアやお砂糖に毒がまぜてあるわけがないさ。あたしゃ今日のお昼もあのお砂糖を使ってお料理つくったんだけど、なんの変わったことも起らなかったんだからね。だけど佐吉どんも見損った男だよ、人様のレインコートを盗むなんてね、あんな人間じゃないと思っていたけど、まったく他人を信用することはできないよ。そのあげく崖からつきおとされてさ。お巡りさんがロープをつたってようやく降りられたという谷底だもの。墜落するときの気持ったらなかったろうね。考えただけでも足がふるえるよ」

プロパンガスのコンロにかけておいた鍋がふきだしたので、お花さんは、慌ててふたをるとなかをかきまぜ、ちょっと味をみてから、満足そうにうなずき鍋をおろした。あとに薬缶をのせると、ふたたび七輪の前にもどって炭火をおこす。

「……橘さんも気の毒なことをしたものさ。お洒落で派手好きな人だったけど、死んじまえば万事がおしまいだよ。殺されたお嬢さんも運がわるいね。一昨晩婚約を発表したばかりだというじゃないか……。それにしても、あれは思い出すたびに気になるよ。お巡りさんは相手にしてくれないし、どうしたもんだろうね」

「おい、鮎はだめだよ」

だしぬけに声をかけられて、お花さんはぎくっとしたようにふり返った。

「だめ？　なにが駄目なのさ？」

「なにがだめッてよう、鮎がだめなんだというとるじゃねエか」

「鮎はわかってるけどもさ、鮎がどうしてだめになったのかと訊いてるのよ」

「三匹のこしてあと全部がいたんどる」

「あら、もう？」

「向うで見たときはどれもこれもピンピンしとったが、夏だから腐るのも無理はなかンべえ」

お花さんはみるみる丸い顔に眉をよせると、腹立たしそうに亭主を見据えた。

「いやンなっちまうね、ほんとに。いまになって腐ってるなんていわれてもどうにもならないわよ。せっかく火をおこしたのに」

鮎を焼くのにプロパンガスの火はだめ、炭火にかぎるというのがお花さんの持論なのである。

「炭は火消しつぼに入れたらすぐ消えるだべ」

「なにいってンのよ。いまあたしは忙しいの。お前さんの相手をしてる暇はないンだよ。行って頂戴、あっちへ！」

団十郎の如く大きな目をむいてにらみつけられ、万平老はすごすご風呂の焚き口のほうへ立ち去った。いかに楽天家のお花さんとはいえ、食事の仕度であたふたするときには、やっぱり気がたつとみえる。

客の食事がすんで、応接間で係官の訊問がはじまったのが八時ごろ。老夫婦はさめたおつゆを温めかえして、ようやくおそい夕食をさし向いでとった。お花さんは白い割烹着をきたまま、黙々として口をうごかしている。平生は人一倍口数の多いにぎやかな女だけに、こうして黙りこんでいると、なにかうす気味がわるかった。万平はおずおずと彼女の顔をながめ、話しかけようとするが、妻君はあてにしていた鮎が腐って、てんてこまいをしたものだからまだ機嫌がわるく、滅多なことを訊いて怒鳴られぬともかぎらない。彼は思いなおしたようにお茶をのみ、タクアンを左の奥歯のほうにもっていってポリポリと噛んだ。右の臼歯は上下ともそろってぬけ落ちているのだ。

終始この老妻は口をきかなかった。ただときどき上目づかいにギロリと時計を見る。その目つきが万平には少々気になってならなかった。

お花さんは食事のあとで茶碗をあらいながらも、二、三度時計に視線をなげた。

「どうしたンだ、おめえ？　さっきから時計ばかり見とるじゃねえか」

とうとうたまりかねたように訊くと、彼女は肥って丸々とした手をふって、意外にやさしい声で答えた。

「なんでもありゃしないさ」

「なんでもないことアなかンべ？」

虫が知らせたとでもいうのか、万平は執拗にくいさがった。重ねて訊ねられてお花さんは、ようやく話す気になったらしい。

「ある人に会うだよ」

「ある人ってだれだ？」

「ある人っていうのはある人のことさ。名前をいうことはできないよ。うっかり喋っちまってとんだ迷惑を掛けちゃわるいからね。あたしにはどうもはっきりしないことがあるんだよ。お巡りさんに訊こうと思えば忙しいといって耳をかしてはくれないしさ。そうかといってこのままにしとくのは気持がさっぱりしないからね」

彼女はそう語ったきり、あとはなにを訊かれても話そうとはしなかった。人が好いかわりに、強情なところが多分にある。女房のその性格を心得ている万平は、それ以上たずねても無駄なことをよく知っていた。

「それよかお前さん、お風呂に入ったらどうなの？　あたしはあとで入るからさ」

亭主の干渉をうるさがって、浴室へ追いやろうとする腹のうちが見すかされるような言い方だった。しかし、万平は多くの善良にして哀れな亭主族がそうであるように、いたずらに女房に逆らわぬことが家庭の平和を維持するための第一条件と承知していたから、素直にタオルと石けんを持って居間を出たのである。彼にもう少しの気骨と妬心《としん》があって、齢甲斐ないことではあるけれどもこれを女房のあいびきと誤解し、四の五のいわせずに相手の名前を訊きだしておいたならと、後日、係官は切歯扼腕《せっしやくわん》したのだったが、それは彼の身勝手というべきであった。

まるい顔をテカテカに上気させた万平が風呂から出たのは、それから小半刻ほどたったころだった。よごれたシャツを片手にもって居間にもどると、おいと声をかけた。洗ったシャツをだしてもらいたかったし、よい湯加減だからすぐにも女房を入らせたく思ったからである。だが、お花さんの返事はなかった。部屋に入ってみると女房の姿がない。柱時計のセコンドの音がひどく大きく聞こえるのみである。反射的に彼女がだれかと会うために外出するといっていたことを思い出して、舌打ちをした。ぐずぐずしていると湯がぬるくなってしまうではないか。

「お花、おいお花……」

万平は炊事場をのぞきトイレットをのぞいて、声をかけた。われながら心細げな、腑ぬけのような声だった。

「お花、お花……」

しかし返事はない。万平の心のなかに急にいやな予感が湧き起った。裏口の扉をあけて呼んでみるがやはりなんの応答もなかった。胸のなかの不安はむくむくふくれ上って、もうじっとしてはいられない。彼は闇をすかしてあたりをうかがい、なおも女房の名を呼びつづけた。

「お花、どこにいるんだい、お花……」

降るような星空だった。ちかくの草むらで秋の虫がきそって鳴いている。しかし彼の目には星もうつらないし、虫の声も聞こえない。

ぐるりと浴室の角をまわって食堂の近くまできたとき、ほの白い窓あかりを浴びた一枚のカードに目がとまった。いかにもそれは夜風に吹き飛ばされたような恰好で、かたわらの月見草の根元にひっそりと横たわっていた。

彼は顔色をかえ、あわててそれを手にとった。眸をこらすまでもなくトランプカードである。ハートがどんな印であるか、そうした知識はまったくない。万平は、スペードがどんな形をしているか、たいまわしい事件のそのたびごとに、犯人がカードを残していくことはよく知っていた。しかし、いままで三回も発生しは絶望的な気持にかられて立ち上ると、更に妻君の名を呼んだ。カードにしるされた4という算用数字が四番目の変事を意味していることは間違いないのである。女房はどこにいるのか。

いまや万平はすっかり度を失っていた。彼はただ無闇やたらにお花と名を呼んで歩いた。そして内玄関の前をとおりすぎようとして、ぐんにゃりとしたものにつまずくと、思わずよろめいた。ぎょっとして顔を近づけた万平は、それがわが女房の死体であることを知った。万平はぎくぎくとその場に坐りこんでしまった。涙もでない。声もでない。ぐんにゃりしたお花さんの体はまだ暖かかった。にぎりしめていたスペードの4が、万平の手から暗い土の上にはらりとおちた。

謎の数字

一

食事をすませたリリスは自分の部屋にひっ込むと、ワンピースを着たまま、寝台の上にどさりと身を横たえた。今日一日の出来事に、身も心もくたくたになっていたのである。牧が話にきたいといったけれども、それさえ断ってしまった。見栄も外聞もない。ただ安らかな休息のみがほしく、大の字になってそっと目をとじた。なるべく事件のことを考えずに、気をまぎらせようとつとめた。教室のこと、レッスンのこと、はては好きな映画のことなどを思いうかべてみるが、ちょっとでも手綱《たづな》がゆるむと、脳裡のスクリーンには事件の印象が投写されるのだ。視力を失って、泳ぐような恰好でくずれる紗絽女。ペンダントをひきちぎり、体を弓なりにそらせて悶絶する紗絽女。そして意識を失って昏々とねむりつづける紗絽女……。どの場面も強烈な生々しい感情をともなって、リリスの胸をはげしくゆすぶるのだった。紗絽女のすがたが消えると、かわって獅子ケ岩の場面がうかんでくる。突如として水の音が耳を圧するような伴奏音楽として聞こえはじめ、リリスはもはや気をそらすことを忘れて、そのなかに没入していた。

にぎりしめた掌に、いつかじっとりと汗がにじみ出ている。休息をとるどころか、彼女の神経は逆にずたずたに切りさいなまれるようだった。

どれほどの時間がたっただろうか、やがてドアを叩く音にはっと起き上り、あわてて身じまいをした。

「尼ちゃん、警部が訊問するから来てくれっていってるよ」

彼女はいそいでドアをあけた。牧が、緊張した顔にさり気ない微笑をうかべて立っている。

「あなたすんで？」

「まださ、きみと一緒に来てくれというんだ」

「ほかの人は？」

「安孫子も行武もすんだよ。なに、そう心配することないさ」

「でも、不愉快ね。入学試験の口頭試問をうけるときみたいな気持だわ。それにあたし、疲れてるの」

「そういや顔色がわるいぜ」

と、牧は光線をすかすようにしてリリスの顔をみた。

「ショッキングな事件の連続だったからね。無理もない。さ、行こう……」

「待って、カーディガン着ていくわ」

二人はひっそりした廊下を歩き、階段をおりて応接間の扉をたたいた。室内には例の大《だい》兵《ひょう》肥満の警部と由木刑事のほかに、陽やけした顔の、ずんぐりと頑丈な体軀のわかい男がおり、牧とリリスが入っていくと立ち上って一礼した。

「お晩です」

「今晩は。ああ、あなたでしたか。背広なんか着てるもんだから、すっかり見違えてしまった」

「あら、似合うじゃないの。なかなか素敵だわ。センスがいいのね」

リリスも明るい声になった。その男は、今日の午後、吊り橋の下で話をかわした青年農夫だったのである。牧たちのアリバイを確認する目的で呼びよせてあったにちがいなく、彼は一張羅《いっちょうら》を着こんで、いささか窮屈そうに、しかし若干得意そうでもあった。ポマードの香りが部屋中にひろがっていた。

係官たちは三人の様子をはなれたところでじっと観察していたが、若者たちのうちとけた話ぶりをみているうちに、それまで抱いていた疑念も次第に溶解していったようであった。

「立っていては何もできん。みなさん。坐って頂きましょう。さ、牧君もどうぞ……」

由木刑事は牧たちに椅子をすすめて、着席するのをまち、結論を予期した調子で農夫に問いかけた。

「……で、このかたがたに相違ないですな？」

すると彼は体全体で肯定するように大きなゼスチュアで、

「違いねえですとも、絶対に！」

ときっぱり断言した。事件の内容をどれほど知らされてあったのだろうか、ともかくその返事に好意のこもっているのを感じた牧は、謝意をさりげない微笑に托して、そっと彼を見やった。

「よろしい、ご苦労さんでした。せっかくの食後の団欒《だんらん》を呼びだしてわるかったですな」

由木は、ねぎらいの言葉とともに農夫を送りだしたあと、ふたたびテーブルに向って腰をおろした。農夫の証言で疑惑がすっきりしたせいか、リリスたちに対する態度もていねいだった。

「行武君や安孫子君からもいろいろとお聞きしたんですけどね。なにか参考になることがあるだろうと思って期待していたんですが、両君からは一向に得るものはない。じつはそれで少なからずがっかりしとるんですよ」

彼はざっくばらんにいうと、吸いさしに火をつけて、タバコをふかしはじめた。牧は黙って刑事の鼻からふきでる灰色の煙をみていたが、端麗な横顔に話そうか話すまいかとしばらくためらいのいろをみせたのち、思い切ったように唇をなめると、思いもかけぬことをいい出した。

「……ぼくはですね、松平さんをやったのは橘じゃないかと思うんですが……」

「橘君？　あのピアニスト志望の？　ほう、そりゃまたなぜ？」

と、刑事は短くなったすいがらを灰皿にすてて牧の顔をみた。

牧数人は胆汁質《たんじゅうしつ》というのだろうか落着いた性格の持主らしく、奇矯な振舞いの多い他の連中に比べると、その態度も万事が中庸を得ているように思われる。いや体つきまでがかどのとれた中肉中背で、色こそすき透るほどに白いが、丸々と肥ったリリスとならぶと釣り合いがとれない。驕慢なリリスがひたすらした手にでて、牧に嫌われまいとつとめているのも無理もないことであった。

「このことは他の友人はだれも知らずにいますから、そのつもりで聞いていただきたいんですが、橘は松平さんの素行についてある疑問を持っていたらしいのです」

と、彼は昨夜の橘の話をかいつまんで語ってきかせた。その話はリリスも初めて耳にすることである。彼女もまた係官とおなじく、目を丸くして身じろぎもせずに聞いていた。

「……しかし、それは少々妙じゃないですか。女の操行《そうこう》になやむくらいならば、婚約するはずがないでしょう？」

「ですからね、婚約を発表したあとで松平さんが過失を告白したんじゃないですか。大体が橘はスタイリストだから、婚約を公にした以上、それをとり消して人々の憫笑《びんしょう》のまとになることは耐えられないはずなんです」

「橘さんの気質は多分にそうだわね。だから紗絽女ちゃんも安心して告白する気になったのじゃないかしら」

にわかにリリスは積極的な態度になって発言した。

「なるほどね、わからぬこともないですな」

「松平さんは、それほど大きな打撃をあたえるとは思わなかったらしい。ところが、橘のうけたショックは彼女が予想したよりはるかに深刻なものだったんです。実際ぼくもそうと知らされて驚きましたよ、彼女に限ってそんなことをすまいと思っていましたからね。そこで、なにはともあれ橘を元気づけなくちゃならんと思った。なんとか慰めて彼を帰してやったんです」

「ほほう、どんなぐあいに？」

由木は世俗的な興味にかられた表情をした。

「すべからく過失は許すべし、とですね」

「なるほど、あんたはなかなか度量が大きいですな」

「いえ、なに……」

と牧は苦笑して、つづけた。

「火の粉が自分にふりかかれば誰だってあわてますが、他人事となると、偉そうなことをいうもんですよ。ともかく、あのときはああいう他はなかったですし、またそれでよかったと思うんです。少なくとも一時は、橘も気持がおちついたらしかった。松平さんを許してやろうという気になったようです。そうとしか考えられないように自然にふるまっていたので、ぼくはすっかり安心していました。ところが、いざ今日のような事件が起きてみると、やはり彼は胸中ひそかに自分をあざむいた松平さんを憎んでいて、ココアか砂糖に毒物を混入しておいて彼女の毒殺を企てる一方、自分は自殺を覚悟して釣りにいったのじゃないかと思うんです」

「でも、紗絽女ちゃんの毒殺がうまくいったからいいようなものの、仮りにそれが失敗していたら、つまりこのあたしが毒殺されたとしたら、橘さんは無駄な自殺をしたことになるじゃないの」

牧は反問するリリスの肥った顔をやさしく見つめた。

「だからさ、行武か安孫子がやってくる姿を待ちうけていたのかもしれないのさ。そのただごとならぬ表情をそっと覗けば、毒殺の成功したことはピンと感じるだろうよ」

「賭《かけ》の殺人というわけですか、なかなか面白い見方ですな。しかしね、橘君の死は自殺じゃないんです。なぜかというと、自分で自分の延髄にナイフをつき立てることがまず不可能なのです。一歩ゆずって死ねたとしても、なぜこんな奇妙な手段をえらんだか、その説明がつきません。まさか、自殺史に名をのこそうとしたわけでもないでしょう」

「そうですな」

と、牧は端整な顔を苦笑させた。

「それからね、牧さん。あなたはもっと大切なことを無視しておいでだ」

「無視……ですって？」

「そう。橘君が竿をかついで出ていったのは、チェスのトーナメントが始まるずっと以前のことなのですよ」

相手の発言の真意が、牧にはまだ理解できかねるふうである。

「この応接間で毒にやられた松平さんがひっくり返る、ポケットからナイフがころがり出る。仮りに橘君の死が自殺であったとすると、このナイフを、離れた獅子ケ岩にいる橘君がどうやって手に入れたというのですか。ナイフがなくては延髄を刺すことはできないのですよ」

「ああ、そうか」

と、牧はまた苦笑した。論理的に考えるのは得手ではない。

「だけど動機としては強力だな。非常に……」

由木はノートする手に力が入りすぎて、ポキンと鉛筆の芯をおってしまった。舌打ちをしてポケットをさぐっていたが、「はてな、ナイフを忘れて来たぞ」と呟くのを聞くと、リリスはカーディガンのポケットからナイフをとりだした。

「あの、切れませんけど、よろしかったら……」

「すみません、ちょっと拝借」

うけとって、灰皿の上で鉛筆をけずり、芯をとがらせていた刑事は、ふとなにかに気づいたように手の動きをとめて、ナイフをしげしげと見つめていた。

「……おや、どこかで見たようなやつだと思ったら、あれによく似ているじゃないですか」

橘の死体に突き刺さっていたナイフは参考品として厳重に保管してあるから、刑事は、まだその兇器を手にとってとっくり眺めていなかったのである。彼は当然のことながら、リリスのペンナイフに大きな興味を感じた。

「ええ、そりゃ似ているはずですわ、紗絽女ちゃんと一緒に買ったんですもの」

由木はだまってうなずくと鉛筆をテーブルにおいて、ナイフの刃を一つ一つひろげはじめた。ペンナイフ本来の目的は鵞《が》ペンをけずるためのものだが、このペンナイフはもっぱら装飾用となって、非実用的な超小型の耳かきや千枚通しや、のこぎり、ハサミなどの七つ道具がついている。単に兇器としてばかりでなくその構造がなかなか面白くて、由木は掌の上にころがして飽きずに見入っていた。プラスチックの柄《え》はクリームと紫のあざやかな雲形模様で、その一端にちかく、尼リリスの頭文字と思われるAがくっきりと刻みつけられてある。

「なかなかよく出来てるじゃないですか」

「南部のある鉄瓶工場が余技につくったんだそうです。ぼくも持っていますがね」

横あいから牧が口をだした。

「ほう、あなたも？　どこでお買いになりました？　なかなか可愛らしいナイフじゃないですか」

「むかし橘たちと四人で蔵王《ざおう》にスキーに行きまして、その帰りに盛岡へ廻ったんです。そこで見つけまして、記念に買ったんです。サービスにイニシャルを彫ってくれまして。ぼくのはグリーンで橘のは黒ですがね。つい先日まで持っていたんだけど……。どこでおとしたのかな」

「あのときはひどい雪だったのね。吹雪にふきこめられてとうとう一度もすべらずに、もっぱら宿屋で納豆汁をたべさせられたわ」

「蔵王というと、あの山形の……？」

「ええ。硫黄《いおう》くさい温泉です」

「そうですか。わたしはスキーに興味がないもんだから行ったことがない」

刑事はそんなことをいいながら本題に入っていった。どの質問もいままでの復習のようなことばかりで、格別あたらしい発言もなく、係官の役に立つものはなかったとみえ、十五分のちに男女は自室へ帰ることを許されたのである。牧もリリスもほっとした面持ちで廊下へ出た。

二

男女が出て行ったあと、警部はのっそり立ち上がって、胸に手をくむと、テーブルの周囲を重たい足取りで歩きはじめた。由木はあたらしいタバコに火をつけると深くそのけむりを吸いこんで、警部の動きをじっと見つめていた。

原田は壁ぎわでくるりとこちらを向くと、なおも歩きつづけながら、ひくい声でつづけた。

「きみ、牧数人と尼リリスのいったことは本当だったね。あの農夫と会話していた以上、橘を殺しに行く余裕はないからな」

いかにも彼のいうとおり、牧にしろリリスにしろ、兇行現場まで往復することは不可能であった。その点、由木にも異存はない。

「両名のアリバイが成立すると、問題はあとの二人ということになりますな」

「そう、行武か安孫子の犯行だ」

「動機をしらべるために、東京へいかなくてはなりませんな。過去にさかのぼって調査をしないと――」

「いや、それは松平紗絽女殺しのときの話だよ。橘を殺したのは、発作的犯行であってもいいと思う」

「行武に、橘を発作的におそうわけがあるのですか」

肥満した警部は、ふたたび壁ぎわで向きをかえた。

「その前に、行武が紗絽女を殺せたかどうかをもう少し徹底的に検討してみよう。まだ毒の正体がはっきりしとらんのだし、ココアなり砂糖なりに毒が入れてあったかどうかも判っていないのだから、これを論じるのは少々早すぎるわけだ。だが、仮りに行武が犯人だとしてみると、投毒のチャンスは非常に限定されてくる。紗絽女が自分で調理したココアを飲むまでの間、肝心の行武はそれに一指もふれておらんのだから、こいつに毒を入れるということは不可能だ」

「その通りです」

「すると調理される以前の砂糖もしくは粉末ココアにあらかじめ投毒しておいたということになるだろう。あるいはもう一歩すすめて、紗絽女の飲むカップに前もって毒をぬっておいたとも考えられるけれど、仮りにそうだとしてもだな、五つのカップはどれもおなじ形をしているんだから区別がつかない。そのカップが果して目ざす紗絽女のところに行くかどうか、確率は五分の一という小さなものなんだ、行武がそれに期待をかけていたとは思われん」

刑事はうなずいてみせた。

「かといってだね、粉末ココアか砂糖に毒物を混入しておいたとするならば、おなじ材料を用いてこしらえた飲料をのまされた尼リリスも当然やられなくちゃならんわけだ。しかるに、リリスがあのとおりケロリとしているのをみると、材料に毒が入れてあったとみる考え方は否定されざるを得ない。つまるところ行武は犯人ではないということになるんだ」

「そういうことになりますね」

相槌はうったものの、由木は簡単に行武犯人説を捨てる気にはなれなかった。蒼白く、神経質らしく見えながら存外に小意地のわるいこの髪のながい男に、最初から彼は好感がもてなかったのである。

「どうもこの尼リリスという名前は悪ふざけだね、口にするたびに馬鹿にされたみたいで不快な気持になるよ」

大柄の警部は顔をしかめて由木の横を歩きながら、相手の発言を押えていった。

「こうした点から考えても、行武犯人説は困難を感じるね。しかるに安孫子となると紗絽女にココア茶碗をとってやったのだから、その際にすばやく投毒することもできるんだ。前にもいったようにスポイトかなにかを利用してね」

原田警部は巨体をもてあましたように、どさりと由木の前に腰をおろすと、タバコにマッチで点火して、火のついた軸木をじっと見つめていた。

「そんなわけで犯行の機会のない行武はオミットされる。したがって、つづいて起った第三の事件の犯人もまた、安孫子だということになるのだ。ところでこの橘和夫という男は、安孫子の目の前で油揚をさらっていった。松平紗絽女という油揚をね。だから安孫子にとって橘はにくむべきライバルなんだよ。世の中に喰い物と恋の恨みほど強烈なものはないからね」

しかし由木は小首をかしげて、すぐに納得しない。

「そりゃね、わたしも安孫子をあやしいと思います。しかし死体があった地点はあけっぴろげに対岸からよく見える場所なんですよ。安孫子が兇行している時分に、向かい側の崖の上には橘の姿をさがして行武が目を皿のようにしてうろついているんです。そうした、これ見よがしの場所で殺人をやるとは考えられんですな。それにひきかえ行武がやったとなると、条件はぐっとよくなります。いまの場合とちがって、兇行場所は崖の真下です、いわば死角になって安孫子の目にふれずにすむから、悠々と仕事ができたにちがいないんです。川を越すにしても、三段跳の要領でいけばいいんですからね。あの飛び石がなければともかく、あした岩が存在する以上、彼の容疑は動かせませんよ」

「だがね由木君、安孫子だって犯行は可能なんだよ。彼の兇行が対岸の行武から目撃されるという心配もあるけれど、やり方によっては行武の目にふれずにすむことだってある」

「といわれますと？」

「具体的に述べるとこうだ。橘の姿をみつけた安孫子はだね、崖をおりると冗談かなにかをいいながらその背後にちかづく。そして相手を油断させておいて、いきなり後頭部を撲るんだ。頭のうしろに打撲傷のあったことは医者が指摘しただろう？」

「ええ」

「昏倒するのを見すましてあわてて崖をのぼって姿をかくすと、気絶した橘の姿を、行武が発見してくれるのを待っていたんだ。最初は行武も見おとして通りすぎたが、二度目にはうまく見つけてくれた。だからあのときの橘は、まだ生きていたのさ、単に気絶していたにすぎん。犯人である安孫子は、行武をりら荘へ報告に走らせたあとで、悠然とぬすんできたナイフで延髄を刺したんだ。狙いを充分さだめておいてね。ペンナイフを持っていたから延髄を刺したのか、延髄を刺すためにペンナイフを持っていたのか、その点は本人に訊いてみなくてはわからんが、それにしても、ペンナイフで延髄を刺すというのはあまり例がないな」

「そう、たしかに変った殺し方ですな。しかしわたしが疑問に思うのは殺害手段が奇妙だということよりもです、再三いうように、犯人が殺人のたびにカードを遺留していく理由ですね」

原田は「そうだな」といったきり、黙ってピースをホルダーにさし込んでいた。

「……犯人がだれであるにせよ、こいつはちょっと説明をつけるのに困難な問題だな。だが疑問はまだほかにもある。なぜ兇器としてペンナイフをえらんだかということだ。これが拳銃だとかドスというものならば、そうした疑念はおこらんのだがね」

「ですが原田さん、相手は犯罪常習者じゃないんです。素人なんですよ。だからドスやパチンコを持っているはずはないでしょう。手近にあった刃物を、つまりこのテーブルの上にのせ忘れてあったペンナイフを利用する気になったのは、べつになんのふしぎもないと思いますね」

由木はテーブルを手でたたいていった。しかし原田は強情にくびを振った。

「そうは考えられん。兇器はなにもペンナイフだけじゃないんだ。台所へゆけば出刃庖丁だってある。また、延髄を刺さなくとも、ほかにいくらも方法はあるはずだ。橘をころす際に、犯人が後頭部を一撃したのち、昏倒したすきに延髄を刺した点を思いだしてみたまえ。なにも、わざわざペンナイフを使わなくともだね、も少し力をこめてなぐれば撲殺できたんだよ。気絶しているやつを扼殺《やくさつ》することだってできる。ナイフを用いる必要は少しもない。それなのになぜわざわざペンナイフを用いたんだい？　変だと思わないかい？」

いわれてみるともっともなことなので、由木は反論することができずに黙っていた。警部はなおもつづけた。

「そこで話は、スペードのカードをなぜ残していくかということになるんだけれど、これまた犯人の見栄なんぞじゃなくて、なにかわれわれに計り知れない、そうせざるを得ぬぎりぎりの理由があるんじゃなかろうかという気がするんだ。ペンナイフを兇器として用いたと同様の、われわれには想像もつかぬ理由がね」

テラスの網戸にとまった二匹の蛾が、しきりにはばたいて鱗粉をとびちらせるのを見つめながら、由木は重々しくうなずいた。二人の会話がとぎれると、りら荘全体が沈黙の底に沈んでしまう。階上にひきとっている学生たちは精神的な打撃が大きかったためか、ひっそりとしていた。

刑事はあたらしいタバコをとりだすと、火をつけるでもなく指にはさんでしばらくもてあそんでいたが、語調を変えて語りだした。

「……なにもあなたの安孫子犯人説に反対するわけじゃありませんけどね、一歩ゆずって彼が犯人だとすると、少々納得ゆかぬ点があるんですよ。紗絽女がやられたときのことを思いだしてみて下さい。あの安孫子という男は、炭焼きを殺した犯人が紗絽女であり得るという見解を極力主張していたでしょう」

「そう、覚えているよ」

と、彼は大きな頭をふってうなずいた。

安孫子が述べた説はこうだった。霧のなかを紗絽女と橘とがつれだって散歩に出かける。その途中でレインコートをかぶった炭焼きを目撃した彼女は、てっきり尼リリスが歩いていくものと思い違いをして、これをつき落したというのである。そして、絞首台のまぼろしに怯えて自殺した……。

「第一、第二の事件を通じてきわめて不利な地位に立たされていた安孫子としてはですね、紗絽女を犯人にしてしまうと非常に好都合なわけですから、彼のいうこともあながち筋のとおらぬものでもなかったんです」

原田は黙ったまま話の先をうながした。由木は相手に納得させるようにゆっくりとつづけた。

「安孫子は、紗絽女の死が自殺なのだと主張していましたね。事実、自殺説を否定する材料はない。ですから、第二の事件の段階では安孫子の立場は有利となっているはずですよ。ところが、松平紗絽女はすでに死んでいるにもかかわらず、続いて第三の殺人がおきた。となると、この連続殺人犯人は紗絽女ではあり得なくなる。いいかえれば、第一の事件の犯人も紗絽女ではなかったということになります。紗絽女を犯人だと主張している安孫子の立場は、ここでぐらついてしまうんです。わたしがいいたいのはこの点ですよ。紗絽女犯人説を唱えて自分が潔白であることの依り所としていた安孫子ですよ、彼女を殺すわけがないではないですか。求めて自らを危地にさらすようなまねをするとは考えられないからです」

「……常識の逆をつくというやり方もある」

ややあって原田がいった。なるほどそうした考え方もあるわいと由木刑事は思いながらも、警部の返答になにか負け惜しみに似た調子のあることに気づいた。だから彼は、ますます行武犯人説に固執したくなった。

「……しかしわたしが思うに……」

といいかけたとき扉がはげしくたたかれて、返事をするひまもなく乱暴に押しあけられた。原田はいつもの鈍い表情にかえり、由木がきっとした視線を闖入者《ちんにゅうしゃ》の上にあびせかけた。

万平が入浴したばかりであることは、体から発散する石鹸のにおいでわかった。しかし彼の剃刀をあてた頬は血の気をうしなって、まるで寒風にふきさらされたように蒼白だった。

「き、きみ、どうしたんだ、おや、そのカードは？」

由木は思わず声を高めて、ひったくるように万平の手からカードを取った。

「おっ。こりゃスペードの4じゃないか。どうしたというんだ、え？」

彼は嚙みつかんばかりの剣幕でどなり、呆然とつっ立っている万平の両肩に手をかけると、邪慳にこれをゆすぶった。

三

お花さんの頸にはタオルが喰いこみ、うしろで固く結ばれている。懐中電灯の光に照しだされたお花さんは、見るも無残な姿だった。鬱血してふくれ上った顔に、かっと目を剝き、右の鼻孔から鮮かな赤い血が頰をつたってながれて、小さくあいた口から黒ずんだ舌がのぞいていた。

原田警部はそれまでかぶっていた鈍重なマスクをかなぐりすてると、てきぱきした口調で裁ち鋏を持って来させ、タオルを喉のところで切断するとただちに人工呼吸をはじめたが、その試みが効果をあげそうにないことは最初からよくわかっていた。

「園山さん、気をしっかり持つんだ。いいかね、このタオルをよく見て。だれの品かおぼえはないかね？」

由木は死体の頸からはずしたタオルを万平の鼻先につきつけた。だが彼は魂がぬけたようにぼんやりして、聞こえるのか聞こえないのか返事をしない。ガラスのように固い光りをたたえた目玉は、まばたきすることも忘れ、ただうつろにお花さんの死体を眺めていた。

やがて万平のひからびた唇がかすかに動きはじめた。由木刑事は耳をつきだしてどなった。

「え？　もっと大きな声で！　なに？　手洗いのタオルだって？　トイレットのタオルだというんだね？」

一声うなると建物のなかに駆けこんだ。

ふだん万平夫婦は裏口から出入りしていたが、学生たちが滞在するときには東の本玄関とともに、北向の内玄関も開放してある。本玄関にくらべると内玄関は間口も奥行もせまいのは当然だが、それだけ格式ぶらない点が若いものには気に入って、いまもサンダルが五、六足ならべてある。先日、リリスのレインコートを盗んだ炭焼きもこの内玄関からなかに忍びこんだものと考えられていたのだが、それはともかく、こうした建物の構造を考えてみると、階段をおりてきた犯人は途中トイレットに寄ってタオルをはずして手にもち、内玄関をでたところでお花さんを絞殺したことが想像できるのだ。

由木はトイレットの厚い扉を押して、なかに入った。天井の高い、白タイルばりの清潔な感じの化粧室で、左手に冷水と温水の蛇口がならんだ手洗いがあり、その右壁にタオルかけの金属棒がとりつけてあった。

いままでの例をみてもわかるが、この犯人はなかなか頭のいいやつに違いない、と由木は思う。タオルを用いれば指紋のつく心配はないし、音もたたなければ血も流れない。まことに恰好の兇器といえるのだった。

北の窓には金網がはめてあり、お花さんの死体はその下のあたりに横たわっているわけだ。窓をとおして原田警部が哀れな亭主をなぐさめ、なだめ、そして辛抱づよい質問をくり返している声が聞こえてくる。由木はもう一度内部をぐるりと一瞥したのち、外に出た。

「……きみ、われわれはお花さんの仇をとってやろうというんだ。ぼくの質問にしっかり答えてくれなくちゃいかんよ」

原田は万平の肩をたたきながら、なんとか返答をひきだそうとしていた。

「では、お花さんが会うといっていた相手はだれだね？」

「――知らねえ……」

と、万平はぽつりと呟いた。

「知らないじゃ困るな。なんの用件で会うといっていたかね？」

「――おら、知らねえ……。訊いても返事をしなかっただから……」

なおも原田が叱ったり励ましたりした結果、万平もようやく落着きをとりもどしたらしく、当時、夫婦の間でとり交わされた会話を思いだして、ぽつりぽつりと語りはじめた。

「……弱ったね、どうも」

と、原田は腕をくんでため息をもらしていたが、刑事の姿に気がついたようにそちらを見た。

「由木君、さっきお花さんがわれわれになにか話しかけたいそぶりだったろう？　あれを聞いといてやりゃよかったんだよ。忙しかったもんだから、ぼくもきみも耳をかたむけなかった。だからお花さんは、直接相手と対決してその疑問を解こうとしたんだ」

「しかし無謀ですな、殺人犯と対決するなんて……」

「いや、彼女はその相手を犯人とまで見抜いていなかったのかもしれん。ともかくお花さんが不審を感じていたものがなんであるか、それがわかってくれると助かるんだがね」

すると係官の話をきいていた万平が急になにかを思いついたとみえ、死体の横にひざまずくと、お花さんの簡単服のポケットをさぐりはじめた。

「思いだしたぞ……、お花のやつが大切そうに持っていた紙切れのことを……」

「なに、紙切れ？」

「インクで書いた小さな紙切れだ……」

万平の骨太の指が憑かれたように、ポケットのなかをさぐった。刑事の懐中電灯が指先を照射する。だが出てきたものはチリ紙と広告マッチだけで、求める紙片はなかった。

「……おかしいぞ、どうしただかな。ポケットから大事そうにとりだして眺めとったけんどなあ……」

万平は小首をかしげていった。由木の懐中電灯が死体の周囲のくさむらを照射したが、紙片らしいものはどこにもおちていない。

となると犯人が奪って逃げたとしか考えられないのである。原田警部も由木刑事も、そのメモらしきものに大きな興味を感じぬわけにはゆかなかった。

「なにが書いてあった？」

「……おら知らねえです。お花がまるで証文みたいに大切そうにしているのを見ただけだ」

暗い闇のなかで原田は顔をしかめ舌打ちをした。肝心のことになると、こののろまな亭主はなんの役にも立たないのである。

「由木君。きみ、派出所までひと走りして本署に連絡をとってくれ。ぼくは死体を監視している」

りら荘の電話は故障したまま放置されているから、不便きわまりない。警部にはそれも癪《しゃく》のたねだった。

十五分ほどして、由木が駐在巡査をともなって帰ってくると、意外にも警部はにこにこして立っている。そして死体の監視を巡査にまかせると由木をよんで、耳に口をよせた。なまぬるい息が顔をなで、由木はちょっと不快な感じがした。

「おい、メモが見つかったぞ」

「万平がさがしていた紙片のことですか」

「そう。ひょっとするとお花さんがどこかにしまっておいたかもしれないと思って、机のひきだしやなにかを調べてもらったのさ。そしたら箪笥のなかから見つけだしてくれたよ。そら、これだ」

原田は手にもった紙片を、懐中電灯のあかりで照してみせた。メモ帳からひきちぎった一枚の紙に、お花さんの筆蹟と思われる稚拙なペンで六桁の数字がならべられてある。

「たしかにこの紙片なんですか」

「そう、緑色のインクで書いてあるから見覚えがあるというんだ。万平のところにはブルーブラックのインクしかないからね。２５９７８９……　なんだろう。この数字は？」

原田はわけがわからなそうだ。この変哲もない数字から、お花さんはいかなる秘密をつかんだのであろうか。

だがそのメモをちらっと見た瞬間に、由木刑事は思わずどもって叫んだのである。

「け、警部さん、あなたはご存じないかも知れないけど、わたしには思い当ることがあるんです！」

「なに？」

と警部の声も興奮したように高くなった。

由木の出京

一

緑色のインクを使うものはめったにない。だから由木もよく記憶していたのだった。

「あの尼リリスという女性が持っている万年筆、そいつが緑のインクなんです」

例の炭焼きの死体のかたわらに、彼女のレインコートがおちていた。そのコートのポケットに万年筆が入っており、それを由木は、回数券の綴りや紙幣とともに彼女に還《かえ》してやったことがあるのだ。だが、当時まだ事件にタッチしていなかった原田警部は、そうしたことを知るはずがないのであった。

「するとこのメモの字は、尼リリスのペンで書いたというんだね？　それじゃ早速彼女にあってみる必要がある」

彼らは肩をならべて、内玄関からトイレの前をとおって二階に上った。廊下の両側に胡桃《くるみ》色のドアがピタリととじられていて、なんの話声も物音もれてくることなく、しずまりかえっている。

右手、つまり北側の扉のそばには手前から、松平紗絽女、尼リリス、日高鉄子の順に名札がはってあり、紗絽女が殺され鉄子が不在ないま、尼リリスは左右を空部屋にはさまれている形であった。そのリリスのドアを由木の拳が軽くノックする。コトリと音がしてリリスの怯えた顔がのぞいた。

「お邪魔します。あなたにちょっと見て頂きたいものがありましてね」

尼は由木の言葉をうわのそらで聞きながして返事もせずに、ふるえる声で別のことを訊ねた。

「また何かあったのじゃありません？」

「ええ、ちょっと面倒なことがね」

と由木は、このおどおどした肥った女の大きく盛り上った胸のあたりに視線をくれながら答えた。部屋の窓は金網がはってあるだけだから、すぐその外側の地上で騒いでいた警察官の声は、リリスの耳に筒抜けに聞こえるはずであった。

「……だれか……殺されましたの？」

「ええ、そのことについて至急伺いたいことがありましてね」

彼女は身をよけて両名をなかにとおすと、そっと扉をしめ、それを背中にして立ちつくしていた。

「恐しいことばかり起りますわ。あたし今夜にも家に帰ってしまいたい……」

床の上になげていた視線を由木にむけると、質問をうながした。

「で、お話とおっしゃるのは？」

「あなたは緑色のインクの万年筆をお持ちでしたね」

「ええ」

「この寮のなかで、あなたのほかに緑インクを使っておいでの人はいませんか」

尼リリスは、なぜインクのことを訊ねられるのか納得ゆきかねるといった面持ちで首をふった。

「あたしだけだと思いますわ。そのインクがどうかしましたの？」

由木はその質問には答えずに、例のメモをとりだして見せた。

「この文字に覚えはありませんかね？」

「さあ、知りませんわ」

「あなたの万年筆で書いたものだと思いますがね」

「でもこれ、あたくしの字じゃありませんわよ！」

おびえてはいるけれども、自尊心を傷つけられるとキッとなるだけの余裕はあるらしく、金釘流の文字を自分の筆蹟だと思われるのは心外きわまるといった表情をした。

「いいえ、あなたの字でないことはわかってますがね、だれかにペンを貸した記憶はないですか」

そう訊かれて、はっとなにかを思いだしたらしく、大きな眸が急にかがやいたようだった。

「ああ、お花さんに貸したことがありましたわ。これ、あの人の字じゃありません？」

「そう、万平老人もお花さんの筆蹟《て》であることは認めているんですがね……」

「まあ、やはり……」

と彼女は目を丸くして、ふたたび怯えた表情に返った。

「なにがやはりです？」

「殺されたのはお花さんなのでしょ？　みなさんの話し声を聞いて、あの人が殺されたのじゃあるまいかという気がしたんですけど……」

由木はうなずいて、お花さんがなにかの理由でこのメモをひどく重大視していたことを語ってきかせた。

「お花さんの言動から察するところ、これは今度の連続殺人に関係のあるものじゃないかと思うんですよ。いや単に関係があるといった程度のものじゃなくて、事件の謎を解くに足るカギになるのではないか。いいかえれば犯人がだれであるか指摘するほどの重要な意味が、この六桁の数字のなかにひそんでいるのじゃあるまいかと考えているんです」

リリスは黙って耳を傾けている。

「一見他愛のないメモですけれどもね。だから、われわれとしてはお花さんがどういう事情のもとにこの数字を筆記する必要があったのか、それを知りたいと思うんです。数字の意味そのものがズバリと判ればそれにこしたことはありませんがね」

彼の気負った話をいちいちうなずいて聞いていたリリスは、自分もまたひどく興奮した表情で息をはずませた。

「あのときのこと、思い出しましたわ」

「話して下さい、なるべく詳しく！」

「そうね。あたしたちがここに着いた晩のことだから、二十日の十時ごろじゃなかったかしら、亡くなった橘さんと紗絽女ちゃんの婚約を発表して、みなさんが騒いだのちのことですわ」

両人の婚約が発表されたあと、安孫子宏と日高鉄子はしばらくその場にいたが、やがて自室に上ってしまい、行武は夜の庭を散歩するといって、外に出た。それから一時間ちかく紗絽女たちは笑いさざめいたのち、それぞれ寝室に入って、食堂には尼リリス一人がのこっていた。酒宴のあと始末をするためである。彼女はワイングラスを洗い水気をきると酒瓶ともども棚の上にのせた。

すると食卓を片づけていたお花さんが、なにかを思いだしたとみえ、だしぬけに「お嬢さん、ペンをお持ちじゃございませんか？」と訊いたというのだ。

「あるかもしれないわ、ちょっと待っててね」

尼リリスは服のポケットをさぐるとペンをだしてお花さんにわたした。お花さんは礼を述べ、そのペンでポケットからとりだしたメモになにかしたためて、すぐに返してよこした。

「あら、もういいの?」

「はい、ほんの心覚えですから。こうしておかないとすぐ忘れるんですよ」

お花さんはそういってメモを割烹着のポケットにおしこんだあと、なにかを思いついたという表情をまるい顔にうかべ、こう訊いたという。

「ねえお嬢さん、二五という局番はどこでしたでしょう」

前にも述べたとおり彼女は以前東京にいたことがあるから東京弁を上手に喋るし、東京の電話がどのようなものであるか知っていたわけである。しかし、なにぶん急に訊ねられたために、リリスは即座に返事ができなかった。

「局番って、電話の?」

「はあ、さようでございますよ」

しかしこの辺の局番をリリスが知るはずもないから、お花さんが訊ねているのは東京の電話のことであろうと気がついた。

「お花さんがいってるのは、東京の局番のこと?」

「ええ、そうなんですの。あたしせっかちなもんですから、この調子でいつも独り合点なことをいって主人を困らせるんですわ」

お花さんはそう笑ったのち、二五という局番がどこであるかと、改めてもう一度たずねた。しかしリリスにしても、東京の数十局ある電話局の番号を記憶しているわけもないから、即答しかねた。

「ちょっと待っててね。玉川じゃないし、青山じゃないし……」

玉川は学校のあるところだし、青山には自宅があるから、この二つは知っているわけだ。

「ええと……、日本橋じゃないし和田倉《わだくら》でもない……。あ、思い出したわ、二五番は神田局よ。お友達のお家があるんですもの、間違いないわ」

「まあ、神田局ですの、まあ……」

お花さんはひどく意外そうな表情で壁を見つめていたが、やがて番茶茶碗とどびんをのせた盆を持つと、礼を述べて炊事場へさがっていったという……。

「神田局……？」

尼リリスの話がおわると、由木は思わずそうつぶやいてメモを見た。なるほど259789としてある。するとこの六桁の数字は電話番号で、神田の九七八九番ということになるのだ。謎の数字の正体が電話番号だと判明したとたん、由木も、そして原田警部も拍子ぬけのしたような、ばかばかしい気持になった。こうした問題は緒《いとぐち》さえつかめれば、あとは比較的楽にすらすらとほどけるはずである。だから由木もほっとした口調になった。

「や、お蔭さまではっきりしました。ではおやすみになって下さい」

と彼女は追いかぶせるように、肥った頸をかしげて嘆願した。

「あたし、お家へ帰ってはいけないでしょうか」

「いや、そいつは少々我慢して頂きたいですな。あなたは事件の重要な参考人ですからね、ここにみなさんご一緒に滞在していて頂くと、われわれとしても非常に便利なわけですよ」

「そりゃそうでしょうけど、りら荘にいるかぎり、いつ命を狙われるかわかりませんわ」

「大丈夫、これ以上殺人は起させませんよ。ことに今度はこうした重要な手がかりをつかんでいるんですからね、明日になれば事件も解決するはずです」

リリスはなおもおびえた表情のままでいる。

「いや大丈夫。これ以上事件が発展することはありません。しかしドアの鍵だけはかけておいて下さいよ」

なおも心配そうな表情のリリスをのこして原田と由木は廊下にでると、階段をおりて食堂の前をとおり、管理人の居間をおとずれた。六畳の部屋のまん中に丸い卓をおいて、その向うで万平がぼんやり頬杖をついていた。お花さんのメモを探すときに引きぬかれた箪笥のひきだしが、そのままたたみの上に放りだされてある。後かたづけする気も起きないらしい。

「万平さん」

「……へえ」

といったきり顔を上げようともしない。

「先刻のメモに書いてある数字だが、あれが電話番号だということがわかったんだ。東京の神田局九七八九番というんだがね、あんたそれについて心当りないかな？」

「知らねえです」

「きみ、こいつは重大な問題なんだよ。お花さんがあれほど興味をもって、そのため命を失ったくらいの重大な問題なんだ。興味をもったといってはまずいが、つまりその、犯人の正体を暴露するための重要な手がかりなんだからね。じっくり考えてもらいたいのだ」

由木刑事から説きつけられて、万平もその気になったのか顔を上げると、節くれだった手をのばして紙片をうけとり、しばらく数字をながめていた。だが、やがて首をふると、溜息をついた。

「わからねえ。知らねえです……」

「お花さんは東京へ電話をかけることがあったかね？」

「たまにはあったです。藤沢の旦那が生きておいでの時分にゃ藤沢の旦那と、旦那が亡くなってからはこの家の持主の学校の事務所と、ときどき電話で話をすることがあったです。わたしは言葉がこんなだから他人と話をするのは面倒くせえ。だけど、お花は喋ることが好きだったから、電話はいつもあれがかけた……」

管理人の妻君だから持主としばしば電話で話をし、いろいろな指図をうけたり報告をしたりすることは当然あったわけである。電話をかけ慣れている彼女のことだから、あの番号をメモしておいたのも、後日ひまをみてダイヤルを廻すつもりだったかもしれぬ。

だが警部と由木が同時に考えていたことは、お花さんがこの電話番号をどこから入手したのであろうかという点である。メモをしないと忘れるからといって尼リリスのペンを借りたことを思えば、あの電話番号をお花さんが入手したのは——入手したという言葉は訝しいけれども、見たか聞いたかして知ったものにちがいない——その直前であったろうと考えられる。

では当時彼女の周辺にいたものはだれか。まず尼リリスがいた。その少し前まで牧数人、橘和夫、松平紗絽女といった仲好しの連中がいた。さらに散歩にでる前の行武栄一がいた。自室に引込む前の安孫子宏もいたし、目下東京に帰っている日高鉄子もいた。ということは、のちに死んだ紗絽女や橘もいたし、亭主である園山万平も台所の近くでまごまごしていたはずだ。お花さんが電話番号を知ったみなもとは、とにかくこの全員の中にいると思わねばならない。一体、情報源は誰だろうか。

「原田さん、二階の連中に訊いてみようじゃないですか」

「ああ、それがよかろう。しかし、犯人がすらすら答えるはずもないし、あとの学生も臍の曲った人間ばかりだから、期待はもてんね」

＊作者註——東京都の局番は一九六〇年二月以降三桁になった。二五番は二五一番に変更されたのである。したがってこの事件は、それ以前の出来事だということになる。

二

翌る八月二十三日、由木刑事は浦和の地方検事局からやって来た検事の一行でごった返すりら荘をあとにして、東上線の急行で池袋にむかった。三カ月ぶりの出京だが、その度に、よくもまあこれだけの人間がいるものだと感心するのである。感心するよりも呆れる。ふしぎな気がする。これだけいるのを見ると住宅不足も当然だし、就職口がないのも当り前のような気がする。政治の貧困さをつくよりも、だれが政権をとってみたところでとうてい満足すべき解決をつけることは不可能だというデスパレートな暗い気持になってくるのだった。だが一人一人の顔を見廻してみると、どれもこれものんびりしていて、絶望的な表情のものは一向に存在しない。都会人はおそらく不感症になっているに違いなく、するとやはりおれは田舎者なのだわいと、つまらぬことに感心した。

省線電車を神田で降りて、司町《つかさまち》の神田電話局をたずね、まず九七八九番に加入しているものがだれであるかを調べてもらう予定だった。局のカードを見れば簡単にわかることであるけれども、電話番号の加入者がだれであるかを洩らすことは法律で禁じられており、実際は決して安直にわかることはない。素人が知ろうとするならば、まずあの部厚い電話帳を第一頁の第一行第一段からチェックしていくより他に方法のないことである。

由木が身分証明書を提示して、正当な手続をふんだのち知らされた加入者は、神田練塀《ねりべい》町《ちょう》一六〇番地、若尾ビル内の鋼鉄商『テン商事』という会社であった。彼はいささか意外な感じにうたれながらエレベーターで地上におり、電車道路へでた。鋼鉄商というなにか硬い感じの会社と、りら荘のなかでなにくわぬ顔で仮面をかぶりつづけている犯人との間に、一体どのような結びつきがあるのか、想像するに困難だったからである。

昨夜、あれから牧数人たち三人の大学生を訪ねて例の数字について訊いてみたが、予期したとおりだれも彼も判でおしたように知らぬ存ぜぬの返事をした。だから由木は、直接電話加入者にあたってことをはっきりさせたく思って上京したのであった。

電車通りに出た由木は、ふと迷った表情になった。省線と都電と地下鉄とバスとがならんで走っているが、どれに乗っても二停留所の行程である。結局ぶらりと歩くことにして、二十分のちに練塀町についた。そこはそのむかし、歌舞伎狂言で知られた河内山宗俊《こうちやまそうしゅん》という悪党坊主が住んでいたところなのだ。

若尾ビルは大通りから少し入ったところにあって青灰色の壁が美しく、右手二階のあけはなたれた窓ガラスに大きな金文字で『テン商事』と書かれてあった。

五分の後、由木は客間に集まった十八名の社員と社長を前にして、事件のあらましを説明し、協力を要請していた。執務時間の最中なので、できるだけ簡潔に要領よくやらなくてはならない。

「わたしのお訊きすることに対してイエスかノーだけお答え願います。時間を節約するためにそうしたほうがよろしいでしょう」

興味と期待のいりまじった視線の集中するなかで、由木ははっきりした口調で訊ねはじめた。

「まず、園山花さんという女性についてお訊きします。この婦人はりら荘の管理人の妻君ですが、ご存じのかたはありませんか。べつに親しくなくともよいのですよ、顔を見たことがある程度でも結構です。ありませんな？　ではつぎ……」

彼はこうしたやり方で、用意してきた大学生たちのスナップを一同の前に見せながら、一同の中に彼らを知っているものはないかと質問してみた。だがまるで反応がない。これには由木も失望したし、一方また集まってきた社員たちも、小説でも読むようなスリリングな場面を期待していたとみえ、明らかにがっかりした顔を見せるのだった。

つづいて三つ四つするどい質問を追加したのち、すべての努力がむだに終ったことがわかると、いさぎよく礼を述べて社員に引きとってもらった。

「せっかくお出でになったのにお気の毒でしたな」

と、白髪頭を丸く刈り込んだ社長が眼鏡の奥の柔和な眸で笑いかけた。

「いいえ、捜査というのはこうしたことが多いものですよ。足を棒にしてあちらこちらを歩いても、滅多に収穫はありませんからね」

由木はそう答えてタバコに火をつけた。事実そのとおりにちがいなかったが、今度の場合は大きな希望を抱いていただけに落胆もひどく、だからこの返答は負け惜しみでもあったのである。

だが考えてみるとふしぎでならない。由木は神田の電話局で、この加入者が過去七年間おなじ番号を使っていることを確かめた。だからお花さんがメモした場合の相手はこの『テン商事』以外にあると思われないのだ。あのメモに記された二五の九七八九という番号はお花さんにどんな秘密を囁いたのであろうか。そしてそれが犯人にとってどのようなわけで致命的な意味をもっていたのであろうか。由木は専門家である。素人のお花さんが気づくことのできた秘密ならば、彼にも見抜けなければならぬはずだ。しかも彼は出京して当の加入者に会っていながら、その謎にふれることができないのだ。

『テン商事』を出るとふたたび電話局にもどり、『テン商事』の以前にその番号を使っていた加入者をしらべてもらって、念のためにそこも当ってみた。それはニコライ堂の下にある耳鼻科の医院で、老院長は細い毛筆でドイツ語をカルテに書きこみながら、『テン商事』とまったく同じような返答をするのであった。

街路樹が濃い葉の影をおとしているペーヴメントを、由木は扇子を片手にしょんぼり御茶ノ水の駅の方向に歩いた。りら荘とちがって東京は焙《あ》ぶられるように暑く、その暑さは調査に失敗した由木にはひとしおきびしく感じられるようであった。喫茶店の前をとおるときアイスクリームをなめたい誘惑をおぼえたが、辛うじて我慢した。調査がうまくいっていたら大ジョッキの生ビールでひとり祝盃を上げるつもりで出かけてきたのだし、『テン商事』をたずねるまでは呑めるものと信じて疑わなかったのだ。だがすべてが徒労に終ったいまは、クリーム一杯なめることすらしたくなかった。見えざる犯人に対して、由木には由木なりの意地がある。事件を解決するまではクリームもビールも手にとるまい。彼はそう誓うことによって自らを元気づけるのだった。

近くの郵便局に行って秩父署に電話をかけ、待っている署長に結果を報告した。署長はがっかりしながらも彼の労をねぎらってくれ、由木はそれで多少気が軽くなった。そして御茶ノ水から中央線にのるとふたたび池袋へ向ったのである。すずしい埼玉県に帰れるのがうれしかった。朝のうちはそれほどでもなかったけれど、日中のこの暑い東京はもう真っ平だった。

りら荘に帰りついたのは夕刻である。明日の晴天を約束するようにりら荘は茜色《あかねいろ》にそめられて、連続殺人が起った不吉な場所とは思われぬ荘重な建物に見えた。しかし門の前にならんで停車している警察の車をみると、たちまち陰惨な空気が身にしみ、門を入ってりら荘に近づくにつれ、その空気はますます濃くなるように感じた。

原田警部は玄関まででてきて労苦を謝してくれた。

二人はそろって応接間に入り、向い合って腰をおろした。

「話は署長から聞いたよ。電話が通じたからね」

「そうですか、それなら直接こちらにかけるんでしたよ」

「電話局にいって急いでやってもらったんだ」

わずか十時間たらず留守にしただけなのに、由木はなんだか長い旅でもして帰ってきたような気がする。

「ずいぶん変った出来事があったよ。つい先程までいた検事の一行が徹底的な調査をやった。炭焼きがつきおとされた崖を検証したり、獅子ケ岩まで出かけたりね。そうかと思うと、一方では解剖の結果が報告されるし、死体も帰ってくる。お花さんをふくめて三体だからね、こちらはてんてこまいさ。いまドライアイスをつめてそれぞれの場所に安置してあるが、通夜をして明日は火葬場に送るんだ。橘、松平の両名にしても、こうした田舎の火葬場で焼かれるとは思わなかったろう。彼らもし語るを得れば、どんな感慨をもらすことだろうな」

と、原田警部はいかつい顔に似ずに、感傷的なことをいった。

「わたしはそれよりも、犯人がだれであるか語ってもらいたいですな」

「きみはリアリストだ」

「暑い東京でへこたれてきたんですから、仕方ないですよ」

「ハハ、無理もない。ところでね、新顔のお客さんが来ているよ。一人は絵具を買いに帰っていたという画学生の日高鉄子だ」

「戻ってきましたか」

「ああ、だがこれもひと癖ありそうな女だね。さいわい事件が発生しているときは留守だったからよかったようなものの、ここにいたらだ、われわれとしても面倒な思いをしなくてははならなかったろうよ。女傑だし、また動機もあるんだからね」

「女傑ってどういう意味です？」

　と由木は反問した。彼もまだ日高には会ったことがない。

「会えばわかるさ。それから連れの客というのがまた妙なやつだ」

「ははあ、そんなに不美人ですか」

「女じゃないよ、男なんだ。芸術大学がまだ統合する前に洋画科を卒業したとかいっておったから、りら荘に遊びにくる資格は十分あるわけさ。はるばる東京から来たものをすげなく追いかえすわけにもいかんし、仕方がないから、捜査の邪魔をしないことを条件にして滞在することを大目にみたんだが、やっこさんパリに留学したことが自慢でね、モンマルトルがどうの凱旋門《がいせんもん》がどうのと、うるさくて仕様がない。好かんね、ああしたタイプの男は」

「ほう、よほど変物とみえますな」

「いやな性格だね。ああしたいやな性格でいて、よく自分で自分がいやにならんものだと感心してるんだよ」

「そりゃそうでしょうよ。わたしは毛虫嫌いなんですが、われわれから見ると醜悪きわまる毛虫だって、当人同士は結構満足しているんじゃないですか。そして、だれさんがあたしにウインクしたわ、なんて騒いでいるのかもしれませんぜ」

「しかしね、毛虫は美しい蝶になるからまだいい。例えるならばまあムカデかゲジゲジだね。

ぼくはゲジゲジを見るたびに、こいつに美的感覚があるならばさぞ自分がいやになることだろうと思って、妙な気持になるんだよ。しかし恐らくそうした神経は持っていまい。だから彼らの間には恋もあるし卵も生れる、というわけだ。あの男も、この意味でゲジゲジとおなじかもしれん」

あんまり人を批判したことのない原田がそういうのだから、よほど虫の好かぬ人物だとみえる。

「そうそう、忘れていたが解剖の報告をみせよう。お花さんはタオルで絞殺されただけで問題はない。橘は後頭部をなぐられているが、あれはやはり気絶する程度のもので、致命傷は勿論延髄をさされたことだ。死亡時刻はあのとき警察医がいったとおり、なかなか正確な数字がでない」

警部は、鞄からとりだした報告書のページをくりながら、つづけた。

「きみに聞かせたいのはこれだよ。松平紗絽女がのまされた毒は、砒素化合物なんだ」

「ははあ、やはり医者のいったとおりでしたな」

「それから、ココアの中からもまた砂糖の中からも砒素を分析することはできなかった。砒素ばかりでなく、他の毒物も混入されておらん」

「なるほど。すると紗絽女のカップに投毒したということになるですな」

「そう、あのカップについていたココアの残滓《かす》からも、おなじ砒素化合物がでたんだ」

紗絽女の胃のなかにあった毒物と、彼女がのんだカップの澱《おり》から分析された毒物とがおなじ砒素化合物だということが判明すると、彼女を毒殺した犯人がだれかといった問題にもおのずと解答がでることになる。

紗絽女のカップに手をふれた男は、ただ一人しかいない。

「原田さん、やはり、あなたの推理があたっていましたね」

由木刑事は昨夜この客間で交した会話を思いだしていった。だが、由木がそれで事件の解決をみたと思ったならば、とんでもない誤りといわねばなるまい。なおも続発する殺人の犠牲者は一人に止まらなかったからである。

スペードの5

一

通夜は応接間でいとなまれることになった。大テーブルや椅子などを持ち出したあとの絨毯の上にざぶとんをおき、各自が思い思いの席に坐って、悲しくもしめっぽい行事がはじめられた。三つならべられた棺は左からお花さん、橘和夫、そして松平紗絽女の順であるが、紗絽女の棺のみ少しはなれて安置されているわけは、彼女がクリスチャンであったからである。木魚のポクポク……というリズムを伴奏として、顔色の生っ白い、いかにも生臭然《なまぐさぜん》としたわかい僧侶の、その顔に似合わぬだみ声の読経がつづいていた。異教徒の紗絽女としては、こうしたお経など一向にありがたくなかったであろうが、そうかといって、独りさびしく階上の部屋においておくのも可哀想である。

僧のとなりには大男の万平が窮屈そうな形ですわり、ときどき、腰にはさんだうす汚れた手ぬぐいで汗をふくふりをして涙をぬぐっていた。橘と紗絽女の棺の前には、東京からかけつけた年老いた両親がそれぞれ首をたれて、息子や娘の死をふかく悼んでいる。彼らが途中で購《か》ってきた弔花が大きな花瓶にいけられて、その香りが線香のにおいにまじり合い、広い洋間のなかにたゆとうていた。

読経はいつ終るともしれない。ふだんは仲がわるい行武栄一と尼リリスとがおとなしく並んで、やはり頭をたれている。肥えたリリスは坐ることが苦痛らしく、スカートの下の脚をやや横になげだしたところが、いかさまわがまま娘のすることらしく思われるのだった。行武は思いだしたように大きな切れながの目でギロリと白木の棺をながめると、それが癖の片手で髪をかき上げるようにして、また目を伏せる。九州男児でありながら、一見神経質にみえる男だけあって、白いうなじと青いえりあしがいやに目立つのである。

牧数人は行武とともにリリスをはさんだ位置にすわり、単調な木魚のリズムに合わせて無意識に首で拍子をとっている。タバコが吸いたいとみえてポケットからとり出したシガレットケースを掌でもてあそんでいるけれど、さすがに火をつけることはしない。

一座の中には、付近に住む農夫たちの姿も少なくなかった。昨晩、牧とリリスのアリバイを立証してくれたあの青年農夫もまじって、ありがたそうにお経を聞いている。陽焼けしたゴツゴツした感じの彼らとわかい学生たちとが一室に坐った姿は、どう見ても水と油のように調和がとれないものがあった。

そうした有様を、由木と原田はうしろのほうでじっと観察していた。尼リリスたちの一群からずっとはなれた反対側の壁ぎわに、安孫子宏のすわっているのが見える。髭のそりあとの濃い、それでいて、頬の赤い少年のような顔を心持ち緊張させ、相かわらず上体をそらせて駄々っ子じみたポーズである。

安孫子のすぐうしろに、黒いふとぶちの眼鏡をかけたショートカットの女がいる。「ほほう、これが日高鉄子だな」と由木はすぐ気づいた。背後から見ただけでは容貌のほどもわからないけれど、無造作な身だしなみがいかにも画学生らしく見えるのである。

僧侶の読経はなおも単調につづいていた。線香のけむりは鉄子のまわりで渦をまき、テラスの金網扉に吸いこまれて暗い庭にながれてゆく。そのスクリーンドアの前に椅子をもち出して、暑いのにきちんと蝶ネクタイをむすんだ男が腰をおろしている。椅子にかけているのは彼ひとりだから、いやでも目につく存在であった。原田警部をへきえきさせた〝いやな男〟というのは、これにちがいない。

「あの気取った男、なんというのですか」

と、彼は袖をひいて訊いた。

「二条義房《にじようよしふさ》さ。ちょっと子爵のおとしだねみたいな名前じゃないか」

「日高鉄子の知り合いとみえますな」

「そう、日高ばかりじゃなくて、この連中みなと顔見知りのようだ」

彼はそう答えると片手をズボンのポケットに入れてしきりにモゾモゾやっていたが、やがてひとつまみのゴミをとりだすと、唾をつけてひたいにはりつけた。しびれがきれたらしく、そのおまじないである。

橘の両親は息子の死を悲しむあまり、お経料をうんとはずんだに相違ない。それにこたえてお坊さんの読経は延々と三時間におよび、十一時をすぎたころようやく終った。僧侶を送りだした遺族たちはふたたび応接間にもどると通夜をつづける。しかしわかい学生たちはさすがに疲れて、食堂にひきさがると、夜食をとって寛ごうということになった。

原田の横をぞろぞろと出てゆく学生たちのなかから、尼リリスがひょいと立ち止って、声をかけた。

「警部さんたちもいらっしゃいません？」

「なんです？」

「お通夜が陰気になってはいけませんもの。お酒と、それからサンドイッチを用意してありますのよ」

「そう、じゃご馳走になるかな」

原田も由木も、これ以上正座をつづけることはたまらなかった。べつに意地がきたないわけでもないが、しかしアルコールにちょいと魅力も感じて、すぐ立った。だが警部の脚はすっかり痺れて感覚がなく、よろめいたかと思うとその場に転んでしまった。

「あらまあ」

「アチチチ……」

と、彼は情けなさそうに顔をしかめた。肥った人間にとって、長時間の正座は想像以上にこたえるものである。

「由木君、きみは、先に、行ってくれんか。ぼくは、もう少し、この脚が、なおってから……アチチチ」

警部は由木とリリスを去らせると、ズボンの上から脚をさすっていた。

棺の前では遺族たちがひそひそと囁き合っている。婦人はハンカチで目頭をおさえ、その合間にチンと鼻をかみ、そしてまたひたいを寄せると万平老人をまじえて声をひくめて語る。単なる病死でも事故死でもなく、殺害されたのであるから、彼らが悲嘆にくれるばかりでなく、犯人に対して激しい怒りを感じていることは当然であった。しかもその犯人が、なにくわぬ表情で通夜の席にまじっていることを思うと、怒りは倍加されるはずである。そして、あふれでた悲憤のなみだは、しとどにハンカチをぬらすのだった。

そうした情景をながめながら脚をさすっていた警部は、ようやく痺れがなおるとやっこらさと立ち、二、三度足ならしをしてフラフラと廊下にでた。こうしたしめっぽい場所はもう沢山という気持である。食堂に入ると、安孫子と由木がはなればなれに席についていて、たがいにのんびりした表情でタバコをふかしていた。

尼リリスと日高鉄子は忙しそうだ。食堂にサンドイッチや茶碗をはこんだり、応接間に紅茶をはこんだり、おおわらわである。万平たち遺族のほかに農夫が十名あまりもいるから、なかなか手数がかかるわけだ。それでも十分ほどすると食堂にもどってきて、鉄子が原田警部の前にサンドイッチの小皿をすすめてくれた。

「お花さんがあんなふうになったもんですから、なにからなにまであたくしたちがしなくてはなりませんの」

リリスは警部にそう声をかけて、手をのばすと、棚の上の洋酒のセットをとった。昨夜はひどくおびえていたけれども、同性が一人ふえたので心づよくなったのか、通夜で人間が多数集まったため気が張っているのか、それとも昨夜のおびえは単なるヒステリーの発作にすぎなかったのか、ともかくいまは元気をとりもどしている。

これにひきかえ、日高鉄子のほうはじかに殺人の恐怖にぶつからなかったせいでもあろうか、どことなく動作がおちついて見える。いままで発生した連続殺人を、対岸の火災視するようなところがあるのだった。

リリスはセットのふたをあけると洋酒の瓶をとり出したが、どうしたわけか、とたんに妙な表情をうかべて、さらにもう一本の瓶を手にとった。そしてちょうどそこに入ってきた牧の顔をみると、とがった声をかけた。

「変だわ」

「なにが？」

「お酒が減ってるのよ。あなたが呑んだの？」

「どれ、見せてごらん。ほう？」

手ぢかの瓶を一、二本すかしてみて、たちまち彼も不審そうな顔になった。

「変だぞ。だれかが呑んだな。本来なら、まだうんと残っているはずだからな」

「最後に呑んだのはいつ？」

「ぼくらがここに着いた晩さ。ほら、橘たちの婚約発表があったときだよ」

あの夜みんなで祝盃をあげて以来、続発する事件のため、ついぞグラスを手にする機会はなかったはずである。それが知らぬ間に減ったとすると、やはりだれかが失敬したに違いない。辛口のドライジンやフレンチベルモット、甘口のキュラソー、マンダリン、イタリアンベルモットなどは一滴もなく、半分ほど残されているのはただ一瓶だけであった。

「あら、それペパーミントね」

緑色の洋酒といえばペパーミントにきまっている。

「でも、だれかしら。いやな人ね。欲しけりゃ欲しいといったらいいじゃないの。こっそり呑むなんて根性がいやしいわ。そんなやつあたし大嫌い！」

リリスは当てこするように大きな声でいうと、頰をふくらませた。だが、彼女に嫌われようとべつにだれも痛痒を感じるはずがないのだ。こうしたいかにもわがまま娘らしい言い方をすることによって、かえって自分が嫌われる結果となるのを、リリスはとんと気づかぬようである。ペパーミント一本をテーブルの上にのこして、手荒くあき瓶を棚の上にもどした。

安孫子は、おのれが当てこすられたことをすぐに悟った。なにかというとふんぞり返ってお高くとまりたがる男だけに、こうしたことにはすこぶる敏感なたちだった。たちまち顔が紅潮した。

「尼君、きみはおれのことをいったのか」

「まあ失礼ね、いつあんたが呑んだといって？」

「呑んだとはいわないけどよ」

「そんなら黙ってるものよ。言いがかりをつけるなんてヨタモノみたいだわ。紳士のすることじゃなくてよ」

高っ飛車に逆襲されてへどもどすると、たちまち沈黙してしまった。うわぜいのある十七貫のリリスが、腰に手をあてて仁王立ちになって鼻の孔をひろげた恰好は、それだけで相手を威圧するに充分である。十三貫弱の小柄な安孫子が椅子の上で小さくなると、まるで女教師に叱られた小学生といった図を思わせるのだった。

安孫子が口をつぐんでしまったのは、原田や由木という第三者の前で内輪のもめごとを見せまいとする考慮もあったに違いなく、つとめて感情を抑制している様子がはっきりうかがえた。そこに二階からおりた行武と二条が入って来たため、この小さな衝突もそのまま消えてしまったのである。

「ではどうぞ、まずいものですけれど召し上がれ」

肥った女はそうすすめたあと、自分も真っ先にサンドイッチをつまんだ。一方、きざな手つきでシェーカーを振っていた牧は、一同のグラスにあわい緑色のフィーズをついでまわった。最後に行武の横に立つと、二条義房と夢中になって論じているバス歌手の行武に、

「きみも呑むだろう？」

と声をかけた。禁酒しているこの男にうっかりすすめると、先夜のように怒りだすおそれがある。

「ああ」

行武は見むきもしないで、なにか音楽のことを声高に語っていた。以前、洋画科にいたころ、その豊富な色彩感覚を教授にほめられたこともある行武だけに、おなじ洋画科を卒業した二条義房とは話も合うし、親近感もいだけるらしい。

「きみはそういうけどさ、フリュートゥとアルプのためのコンセールが有名なのは、ライネッケのカデンツァのためではありませんですよ。ほかにもそういう人はいるけれどもさ、ありゃア逆説だな。カデンツァなんてどうだっていい、あの華麗きわまる本体そのものをほめなくちゃ。やはりモザーは偉いですよ」

みてくれの多いいや味な調子に、なるほどこれはいけ好かない男だなと、由木ははじめて気がついた。日本語で話をするのだからなにもそうする必要はないはずなのに、フランス語を発音するときはわざわざ鼻の奥にひびかせて、いかにもパリ帰りでございというような顔をしている。やせた面長の顔に天平時代の仏像を連想させる柿のタネのような目がついて、その腫れぼったい目が、近眼鏡のレンズのなかで、ねむそうにまたたいている。それはどう見てもパリ向きの顔ではなかった。

牧がペパーミントフィーズをつごうとすると、気取ったゼスチュアで手をふった。

「ぼかぁビエールがいいんだけどな、ないのかね?」

「さあ、買ってあるかどうかな。ビールが呑みたきゃ、あんた台所に行ってみて来たらどうです」

いつもに似ず、貴公子の牧は木で鼻をくった返事であった。その言葉のひびきに尼リリスが気づかぬはずはない。二条義房が立ち上って調理室へ出ていくのを待って、小声で訊ねた。

「どうしたのよ、牧さん」

「べつにどうもしないけどね、二条先生はぼくを嫌いらしい。だからぼくも先生に好意を感じられないんだよ」

「あら、どうして？」

するとmakiはなにを思いだしたかくすくす笑った。

「先生なかなかフランス語が得意らしいが、ありゃ見かけ倒しなんだぜ」

「まあ、なぜ？」

「せんだって学校でシャンソンの好きな連中が集まってね、ジョルジュ・ブラッサンスの『ゴリラ』ってのを聴いていたんだ。そこにやっこさんがご入来あそばすとね、例によってとうとうとシャンソンのうんちくを傾けてさ、ルシエンヌ・ボワイエが転んだの、イヴ・モンタンがすべったの、ラケール・メルがバルセロナで死んだけど、ぶくぶくに肥っちまって往時の面影がなかったのと知ったかぶりを披露したあげくがさ、『ゴリラ』のレコードを聞いて、ブラッサンス自作の歌詞がエレガンだ、なんてほめて大いにパリ帰りらしき一席をぶったんだ。ところがこの『ゴリラ』ってシャンソンはさ」

と、牧は話を切ると調理室へ通じる扉をちらと見た。

「エレガンだなんてとんでもない、パリの国立放送局からしめだしをくった唄なんだ」

ブラッサンスの多分に哲学的だと評されるシャンソンは、そのほとんどが自作の詞にかぎられており、ほかの歌手の、例えばボワイエの『愛の言葉を』であるとか、ジャクリーヌ・

フランソワの『ポルトガルの洗濯女』だとか、あるいはイヴェット・ジローの『小さな靴屋』のようにメロディそのものからしてだれにでも受ける唄とはちがって、フランス語ができるものでないと面白さが理解されないといわれている。ブラッサンスの名を日本でほとんど知るものがない理由は、その辺にありそうであった。

「あらまあ、どんな歌詞なの？」

マドロスパイプをふかしながら、その合間にフィーズをなめていた日高鉄子が、興味を感じたように体をのりだした。

「ぼくはフランス語は得意じゃないから日本語の訳詞を読んだんだけどね、檻のなかにゴリラがいて、わかい娘たちがこの類人猿のある部分を恍惚とながめるという文句で始まるんだ」

「あらいやだ」

柄にもなく日高鉄子は真っ赤になって下を向いてしまった。

「止せばよかったんだが、彼のパリ通が鼻についてムカムカしてたもんだから、この歌詞のどこがエレガンなのか説明してくれといっちまったんだよ」

「あら」

「やっこさん、途端にふくれちゃってね。以来、小生にはお冠《かんむり》というわけなんだ」

「いいわよ、そのくらいの恥はかかせてやったほうが。あたしもあんな気障なひと大嫌い。宣言しとくわ」

尼リリスは女性特有の勘のするどさから、由木や原田をふくむ一座のほとんどすべてのものが二条義房に好意をいだいていないことを察しているらしく、大胆にいってのけた。

「まったくだね。なにもモーツァルトのことをモザーとフランス語読みにしなくたってよさそうなもんだ。例えばさ、イギリス人にしたって、ベートーヴェンやショパンのことをビーソーヴェンだとかチョピンと呼びやしない。ソヴェートにしても、ビゼーのことはロシヤ文字でちゃんと発音どおりビゼーと書く。ビゼットなんて書きはしないんだ。それなのにさ、なにもモザーといわなくてもいいじゃないか」

「そうよ、そうだわよ。ビールのことをビエールだなんて、フランスかぶれも甚だしくてよ」

二人に思うさまこきおろされているところに、それとは知らぬ本人が、いささか不満そうな面持ちでもどってきた。

「ビエールはないね」

だれにともなくいってサンドイッチをつまんだ。尼は始まったというふうに牧と顔を見合わせた。

「あらそう、お気の毒ね」

それまで頬杖をついて目の前のグラスをながめていた行武は、手をのばして、薄荷《はっか》の味のする緑の酒をひと口呑んだかと思うと、すぐテーブルにおいた。

「おや、これペパーミントじゃないか。なにかほかの酒ないのかい？　おれ薄荷は嫌いなんだよ」

「残念だがほかの酒はないんだ。だれかが呑んじゃって、どの瓶もからなんだよ」

「呑まれたって？　だれにだい？」

二条との議論に熱中していた彼は、酒盗っ人の件は聞こえなかったのである。

「わかってたらどやしつけてやるよ」

「ふん、ひでえやつだな」

行武はあきれたように口をあけて天井の灯りをながめている。二条はなにを考えているのか、正面の壁をじっと見つめていた。

二

逮捕状はすでに請求してあるが、なにぶん不便な場所のこととてそれが届くのは翌日になるものときめて、原田たちは遠くから容疑者の様子をそっと見まもることにしていたのである。

夜食に一時間ほどついやしたのち、一同はふたたび応接間にとってかえすと、通夜の席に加わった。農夫たちは義理固いのか、それとも義理を欠いたといわれるのがいやなのか、通夜を早目にきり上げて帰るものは一人もいない。みなぴたりと坐ったまま膝をくずすものもなく、お花さんの死を悼んでいるようであった。

若者たちが着座する間ざわついていた空気もすぐにしずまって、中断されたお通夜はまた続行された。二人の係官は以前とおなじ場所に坐り、ひそかに獲物を監視することをはじめた。

僧侶が経をあげたときとはちがって、通夜の人々は三々五々小さな声で雑談をしていた。しかしその声も十二時をすぎるとぐんと減ってしまう。なかには睡魔とたたかうものもいたし、すでに正座したままコクリコクリとやっているものもあった。畑仕事でつかれぬいた農夫たちには、それも無理もないことである。

先程のんだ紅茶も、その量が少ないせいか眼けざましにはならぬとみえて、行武もはや舟をこぎはじめている。上体をゆすぶり、あわや均衡を失ってひっくり返りそうになるとはっと目をさまして、思わずギョロッと周囲を見廻す。この寝惚けた横顔がなんとも間がぬけて滑稽で、由木は思わず失笑した。

しかし他人を笑っているうちはまだよかった。二時、三時と夜がふけるにしたがって原田も由木も襲いかかる睡魔には耐えきれなくなり、つい、トロトロとまどろみはじめる。こりゃいかんと、強いて目をあけ抵抗してみたものの、やがてどうにも我慢ができずに眠ってしまった……。

「旦那、もし、旦那……」

どこかで呼びかける声がしたと思うと肩をはげしくゆすぶられて、由木はハッとして目をさました。眼前に、黒々と陽に焼けたしわづらに白い不精髭をはやした老農夫の顔がある。

「……なにか用か？」

「ちょっくら来て下せえ」

そのただならぬ表情が寝惚けまなこの由木にもピンときて、すぐ腰をあげた。老人は先にたって廊下を歩き、階段の下をとおってトイレットの扉をおしあける。中をのぞいた由木は、声をあげて思わずその場に立ちすくんだ。

そのりら荘の手洗いの位置については前にもふれたと思うが扉の正面にスツールがある。そのスツールのすぐ下の白いタイルをはりつめた床の上に、浴衣《ゆかた》の男が顔を向うにむけ、うつ伏せに倒れているのだった。

わかい学生たちのなかで浴衣を着ているものは一人しかいない。だから由木は、倒れているのがだれであるかすぐにわかった。浴衣のすそが乱れて二本の毛ずねがヌウとあらわれている。倒れた拍子にはねとばされたとみえ、一足の革のスリッパが北窓の下に転っていた。

「旦那、ありゃなんのまじないだべえ?」

と、農夫はさすがにうわずった声になった。彼がいうのは、浴衣の背中にのせてある一枚のカードのことであった。由木はようやくわれに返ると大またで中に入り、慣れた視線をすばやく周囲になげた。窓の金網戸には異常がない。つぎに死者の背中のカードを手にとってスペードの5であることをたしかめると、自分の胸のシャツのポケットにすべり込ませた。

被害者は髪を長くのばしているためわからなかったけれど、そっと手をあててみると、後頭部にひどい裂傷がある。念のためライターを鏡がわりに鼻孔に近づけてみたが、とうに息たえていた。

刑事の胸のうちには死者を悼む気持は少しも起らない。彼の鼻の先でこのような不敵なふるまいをした犯人に対する怒りで胸がみたされ、他のことを考える余裕はまったくなかった。刑事たちがりら荘に滞在したのは容疑者を監視するためであるが、あからさまにそういうわけにもゆかぬので、続発する事件を未然に防ぐための警戒であると称していたのだった。

しかし由木刑事にしても原田警部にしても、これ以上事件が発生すると信じていたわけではなくて、お花さんの死をもって終結をつげたものと考えていたのである。だから第五番目の犠牲者が出たことは由木をすこぶる驚倒させ、同時に彼らの警戒下にこうした事件が発生したことは、由木たちを窮地に追い込んだことになるのだった。まさしくこれは由木と原田の失態であり、学生たちの軽蔑と憫笑《びんしよう》をかうのはわかりきっていた。

由木はにがい顔をしてふり返った。

「きみ、すまんですが原田警部を呼んでくれんですか。そう、わたしの隣にいた眼鏡をかけた肥った人……」

ドアのところに立っている老農夫に、胸中の驚きを悟らせまいとしてつとめて冷静にいった。

原田はすぐにやって来て、トイレの中をのぞくとみるみる顔を紅潮させ、吐き捨てるように呟いた。

「なめた真似をしやがる」

そして行武の死体に手をふれてから、「あんたが見つけたの?」と嚙みつくような調子でたずねた。

「へえ」

老農夫は警部の剣幕におそれをなしたのかうつろな返事をして、用をたしにトイレットの扉をあけたところ、そこに行武の倒れているのを発見し、おどろいて由木に知らせたのだとつけ加えた。

「いやほんとに魂消《たまげ》やした、へえ」

原田はぶすっとした顔つきで死体の位置をながめていたが、しばらくすると由木をかえりみた。

「行武はスツールの前に立っているところを、うしろからなぐり殺されたんだな」

「そうですな。ちょうど用をすませた瞬間をねらってふりおろしたんでしょう」

「出血は少ないが、骨がわれてるようだ。兇器はなんだろう?」

その兇器は、すぐ近くの内玄関のたたきに放りだしてあった。平素は風呂場のたき口のところにおいてある、カギ形をした鉄の火掻棒である。犯人はとがったほうを上に向け、あたかも刀で峰打ちをするような恰好でふりおろしたものだろう。そのことは、まだぬるぬるとぬれている傷口の状態からも推測できるのであった。

「だが、うまいときを狙ったものじゃないか。男が用を足しているところを襲われると、ちょっと防ぎようがないからな。ぼくはすぐ本署に連絡をとる。きみはあいつを監視していてくれ。それからおじさん」

と、原田は廊下の老農夫に声をかけた。

「ぼくが電話をかけ終るまで、ここで張り番をしていてくれんかね。だれが来ても入れちゃいかんよ」

迷惑そうな相手の表情を無視して、うむをいわせず、無理強いにたのんだ。

由木はさりげない顔をして応接間にもどった。棺の前の遺族をのぞいては、だれも彼も眠りこけて、異変に気づいたものはなさそうだ。廊下から、原田警部が本署をよびだす声が聞こえてくる。怒りと困却《こんきゃく》と狼狽のまじった奇妙な調子であった。警部が声を殺して語るため、なかなか先方に通じないようである。

電話が終って五分ほどすると、一人の女がむっくり立って人々の間を縫うようにして来た。鉄子であった。

「あ、どこへいらっしゃいます」

由木はあわてて声をかけた。

「お手洗いですわ」

「弱ったな。ちょっと我慢していただきたいですがね」

そう押し止めたものの、朝になるまで死体を動かすことはできないし、それまで全員に禁足をくわせるわけにはゆかない。

「日高さん、とおっしゃいましたね。あのトイレはしばらく使用できないんですよ。しかしべつに、管理人専用のものがあるんじゃないですか」

「ええ、万平さんの居間のそばにあるようですわ」

「ではそこに行っていただきたいですな」

「まあ、なぜ？」

いぶかるような表情を浮べて、眼鏡の位置をなおした。

「理由はあとでお解りになりますがね、ともかく、そちらにいらして下さい」

「あのう……」

と彼女はためらうように立ちつづけていたが、つよく首をふった。

「いやですわ」

「どうして？」

「だってこんな、お通夜の晩に、遠くのお手洗いにいくの、こわいんですもの」

ふだんは男みたいに振舞っているくせに、やはり女であった。

「一緒に行って下さいません？」

「と、と、とんでもない」

由木は泡をくって断ると、ハンカチで鼻の頭をこすった。

「そうだ、尼さんを誘ったらどうです?」

「そうね。じゃそうしますわ。だけど、何かありましたの?」

「いや、べつに何も。ただちょっとばかり……」

あいまいな返事に彼女はそれ以上たずねることをあきらめたとみえ、ふたたび人々の間をかきわけて尼リリスのわきに立つと、これをゆり起こしてトイレを誘っている様子だった。リリスは行きたくないのであろうか、初めはかぶりを振っていたが、やがて説得されたとみえ、立ち上った。だれかが歯ぎしりをしていて短い寝言をいい、そしてすぐしずかになった。

二条の自信

一

五人目の犠牲者が出たということを、しかし容易にかくしおおせるものではなかった。夏の夜のことだからトイレに行くものの数はそれほど多くはなかったけれど、由木刑事から管理人専用の手洗いを使うよう指示された連中はいずれもいぶかしげな面持ちになり、自席にもどってくると隣の人間の肩をこづいて、ひそひそと囁き合うのであった。由木刑事が真相を秘めるべくつとめていても、その深刻な表情から尋常でない出来事の発生が想像された。

時間がたつにつれ夜明けが近づくにつれて、彼らの間のひそひそ話は次第に周囲にひろがり、その声もだんだんと大きくなってくる。やがてそれは、徹夜につかれはてた遺族の間にも波及したようであった。遺族は遺族同士で、農夫は農夫同士で、そして学生は学生たちの仲間でこの異様な空気を論じていた。

籐《とう》椅子からおりて小腰をかがめ、安孫子や日高女史となにやら語り合っていた二条義房は、そのうちしきりに腕時計を見ては入り口をふり返るようになった。行武の不在がようやく気になりかけたらしいのである。

彼らと離れた場所にいる牧とリリスのグループにも、やはり落着きを欠いたそぶりが見えはじめた。リリスの隣の行武の座ぶとんは、先刻から主のないまま虚しく空いている。

「ねえリリちゃん、きみがトイレットに立ったのは何時ごろだい？」

「さあ、二時ごろじゃなかったかしら。はっきりおぼえてないけど……」

「それ以後ずうっと戻ってこないのかい？」

「さあ、あたしすぐ眠っちゃったから、あとのことは知らないわ」

そうした牧と尼との対話が由木の耳に聞こえてきた。牧は立ち上るとズボンのしわをなおして、人々の間をわけながら由木のほうに近づいた。

「何かあったんじゃありませんか」

「なにがです」

と、刑事はとぼけてみせた。

「隠さないで下さい、行武の姿が見えないじゃありませんか」

「行武君？　はてな、手洗いじゃないですかね」

牧は友の身を案じるように眉をひそめると、喰いつくように詰めよった。

「からかうのは止して頂きたいですな。ぼくは真剣なんですよ」

由木が答えようとするところに、二条義房も顔を出した。彼も深刻な面持ちであった。

「行武がやられた。そうでしょう、え？」

上から押しつけるような言い方をする。

「はっきり知りたいです。ぼかぁ、行武が犯人から狙われとることは知っていた。夜が明けたら注意してやろうと思っとったです。そして犯人の仮面をとってやろうと考えていたです。だがこう早くやられるとは思わなかった。ね、由木刑事。彼はやられたのでしょう？　違うですか」

「…………」

「わかっとる、ぼくにはわかっとるです。いままで四人を殺した犯人のことだ、やりそこなうようなヘマな真似はすまいと思うのですが。助かりますか、行武君は？　それとも……？」

由木はだまって首を横にふった。

「そうか、やはり……」

二条はしわがれた声で呟くと、ひとしきりまばたきをして、さらに執拗にくいさがった。

「だれの犯行だかわかっとるですか」

「そりゃ、とうのむかしにわかってますとも」

相手の言葉にどこか警察の能力を疑問視したひびきが感じられたので、由木はそれをはね返すようにつよい調子で答えた。

「じゃ、なぜ逮捕しないですか」

「残念ながら、いままで証拠がなかったんです。しかしいまやそれを摑むことができた。だから逮捕も時間の問題です」

「時間の問題ね。もう少してきぱきとやって頂きたかったですな。そうすれば行武君も殺されずにすんだはずだ」

歯に衣《きぬ》をきせぬ相手の言葉が、由木の痛いところを遠慮なくつき刺した。だが犯人の監視を怠って第五の兇行を敢《あえ》てなさしめたのは由木の手落ちなのだから、反駁することもできない。口惜しくても黙って聞いているよりほかはないのである。

いいたいことをいうと、二条義房はくるりとくびすを返して、自分の席にもどっていった。それを待っていたように、こんどは牧が近づいて来た。

「どこで殺されていたんです。トイレットですか」

「そう」

「どんなふうにやられたんです？」

「火掻棒で頭をわられてね、即死でしょう」

「やはりカードが……？」

「ええ、スペードの5が死体の上にのせてありました」

牧は目を宙にやると、ほとんど独りごとのような口調になった。

「……わからない、一体だれの仕業なんだろう。ぼくらの中に殺人鬼がいるなんて、どうしても信じられん」

何やらつぶやいたかと思うと、会釈するのも忘れたように力のない足取りで帰っていった。

こうして由木が秘めておいた行武の死は、たちまちのうちに通夜の席につらなる全員の耳に入ったのである。第五の犠牲者の発生は、犯人をのぞいたすべての人を驚倒させるに足るショッキングなニュースであった。朝の四時すぎに警察の車が到着した。すでに夏の夜は白みかかって、庭の石のたたずまいなどもおぼろ気に見え、金網扉をつうじてしのびこんだ朝の気配で、天井にかがやいていた蛍光灯の光も、いまは薄ぼんやりとして、頼りなげに思われた。

由木はその場を動かずに、原田警部が玄関まで迎えに出た。警察医と担架をかかえた三人の警官の後に検事がつづいていた。彼が原田警部の顔を見てかすかにうなずいたのは、いうまでもなく逮捕状を携行したとの意味である。

一行は廊下を吹きぬける嵐のように、無言のまま足音を立てることもなく、警部の案内で手洗いに入った。しかしどれほどしずかに歩いたとしても、通夜の席の人々の耳をごまかすことはできない。行武の死を知った彼らの感覚は驚愕と恐怖のため神経質になり、眠ることはおろか、まるで野生の動物のように敏感になっていたのである。農夫たちの間には、殺人犯に対する恐怖とはべつに、検察官の到着によって、一種の畏怖に似たパニックの状態がまき起っていた。彼らは牡蠣《かき》のように口をつぐんだきりなにもいわず、ただ目玉だけを落着きなく動かしていた。そしてときどき盗み見るような視線を牧や安孫子にあびせる。それは、五人の男女を葬った不敵な犯人の正体がだれであるかを知ろうとする好奇心に、若干の憎悪をまじえた眸であった。見られるほうの身になってみると、決して愉快なものではない。安孫子や牧やリリスは勿論のこと、事件に関係のないはずの日高女史や二条義房も農夫たちの視線を意識して、おちつかぬ表情をうかべていた。

勝気なリリスはポケットをさぐってチューインガムを取りだすと、ぽいと口にほうりこみ、音をたてて嚙みはじめた。牧は知らぬ顔をしているが、安孫子は童顔を赤らめ、しきりにもじもじしていた。二条は傲然と天井を眺めるし、日高鉄子は反対に下を向くといった、各自の性格に応じたまちまちの反応を呈した。農夫たちは次第に大胆になり無遠慮になり、そしてますます意地わるい眸になった。

原田警部が見知らぬ男たちをつれて入って来たのは、それまで黒々としていた庭の花壇のカンナの花が、朝日をあびて燃えるような赤に変ってみえるころだった。農夫も遺族も学生たちも、その見知らぬ男がなんの目的でやって来たかを本能的に察知した。だれもものをいうものはなかった。尼リリスさえガムを噛むことを止めた。応接間の空気は痛いほど緊張していた。

三人の検察官はうなずき合うと一様にこちらを見て、ジャングル地帯をすすむ猛獣狩りの一行のように農夫の間をわけて入った。彼らの目標は左手の壁際にあるらしく、安孫子と日高鉄子と二条義房は背後をふり向いて黙々と狩人たちを迎えた。昨日到着したばかりの日高女史と二条義房が事件に無関係なことは明らかである。だから彼らは狼狽する理由をもたなかった。安孫子は、彼らがだれを襲うつもりであるか、すぐに悟った。まるい童顔の頰の筋肉が痙攣したかと思うと、醜くゆがんだ。最初は笑っているように見えたが、それも一瞬のことで、たちまちべそをかいた泣き顔になった。

三人の係官は安孫子の前でピタリと止った。農夫たちは陽焼けした顔に口を大きくあけてこの光景を眺めていた。

「あなたは安孫子宏さんでしょうな」

原田警部はおごそかな声で訊ねた。

「ぼくが安孫子でなかったら、だれだというんです……」

彼はのこった気力をふるい起して、せいいっぱいの皮肉をいった。

「余計なことはいわんでもよろし。あなたを須田佐吉その他の殺人事件の容疑者として逮捕します。これが令状です。なおあなたは自己に不利益な……」

須田というのは例の炭焼きのことである。だが安孫子は半分も聞いていなかった。逮捕令状にはまだ行武の名は記載していないが、あとの四人の犠牲者の氏名がずらりと並べてある。彼はちらと一瞥したものの、読もうとはしなかった。いや読めなかった。大脳は彼の意志をはなれて、視力も理解力も完全にマヒしていた。そのくせ想像力は逆に機能をましたとみえ、うす汚れた客間の壁をキャンバスとして、その上に、まだ見たこともない絞首台の形をくっきりと描きだすことができた。

警部は、安孫子に学生としてのプライドもあるだろうから手錠をかけることは遠慮すると述べ、そのかわりつまらぬ真似はしないようにといって彼の腕をとった。由木刑事が反対側からもう一つの腕をとり、安孫子はまったく自由を失って、なんの反抗もすることなく歩きだした。農夫たちが左右にすさって通路をひらいた。

安孫子は廊下に出たとたん、われをとりもどしたとみえる。

「違うんだ、ぼくは犯人じゃない、ぼくが殺したんじゃない、違う、違うんだ、放せ、放してくれ」

しきりにわめく声が聞こえたが、係官が耳をかすわけがなく、その声も次第に小さくなっていった。

牧たち四人は、扉のところに立って顔を見合わせたきり、しばらくは言葉もなかった。それでも、ややあって尼がふるえるような声を出した。

「……安孫子さんが犯人だったのね。なんだか信じられないみたい……」

とにかく、目の前で殺人犯が逮捕されるということは、だれにとってもショッキングな出来事であった。農夫たちは呆気にとられたきり、だれ一人として口をきくものはいなかった。

二

四人の仲間は、鉄の門の前に立って連行される安孫子を見送った。多くの僚友を殺し、好人物のお花さんを殺した男と思えば憎いわけであるが、彼もまたおなじ釜のめしを喰った仲間の一人なのだ、そ知らぬふりもできなかったであろう。それにまた、行武の死体も運び去られてゆくのだ。

安孫子は原田警部と由木にはさまれて大型ジープの後部座席に坐り、先程まで紅潮していた頰もいまはすっかり蒼ざめて、自分の靴の先を見つめたまま顔を上げようともしない。行武の死体はうしろの小型トラックに横たえられていた。彼もまた、橘や紗絽女とおなじように解剖に付されるのである。四日前の夕方、嬉々としてりら荘にやってきた七人の男女のうち、三人までが固い解剖台にのせられて冷たいメスで肉をさかれ、そして一人が殺人犯として引かれて行くことを、だれが予想したであろうか。あとにのこった二人の女性と二人の男性は、複雑な思いを面にあらわして、声もなくたたずんでいた。

やがて二台の車が前後してスタートし、大通りにでて曲ってしまうと、四人は、だれからともなくりら荘にもどりはじめた。石積柱にからみついた朝顔の花が五、六輪、血で染めたように赤く咲いているのが、事件の直後だけに、ひときわ印象的に見えるのであった。

だれも寝不足で、喰べるよりは自室のベッドで休養をとりたかった。

「どうなさる、お食事?」

とリリスは疲れたつやのない声で訊ねた。

「ぼくは眠たいんだがね、万平さんや遺族の人たちに朝食をださなくちゃわるいだろ?」

「そうね、じゃトーストにハムエッグズかなにかで……」

牧とリリスは朝の食事の献立をきめた。

「あたしお手伝いするわ」

そういう鉄子の声も乾いていた。

「あらそう、じゃお願いするわね。ゆっくりやりましょうよ、八時まで小一時間あるんですもの」

四人が内玄関からなかに入るころ、通夜をすませた農夫たちが寝不足の脂の浮いた顔で出てきて、本玄関から帰っていくところであった。眠そうな顔をしているのは学生たちも同様である。彼らはどちらからともなく声をかけ合い、通夜に列席した労をねぎらった。

階上の自室にもどった牧たちは、いい合わせたように、歯ブラシと洗面具をかかえて洗面所にとびこんだ。口をすすぎ、冷たい水で顔を洗うと、どうやら気持もさっぱりして、人心地をとり返すことができた。

リリスと鉄子が炊事場で仕事をはじめたころ、牧は食堂の椅子にかけてラジオのスイッチを入れると、音を小さく絞って朝刊をひろげた。まず社会面をひらく。出ている、出ている、りら荘の殺人事件がトップにでかでかと報じられてある。牧は昨日の昼、検事の一行についてやって来た新聞記者が事件をどのように取り上げたか、興味をもって記事をむさぼるように読みはじめた。

テーブルの向側に坐った二条義房は、棚の上にたたまれた新聞を手にとると、これも異様な熱心さでそれをひろげはじめた。その眸は、なにかに憑《つ》かれたようにひどく真剣であった。競馬場のスタンドに立ち上って、自分が賭けた馬の追いこみを喰い入るように眺めている競馬好きの目、それを思わせる二条の眸だった。

「朝刊はこれですぜ」

牧がもう一種のまだたたんだままのテーブルの上にのせてある朝刊をさしだしてやると、どうしたわけか二条は見向きもしない。

「ぼくのさがしているなあ、二十一日の夕刊だよ」

はね返すようにいって古新聞をあれこれとひろげていたが、やがて求める夕刊を見つけると社会面を開いて、柿のタネのような小さな目をせいいっぱいに丸めて記事を追っていた。が、そのうちに目指すものを発見したとみえてみじかく一声うめくと、それを小脇にかかえて食堂をとび出した。

盆にトーストをのせてきた尼リリスは、あやうく正面衝突するところであった。辛うじて体を退くと、その反動で皿のトーストが転げおちそうになる。落すまいと盆で拍子をとって首を上げてみるとすでに二条の姿はそこになくて、階段をかけ上る足音が聞こえるだけだった。

「どうかしたのかしら、あの人？」

盆をテーブルにのせながら、リリスはあえぐように訊いた。

「もう少しでぶつかるところだったわ。喧嘩でもなさったの？」

「喧嘩なんかしないさ。やっこさんどうしたわけだか古新聞をみたとたんに興奮してね、とび出しちまったんだよ」

「妙な人だわね」

「いかれてるんじゃないかな」

二条にああした奇矯な行動をとらせたものがなんであるか、牧にも全然見当がつかない。八月二十一日の夕刊は彼も読んだはずだが、べつに変ったこともないように記憶している。

「すみませんけどあなた、新聞を片づけて下さらない？　橘さんや紗絽女ちゃんのご両親にも、ここでご一緒に召し上っていただくのよ」

「そうか、それじゃぼくも手伝おう」

「そうして下さればありがたいわ。もうそろそろハムエッグズができるころよ、はこんで頂けるかしら」

わがまま娘の尼リリスも、牧に対してはまるで小羊のようにおとなしいのだ。

「ラジオは消しといたほうがいいね。あの人たちのいる間は、歌舞音曲のたぐいは遠慮すべきだな」

牧は手をのばしてスイッチを切ると、皿をはこぶために立ち上った。

日高鉄子と尼リリスの調理した朝食はかなり上手な出来であったけれど、遺族たちの食欲をふるい立たせることは不可能であった。彼らはほんの少量のパンをたべただけで応接間にもどって行った。万平老はひとり自分の部屋で食事をとったが、これはパン食に慣れていないだけになおさら喉をとおらぬらしく、皿の上にはトーストもハムエッグズもほとんどそっくりそのままのこされてあった。

遺族が同席している間は学生たちも言葉少なだった。橘の両親にしても紗絽女の両親にしても、子供たちと親しく交っていたこれらの学生といろいろ語りたいらしいのだが、まだそうするだけの気力がないとみえて、犯人が捕えられたら仏がうかばれるであろうという意味のことを、みじかい言葉で述べただけだった。彼らの気持は学生たちにも敏感に反映して、ほとんど口をきくものもない。だから遺族が応接間へ去ってしまうと学生たちは解放されたようにお喋りになり陽気になり、ことに牧と二条はとたんに旺盛な食欲をとりかえし、狐色に焼けたパンを二枚もたべた。

「どうも農家の女って、やぼったいのがそろってるもんだね。ぼくは田舎臭い女は大嫌いだからさ」

「あたし、あのお坊さんのほうがうす気味わるかったわ。夜ふけのお寺の本堂であのお坊さんと二人きりで向い合ってることを想像したら、ぞーっとしてふるえちゃったの」

彼らの陽気な他愛ないお喋りは、いってみれば精神的な安全弁であったのである。りら荘はここ数日来まっくろな雲におおわれている。今朝は一個の死体と殺人容疑者を送り出し、そして間もなく三個の棺を火葬場へ送らねばならない。午後になれば行武の解剖死体が返されるであろうし、また橘たちの遺骨をとりに行かねばならぬ。そして今晩は行武の通夜、明日は野辺の送りといったふうに、スケジュールは陰鬱な行事で息つくひまもないほどぎっしりと詰っているのである。無理にも冗談をいわねば窒息してしまう。彼らがたてる笑い声を、一概に不謹慎だといって責めるわけにはゆかないのだ。

リリスは、自分の髪をいとおしそうに弄んでいたが、やがてふっと溜息をついた。

「ああ、早くお家へ帰りたいな。安孫子さんが捕まっちゃったから殺される心配はもうなくなったけど、こんな陰気なとこにいると気がくさくさするわ」

「あと、二、三日はだめだね。行武の始末もしなくちゃならんし、警察も証拠固めのためいろいろとぼくらに訊問をしたいだろうし。当分はあきらめるんだな」

「そんなことしたら、二学期が始まっちゃうじゃないの」

「まさか。それまでにゃ帰れるさ」

「行武さんの遺族はすぐにみえるのかしら」

「いや、あいつは地方の人間だからね、早くて明日の午後になるだろう。由木刑事が電報で知らせてくれることになってるんだ」

「それじゃお骨あげに行くのはそのあとね」

「やはり親がくるまで待たなくちゃいかんだろうな。しかし、なにしろ夏だからね」

「ドライアイスをたくさん買っておかなくちゃだめね」

故意に陽気に喋ろうとつとめながらも、舵のとりようを誤ると、話題は暗いものとなり勝ちである。そしてそれに気づくと、あわてて舳先《へさき》をとりなおすのであった。

二条義房はむずかしい顔で紅茶をかきまぜている。先程古新聞をかかえて示した奇妙な振舞いは、とうのむかしに忘れたようであった。牧たちと口をきくのがいやなのかずっと無言である。日高鉄子は紅茶の湯気でくもった男物の眼鏡のレンズをふきながら、ぽつりと一言だけ呟いた。それは、いまごろ安孫子さんはどうしているかしらというのであった。

十時前に鉄門のところで自動車の警笛がなり、やがて玄関でおとなう声が聞こえた。学生たちは依頼しておいた霊柩車が到着したことを知った。葬儀社の若者は車が二台しかないといい、結局一台の車にお花さんの棺が、もう一台の車に、橘と紗絽女の棺が一緒にのせられることになった。

「和夫さんとあれほど仲のよかった娘ですもの、ご一緒して頂いて却ってよろこんでいることでございましょう」

紗絽女の母親はそういうと、黒い服の肩をふるわせ、またひとしきり泣いた。

「おい、右が男で左が女だ、焼くとき間違えちゃいけないぜ」

若者は運転手に大きな声でどなると、車の前を廻って助手台にのった。

ハイヤーも一台しかない。火葬場までついていくのは橘、紗絽女の父親と、それに万平老、友人を代表して牧数人ということになった。夏の午前の強烈な日光をあびながら、それは哀しくも寂しい旅立ちであった。

三

りら荘は急にしずかになった。

一同が食堂でぼんやり坐っているところに、睡眠不足の、そのくせ精悍さにあふれた顔をした由木刑事が二人の巡査をつれて現れた。

「駅の一キロばかりこちらでね、霊柩車とすれちがいました。橘君にしろ松平さんにしろ、またお花さんにしろ、親しく口をきいた人たちばかりですからな、心から冥福をいのりましたよ」

彼は食堂の入口に立って二条たちを見ながらいった。肩の重荷をおろしたせいか元気がいい。

「おや、牧さんは？」

「われわれを代表して火葬場まで行きましたわ」

とパイプをくわえた鉄子が答えた。

「安孫子さんどうしてますの？」

「いや、そう急には自白するものじゃないですよ。やはり観念してその気になるまでは、一両日かかるもんです。今度の事件は砒素の入ったココアの茶碗という証拠もありますからな。早ければ明後日あたり検察庁送りになるでしょう。しかしできれば残りのスペードのカードを押収して、ぐうの音もでないようにしたいと思いましてね、それを捜索しにきたんですよ」

由木はそういうと廊下の警官をうながして階段を上って行った。彼は安孫子の部屋に入るとスーツケースをひっくり返して、洗濯物や洗面具をかきまぜ、寝台のふとんをはぎマットをとりはずし、さらに洋服ダンスをのぞいたり床を叩いたり天井裏をさがしたり、昼食もとらずに徹底的な調査をおこなった。それにもかかわらずカードはどこからも発見されなかった。

「畜生、処分しやがったかな。もっともあれを押えられたら最後だから、部屋の中においとくはずもない」

三人がひたいの汗をぬぐっているところにパリ帰りの二条がぶらりとやって来て、入口からなかをのぞいた。

「食堂にめしの仕度がしてあるというんですがね、喰べんですか。もうそろそろ牧君たちも帰ってくるころだ」

そういいながら、ベッドの端に腰をおろした。そして三人にピースをすすめ自分もくわえて、「由木さん、少々伺いたいことがあるのです」と妙に改まった調子になった。原田警部からああした話を聞かされてたばかりでなく、相手のパリ風を吹かせる態度が氣障で、由木はどうもこの男を好きになれない。しかしピースを貰った手前素気なく扱うこともできぬので、当りさわりのない返事をした。

「わたしにわかることならなんでも訊いて下さい」

「ぼくの知りたいのは、尼さんのレインコートが盗難にあったことに最初に気づいたのはだれか、そしてそれはいつごろであるかということです」

だしぬけに思いもよらぬ質問をうけ、由木は相手の顔をびっくりしたように見ていたが、やがてポケットから手帳をとりだした。

「さよう、盗まれたのは二十一日の朝ではなかったかといわれとるのです。あの日、朝食の後で安孫子と尼君とが些細なことから摑み合いの喧嘩をはじめたんですな。居合わせた連中が夢中になってそれを引き分けようとして汗をかいた。そのすきに盗られたらしい。盗む現場を見たものがいないからはっきりしたことは不明ですがね」

「どこにおいてあったんですか、そのコートは？」

「トイレの前の壁の凹みに小さなテーブルがおいてありますが、その上にのせといたんですな。汚れがついたんで洗濯する気でいたのを、ついそのまま忘れてしまったというんです。

しかし十時ごろ万平さんが雑巾をかけたとき、そこにコートはなかったというから、盗まれたのはやはり朝食のあとになるわけです」

「それに気づいて騒ぎだしたのは、だれで、いつごろです？」

「尼君ですよ。午後カラー写真の撮影から戻ったとき、ふと気がついて小テーブルをのぞいてみるとない。あわてて万平老人にたずねたところが、いまいったように掃除したときすでになかったという返事です。尼君すっかり口惜しがって、夕食のときまでふさいでいたそうです」

二条は満足そうにうなずくと、気取ったそぶりでタバコの灰をおとした。

「もう一つお訊きしたいですがね、橘君が松平さんに不貞を告白されて大いに悩んだという話ですが、彼女のよろめきというのは、具体的にどんなものだったのですか」

「それはわからない。牧君のいうところによると、具体的な内容についてはなにもふれなかったそうです」

「なるほどね。ですが刑事さん、松平君がどのような不貞をはたらいたのか、それをしっかり把握しなくては事件の解決はできないんだぜ」

二条はまたあの傲岸な口調にもどると、その顔にかすかな憫笑をうかべて由木を見返した。

「そんなことはない。安孫子はきっと一両日中に陥落しますよ」

「さあ、どうだか。ぼかあ大きな疑問だと思うな。それじゃ借問《しゃもん》するですが、あの電話番号の正体はなんであるか。お花さんが嗅ぎつけた秘密はなんであったか」

由木は眉を上げて、いまいましそうに蝶ネクタイの二条義房をにらみつけた。

「それはまだわからんです。しかしかならず白状させてみせる。その自信はあります」

「自信じゃない、それは己惚《うぬぼ》れだな。錯覚ですよ。だが、ぼかあ解きましたぜ。レントゲン写真にとったように事件の骨格はその大半がすけて見えるです。残りの部分は東京に帰って調べてみなくちゃならない。しかもこれを解く自信はあるのです。本当の自信、己惚れじゃない、錯覚でもない、本当の自信があるです」

なんとも気障で憎々し気で、いやみのある調子だった。けれども、モーツァルトをモザーと発音したときのように浅薄な感じはまったくない。なにか反撥されるものを意識しながらも、由木はこの男のいうことを無視することはできなかった。

「安孫子君をどれほど責めたところで、失礼ながら、あんたには事件全体の謎が解けるわけがないです。だが、ぼくには解ける。ハハハ」

無念そうに鼻のあなをヒクヒクさせている由木の顔をつくづく眺め、二条義房は愉快そうに歯をむきだしにして、笑った。

四

その高慢、傲岸、不遜、由木は相手の鼻っ柱をまっこうから叩きつぶしてやりたいほどのいまいましさを感じた。なるほどいけ好かないやつだ。なるほど非礼なやつだ。原田警部の表現は、まだなまぬるいくらいである。

だが由木は怒らなかった。否、怒れなかった。相手の自信ありげな態度の前には、風化作用をうけた岩石のように、怒りの感情も崩れ去ってしまう。早い話が、リリスのレインコートが午前中に盗まれたという事実から、彼はいかなる推理をみちびきだしたのであろうか。残念ながら由木にはまるっきり見当もつかぬのであった。さらにまた、電話の謎がある。自分が酷熱地獄の東京へ出張して、一日がかりで飛びまわったにもかかわらず遂に解けなかった電話番号の秘密を、傲慢なこの男はりら荘から一歩も出ることなく、しかも由木より遥かにおくれてスタートしたというハンディキャップをもちながら、早くも真相に到達したという。いまいましいことであるけれども、心の中で驚嘆せざるを得なかった。

二人の警官も思いは由木とおなじである。彼らはみじかくなったピースを吸いながら、憤怒と感嘆と猜疑のいりまじった複雑な表情をうかべて蝶ネクタイの男を見つめている。一座の勝利者となった二条義房は、ますます得意になって反り返った。そしてレンズの奥のほそい目で、三人のみじめな男たちを軽侮とあわれみの眸で見おろしていた。

「二条さん……」

由木は若干の躊躇のいろをみせながら呼びかけた。いうまでもなく彼が示したためらいは、警察官としての自負からきている。

「参考までにうかがっておきたいのだが、あなたの事件の解釈はどういうものです？」

「いまはだめです。それに、条件が一つある」

「どんな条件ですか」

「逮捕された安孫子君をここにつれてきてもらいたいです。同君を加えたすべての関係者の前で、事件の骨格、背景の一部始終を九〇パーセント解いてみせる」

「九〇パーセントというと、まだ解けない問題もあるんですか」

「あるですよ。正直のところ、二度目にハートの3とクラブのジャックが紛失した事件、これがなにを意味するものかぼくにもわからんです。犯人にはこれを盗む必要は全然ないはずだ。にもかかわらず二枚のカードは紛《な》くなっている。わからん。どうしてもわからん。しかしあとのことはほぼ完全に解けています。解けていない点も、これから東京へもどって調査すれば解ける自信がある。二、三日中には帰ってきますが、もしぼくの解決を聞きたいと思うならば、安孫子君を呼びよせてほしいです」

ひょっとするとこの男は頭が少しおかしいのじゃあるまいかと思われるほどに、自信のある調子だった。

「さあ、それはどうですかな。単なる窃盗犯ででもあるならば連れてくることも不可能じゃないが、安孫子は殺人容疑ですからな」

「だって、まだ送検したわけじゃないからいいでしょう」

「警察というところはね、手続きがわずらわしいのです。あなたの思うほど簡単なものじゃないのですよ」

二条の自信にあふれた態度が反感をよんでいた際でもあるし、いわせておけばますますつけ上がりやがるといった気持から、安孫子を連れて来ることにおいそれとは賛成できなかった。聞き手の数を一人でも多くしたいというのは、ショウマンシップの露骨なあらわれじゃないか。当局の係官をさしおいて、彼が犯人を前にして事件の成り立ちを説き去り説き来たり、安孫子を恐れ入らそうという魂胆も、いかにも二条らしい見えすいた見栄である。彼の解釈も聞きたくはあるが、そこまで当局が下手にでる必要はない。

「それじゃぼくも解答を示すことはおことわりだ。ただ、いっとくですがね、あんたたちはとんでもないミスをやっとる。あとで悔んだって追いつきませんぜ」

と二条も反感をあらわにした。いったんは近づきかけた双方の距離がふたたびはなれようとしている。

「いいですか由木さん、耳をこちらに向けてよく聞いて下さい。この事件の真相を知ろうとするならば、ぼくがこれからいう疑問を片端から明らかにしていかなくちゃならんです。まず第一に、犯人はなぜ殺人のたびにカードをのこしていくか」

「勿論その疑問にわれわれも気づいていますよ」

「気づいただけじゃだめです。解答をださなくちゃね」

いとも憎々しげにいって指をおった。

「第二に、行武君はなぜブルー・サンセットといわれて怒ったか」

刑事は黙ってうなずいた。

「第三に、橘君はなぜ延髄を刺されねばならなかったか。換言すればです、溺殺するなり、あるいは絞め殺すなり、いくらでも手段があったのに、なぜ刺殺という方法をとったのか。これもきわめて重要な問題ですぜ」

由木は仕方なくうなずいた。

「いや、疑問はまだまだ沢山ある。しかしもっとも新しい謎は、行武君はなぜ殺されねばならなかったかという点です。安孫子君が行武を殺すいかなる動機をもっていたか、これをもっと慎重に考えてもらいたいですな。ここに事件の根本的な秘密がある。ぼくが、犯人は行武君を狙っているといったのはこの意味です」

「なぜ安孫子は行武君を殺さにゃならなかったんです」

「その質問にはこたえるすべがないですな。とにかく由木さんもぼくもおなじものを見ている。だからあんたにだって謎をとくことは可能なはずです。ぼくに訊かずに自分で考えることですな……。もっとも、解けるはずはないですがね、フフフ」

いやなふくみ笑いをして、肩をゆすった。

「ぼかあ、めしを喰べたら東京に帰って来るです」

「東京のどこへ?」

「そうですな、まずジャズかダンス音楽の専門家をたずねてみる」

「ジャズ屋にどんな用があるんです」

思わず訊き返すと、彼はまた笑った。

「『さらば草原よ』というアルゼンチンタンゴがアメリカで『青い夕焼』と呼ばれているのは事実か否か、まずそれから確かめてみるんですよ」

ふざけているのかまじめなのかわからない調子である。

解決近し

一

原田警部も由木刑事もすっかり不機嫌になっていた。カップの中に砒素化合物の存在が立証されたという事実をつきつけてみせても、安孫子はいささかの動揺もみせず、頑として自白しないのである。

「松平さんが飲んだココアの茶碗に砒素が入っておったことが明らかになっとる。その茶碗に手をふれた人物はあなた一人しかないことも明らかです」

「それはぼくも認めますよ」

「それなら自白したらどうです？」

「やりもせぬことを自白できるわけがないです。そんな無理な注文はせんで下さい」

警部はこの往生ぎわのわるい男に気分をそこなったとみえ、明らかに不快な表情になった。

「いいですか安孫子さん、茶碗の中から毒物が検出されたとなると、論理的にいってあなた以外に犯人はないということになるんですよ。この論理はどこに出しても立派に通用するものです。まずあの茶碗に毒物をいれることができたのは、ココアを調理した松平さん自身か、さもなくば茶碗に手をふれた唯一人の人物、つまりあなただけということになるのです。いいですか、ここまでは」

「疑問があります。しかしそれについてはあとからいいます。話を聞きましょう」

「よろしい。投毒した人物が二名に限定されたところで、各々の可能性を追求してみます。まず松平さんが投毒したとすると、彼女が毒をのまそうと狙った人間はAとBとの両名のいずれかということになるのです。つまり、あとの人達は珈琲をのむ。ココアを注文した人間は、尼リリスさんと松平さんの二人しかいなかった。ですから毒入りのココアを飲ませようと狙った相手のAとBというのは、尼さんと、松平さん自身との両名であったことになるのです」

警部は論理的に犯人の可能性を消去して、最後にのこった安孫子をのっぴきならぬ袋小路に追いつめようとしているのである。だが安孫子も必死だった。相手の論理にわずかな隙でもあったら反撃にでようと、油断なく、熱心に耳をかたむけている。

「まず尼さんを殺そうとして、投毒した場合をとり上げてみる――」

「それは先日行武が述べたことです」

「そう、復習してみると、こういうことになる。犯人は松平紗絽女さんであって、かねてから、わがままな尼リリスさんを殺そうとチャンスを狙っていた。たまたま崖の上にたたずむレインコートの人物を尼さんと思ってつきおとしてみると、それは炭焼きの須田佐吉という男だった。そこでふたたび尼さんを殺そうとして毒入りココアをつくったけれど、運命の手違いから、自分が毒入りの茶碗をうけとったという主張でした。しかしその解釈が正しくないことは、いまとなってみると一層はっきりしてくる。というのはです、松平さんが死んだにもかかわらず、第三、第四、第五と殺人が続いておこっているからです。松平さんの死をもって事件がストップしているならばあなたの主張もとおるかも知れないが、いまはまったく成立しない観方ですよ。異議ありますか」

安孫子はだまったまま首をふった。口をきくのが大儀でもあるかのような表情である。

「するとつぎは、これはあなたの説なのだが、松平紗絽女さんがBを殺そうとして毒をいれた場合、つまり衆人の注目をあびながら自殺をはかったという場合です。しかしだれがあんな自殺の方法をとるでしょうか。あの後、わたしが自殺説についての感想を訊いてみると、尼さんが面白いことをいった。松平紗絽女さんは生来のロマンチストで、花のさかりの毛氈《もうせん》花壇にひとり寝て、星空をあおぎながら毒をのんだというならいかにもあの人らしいけれど、人々の前で喉をかきむしって、椅子からころげおちて床に頭をゴツンとぶっつけるように醜い死に方をするはずがない、というんです。なるほど、いかにもそうかも知れんと思いました。尼さんは女性だから、女性の気持が理解できている。たしかに心理的にみて松平さんの死に方は自殺とは考えられない」

「そうですね」

「第二にです。これはわたしの見解なんだが、松平さんが良心にめざめて尼リリスさん殺しを思いとどまったとする。そして炭焼きの須田さん殺しの罪にしても呵責をおぼえて、自分で自分を断罪しようとするんです。つまり自殺ですな。しかしね、松平さんが自殺するつもりで毒入りココアをつくったなら、その茶碗の分配をあなたに委せたはずがない。たとい彼女が、カップに目印をつけておいたにせよ、そんなことを知らぬ他人に茶碗の分配をさせれば、毒のココアが自分にくるか尼さんにいくか、チャンスは五分五分です。そうした無謀でズボラなことをするとは考えられん」

「でも、こういうこともいえるんです。もし目印のついた毒入りの茶碗が尼さんの前に廻されたら、なんとか口実をもうけてそれをのませないようにするつもりでいた。だが実際には有毒カップがうまく自分の前に置かれたから、そのまま飲んで自殺したんじゃないですか」

「だめですな」

彼はにべもなく首をふった。

「心理的に松平さんがああした方法で自殺するはずのないことは、いまいったとおりです。しかも彼女は橘君との婚約を発表した直後で、幸福の絶頂にあったのですからね。自殺の動機がない」

「そりゃ妙じゃないですか」

と、安孫子はすかさず口をはさんだ。

「松平君は婚約が成立してもう大丈夫と安心したためか、橘にいままでの過失を告白してるんです。そのため橘がひどいショックをうけていたことは、牧がみんなに話したとおりなんです。当然松平さんに対する橘の愛情は動揺したでしょうから、落胆した彼女が自殺することは充分動機がありますよ」

「それが何度もいうけど自殺じゃないんだ。いまわたしがいったのは、あくまで仮定の話なんですよ」

警部は汗であぶらぎった顔をしていた。

「警察というのは、決してあなた方が考えるようにボヤボヤしちゃいないですよ。松平さんがのこした茶碗をしらべるにしても、単に毒物の検出ばかりに注意をむけたわけじゃないのです。その他あらゆる微細なことまで調べたんですよ。ですから、彼女の茶碗になんの目印もついていないことが判明しているんです。尼さんと松平さんの茶碗を識別するようなものは一切ない。まったく同じ茶碗なんです。九谷《くたに》焼きの湯吞なんかだと、一つ一つ形の違ったところに価値あることもあるんだけれども、洋風の茶碗にはそんな趣向はないから、半ダースのセットが全部おなじ形をしているのは当然なことです。模様のズレもなければ疵《きず》もない。ですからどちらの茶碗に毒が入っているのか、本人の松平さんにわかるはずがないです」

「警部さん、なるほど心理的にみてああした自殺の方法をとらぬことはぼくにもわかります。しかしいまの茶碗の説は少々あやしいじゃないですか。カップ自体に目印をつけてなくたって、ココアの量で区別がつくはずですよ。一方に七分目いれて、他方に八分目いれれば、それで識別することは容易です。あなたは論理論理といわれるけれど、どこか抜けてるところがあるようですな」

安孫子は小柄な体を反り返して、その童顔にシニカルなうす笑いをうかべた。

「先刻ぼくが疑問があるといったのは、投毒のチャンスのある人物をぼくと松平君の二人に限定した点ですよ。カップにばかり執着しないで、たとえば粉末ココアとか砂糖とか、そういった材料のなかに毒がまぜてあったと考えてもいいじゃないですか。そうなると、当時あの家の内部にいたすべての人間にチャンスはあるんです」

「いや、いわれるまでもないことだが材料はしらべましたよ。毒の入っていたものは一つもないのです」

警部の言葉を聞くや、彼は嘲笑に似た表情をみせて鼻を鳴らした。

「それで安心されちゃどうかと思いますな。真犯人Xが、仮りに粉末ココアの缶のなかに毒物をいれたとしてもですよ、松平君がやられててんやわんやの騒ぎをしているすきをみて、その粉末毒ココアを捨てて無害のものとすりかえることはいくらでもできるんですからね」

「そうはいうけどもね、一歩ゆずって粉末ココアの缶にあらかじめ毒をまぜておいたとしても、そんなこととは夢にも知らない松平さんは、その粉末ココアを練って、茶碗二杯の砒素入りココアをつくるはずですよ。その一杯をのんで一人が死に、おなじ一杯をのんで尼さんが無事でいられるわけがない。ですから毒の茶碗はただ一つしかなかったということになるんです。そのためには粉末ココアの缶やミルクの瓶や砂糖のつぼや、もっとつっ込んでいえば薬缶の湯のなかに前もって毒がまぜてあったという見方は成立しないです。あらゆる材料には最初から一切毒物は混入されてなくて、それらの材料を調合してこしらえた二杯のココアの、一方に毒をいれたという場合しか考えられません。いいですか」

材料に毒が混入されていたのではないかという見解は簡単にやぶられ、この点は安孫子もすなおに認めぬわけにはゆかなかった。だがそうなると、やはり彼の立場が不利になる。だから安孫子は、なんとしても紗絽女自殺説にしがみつかぬわけにはゆかなかった。

「まだそんなことをいう。花はずかしき乙女が、あんなうすみっともない自殺をやるはずはないんです。わからないかなあ」

「わかりませんな。手脚をばらばらにされる鉄道自殺を、みずから求めてやる人もいるじゃないですか。ぼくだって、おそらくあなただってそうでしょう、鉄の車輪で断ち切られて、首と胴体がはなればなれのところに転がっているような無残な死に方はしたくない。また木の枝にぶらさがって、白目をむき鼻から血をたらすような首くくりなどまっぴらだ。上手に調合した睡眠剤をのんで、ねむりながら楽に死んだほうがどれほどいいかしれやしない。にもかかわらずです、鉄道自殺をする人も首つり自殺をする人もあとを絶たない。ということは、自殺者の心理がまちまちだからなんです。あなたがそんな死に方はいやだと思っても、べつの人は安直で手っとり早くて便利だと考えるはずだ。だから、松平紗絽女さんの自殺の手段をあなたの頭で判断したところで、納得できるわけがないんですよ」

彼の反撃は必死である。いざとなってみると、当局側は、紗絽女自殺説を否定するだけの準備のないことに気づかねばならなかった。尼リリスにのませる無毒のココアと自分がのむ有毒のココアとの間に、分量の相違による目印がつけてあったならばどうか。安孫子の唯一のよりどころがこの点であった。

「由木君、どうする?」

「弱りましたな……」

由木刑事は腕をくみ渋面をつくりながら、胸の中で二条義房の言葉を思いうかべていた。

(松平君がどのような不貞をはたらいたのか、それをしっかり把握しなくては事件の解決はできないんだぜ……)

(安孫子を一両日中に自白させてみせるって? さあ、どうだか。ぼかあ大きな疑問だと思うな。それじゃ借問するですが、あの電話番号の正体はなんであるか……）

（安孫子君をどれほど責めたところで、失礼ながら、あんたには事件全体の謎が解けるわけがないです。だが、ぼくには解ける）

眼鏡ごしに柿のタネのような目で由木刑事を見下す彼の表情が、ありありとうかんでくる。鼓膜の底に二条の嘲笑がはっきりとよみがえってくる。由木の胸は歯噛みしたいような無念さにゆすぶられる。だが事実は、二条の予言したとおりになったのである。

松平紗絽女がどのような不貞をはたらいたのか、牧や尼リリスや日高鉄子に問い合わせてみたが、だれも知らぬ存ぜぬで明確な返答をしてくれるものはない。電話番号の意味するものは依然として判明しないし、いわんやお花さんがあの数字からどんなふうに謎をといたのか皆目見当がつかない。しかも彼が予言したとおり、事件は壁にゆき当ってしまったのだ。鋼鉄のような頑丈な壁ではなく、それはビニールのような半透明で容易につき破れそうな壁であるけれども、紗絽女がカップに目印をしたか否かというデリケートな点で、安孫子を降《くだ》すことができない。

「原田さん、残念ですが二条義房に援助をもとめましょうか」

と、由木は無念そうに警部をかえりみた。うす汚れた壁にかこまれた署の一室、歩くたびに床の板が音をたてる。その音がよけいに彼の癇にさわるようであった。おまけに今日は朝から長々と小雨のふる、むし暑くて暗い日でもある。

「馬鹿な！　あんな気障な男の助けをかりるなんてとんでもない」

「ですがね、日高鉄子に訊いてみますと、なかなか推理の才能にめぐまれた男らしいのです。りら荘にああした事件がおきたのを知って、それを推理解決する目的で彼女と同行してきたのだそうです」

単なる遊びのために泊りにきたものと思いこんでいた原田警部は、意外そうに眉をうごかした。

「まあ、人間だれにでも欠点はあるんですから、高慢ちきなところは目をつぶってやって、あの男の意見をのべさせてみようじゃないですか」

彼の種々の放言については、警部も由木からくわしく聞いて知っているのだ。

「だがね、ただでさえあのとおり傲岸不遜なやつだ。われわれが協力をもとめたとなると、どれほどつけ上ることか。正直なことをいうと由木君、ぼくはあいつが殺されたらさぞ胸がすうっとするだろうと、そんなけしからんことまで考えるんだぜ」

「わたしと同じですな。しかし憎まれっ子世にはびこるといいますからね、ああしたやつは殺したって死にゃしませんよ」

原田はニコリともせずに小指のつめを嚙んでいた。このままぐずぐずしていれば、勾留満期となって安孫子を釈放せざるを得なくなる。虎を野にはなてば第六の殺人がおこることも考えられ、それを思うと、ここは恥をしのんで二条の知恵を借りるべきであるかもしれなかった。

「由木君。止むを得ないよ、きみのいうとおりにしよう」

警部は腹の虫を無理におさえつけた口調で同意した。由木もまた、思いは彼と異らないのである。

二

二条義房は二十四日の午後の列車で東京へもどっている。そこでりら荘の牧をたずねて連絡をとってもらうことになり、由木刑事が使者になった。かつては若人の笑声が高らかにもれてきたりら荘も、いまは巨大な墳墓のように陰鬱で重々しい印象をうけるのだ。いまここにいる学生は、牧数人と尼リリスと、それから日高鉄子の三人きりなはずである。

「やあ、その後いかがです？」

玄関にでてきたブラック女史に声をかけると、鉄子は目をふせ、悄然とした声になった。

「いましがた、行武さんのお骨をかかえて戻ってきたところですわ」

「そうそう、つい忙しいもんで昨夜のお通夜にも参列できなかったですが……」

「淋しいものでしたわ。二条さんはお帰りになったし、あたしどもと万平さんたち四、五人のお通夜でした。おまけに小雨がふるし……」

「あの応接間でですか？」

「ええ、やはりあそこで……」

あの広い部屋に四人きりで通夜をいとなむ。そして外には音もなく陰雨がふり続く。いかにも蕭々《しょうしょう》とした情景が目にうかぶようであった。

「行武君ともまんざら縁がないでもありません。お線香を上げたいですが」

由木は辞を低くしていった。

「ありがとう存じます。行武さんのお兄さんが見えていらっしたのですけど、お骨をうけとるとその足で郷里へお帰りになりました。なんですかお勤めのほうがとても忙しいとかで、警察にご挨拶もできませんから由木さんと原田さんによろしくとおっしゃって……」

由木は、小さな骨箱をもった行武の兄の姿をふっと頭の隅に想いうかべてみた。

「安孫子さん、お元気でしょうか」

「え？　ああ、安孫子君？　元気ですよ」

「いまの警察って、むかしみたいに酷いことはしないんですか」

「ええ、うちはその点ご心配なく」

この、男みたいなショートカットの女性がなぜ安孫子のことを気にしているのか、由木にはのみ込めない。いや彼女自身にしても、なぜ彼の身が案じられるのか理解できぬかもしれない。ともに失恋して、ねむられぬ夜を送ったその翌朝、洗面所で思いがけなく顔を合わせたときはじめて生じた特異な感情を、鉄子自身も気づかずにいるのかもしれぬ。

牧とリリスは食堂にいた。脂肪過多のリリスの顔が気のせいか少しやつれたように見える。

「あら！」

「またお邪魔に上がりましたよ」

「珍しいですな、もうおいでにならないのかと思いましたよ」

と、牧は陰気な空気を払うような元気な声を出した。

由木と鉄子が腰をおろすと、リリスがいった。

「由木さん、いよいよ明日、ここを発とうと思いますのよ。ほんとにずいぶん思いがけぬことがありましたわ。恐しいことばっかし……」

「そう、帰られたほうがいいですな。しかしあとに残る万平さんが淋しいでしょう」

「それなんです、われわれの気がかりは」

　牧が口をはさんだ。

「万平さんは近所の農夫たちに泊ってもらうといっていますがね、こうした大きな邸に人の気がたえてしまうと、淋しさをとおりこして、薄気味わるいでしょうからなあ」

　それはそうであろう。空想をたくましゅうするならば、深夜のこの廊下のあたりを、成仏《じょうぶつ》できぬお花さんや橘や紗絽女や行武の亡霊の群れが音もなくさまよっているかもしれないのだ。

「まったくねえ。昨日までは気がはっていたんですが、皆さんがお骨をもって引き上げてしまうと、とたんにがっくりとなって寂莫《せきばく》とした感情が身にしみますな。ねがわくば今夜泊っていただけませんか。このご婦人たちはいまから夜のトイレの心配をしているんです」

「いやだわよ、そんなことまでおっしゃっちゃ」

「だってさ、そういわなくては由木さんが泊って下さらない」

牧は冗談をいっているようだが、女性たちは真剣であった。

「お願いですわ。今晩ひと晩だけ泊って下さいません？　こんな人里はなれたところで、あたし眠れやしませんわ」

「ほんとです、由木さん、お願い……」

二人の女性は哀願するようにたのんだ。由木は笑いにはぐらかして牧のほうを向いた。

「ときに牧さん、二条さんに連絡する方法はありませんか」

「ありますよ、電話番号をメモしてゆきましたからね」

「ほう、ちょうどよかった」

「ええ、由木さんか原田さんが連絡をとりたいと申し出てくるはずだから、そのときは教えてやってくれといいのこして出てゆきましたよ」

「へぇ！」

と叫んだきり由木は暫く口がきけなかった。なんと先のよく見える男だろう。そしてなんと自信のある男だろう。ひょっとすると二条義房は、自分たちとは頭脳の構造が一桁《けた》ちがう男なのかもしれない。

「で、どこに電話するんです？」

「わたしが呼びだしてあげましょう。しかし多分外出してるでしょうし、とすると簡単に連絡はとれないのじゃないかな」

彼はそういって廊下にでていった。

間もなく通話する牧の声が聞こえていたが、やがて受話器をかける音がして食堂にもどってきた。

「二条さんのアパートにダイヤルしたんですがね、やはり外出中なんだそうです。しかし行先がわかっているので、管理人からそっちに知らせてくれるというんです」

「や、ありがとう。……ところで、昨夜の通夜はさびしかったそうですな」

時間のかかることを知った由木は手近の椅子をひき寄せて、雑談にもっていった。

「そうですの、行武さんは無宗教でしょ？　ですからお坊さんもよばずに、万平さんと行武さんのお兄さんと、それにあたしたちだけ。ほんとうならクラスメートの方たちも来て下さるんですけど、あいにく夏休みで皆さん東京にいらっしゃらないでしょ、ですからとても淋しかったですわ。淋しいというより、みじめといったほうが適切ね」

「そうだな、橘たちの通夜に比べればね。生きてる時分にゃ誰彼とよく衝突した男だが、哀れなもんだな、死んでしまうとね」

そうしたしめっぽい話を三十分も交わした頃であろうか、廊下の電話のベルが鳴りひびいた。

「よし、わたしが出る！」

由木は小走りに食堂を出て受話器をはずした。

「ああぼくだ、二条だけど……」

案外にはっきりした声である。

「なにかぼくに用があるとのことですが……」

「例の件です、たのみます」

牧たちに聞かせたくないので、由木はできる限り簡略にいった。二条は得意そうに笑った。

「了解、わかったですよ。そのかわりぼくの条件を聞いてくれるですか」

「安孫子君をつれて来ることね？　承知しました」

「よろしい、ではすぐこっちを出発します。ほとんど完璧に謎をといたです。例えばブルー・サンセット。あれにはじつに大きな意味がかくれていたです。行武君が怒るのも当然です」

「それじゃ電話番号の謎も解けましたか」

「そんなものは、そっちにいるときに解いてるですよ」

相変らず高慢ちきな調子だった。

「それから例の不貞の件、あれもすっかり探ったです。ぼくがそっちへ着くのは六時半か七時ごろになるな。待ってて下さいよ」

いうだけのことをいうと、こちらの返事もきかずに切ってしまった。どこまでも無礼で気にさわる男である。

由木はその場で本署をよびだすと、原田警部に結果を伝え、安孫子をつれてりら荘へ来てくれるようにたのんでおいて、食堂にもどった。六つの眸がいっせいにこちらを見る。

「安孫子君が来るんですか」

通話が聞こえたとみえる。

「ええ」

「釈放されたんですか」

鉄子がはずんだ声をだした。

「いえ、二条さんの注文なんですよ」

一同は彼のいうことがのみこめずに、不審そうな面持ちであった。

「つまりですな、二条さんは今日の夕方ここに帰って来て、安孫子君と対面した上、事件のからくりを一切ばくろするというのです。その、なんというかな、われわれの取調べは手が足りんものですから、いささか不満なところがある。二条さんは東京にいって、その不備な個所をおぎなう調査をしてくれたわけですな」

日高鉄子は明らかに落胆の表情をうかべた。リリスは黙って壁を見つめている。

「いやな話ですな。おなじ学校の先輩が後輩の罪をあばくなんて。まさかわれわれも同席するわけじゃないでしょうな。そんな場面は見たくないね」

「あたしもよ」

と、リリスが壁を見つめたまま同意した。

「ところがね、彼はそうして貰いたいのです。観客と拍手は多いほうがいいと思っているらしい」

「あいつの考えそうなことだ」

牧が吐きすてるようにいった。

由木は壁の時計を見上げた。三時十五分。二条が来るまであと三時間余りある。彼がどのような明快な推理を展開するか、思えば癪《しやく》でいまいましいことであり、それでいて待ち遠しいことであった。

屋根裏にひそむもの

一

四時半を少しすぎた頃、安孫子は原田警部らに護られてジープでもどって来た。鉄門の前に立ったこの殺人容疑者は、ちょっとの間感慨をこめた眸であたりを見廻していたが、すぐ警部にうながされて歩きはじめた。両手に手錠がはめられているためか、いささか動作が不自由そうである。元来が髭のこい男だから、両のもみあげとあごの辺が墨をぬったように黒黒としているものの、さほどやつれては見えない。三人の男が本玄関に立つとすぐに由木刑事が出迎え、そのあとにつづいて牧とリリスと日高鉄子があらわれた。安孫子はなにかというと顔を紅潮させるたちだから、この場合もたちまち赤くなって、そっぽを向いた。

「あら、案外元気そうじゃないの」

と、リリスがその場の空気にそぐわぬような、はずんだ声をだした。安孫子はますます赤くなると横を向いたきりであった。

「ほんと、よかったわ」

日高女史も言葉少なに同意した。そして彼の手許を見やると、とたんに痛ましそうな表情になった。

「まあ、手錠はめられているのね」

「可哀想じゃないの。由木さん、はずして上げて頂けません？」

リリスはいつになく同情するように、刑事の顔をみた。

「だめですな、重大な殺人の容疑者ですからな」

にべもない返事である。リリスはつんとした表情で警部のほうを向きなおると、はげしく抗議した。

「ねえ、ここにいる間だけでも手錠をとってほしいですわ。お友達があんな取扱いされているのとても見ちゃいられませんもの」

「そりゃあなた方の気持はわかりますけどね」

原田警部はいくらか迷惑そうだった。

「なにしろ重大な容疑者ですからね。そうした無責任なことはできませんよ。逃亡されたら一大事だし――」

「でも警部さん」

とリリスはすばやく口を入れた。

「もう写真も指紋もとってあるんでしょ？　それなら逃げたところで逃げおおせるはずもないじゃありませんか。安孫子さんだって、あなた方にご迷惑をおかけするような真似はすまいと思いますわ」

リリスのあとにつづいて日高も熱心に口添えし、それまで黙々としていた牧までが頼んだものだから、つき添ってきた二人の係官もついに譲歩する気になったとみえる。

「それじゃこういうことにしましょう。われわれとしては安孫子君を終始監視下においておくつもりでいたのですが、一歩ゆずって、このりら荘の内部に限定して自由にどこにいってもよろしいということにします」

「まあ、よかった！」

「だが、です」

警部はリリスをじろりと見て、きびしくいいそえた。

「手錠ははずさせませんぞ」

「あら」

「仕方ないでしょう、おたがいに譲歩したんだから」

と、横合いから牧が口をはさんだ。お喋りの女性たちに比べると彼は口数が少ないから、つまらぬことをいっても、女たちが同じことを喋った場合よりもはるかにもっともらしく聞こえる。彼の一言で、ともかく安孫子は手錠をはめたままの制限つきではあるが、りら荘のなかでは自由行動がとれるようになった。

「そのかわりです、われわれも安孫子君が馬鹿な真似はすまいと信じて釈放するんですから、安孫子君もわれわれの信頼にそむくような行動はとって頂きたくない。誓いますね？」

「ええ」

と、安孫子はふてくされた口調で同意した。牧たちが交渉してくれている間、彼はまるで他人事のように無関心な表情で壁のほうを向いたきりだったのである。

三人の男がそろって靴をぬぎはじめると、リリスは気をきかして三足のスリッパをとりだして、赤い絨毯の上にならべた。手錠をはめている安孫子が体の平衡《へいこう》がとれなくてよろけかかる。すると鉄子がすばやく腕をかして支えてやった。牧は一歩しりぞいて壁によりかかったまま、べつに何をするでもないけれど、この殺人容疑者を見る眸は決して冷たいものではなかった。

安孫子は、彼らが自分を敵視することを予期していたのであろう。案に相違して暖かい、いたわりの腕をさしのべてくれたのだから、普通ならば感謝してよいはずのところだが、元来が人を見下したがるこの男の性格として、素直にそれをうけ入れることができない。この男は、ことごとくひねくれた反応を示すのであった。一方、牧たちが彼を憎悪しないのも、世間によくある殺人事件の犯人とはちがって、安孫子はおなじ釜のめしを喰った友人であるからなのだろう。安孫子を憎んで迎えにも出ぬのは、妻君を殺された万平老人だけだった。もっとも彼は、今朝から持病のリューマチスが悪化して起き上ることもできないのである。

「ねえ日高さん、今夜のごはん何にしたらいいかしら？」

リリスは早速料理の相談をはじめた。

「そうね、皆さんがお見えになったんだし、あたしたちの最後の晩餐なんですもの、なにかご馳走しましょう。それにお風呂もたてて……」

「いいお肉は売ってないし……、やっぱりお魚ってことになるわね」

「そう、早くしなくちゃ間に合わないわ」

「いいわよ、牧さんにお願いして、自転車で駅前まで行ってきて頂くわ」

そういう会話を通りすがりに聞いた安孫子は、ぴくりと眉をうごかすと、振り返りざま顔色を変えた。

「最後の晩餐てなんだい？」

自分を諷《ふう》されたと思ったらしい。

「あら、あんたのことじゃないわ。あたしたち、明日ここを発って、東京に帰るのよ。事件は終ったし、いつまでいても仕様がないじゃないの」

安孫子はいましがたの怒気はどこへやら、肩をおとすとしょんぼりした表情になって、「そうか」と呟くようにいった。決して気の合った友人ではなくて、ことごとにいがみ合った同僚ではあったけれども、いざ全員が東京に引き揚げてしまうとなると、独り残されるものの淋しさが急にこみあげてきたとみえる。

「おれは部屋で休んでくる」

だれにともなくそういうと、重たい足取りで階段を上がっていった。警部はその小柄な後ろ姿を見上げていたが、やがて由木をかえりみた。

「きみ、窓から逃げることはできまいね？」

「大丈夫ですよ。手錠をかけてあれば絶対に逃げられはしませんよ。それよりも自殺の心配は――」

「ないさ。例の、茶碗の目印のことでやっこさんわれわれを論破した気で得々としているんだからね。むしろ注意せにゃならんのは、二条義房が彼の犯行を完膚なきまでにあばいたのちのことだ。そうなりゃ絶望のあまり、何をやらかすかわからんからな」

原田の自信にみちた口吻が刑事の抱いた一抹の不安をふきとばしてしまったとみえ、由木は安心した面持ちになると、先に立って客間に入っていった。すでに通夜の席はきれいに片づけられて、部屋の中央には、以前のようにあつい布をかけた大きな丸テーブルと、麻のカバーをはめた安楽椅子がおいてある。ふっくらとした感じを味わうかのように原田はふかぶかと腰をかけて、タバコをとりだしておもむろに火をつけ、旨そうに一服した。

炊事場では二人の女性が野菜の皮をむきはじめた。牧は買い物をたのまれて駅前の魚屋まで出かけていった。

りら荘はしずけさのなかにとけ込んだようであった。炊事場から、断続してかすかにまな板の音が聞こえてくるばかりである。警部は幾本目かのタバコを灰皿の上でねじり消すと、その静けさにはばかるような小声で、「安孫子もおとなしいね。眠ってるのかな」と呟いてから腕時計に視線をおとした。

「そろそろ二条が帰って来るころじゃないか」

「いえ、まだでしょう。駅につくのが六時半といってましたからね」

「そうか、それじゃまだ一時間ほどあるね。きみの話では彼ひどく自信ありそうだということだが、一体どんなふうに謎をといたのかな。ああした男に推理の才があるとは、まったく人間て見かけによらぬものだ」

それからしばらく、二人の間には二条の話が交わされていた。

牧は魚を買ってもどり、間もなく炊事場からは揚げ物をする音とともに香ばしいにおいが客間のなかにまで漂ってきて、そろそろ空腹になりかけた係官たちの胃袋に郷愁を感じさせたりした。

「お食事どうなさいます？　二条さんがお帰りになるまでお待ちになりますか、それともお先に……」

入口で顔をのぞかせた日高鉄子がちょっと切り口上で訊いた。

「いや、われわれのことはお構いなく。しかしご馳走して下さるなら、二条君の帰りを待ってからにしたらどうです？　もうそろそろ戻ってくるころだ」

由木は手頸の時計をみた。二条の高慢ちきな顔を前にすれば食事は旨かろうはずがない。だが、まさか先に喰いたいともいえぬではないか。

鉄子がひっこむと、食堂で皿をならべる音がしていたが、それもすぐにしずまった。

「……遅いねえ」

原田がじりじりしだしたのは、六時四十分をすぎたころである。二条の帰りが待たれるのは事件の真相が解明されるからではなくて、食事にありつけるという現実的な欲求にもとづくものであった。

「たしかに遅いですな」

と相槌をうちかけた由木は、言葉の途中で鼻の孔《あな》をひろげると、いぶかしげな表情をうかべた。

「おや、なにかがくすぶっている」

いわれて警部も大きな鼻孔をひくひくさせた。いかにも燃えさしの薪がいぶっているような臭いがする。

「炊事場のほうじゃないですか。小火《ぼや》でもだしたら大変だ。だれもいないのかな？」

由木は入口に立って廊下の奥をうかがっていたが、気になるらしく出ていった。空腹の極に達した原田は立ち上がるのは勿論口をきくのも億劫《おっくう》になり、肥った体を大儀そうに椅子によりかからせて、暮れかけた庭の花壇の黒ずんだカンナを眺めている。

間もなくもどってきた由木はいったん部屋に入りかけて立ち止ると、壁のスイッチを押して天井の灯りをつけた。

「どうだった？」

「大したことじゃありませんよ。風呂のたき口で燃えかけていた薪が転げおちていたんですよ。コンクリートの床だから火事になるはずはなかったんですがね。それにしても二条はなにをぐずぐずしてるのかな。腹が減ってたまらん」

「列車の延着じゃないかね？」

「そうですな、ちょっと駅に訊いてみますか」

彼は肥っていないから動作が軽い。すぐ立って廊下で電話をかけていたが、ぶつぶつとこぼしながら戻ってきた。

「列車は定時に到着したそうですよ。あの列車に乗っていたとすれば、とうにここに帰っていなくちゃならぬはずです」

「つぎの汽車は?」

「二十一時十分ですから、まだまだですな。東京を発つのが遅れるなら、その旨を電話で知らせてくれればいいじゃないですか。おかげでわれわれまで、餓え死にをしなくちゃならん」

と由木は口をとがらせた。

二階の連中も二条の帰りが遅いので業をにやしたらしい。彼を待たずに先に夕食をはじめたいがどうであろうか、とリリスが応接間をのぞいて訊ねた。原田も由木も異論のあるわけがない。

「それじゃすぐ仕度をはじめますわ。五分ばかりお待ちになって……」

そういってリリスが食堂に入っていったかと思うと、料理を温めなおす香りが漂ってきた。とたんに係官たちは、蘇生した面持ちになってため息をついた。ディナーチャイムが鳴らされたのは、それからかっきり五分のちのことであった。

食堂では手錠をはずされた安孫子をはさんで、その左右に三人の捜査官が坐り、この四人と向き合ってリリスと牧と日高鉄子が腰をおろした。安孫子が妙な真似をすればただちに原田たちの責任問題となる。だから彼らは片目で料理の皿をながめ、片目で安孫子の動きを監視するという芸当をやらねばならなかった。しかし当の安孫子は係官の気持などてんから忖度しない。両手が自由になったことを喜ぶように、ナイフとフォークをいそがしく動かし、うまそうに舌鼓をうっていた。

彼らと向い合った三人の男女の胸中を去来するのは、そもなんであろうか。いよいよ明日りら荘をあとにするとなると、この一週間が不快でおそろしい日々の連続であったにしても、それなりにさまざまな思い出があるはずだ。舌で料理を味わいながら、同時に心でその思い出をかみしめているのかもしれなかった。

それでも、食事がすむとどうやら人々の話もはずむようになった。芸術のげの字も理解しそうにない警察官たちと共通した話題をもとめようとすれば、座談の内容もおのずから限定されてくるのは止むを得ないであろうし、また、自由を剝奪された安孫子を前にしては、以前のような奔放な会話も遠慮しなければなるまい。だから彼らの間にかわされた話は、あたりさわりのない、それだけに一向に面白味のないものばかりであった。

一同のなかで鉄子のみが沈黙して、しきりに何かを書きしるしている。

「なんですか」

由木がのぞき込むように訊ね、鉄子はあわててメモをかくそうとした。

「あら」

「ほう、こりゃ面白い」

そういってしまってから、刑事は失言に気づいてあわてて口をつぐんだ。鉄子がメモを書きつづっていたのは、炭焼きから行武にいたる犠牲者たちの名前であったからだ。

「あたしが気づいたのは、この犯人がヴァラエティに富んだ殺し方をすることなの。崖からつき落して墜死させるかと思うと、絞め殺したり刺し殺したり毒をのませたり……。一つとして同じやり方をしていないじゃありませんか」

「どれどれ……」

と由木は紙片を手にとった。

「……炭焼きはつき落されて殺され、紗絽女さんは毒をのまされて殺された。橘君が刺し殺されてお花さんが絞め殺され、そのつぎの行武君は撲殺されたと……。なるほど、一つとしておなじ手段を反復したケースはないですな」

「犯人の見栄なのよ、きっと。愚劣だわ」

と、リリスが横から鼻にかかった声で軽蔑するようにいった。この肥ったわがまま娘は、こういう発言をするときがいちばん板についているな、と由木は思う。

「あなたの説がただしいとするとですよ、犯人は当分の間ますます多忙となるですな。射殺、溺殺……、まだいろんな方法がのこっていますよ」

刑事として穏当を欠いた言葉だったと非難されても仕方はないが、由木の真意はそうではなく、鉄子の見解に対して婉曲に批判をこころみたかったのである。犯人は洒落や冗談でこんなことをやっているのではあるまい。そこには、そうしなくてはならぬような、ぎりぎりの切羽つまったなにかがあるのではないか。

「批評家にマナリズムだといわれるのがいやだったんだな。やつらはすぐこの言葉を使いたがるからな」

批評家に対して早くも敵意をもっているような牧がいうと、バスの安孫子は不愉快そうにそっぽを向いた。

「もうこれで決着がついたからいいようなものの、あたし心配で気がおかしくなりそうだったのよ。今度はだれが殺される番かと思って。だってそうでしょ、この殺人事件には動機なんて無視されているんですもの」

このリリスの発言は明らかに当てこすりだった。安孫子はさらに眉をよせ、頰をふくらませて顔をそむけた。

「そうだ、まだ夕刊がきてないな」

突然に牧がそういったのは、二人の争いに嫌気がさしたせいかもしれなかった。立ち上ると鉄門の新聞受けをのぞくべく、食堂をでていった。

「ほんとに二条さんどうしたのかしら？」

と、思いだしたように鉄子がいい、リリスが「そうねえ」と応じた。安孫子はそっぽを向いて牧からもらった煙草をふかしている。

由木刑事は機械的に腕時計に目をおとした。八時半をすぎようとしていた。二十一時十分の列車で来るとすれば、ここに帰り着くのは十時頃となるわけだ。彼も内心では二条義房の帰りがおそいことにいらいらしていた。はやく疑問点を解決してすっきりした気持になりたいと思う。

「警部さん、ちょっと署のほうに連絡をとっておきます」

由木がそうことわって、電話をかけようと腰をあげたときである。暗い庭のほうから牧のひどく狼狽した声が聞こえた。由木はすかさず窓にとびついて金網戸をおしひらき、首をつきだして裏庭をすかし見た。

「おい、どうした。どうしたんだ？」

「大変だ、二条君がやられてる。来て下さい。早く、早く」

「よし、手をふれちゃいかんぞ」

牧のただならぬあわて方から異変を察した原田警部は、早くも食堂をとびだしていた。肥ってはいるが、いざとなるとさすがに敏捷である。

「きみ、手を出したまえ」

乱暴に、有無をいわせず安孫子に手錠をかけるや、由木も食堂をあとにした。内玄関でサンダルをつっかけて走りだすと、表門と本玄関をむすぶうす暗い路の上に、警部がひざまずいている。

原田は、足音を聞くとふりかえってズボンの膝をはたいて立ち上がりながら、無念さをむきだしにして、怒った口調で告げた。

「だめだよ、とうに冷たくなっている」

牧が急になにかを思いだしたように本玄関にかけこんだかと思うと、ポーチの電灯をつけてくれたので、その光で由木は倒れている二条の姿をよく見ることができた。高慢ちきなこの男は、死んでもなお由木を嘲笑するかのように小鼻にしわをよせ、歯をむき出し、顔をポーチのほうにねじむけていた。両手と両足を蟹《かに》のように折りまげたところがひどく不自然だが、死因がなんであるか咄嗟に判断がつかない。

「由木君」警部の声はくやしさにふるえているようだ。「ここを見たまえ」

指さされた死体の暗いかげに、なにやら細長い矢のようなものがおちている。原田は注意ぶかくそれをひろって灯りにかざしてみせた。普通の弓の矢とはちがって、矢羽根にあたるところが円錐形をしているのだ。

「吹き矢……じゃないですか」

由木は南方の戦線にいたとき原住民の吹き矢を見た記憶があった。それとこれとは円錐形の部分や全体の長さにかなりの相違はあったけれど、吹き矢に共通した特徴をもっている。

「そうさ、吹き矢だよ。きみがいったことが早くも実現したのだ。というよりも、犯人はきみよりも一歩先をいっているんだ。吹き矢を用いても、射殺であることに間違いはないのだからな」

明らかに興奮をおさえきれない口調だった。暗いからわからないが、由木の目にも狼狽のいろがあった。

「驚きました。わたしは銃器による射殺のことを考えていたのです。犯人が拳銃を所持していたなら、とうにそれを使用したに違いないと思うのです。なんといっても便利ですから。それを使わなかったのは、銃砲火器類を携帯していないためだと、そう解釈したのです。だから、射殺なんてことは起るまいと思って、ああした発言をしたのですよ」

弁解口調になったのがわれながらいまいましかった。原田は黙ってうなずくと、矢を持ちなおしてその先端を目に近づけた。ちょうど三ツ目錐を大きくしたような恰好をしており、赤黒く変色したものがついているのは血に違いなかった。

「二条はこれでやられたんだ」

「そうですな。つき立っていたやつが倒れる拍子にぬけおちたんでしょう」

「毒矢だね。そうなると、毒物はなんだろう」

「クラーレかもしれませんよ」

「そうだな、戦前は滅多になかったが、戦後はそれほど珍しいもんでもあるまい」

そういいながら原田は吹き矢片手に、うす暗い光をすかして何物かを探すようにしていた。彼の求めるものがなんであるか、由木もすぐ悟ったとみえて、小腰をかがめておなじようにあたりを探しはじめた。

「あった、あった」

　原田の叫び声を聞いて由木がふり向くと、警部は本玄関の横手にあるライラックの植え込みの中に手をのばして、一枚のカードをひろいあげていた。そしてポーチの灯りの真下に立って仔細にながめていたが、由木をかえりみると、早口でいった。

「スペードの６だ。いよいよもってなめた真似をするじゃないか」

　光線が充分でないからはっきりとはわからないけれども、その口調から察すると、彼の頬はいきどおりのために真っ赤になり、ヒクヒクとふるえているに相違なかった。由木と牧は同時に警部のカードをのぞきこんだ。まぎれもなく盗まれたスペードの第六枚目の札である。

「……それにしても、死体とカードが落ちていた位置とが少々はなれすぎていますな」

　原田はみじかく頷いたが、そこでなにを思ったのかポーチを降りて、二、三歩いったところでふり返ると建物を仰いだ。

「由木君、犯人はあの窓から狙い射ちにしたのじゃないか。被害者を倒したのちカードを投げすてれば、おそらくこんな結果になろうじゃないか。犯人は須田殺しのときも、やはり崖の上からカードを投げ下ろしていたからな」

「なるほど」

　と由木もポーチを降りると、肩をならべるようにして上を見た。前にも述べたように、りら荘はマンサード風な建物であるから、二階の上にさらに屋根裏部屋があった。いま見上げているのがそれで、本玄関の上の壁に二つの窓がついている。

「そうですな、あの窓で見張っていて、彼が帰ってくるところを一発のもとに射殺したと考えてもいいですね」

「ぼくはここに番をしている、きみは駐在所に電話をして巡査を呼んでくれ。いうまでもないが本署にもすぐ連絡をとってもらおう」

さすがの原田もすっかり落着きを失って、そわそわした口調で命令した。

二

牧たち四人を食堂に缶づめにすると、駆けつけた駐在巡査に死体の張り番をさせて、原田と由木は屋根裏を調べることにした。

りら荘内部の間取りには、前にもちょっとふれたと思うけれど、玄関のすぐ右隣に階段があって一階から二階へ、さらに屋根裏部屋へとつうじているのである。二階の階段を上りつめた屋根裏部屋の入口は、玄関の真上にあたっていた。

ふたりの捜査官はその扉をあけ、スイッチを入れて電灯をつけた。そこは部屋という観念からはほどとおく、階下の洒落た雰囲気とはまるで異ったがらんどうであった。離れた二本の梁《はり》にそれぞれ電灯がさがっているけれども、それだけでは充分な照明にはならずに、あちらこちらに光の死角が隈《くま》をつくっていた。

本玄関の真上にあたる観音開きの窓を押しあけてみると、ななめ下の地上に二条の死体と、張り番をしている駐在巡査の姿が見おろせた。

「ちょうどいい角度じゃないか。吹き矢というやつは真下にくると狙いをつけるのがむずかしいというからな。ここで二条の帰って来るのを待ちうけて、射程距離に入ったところをやっつけたんだな。それにしてもよく当ったもんだよ、文明人は滅多に吹き矢なんていじることはないんだものね」

窓をとじると陳列ケースのところにもどった。以前、藤沢正太郎氏がここを別荘として使っていたころは、机や椅子なども持ちこんで結構な書斎の形をなしていたのだろうが、いまはそうした調度はほとんど運びだされてしまい、当時のままの状態でのこされているのは三つの陳列ケースと、ぐるりの壁にかけられた二百個ちかいお面だけである。そのお面も、おかめヒョットコからはじまって、鬼の面に狐の面に天狗の面、中国の古代劇の人物を模した泥の面から南方の原住民の面、現代のメキシコのどぎつい原色の面もあれば、ギリシャの古い悲劇の面まで蒐集してあるのだった。

藤沢氏が拳銃自殺をとげたあと、亡夫の蒐集を散逸させまいとした未亡人は、芸術大学の学生のなんらかの参考になれば幸いだといって、お面をそっくりそのまま寄贈してくれたのである。あるいは怒りあるいは泣き、道化たり笑ったりしている無数のお面にかこまれていると、いまにも彼らのつぶやく声が聞こえてくるような思いがして、迷信や俗信にはとんちゃくのない由木や原田も、ふと妙な気持になるのだった。

「こんな面にとりかこまれて悦に入っていたなんて、藤沢正太郎という人も、変った趣味をもっていたもんですな」

「よほど妻君がまずいつらしてたんだろうよ。おかめの面を見て気をまぎらしていたのじゃないかね」

と、原田はようやく冗談を口にするゆとりができたらしかった。余裕が生じたというよりも、軽口でもたたかなくてはこの奇妙なぞくぞくするようなアトモスフェアに圧倒されてしまいそうなのだ。

二人は陳列ケースの前に立った。原住民のお面を蒐集するついでに入手したものであろうか、南方出来らしい頸飾りだとか骨製のナイフだとか弓矢だとか、さては笛だとかタムタムだとかいったものが、三つのケースに並べられてある。どれもこれも手垢《てあか》でよごれたうすぎたないものだが、かえってそこに、原住民の生活のいろがにじみでているように思われた。

原田たちの注目をあつめたのは、それらのあいだにはさまった一つの空白である。

「由木君、吹き矢はここに飾ってあったのじゃないかね」

「そうですね、しかし吹く筒も矢もないじゃありませんか。どこかそのへんに転がっていやせんですかね？」

由木は小腰をかがめて床の隅を探し求めた。

「指紋をのこすようなヘマはしまいが、筒の吹き口に唾液がついていれば犯人を示す重要な証拠品になる。だが待てよ、あいつがそんな間抜けなまねをするだろうか。由木君、あの利巧な犯人がそんな……」

いいかけた言葉を中途でのみこんでしまったのは、由木が奇妙な表情をうかべて壁のお面をにらんでいるのを見たからである。

「どうした由木君、その面に――」

「そうじゃないんです。わたしがとんでもない馬鹿なまねをしたことに気づいたんです」

「馬鹿なまねって、なんのことだい？」

「先刻風呂のたき口から薪が転げおちていたといったでしょう？　その薪というのが木をくりぬいた見なれぬ筒の形をしていたんです。うっかりしていたんですが、いま考えるとそいつが吹き矢の筒なんですよ。知らぬもんだから、その重要な証拠品をわざわざわたしが親切に押し込んで燃やしてやったんです」

口惜しさと可笑しさと自嘲とがいりまじってゆがんだ由木の顔の半分を、梁《はり》の影が黒くそめている。もし犯人がこのことを知ったならば、刑事の間抜けな行動に、さぞかし腹をかかえて笑うことであろう。

「犯人は首尾よく二条を射とめるとそっと一階におりて、証拠を堙滅《いんめつ》するために、燃えている風呂場のたき口に兇器をつっこんで逃げたんだ。だがきみ、そう残念がることはない。二条を殺したのがだれであるか、われわれにはよく判っているじゃないか。二条を生かしておいて都合のわるい人間はただ一人しかいない」

原田は力づけるようにいうと、かたわらの陳列ケースのふたをあけた。

「見たまえ、ここに弓が三種類ある。吹き矢なんてしろものよりこっちのほうがずっと使い易い。にもかかわらず彼が吹き矢をえらんだのは、犯人が両方の腕をこうして開くわけにはゆかなかったことを意味してるのじゃないかね」

そういうと弓を手にとり、矢をつがえることなしに弦をきりきりとよっぴいて、天狗の面に狙いをつけて、ひょうと射た。弓弦のはじける音が、ほこりくさい屋根裏の空気をかき乱した。

「にもかかわらず吹き矢を使ったというのは、つまり犯人の両手が――」

そこで原田はおや？　というふうに聞き耳をたてた。

「自動車じゃないか……？」

「さあ……」

由木も耳を立てて窓のほうを向いた。今度はあきらかに警察ジープのクラクションがきこえ、それにつづいて砂利を嚙むタイヤの音と駐在巡査の声がした。

「きみ、沢村《さわむら》さんが来たようだ。ここの調査はあとにしよう」

沢村というのは例の警察医のことである。二人は屋根裏部屋を出ると階段をおりはじめた。

トリカブト

一

お花さんが殺されたときはたびかさなる事件に動転していた沢村嘱託医も、いまはすっかり慣れたとみえ、まず白麻のズボンの膝をたくし上げておいてから、ひざまずいて、おちついた態度で死体を調べていた。あの高慢ちきで気取り屋の二条義房が、あさましい恰好で砂利道の上にころがり、瞼をあけて瞳孔をしらべられたり、口中をのぞかれたりしているのをみると、どれほど気取ってみても威張ってみても、死んでしまえば万事おしまいであるといった感慨が、由木刑事の脳裡をちらとかすめた。

死体には特別な所見もないらしくて、解剖と、矢毒がなんであるかをつきとめるための科学検査をいそぐこととなった。

「最初わたしはクラーレ中毒じゃないかと思うておったのですがね、しかしこの吹き矢は、アイヌの使っとるものによう似とるのです。学校が北海道でしたから、ときどき見たことがある。そうすると矢毒はクラーレなんぞではなくて、トリカブトじゃないかと考えられるのです。ご存じかもしれんですが、この毒草は北海道ばかりでなくて、本州にも野生しとりますからな」

警部と由木はだまったままこっくりした。両人ともトリカブトという植物は話に聞いている。草丈が三尺あまりに伸びて、秋になると紫色の穂状の花が咲く。猛毒をもっているにもかかわらず花が美しいために、切り花にされることもあるのだ。

「だいぶ以前の話ですが、ある博士が強精剤としての用量を誤って、毒死したことがありました」

と原田警部がいった。

「そうそう、わたし晩年のあの博士を知っていますよ。まかりまちがうと大変なことになりますが、強壮剤としては霊験あらたかなものでしてね、博士も青年のように色艶のいい方だったですが……」

医師は往時をしのぶような声音《こわね》になった。

「恐しいもんですよ、ああした専門の方さえ中毒死されるんですからね」

「致死量はどのくらいです？」

「乾燥根ならば〇・五グラムから一グラムですな。トリカブトの毒はアコニチンというやつでして、これの純度の高いものだと〇・三グラムで充分ひとを殺せます。分量が多いと、ショック死に似た状態でキュッと参ってしまうんです。多分この被害者も声をあげることすらできなかったのじゃないかと思いますね」

医師はそう語りながら、先が赤黒く汚れた兇器を、職業的興味にかられたのであろうか、熱心にながめていた。

「……南方の原住民でもない犯人が、使いなれない吹き矢を用いて、ただの一発で的中できたとは思えないな」

由木はそうつぶやきながらあたりをすかして見ていたが、果して少しはなれた砂利道の上にヒッソリと横たわっているもう一本の吹き矢を発見した。

「思ったとおりだ。犯人は何本か発射したのです。そのなかの一本が命中したわけですよ。夜があけてからよく探せば、はずれた矢がまだ一、二本は転がってるかもしれんです」

警部は手渡された矢をじっくり見ていたが、やがて由木をかえりみた。

「ねえきみ、藤沢氏がこうした武器を蒐集した際に、危険をふせぐために矢毒を洗いおとしたことも考えられるじゃないか。周到な犯人は、これを兇器として用いる前にそのことを考えなくちゃならんはずだな。仮りに毒が洗いおとされてあったたなら、二条はかすり傷をうけただけでケロリとしていたわけだし、すぐ屋根裏の窓に気づいて犯人の存在を知ってしまう。だから犯人は、使用する前にあらかじめ毒物がぬってあることをなにかで験《ため》してみて、確信をもっていたと考えなくちゃなるまい」

「動物実験ですか」

「多分ね。そんな気配はないようだったが、のら猫でも呼び入れてやってみたかも知れぬ。あとで駐在巡査と手分けして、屋根裏部屋や邸のまわりを調べたほうがいいだろう」

警部がそういったとき、それまで黙っていた医師が口をはさんだ。

「ちょっと。トリカブト毒だとするとわかる方法があるんです。その吹き矢を拝借」

手にとると慎重な態度で先端をなめて、すぐに唾をはいた。

「アコニチンは、なめてみると舌にびりびりとくるんで、すぐに見当がつくんです。やはりこれはトリカブトらしいですな」

「なるほど。その鑑別法は一般化しているものですか」

「いや、それはね……」

と医師は否定的な口吻だった。

「植物学とか毒物学に知識もあるものでなくては知りますまいな」

「安孫子にゃ、植物学の知識も毒物学の知識もなさそうだね」

と、原田は由木刑事をかえりみた。

「やはりのら猫を探してもらおう」

「はあ」

「猫とばかりは限らんが……。おや、どうかしましたか」

原田は医師の態度に不審なものを感じたらしい。

「いえ、ただね、この吹き矢は相当古いものだが、そのわりに矢毒があたらしいような気がするんですよ。舌がまだヒリッとしている。これで射られればひとたまりもないですな」

彼はそう答えると、死体を運ぶため手ぢかの警官に声をかけた。そして五分ののち、医師と二条をのせた警察ジープは闇のかなたに消えていったのである。それを見送る原田たちは、二条が解き明かそうとした連続殺人の謎がふたたび秘密のとばりにおおわれてしまったことを、しきりに残念に思っていた。

二人は、裏玄関から建物のなかに入った。騒ぎにかまけていままですっかり忘れていたが、原田も由木もサンダルをはいたままであり、とくに警部は男物と女物とをあべこべにはいていることに気づいた始末だった。苦笑しながらスリッパにはきかえる。

食堂の前に若い警官がどっかと椅子に坐って監視をつづけていたが、両人の姿を見ると立ち上って敬礼をし、異状のないことを告げた。

警部がのっそり食堂に入ると、安孫子を除いた三人の男女がいっせいに不安な眸でこちらを見た。平生は落着いている牧数人も、うちつづく異変に冷静を失って、かなり神経質になっているようだった。そして警部の説明を、男女は息をつめて聞いた。安孫子だけは他人ごとのような顔をして相変らずそっぽを向いている。

「駅からここまで歩いて二十分の距離ですからね、犯人はちゃんと時刻を計って待ち伏せしていたに相違ないんです。二条君にはまったく気の毒なことをしました。われわれは盲点をつかれたわけですが、同君に対しては誠に申しわけないと思っています。ところで皆さん……」

警部は一同を見廻した。他の連中はすでに食事をすませたとみえて、汚れた食器がべつの小テーブルの上に重ねてあり、原田と由木の席にのみ、スープ皿とパンがおかれてあった。

「二条君が殺されたころ、あなたがたはいずれも二階の部屋におられたわけです。そこで遠慮なくいってもらいたいのだが、犯人が部屋を出ていく姿に気づかれたかたはありませんか」

「わかりませんわ。あたしたち女はずっとお部屋にいたわけじゃなくて、ときどきおたがいに炊事場に降りたり、お風呂の加減をみたりしてたんですもの」

と、日高鉄子が安孫子の顔を見ないよう視線を横にそらせて答えた。

「牧さんはいかがです？」

「安孫子君のことですか。廊下をとおるところを見ましたね。トイレットに行ったのかと思ってべつに気にもかけなかったのですが」

尼リリスは首をふって、鉄子とおなじことを簡単に述べた。しかし、たとい安孫子が三階に上っていく姿を目撃したものがなくとも、これ以上この男を娑婆《しゃば》の風にあてておくわけにはゆかない。ほどなく童顔のバス歌手は、警部と、廊下で監視役をつとめた若い巡査に護られてつれ去られた。

独り由木が残ったのは、もう一度安孫子の部屋を捜査して、スペードのカードを見つけるためである。刑事は食堂にとってかえすと、リリスがみたび温めかえしてくれた料理を、ただもう我武者羅《がむしゃら》に喰った。

「また東京に帰れなくなったわね。明日が二条さんのお通夜、そして明後日がお葬式で、そのつぎの日がお骨あげよ。その日までここにいなくちゃ……」

リリスが感情のない声で牧に話しかけていた。

「そういうことになるな。今日は二十五日だから、二十八日にならなくちゃ出発できまい。こんな場所に長居は無用だ。骨ひろいがすんだら遺族と一緒に帰ろう」

牧も、心の中でべつのことを考えているような虚ろな声であった。あの皮肉屋で傲慢で虫の好かない男があっさり目と鼻の先でやられてしまったことは、悲しみとか同情ということはべつとして、各人にいろいろな感慨をいだかしめた様子だった。

「牧さん」

と、刑事は食塩のびんをテーブルに置きながら声をかけた。

「安孫子が毒物学か植物学に興味を持っていたかどうか、知りませんか」

「さあ……」

牧はふしぎそうな表情をうかべて由木を見返した。

「知りませんな」

「あなたはいかがですか？」

「全然知りませんわ。日高さんはどう？」

とリリスは風呂の湯加減をみてもどった鉄子をかえりみた。鉄子はタオルでぬれた二の腕をふきながら、首をふった。

「あたしも知らないわ」

「ではね、猫の啼《な》くのを聞きませんでしたか。あるいは野良犬でもいいです」

刑事のいうことがのみこめぬとみえて、三人はいずれもとまどい気味の表情をうかべた。

「さあ、野良犬ねえ、いつ、どこでですか」

「このりら荘に来てからです。場所はりら荘、もしくはその近辺です」

安孫子が吹き矢を兇器に用いるべく思い立ったのは、なにも今日と限ったものでもあるまい。だとすると、矢毒についての実験はずっと以前にすませておいたとも考えられるのである。それでも男女は顔を見合わせるばかりで、明快な返事をしようとはしない。

「……夜中に野良犬の遠吠えする声は一、二度聞きましたが、りら荘の近くじゃそうした経験はないですな。猫にしても同じことです」

由木はむずかしい顔をして顎をつまんだ。だが考えてみれば、安孫子が実験動物に啼き声をたてさせるような不細工なまねをしたとは思われないのである。

「由木さん、お風呂がさっきから沸いているんです。こんなごたごたがあったために、まだだれも入ってないんですけど、よろしかったらお入りになりません？」

「いえ結構です。わたしはこれでも公務中ですからね。どうぞわたしには構わずに……」

彼は微笑を返しながら、原田警部はこの日高という女は女傑だなんていっていたが、そうした徴候はみえんじゃないかと思った。

「そうね、ブラック女史が先に入んなさいよ」

そうした会話をあとにして、由木は階段をのぼった。大きな邸宅だけに、二階に上ると下の話し声は少しも聞こえず、胡桃色の扉がならんだ廊下はしんとしずまりかえっていた。由木は、安孫子宏の名札の出た扉をあけて電灯をつけると、室内をじろりと一瞥して、先日にもました入念さをもって捜査をはじめた。毛布、布団、マットを徹底的にしらべる。依然として一片のカードもでてこない。つぎに机と椅子をしらべる。やはりカードは見つからないのだ。由木はいつしかひたいに玉の汗をうかべて、安孫子のトランクだの洋服ダンスだのをかきまわしていた。カードは身ぢかに隠してあるのにちがいないのだが、どうしても発見することができないのである。

室内にないことが明らかになると、捜査の手を室外にものばさなくてはならぬ。しかしこれは大変な暇と労力を要する仕事だから、今夜は着手できない。彼は窓ぎわの椅子に腰をおろして汗をふきながら、洋服ダンスの下からつまみだした妙なものを眺めていた。

「見つかりました？」

声がするので顔を上げてみると、風呂から上った鉄子だった。湯上り姿の美人は艶っぽいものだけれども、この女はなにをやっても映えない。尼リリスも美人と称するにははるかに遠い女だが、これがともかく十人並の器量に見えるのは、かたわらに鉄子という女がいるからであろう。美人でなく生れていたがため、いついかなる場合にも同性の引き立て役をやらされる日高鉄子の宿命に、由木は同情せざるを得なかった。これほど不運であるからには、女傑になろうがひねくれようが無理のないことだと思う。

「あら、何でしょうか」

鉄子は刑事が手にしたものに気づいて訊ねた。

「さあね、洋服ダンスの下から出てきたんですが、妙なものだと思って眺めていたとこですよ」

「なにかの根じゃありません？」

鉄子がいうとおり、植物の根であることに間違いはない。黒い土が乾いて、いじるたびに砂が落ちた。だが根自体は、まだ水分をふくんでしんなりとしている。ナイフかなにかで切られたらしく、断面がうすく黄色に見えていた。

由木は指の爪をたててみたり鼻の先にちかづけて匂いをかいでみたりしていたが、ふと、それがトリカブトではあるまいかという考えが頭にひらめいた。そこで一端の皮をけずり、おそるおそる舌にふれてみると、ピリリと辛い。あわててハンカチで舌の先をふいて、なおも草の根をひっくり返して、と見《み》こう見《み》しながら鉄子に話しかけた。

「ひょっとするとこれはトリカブトかもしれんですよ。舌にヒリリときますからね」

「トリカブトって吹き矢の先にぬってあった毒でしたわね、そうじゃなくて？」

「ええ、あの矢にぬってあったのが果してトリカブトであったかいなかは分析してみなくちゃわからんですが、目下のところはその疑いが大きいというわけですよ。さっきいったとおりね」

「…………」

返事がない。どうしたのかと思って頭をあげてみると、彼女は顔を紅潮させ息をつめて刑事をにらんでいる。いままでに見せたことのない奇妙な表情だった。

「……どうしました?」

「あたし、ちょっと失礼します!」

叩きつけるようにいいすてて、足音高くでていった。鉄子の剣幕に気をのまれた由木は、声をかけることも忘れて、ただ唖然としてうしろ姿を見送っていたが、彼女の部屋のドアが音をたてて閉められたのと同時に、はっとわれに還《かえ》った。そして、はて、なにか気にさわることを喋ったかしらと考えてみた。だが一向に思い当るものがない。どうも女はにがてだわいと苦笑しながら、ふたたび手にした草根に目をとおした。刃物ですぱりと切られているのは、そこからにじみでる液汁を、矢の先にぬったからに相違あるまいと思う。

なおもひねくりまわして眺めているうちに、由木は、これがトリカブトであるかどうかを早急にたしかめてみたくなった。草や木の名などは得てして老人がよく知っているものである。ひょっとすると万平老もそうした知識を持っているかもしれない。そう思いつくとじっとして坐っていることができなくて、あたふたと部屋をとびだした。

持病のリューマチスにやられた万平は、自分の居間に床をしいて横になっていた。りら荘のなかで日本風の部屋はここだけである。老人の枕もとにはお花さんの遺骨が安置してあって、骨箱をつつんだまあたらしい布の白さが由木の目にしみた。妻君の死が持病を誘発したわけでもあるまいが、万平は泣きつらに蜂といったしょんぼりした顔で、天井の電灯を見つめていた。

由木は容態をたずねたあと、手にした根をさしだしてその名称を訊いた。逆光線のためよく見えぬらしく、万平はそれを掌にのせると腕をのばして老眼鏡をかけた。

「……葉っぱがついてりゃわかるけどよ、根だけじゃ見当がつかねえ。だけんど、カブト菊によく似てるようだな」

「カブト菊というのは？」

「ああ、花がまるくて兜みてえな形してるから、そんな名がついたんだべ。もうひと月ばかりたつと紫色の花が咲いてよ、そりゃきれいなもんだ」

兜みたいな紫色の花といえばトリカブトに相違ない。

「どこかこの近所の山に咲くのかい」

野生の植物だから山に行けば生えているだろう。しかしりら荘から一歩も外に出なかった今日の安孫子が、いかにして新鮮な根を手に入れることができたろうか。

だがそうした由木の疑問も、万平老人の返答ですぐ解けた。

「たんとは生えてねえが、探せばねえこともねえ、だけどよ、この庭にも植えてあるだ」

「なんだって？　庭のどこだい？」

「あっちこっちに植えてあるよ。花壇のそばにも、裏庭にも――」

せわしげに由木は立ち上った。これ以上漫々的《マンマンデー》な彼の話に耳をかたむけていることはできない。庭の諸所にトリカブトが植えてあるとすれば、監視の目をぬすんで安孫子が手に入れることも容易なはずである。由木はすぐにも庭を調査したかったのだが、気がついてみると外は暗闇だ。夜があけるまで待つほかはあるまいと思い、はやる心を無理やりおさえて万平の居間をでた。彼の万平訪問が予期せぬ収穫をもたらしたことに、由木は大きな満足を感じていた。

食堂の前をとおりすぎようとした刑事は、リリスの鼻にかかった黄色い声に呼びとめられた。

「なにかご用ですか」

「ええ、ちょっと……」

彼女は廊下に顔を出すと、哀願するようなまなざしで刑事を見上げた。

「お願いですわ、今夜ここにお泊りになって下さいません？　それでなくてもこわかったのに、また二条さんが殺されてしまったんですもの。眠ることもできませんわ。ねえ、お泊りになって……」

「ですが、もう心配することはないじゃありませんか。安孫子は留置場につないであるんですからね」

「いいえ、そうした実質的な恐しさじゃないんですのよ。あたしのいうのは心理的なこわさなんですわ。殺された方たちの幽霊でも出やしまいかと思って……」

リリスは自分の表現に相手を納得させる力が欠けていると思ったのか、なおも懸命になって説きふせようとした。

「いいえ、いまの世にお化けなんか出るはずはないと自分で自分にいい聞かせるんですけど、でもこれは理屈じゃどうにもなりませんわ。ただ無性におそろしくて、心細くて、気がおかしくなりそう……」

恐怖と悶えとがいりまじったような表情で哀れみを乞われてみると、むげに笑殺してしまうわけにもゆかなかった。加うるに由木には、明朝、庭にでてトリカブトを調べるという仕事もある。自宅に帰って寝るよりも、ここに一泊して、夜明けとともに庭にとびだして調査をしたかった。そうするためにも、リリスの願いを容れてやったほうが都合がいい。

そう考えた彼は、だがそのような胸算用はおくびにもださずに、ただただリリスに同情したようにみせかけて泊ることに同意した。

「わあ、心づよいわ、日高さんもよろこびますわよ、きっと。あたしのお隣のお部屋に泊っていただくの。ね、いいでしょ？　いまからお掃除してくるわ」

眸をかがやかせてまるで女学生のようにはしゃぐと、由木を食堂にまたせておいて、自分は廊下の押入れをあけてホウキをとりだし、それをもって階段を上っていった。

「とうとう陥落させられましたな」

牧は上目づかいに彼をみて声もなく笑った。どこかほっとしたような顔つきである。

「わたしからもお礼を申しますよ。女たち二人とも怯えきっていましたからね」

二

翌る二十六日、由木は洗面もそこそこに庭にとびでた。が、渦巻く濃霧のため一メートルはなれるともうなにも見えない。いまいましそうに舌打ちをして食堂に入った。

女性たちは炊事場で朝食の仕度の最中であった。牧数人ひとりがテーブルに向って新聞を読んでいたが、由木の足音を聞いて顔をあげた。

「あ、お早うございます。ひどい霧ですな」

ひと晩寝たせいか顔色もいいし、元気も出たようだ。

「朝刊いかがです、わたしは読みましたから」

と、あいそがよかった。

朝の食事は、つつましくもまた落着いた雰囲気のもとでとられた。今日は解剖をすませた二条の死体がもどってくる日だから、通夜が行われる予定になっている。けれども、牧にしてもリリスにしても、一日おきに通夜をくり返していると気分的に慣れを生じて、一種のゆとりができてくるのであろうか、食卓では軽い冗談もでた。遺族にはすでに連絡がとられてあり、妻君と、二条の友人たちがやって来ることになっている。

霧がはれるのはたいてい十時頃だ。由木はサンダルをはいて花壇の前に立った。中央に紅いカンナが女王のごとくほこらしげに咲き、その周囲にはジンジャーだとかグラジオラスだとか、大小各種のダリアや夏菊のたぐいが植えられて、いろとりどりの花の咲くなかを、黄色く花粉にそまった虻が、羽音せわしく飛び交うていた。じっと見とれていると眠くなりそうな平和な眺めである。由木は小腰をかがめてトリカブトを探しもとめたが、やがてその一隅に、かたい穂状のつぼみをもった植物を発見した。彼は植物にことさら興味をいだいているわけではない。しかしつぼみの形と細長い葉とによって、これがあの毒草であることを思いだした。あと、一、二カ月すればつぼみはさらに成長して、兜状の花がうつくしくも毒々しく咲くはずである。

トリカブトの数は七、八本あった。だが周囲の土は平らにならされていて、最近ひきぬかれた様子は少しもみえない。そこで由木は花壇の前をはなれると、べつの場所をもとめて庭を彷徨《ほうこう》した。万平老が元気ならば案内してもらうのだが、事情にうとい由木が一人で広い庭内を探しまわるのは、容易なことではない。

四カ所のトリカブトを見つけるのに二十分ほどかかった。が、そのいずれの畑にも、ひき抜いたと思われる痕跡がない。いささかがっかりして内玄関から入ろうとしたとき、由木の視線はひょいとその左手の植えこみにひきつけられた。トイレットの北窓の真下、そこはお花さんがくびられて倒れていた場所のすぐそばであるが、煉瓦でふちをとったきわめて小さな花畑がつくられていて、月下香またの名をチューベローズという、夜間にのみ開くかおりのよい花が植えられている。そのチューベローズの横に四、五本群生しているのがトリカブトであることは、すでにこの毒草を数十本となく見慣れた由木の目にはすぐわかった。だが彼の注意をひいたのは、そのかたわらに掘りおこされた小さな穴である。

息をつめてながめていた由木は、ついサンダルをスリッパにはきかえると廊下を走ってトイレットにとびこみ、北側のギロチン窓をおし上げて身をのりだした。あるかなしの微風をうけて、毒草のつぼみの穂がすぐ目と鼻の先にゆれている。手をのばして穂をつかみ、手心を加えながらそっとひっぱってみると、若干の抵抗を感じるとともに簡単にぬけた。邸内から一歩も外にでなかった安孫子がどうしてトリカブトを入手したかという疑問は、その瞬間にかき消えてしまったのである。

三

正午すぎに、解剖に付された二条の死体は、原田警部と若い警官につきそわれてもどって来た。門の石積柱にからみついた朝顔のしぼんだ花が、いかにも彼の死をいたんでいるように見えた。

棺を客間に安置すると警官は帰ってゆき、由木は警部を扉のところによんで、ポケットから毒草の根をとりだして見せた。そして発見したいきさつをざっと説明したのち、裏玄関のわきのチューベローズの畑に案内した。

「なるほどな、ここからひっこ抜いたというわけか。ああいう悪知恵の発達した男にとってはみるものすべて兇器として利用できるんだから敵《かな》わないよ」

警部は満足そうであった。今日は午前中に行われた取調べで、安孫子はべつに犯行を否定するでもなく、といって勿論肯定するでもなく、なにを訊いてもそっぽを向いたきり、無言のままでいる。その強情な抵抗には原田もいささか根負けしていたのである。

「矢毒の分析はまだですか」

「いや、すんだ。埼玉大学に無理をいってたのんだんだ。やはりアコニチンが検出されてね、トリカブトを使ったことに間違いないという報告だったよ。通夜がすんだらば警官を五、六名つれてきて、草の根をわけてもカードを探しだしてやろう。ああいうしぶといやつには、証拠をそろえて恐れ入らせるほかに方法はない」

二人がなおも語っているところに、葬儀屋の若者が供花をかついで鉄門を入ってきた。彼らにとってはりら荘ほど上顧客《とくい》はないはずであるのに、続発する殺人事件にたまげたとみえて、品物を内玄関におろすとペコリとお辞儀をしたきり、あたふたと帰ってしまった。

「牧さん、牧さん、葬儀社から花がとどきましたよ……」

由木が廊下のおくに声をかけてやると、リリスが返事をして現われた。

「あらすみません。そろそろ二条さんの奥さんやお友達の方が見えられるころなんですの。

早く客間に並べておかなくちゃ」

「われわれも列席させて頂きますが、お客さんは何名ぐらいみえるんですか」

「奥さんのお話ですと、絵かきの方が六、七名おいでになるとか……。でもあたしたちのグループと違ってずっと以前に美術学校を出られた方ばかりですから、顔も知らなければ名前も知らない人たちですわ」

リリスはそういうと、忙しそうに供花を持って客間に入って行った。だれかが仏前に坐っているとみえて、かすかに線香のにおいが流れてくる。しかしリリスにしても他の男女にしても、二条の突然の死に衝撃こそうけたようだが、なにぶんああしたくせのある男であったから同情の念もわかぬらしくて、どこかさばさばした様子がみえた。

二条の妻君と七名の画家たちは、三時五分の列車でやってきた。妻君は三十を一つ二つ越した齢頃の顔色のわるい女で、あまり美人とはいえない。服装も物腰も垢ぬけせず、気障で気取り屋でお洒落でめかし屋の二条とは、なにからなにまで反対であった。画家たちは小学生の遠足のようにがやがやとよく喋り、その合間に、未亡人になぐさめの言葉をかけていた。リリスと鉄子は、橘や紗絽女たちの通夜の経験をいかして、てきぱきと夕食の仕度をととのえ、早目に客に供した。

食事がすむといよいよ通夜がはじまる。原田と由木は二条の死に責任こそ感じているが、それは直接にはなんの関係もないものだから、遠慮して後方に坐った。気がついてみると、それはお花さんたちの通夜のときとほぼおなじ位置なのであった。あの通夜の席で、二条が蝶ネクタイをしめて椅子にかけていた後ろ姿を、由木は瞼をとじるとはっきりと思いうかべることができる。彼は決して感傷的な男ではない。だが、わずか数日後に当のその男が線香を立てられる側にたったことを思うと、感慨なきを得ぬのであった。

残暑のきびしい東京のことを思えば、ここで通夜をいとなむほうが楽でもある。画家たちは、故人がにぎやかなことを好むたちだったから陽気にやろうというわけで、彼の思い出話をさかなに、持参のウイスキーをちびりちびりやりはじめた。警部たちにも一瓶贈られたが、こちらは職業がら赤い顔をするわけにもゆかぬし、若い未亡人を前にしては遠慮するのが礼儀であろう。両名とも酒は好きだから、ウイスキーを辞退するのはまさに断腸の思いであった。

時計の針が十二時をさすと、前もって打ち合わせができていたとみえて、牧たちはいっせいに席を立った。

「わたしたち疲れてますもんで、これで失礼させて頂きます」

これ以上二条義房に義理をたてる必要はあるまい、といった気持がどこかに表われているような口吻であった。

「ああ、ご苦労さま、どうぞ」

と挨拶をかえしたものの、一方のグループはウイスキーを呑み、他方のグループはベッドに身を横たえることを思うと、羨《うらや》ましい気がせぬでもない。

その気持をリリスはいち早く察したらしかった。

「寝る前に食堂でジュースを飲もうと思いますのよ、ご一緒にいかが？　それにぬるいお風呂も沸かせます。行水のつもりでお入りになったら？」

と誘ってくれた。体は汗でべっとりしている。風呂は大きな魅力だったが、呑気なことをやっている場合ではない。

「そうですな、ではジュースのほうだけ相伴《しょうばん》させていただきますか」

そういって、原田たちもあとにつづいて応接間を出た。

冷蔵庫の氷片をうかべてつくられたジュースは、そろそろ秋の気配が感じられそうなこのあたりの夜の飲み物としては、少しばかり涼しすぎた。

「洋酒があるとよかったんです、あいにく、どの瓶もからっぽで……」

牧が申しわけなさそうにいった。

「そうね。あなたのお酒をこっそり呑んだひと、一体だれでしょ？」

リリスは想いだしたように憤りを新しくした。

「まあいいさ、どうせ大したことじゃない」

男であるだけに牧はさっぱりしている。どこかで鈴虫がなきだした。

コップがからっぽになると、学生をのこして原田たちは応接間にもどった。ちょっと席をはずしたあいだに、通夜の席は酒がまわったとみえてすこぶる陽気になっていた。しかしこの明るさは決して単にアルコールのせいばかりでなく、犯人の正体が明らかにされているためなのだと由木は考えた。これにひきかえ橘たちの通夜が陰気だったのは、当時まだ犯人がだれであるかわからなくて、それが各人の心を鬱々たらしめていたからである。

だがこの陽気な席も、夜がふけるにしたがって話声もしだいにとだえ、ベレ帽の芸術家たちはしきりにあくびを嚙み殺して、なかには居眠りをはじめるものもでてきた。つられたように原田警部も舟をこいでいた。

いつか霧が出て、室内にもひんやりとしめった空気が忍びこんだ。由木はそっと立ってテラスのガラス扉をとじた。目をさましているのは彼自身と、そして死者の枕頭にすわる未亡人だけのようだ。

そうしているうちに、由木も我慢のならぬ眠気におそわれて上体をゆすぶりはじめた。あのいたましい事件が起きたのはそれから間もなくのことである。

薔薇の寝床

一

通夜は乳色の霧のなかで明けた。不自由な姿勢でねむっていた芸術家たちがおいおいに目をさまして、ただ一人で端然と坐っている未亡人を見るとさすがに具合わるそうに、そそくさと立って手洗いに行く。人いきれと線香のけむり、タバコのけむりで、室内の空気はかなり濁っているようだった。

「ひどい霧じゃないか。なにも見えやしない。墨絵でぼかすより手がないぜ」

「油絵じゃ霧の面白さはだせんな。」

起きぬけのタバコに火をつけて一服やりながら、二、三人のベレがテラスの外をながめてささやいている。だれの目も寝不足ではれぼったく、顔にはギタギタと脂がういてみえた。

由木もそのころ目をあけた。いつになく頭がぼうっとしているので、換気しようとしてテラスのガラス扉をちょっとすかせたが、霧が入りかかったので、あわてて閉じた。腕時計の針は六時半を少しすぎている。二階の連中はまだ眠っているとみえてしずかだった。

画家たちは洗面をすませると、昨夜のウイスキーの瓶やコップをとりかたづけ、一人が盆にのせて炊事場にさげていった。彼らの大部分は二条のなきがらを見送って、今日の午後東京に帰る。未亡人と二、三の親友だけが、火葬場までついて行くということであった。

やがて時刻は八時になろうとしていた。外は依然としてふかい霧がたれこめている。二階の学生たちはまだ起きてこない。疲れているから無理もないことだが、大勢の客に朝食をださねばならぬはずだ。女たちはなにをしているのだろう。じつは由木も少々空腹を感じていたものだから、モーニングカップ一杯の珈琲を早く馳走になりたかったのである。おまけに昨夜からタバコのケースをどこかにおきわすれて、あちこち心当りを探してみたが見つからない。といって原田に無心するのもいやだし、空腹をまぎらわすすべがないのだ。

――そろそろ九時になる。由木は幾たびとなく階段の下に立って二階の様子をうかがっていたが、いつまでたっても起きてこないので、とうとうしびれを切らして自分から上っていった。まさか女の部屋をたずねるわけにゆかない。そこで牧の扉をノックした。

「牧さん。……牧さん」

次第に声を大きくして呼んでみるが応答がない。牧がどれほど眠りの深いたちであるか知らないけれど、これだけ声をかければ大抵目ざめそうなものではないか。

「……牧さん、まだ眠っているんですか」

もう一度声をかけてみた。しかし依然として返事はなかった。

由木は、かつてリリスが睡眠剤をのむところを見たことがある。ひょっとしたら牧もそれをのんで熟睡しているかも知れぬ。ああした薬品による睡眠を中途で妨害すると、目覚めてから頭がすっきりしなくて、一日中気分がわるいものだ。そう考えた由木は扉をノックすることは止めて階下におり、原田をさそって食堂に入ると、朝刊を読みながら、リリスたちの起きてくるのを待つことにした。

「……どうです。わたしが珈琲でも沸かしてみましょうか。トースト用のパンはちゃんと用意してあるそうですが、それは日高さんたちにやってもらうことにして、とりあえず珈琲だけをこしらえようじゃないですか」

　読んでいた新聞をテーブルの上になげすてて、由木は警部の意見をもとめた。空腹のあまり、おなじ記事を何度くりかえして読んでも一向に理解できないのである。

「そうだな」

「通夜のお客さんを干ぼしにするわけにもゆかんでしょうしね」

「それにしても、二階の連中はいつまで眠っているんだろう？」

「あの年ごろは眠いさかりですからな、とにかく珈琲はわたしが沸かします」

　由木は勇んで食堂を出た。

　珈琲のかおりが炊事場いっぱいにひろがるころに、窓ガラスをとおして見える乳色のヴェールがゆらめきだしたかと思うと、室内がかすかに明るくなった。霧があがる前ぶれである。由木は一ダースちかいカップに濃い珈琲をつぎ、砂糖つぼとミルク、スプーンを盆にのせると客間にもっていった。

「や、こりゃすんませんな」

　と手ぢかのベレ帽が恐縮した。由木は武骨な手で不器用に盆をさしだしながら、出来のわるい珈琲の味を気にして、言いわけをした。

「二階のご婦人がまだ起きてきませんのでね、とりあえず珈琲だけつくってみました。こう人数が多いと分量をどれほど加減すればよいのか見当がつかんですからな。旨くできませんでしたよ」

「なに、これで結構ですよ。われわれの仲間でパリに行ってきたのは二条だけでしてね、あとの連中は味覚なんておよそ鈍感なやつばかりですから、珈琲の旨いまずいがわかるわけないですよ」

彼は気さくな調子でいうとカップの分配を隣りの顎鬚にまかせて、話好きらしく身をのりだした。

「そろそろ明るくなってきましたね」

「そう、たいてい十時前後には晴れるんです。ところが上がりそこなうと、一日中停滞していて、しめっぽい不愉快な日になりますよ」

灰色の微細な水滴の群れが、大気の動きにのって庭の上をゆるやかにさまよっていた。見様によってはなにかの妖精が芝生の上でバレエをおどっているようにも思え、都会の人間には珍しい眺めであった。

「東京では霧が滅多にありませんな。冬になると都心に煙霧《スモッグ》というやつがでますけどね。あれは名前からして不健康なやつなんでして、とうていこちらのような趣きはないです」

「ここの霧は、荒川から蒸発する水蒸気が夜明けの温度に冷やされて発生するんです」

と刑事は説明の要を感じた。

画家はなおも庭に視線をなげながらうなずくと、なにかいおうとして口を開けかけたが、どうしたわけか急に息をつめて牝鶏《めんどり》のような声を出した。寝不足の目をしきりにしばたたいて、なにかを見極めようとしている様子である。

「刑事さん、このテラスに立っていた塑像《そぞう》は、たしか白色セメントじゃなかったですか」

視線を前方にあげたまま早口で訊いた。

南に面したガラス扉の前にテラスがあって、その片隅に白色セメントの像が立っていることはすでに述べた。外側をむいて鼎立《ていりつ》する三人の裸の童子が両手を上にのばし、その六本の腕によって一個の器がささえられている。その器の形は口がひろくて底があさいから、作者は壺を造ったつもりかも知れないけれども、非芸術的に表現するならば、壺というよりも洗面器もしくは大きなスープ皿といったほうが適切だ。

「さあ、白色セメントだか漆喰《しっくい》だか知りませんがな、白い色をしていましたね」

「昨日の夕方わたしがみたときも、やはり白でしたよ」

と、彼は妙に色にこだわっている。

「それがどうしたというんです?」

由木は反問した。テラスの上には濃霧がふたたび渦をまいて、なに一つ見えない。

「夜のうちにだれかがいたずらをしたんですよ」

「どんないたずらです?」

「ペンキをぬったんです」

納得ゆかぬ面持ちで相手をみた。中学生の集まりじゃあるまいし、塑像にペンキをぬりたくるようないたずらをするものがいるとは思えない。

すると、一メートル先も見通せなかった濃霧が次第にうすく透明になっていくにつれて、現像液にひたした印画紙をのぞいているように、庭のたたずまいがおぼろにあらわれ、ものの輪郭がはっきりとしてきた。由木はテラスの片隅に水晶体のピントを合わせた。その瞬間、彼もまた、赤くまだらにぬられた童子の像をみたのである。

「なるほど、妙ないたずらをしたもんだ」

と由木はつぶやいた。わざわざ深夜にしのんできて、赤ペンキをぶっかけた酔狂人の心理が理解できない。

ところが霧がうすれるにつれて、その像にぬられた塗料が決してペンキなどではないことに気づいた。ペンキよりも赤インクに近い。いや、赤インクよりも血潮の色ににている。

彼は立ち上るとひきつけられるようにガラス扉の前に近寄った。童子がささえる器のなかに、真っ赤な液体が満々とみたされている。そのあふれたものが六本の腕をつたわって、童子たちの胸や胴や脚を深紅にそめているのだ。そして、したたりおちた液体は足もとのテラスの鉄平石の上にどす黒い血溜りをつくっている。

ベレの画家も肩をならべ、怯えた表情で童子像を見つめていた。由木は手荒くノブをひねってガラス扉をおしあけた。履物がないから靴下のまま、つま先立ってぬれた冷たいテラスの上を歩いた。指先でそっと液体にふれてみる。

「……まさか、血じゃないでしょうな？」

芸術家は、真っ蒼になった唇をわなわなと痙攣させていた。

「血ですよ」

「人間の、……でしょうか」

「そう、牛か豚の血ででもあってくれるといいんですが」

しかし、人血であるにせよ獣血であるにせよ、一体だれが何のためにこんなことをしたのであろうか。それが当面の大きな疑問であった。だれが、なんのために……？　由木は黙々として立ちつづけていた。霧のつぶが頰をぬらし、服をぬらした。

「刑事さん！」

突然その画家が金切り声をあげた。

「ありゃなんです？　ほら、あそこにある、あれです。カードだ、カードだ、カードですよ！」

殺人のたびにスペードの札が遺留されるという話は、通夜の席でも話題になっていたのである。

「どれ、どこです？」

画家の指の先を由木は見た。いかにもテラスから五メートルほどはなれた芝生の上に、一枚のカードが裏返しにひっそりとおいてある。由木はぎくっとした。刑事は奇術師のように、そのカードがどんな札であるか一見して透視することができた。彼のこめかみにミミズに似た血管がうかび上ったかと思うと、それは電流が通じられたかのように脈動した。

由木はおし黙ったままテラスをとびおり、ズボンのすそがぬれるのもいとわず芝生をふんで、カードをひろった。微小な百合の模様を一面にちりばめたその図案は、由木が事件のたびに見たなじみのものである。彼は躊躇なくおもてを返して、予期したしるしをそこに認めた。

安孫子が脱走した！　そう直感した由木は、犯人のひとをなめたふらちな振舞いに、全身の血が逆流するのを覚えた。カードをもつ指が小きざみにふるえている。

しばらくしてやや冷静にかえると、被害者はだれか！　ということがあたまにうかんだ。牧か、尼リリスか、日高鉄子か。それをたしかめるべく寝室をたずねようとして、二、三歩あるきだした彼は、つぎの瞬間その場に釘づけになって、建物の上方に目をなげたまま凍ったような表情をうかべたのである。

由木のパントマイムを終始テラスの上でながめていたベレ帽の画家は、あわてて天上をふり仰いで刑事の視線を追った。とたんに彼も悲鳴をあげてとびさがった。

テラスの上には白ぬりのパーゴラがしつらえてあって、隅の支柱からはいのぼった蔓バラが一面にからみ合っている。その蔓バラの密生した葉のすき間から、パーゴラの上に横たわった一人の人間が見えるのだ。どうやら女らしい。それも、白っぽいところから判断して、裸らしいのである。じっと動かぬところを見ればすでに死んでいるにちがいなかった。

　驚愕がおさまると、画家はおそるおそる死体を見上げ、塑像の位置をながめて、大皿のなかにたまった血液はこの女の傷口からながれおちたものと知った。

「警部を呼んでくるまで、あんた番をして下さい。だれも手をふれさせせんようにして、その辺を歩きまわらんようにしてもらいます。た、たのんだですよ」

　由木はそういうと相手の返事もまたずに、ガラス扉のところにむらがっている人垣をわけて、建物のなかに姿をけした。

　原田警部は食卓に向ったまま、からの珈琲茶碗を前にしてのんびり朝刊をよんでいた。肥満したお尻が椅子からはみでている。

「なんだって？」

　カードをみせられた警部ははげしくあえいだ。新聞をほうりだした拍子に、空になったモーニングカップが床の上にころがり落ちた。

「だれがやられた？」

「女です。下から見ただけじゃ判らんですが、尼リリスか日高鉄子のどちらかです」

「パ、パ、パ、パ……」

　と言って、自分のあわてたさまに腹を立てたように、床をけって立ち上った。

「パーゴラの上というと、二階の窓から投げ落したのじゃないか」

「三階だろうと思うんです。真上に窓がありますから」

「よしっ」

目の色かえて食堂を出た。問題の窓が建物のどのあたりにあるか、大体の見当はついている。二人は屋根裏部屋に通じる階段を走って上った。肥った警部がおくれて二階に到達したとき、身の軽い由木はすでに半ばあまり先を駆けのぼっていた。

「どうだ？」

屋根裏部屋の南の窓のところで警部が息をきらせて訊く。由木はだまって身をひき、かわって原田が窓から首をつきだした。すぐ目の下に蔓バラのパーゴラがひろがっていて、そこにあおむけに横たわった女の死体が見えた。それも、一片の布もまとっていない完全な裸身である。濃紅色のギエネ、ピンクのドクトル・ニコラス、淡クリームのホワイト・ゴールド、そして、赤、白、オレンジ、複色の大輪咲き……。色とりどりの花にかこまれ、濃みどりの豪華なしとねに寝た姿は、いかにも、わがままな金持娘の好みに合った死にざまのようにみえた。いや、わがままな死に方というよりはロマンチックな死に方といったほうがよいのかも知れない。ただ、髪がひどくぬれていることが由木の気をひいた。いくら濃い霧だからといって、あれほどぐっしょりとするわけがない。まるでシャンプーをしたみたいではないか。

刑事はいそがしい視線を死体とその周囲になげながら、かつて松平紗絽女がセンチメンタルな乙女心として語った、花にうずもれ、星をいだいて死ぬという言葉を思いだしていた。

おそらくそれは、紗絽女の言葉に託した尼リリスの心境でもあったのだろう。殺された時刻がいつであったかまだわからないが、霧がわきでる前であるならば、昨夜は晴天だったから星もかがやいていたはずである。その意味では、彼女はのぞむとおりに死ねたわけだ。全身の血液が流失してしまったためか、それとも葉の色を反映したためであるのか、リリスの顔は蒼味をおびて生前には見られなかったほど美しい。胸を朱《あけ》にそめた傷と、大きく見ひらいた目とをのぞけば、しずかに眠っているとしか思われないのだった。

「由木君」

原田警部は首をひっこめた。

「ぼくは本署に電話をかける。きみは残った連中をたたき起こして集めてくれ」

そこで両人は踊り場までもどり、由木は二階へいくべく警部とわかれた。

二

そろそろ十時半になるというのにどうしたことであろうか、牧の部屋も鉄子の部屋も胡桃色のドアがぴたりととじられて、一向に目ざめた気配がない。

由木は急にいたたまれぬ不安を感じると、牧の部屋の前に立って思いきり扉をたたいた。

「牧君！　おい牧君！　起きろ、起きるんだ。牧君！　起きないか、おい！」

ようやく聞こえたとみえて間のびした応答があったのち、牧数人のねぼけた顔があらわれた。平素は寝乱れすがたをだれにも見せまいとするほどの身だしなみのいい男であるのに、今朝は顔つきまでがひどくだらしない。

「なにかご用……」

あくびを嚙みころしながら不明瞭な発音でいった。

「のんびりしたことをいってる場合じゃない。昨夜あれからどうしました？」

きびきびした口調で追及された牧は、はげしくまばたいた。

「どうって、べつに……。食堂でジュースをのんだあと十分ほどおしゃべりをして、すぐ寝ました」

「尼さんとわかれたのは？」

「部屋に入るときですよ。それがどうかしたんですか」

まだ眠気がとれないとみえて、トロンとした目つきをしている。

「夜中になにか物音を聞かなかったですか」

「さあ……。いまあなたに起こされるまでぐっすり眠ってしまったから、気づきませんね。なにかあったんですか」

「尼さんは、だれかの恨みをうけるようなことはなかったですか」

「尼君が？　由木さん、それなんの意味です？　尼君がどうかしたというんですか」

由木のただならぬ顔色に、ようやく眠気がとんだらしい。刑事はそれに答えることなしに、たたみ込むように訊ねた。

「尼君と安孫子はあまり仲がよくないと聞いていたのですが、実際はどうでした？」

「ちょいちょい喧嘩はやったです。喧嘩というより口論の一種です。しかしそれがどうしたというんです？　由木さん、じらさないで教えて下さい。一体、尼君がどうしたんです？」

由木はつかつかと部屋をよこぎって窓をおしあけると、黙って外をのぞかせた。斜め右下にパーゴラが見えている。身をのりだした牧の上体が大きくぐらりとゆらめいたかと思うと、悲痛なうめき声がもれた。

「畜生っ……。由木さん、これはあんたの責任です。安孫子の監視に手落ちがあるからこんなことになるんだ」

平素のあの落着いた紳士とはまるでちがった野獣じみた声だった。

「医者をはやくたのみます、手当がはやければ助かる。いや、ぜひ助けなくちゃならん」

「牧さん、落着いて下さい。お気の毒だが尼さんはもうだめです。とうのむかしに死んでます」

それを聞いた牧はベッドの端にどすんとくずれると、両手で頭をかかえこんでしまった。

「由木君、由木君」

早口に警部のよぶ声が聞こえる。何事かと思って出てみると、彼はひどく狼狽した表情で階段の上に立っていた。

「いま本署に電話をかけたんだ。犯人はきみ、安孫子じゃない。留置場から一歩もでていないというんだ」

由木は凝然として立ちすくんだ。いまのいままで彼らは、安孫子の犯行だと信じて疑わなかったのである。安孫子が留置場から一歩もそとにでなかったとなると、それは単に尼リリスを殺した犯人が彼でなかったというばかりでなく、あの連続殺人を犯したのも安孫子ではなかったことを意味する。原田と由木とはあまりに大きな打撃に口をきくこともならず、しばらく顔を見合わせていた。階下の客間から興奮した芸術家の声高なおしゃべりが聞こえてくる……。

ややあって、警部はしゃがれた声をだした。

「由木君、これで事態はいいほうに向かったよ。少なくとも、われわれにしてみれば立場が有利になったんだ。犯人は残るふたりのうちのどれかにちがいない。男か女か、牧か日高か。この両名をとことんまで追及すれば犯人がだれかという問題も判明する。ぼくは駐在所に連絡をとってくるぜ」

警部は下におり、由木はふたたび廊下をもどって今度は日高鉄子の部屋の前に立った。

彼女の寝室もまたしんとしたきり物音ひとつしない。四、五度声をかけ、思いきり大きな音でドアをたたいてようやく呼びだすことができた。閨房《けいぼう》に目ざめた美女が紅絹《もみ》の袖口から卵のように白い肘をのぞかせる図は、浮世絵によくみる画材でまことになまめかしいかぎりだが、目をしょぼつかせた鉄子の顔はまともに見ていられない。

「どうかしましたの？」

「また一人殺されました」

みじかくいって反応をうかがった。

女子画学生は、息をすってあえいだ。

「だれが殺されたんですの？　安孫子さんが脱走したんですか」

まるで皮肉をあびせられでもしたように、由木はにがい顔をした。

「犯人は安孫子君じゃありません。われわれは少しばかり勘ちがいをやっていたんです」

彼女はまぶしそうに目をしばたたかせた。

「殺されたのは万平さんじゃありません？」

「なぜ万平さんが殺されたというんです？　なにか理由でもあるんですか」

「いいえ、ただ、なんとなしにそう直感しただけ……」

「殺《や》られたのは尼リリスさんですよ」

「あらっ」

呆けたようにぽかんと口をあけている。手っとり早く質問をあびせてみたが、その返答は牧と同様で、夜中になんの音も聞かなかったというのだ。

「あなた、目ざといほうですか」

「ええ、たいていはちょっとした物音ですぐ目がさめるんですけど、疲れていたせいかしら」

「疲れていることはわかりますが、それにしても今朝は寝すぎやしませんか」

「なぜ?」

「だって、もう十時四十分をすぎてますよ」

「ほんとだわ。どうしたんでしょ」

手頸の時計に目をやって意外な面持ちだ。

「気分はいかがです」

「少し頭が重いですわ」

頭がすっきりしないことは由木も今朝経験した。ひょっとすると、睡眠剤を一服もられたのではあるまいかと思う。犯人が、殺人の邪魔をされぬために一同をねむらせることは、充分あり得るはずなのだ。ただ自分たちにくらべて牧と鉄子のねむりはあまりに深すぎるが、兇行現場として階上をえらんだからには、二階に寝るものに対してはより多量の睡眠剤をあたえて、多少の物音で目ざめぬようにしておくのは当然である。

ではどんな手段でのまされたのか。由木は自分が眠くなった時刻から逆算して、薬品はあのジュースに混入されていたにちがいないと考えた。彼が昨夜とった食物もしくは飲み物は夕食とそのジュース以外にないし、夕食に混入してあったならば、もっと早く眠ってしまったはずである。

「日高さん、昨夜わたしがご馳走になったジュースは、だれがこしらえてくれたのですか」

鉄子はなぜそのような質問をされるのかわかりかねた表情で、眠そうにまばたいた。

「尼さんですわ、なぜ？　……」

「尼さん以外にはだれもタッチしなかったんですか」

「ええ、昨晩はあのひと、独りでこさえてくれましたわ」

「もう一つうかがいますけど、あなた方の中で睡眠剤をもっているのはだれとだれです？」

「それも尼さんですわ。あんな朗らかな性格ですけど、ときどき気が昂ぶってねむられないことがあるんです。でも、そういう晩はブロバリンかなにかをのんで、お風呂に入ると効き目がでるんですって、ほかの人はそんなことないから睡眠剤などもっていません」

「だれかが尼さんの睡眠剤を失敬しようとした場合、簡単に手に入れることができますかね？」

「さあ、どうでしょうか。あたし、尼さんのお部屋に入ったこと一度もありませんから、そうしたこと知りませんわ」

ちょっと気色《けしき》ばんだ返事だった。要領を得ぬままに質問をうちきった由木は、睡眠剤を入手できたのがだれかという点を追及するために、ふたたび牧をたずねた。彼は依然としてベッドの端に腰かけ、向うをむいたまま頭をかかえこんでいた。由木は無遠慮に入っていくと、窓を背にして牧と向き合った。

「顔を上げてわたしの質問に答えて下さい。尼さんは睡眠剤を所持していたそうですな」

「ええ」

「だれかが睡眠剤を盗もうとしたら、どうです、簡単にとれますかね？」

「なぜ睡眠剤が問題になるんです？」

由木はかいつまんで推理を説明して聞かせた。

「……、そうか、それでこんなに眠いんだな」

ぼそぼそと独りごちるような口調だ。

「でも、そいつは難しいです。尼君は、ここで連続殺人がおきるようになってからひどく用心ぶかくなってきました。今度は自分が狙われるかもしれない。睡眠剤の瓶の中に青酸加里でもまぜられていたならば大変だなどといって、鍵をかけたスーツケースの中にこっそりしまっていました。ですから、尼君以外にスーツケースを開けられる人はいません。その用心もとうとう無駄になってしまって……」

セーヴしていた感情を押えきれなくなったのを、牧は声をふるわせて絶句した。

由木は困った面持ちで首をかしげていた。いままで知り得たかぎりでは、睡眠剤をのませた張本人は尼リリスということになりそうである。しかもその当人は被害者なのだ。すべてが矛盾してつじつまが合わない。

やがて由木はあきらめたように立ち上った。

「牧さん、この一連の連続殺人事件の真犯人はあなたと日高さんとのどちらかなんです。このことがはっきりするまできびしく監視しますから、そのつもりでいて下さい」

高圧的にでられて彼はピクリと眉を上げた。

「なんですって？　安孫子君が犯人じゃないのですか」

「それがその、われわれのほうも若干誤解をしとったですが、同君は無関係なことが判明しました。絶対に潔白です」

なかば呆れた面持ちで由木の顔をみつめていたが、何やらぶつぶつ呟いたかと思うと、それきり黙りこんでしまった。頭のしんがまだ充分覚醒しなくて、こみいったことを考えることができぬふうである。

廊下にでた由木は、両人のうちどちらを真犯人とすべきか決めかねて困惑しきっていた。鉄子は尼リリスの睡眠剤を入手することがむずかしい。一方牧は婚約者だからその点は容易だろうが、彼女を殺す動機が考えられない。

はてどうしたものだろうか、と思いながらポケットをまさぐって一服しようとした。ところがタバコをどこかにおき忘れたことに気づいて、いまいましそうに舌うちをした。タバコのみは意地がきたない。吸いたいと思うと矢もたてもたまらなくなる。どこにおき忘れたのであろうか、最後に火をつけたのはどこであったろうかとしばらく記憶をたどっているうちに、やっとのことで思いだすことができた。安孫子の部屋でカードを捜査したとき、思いもかけずトリカブトの根を発見し、その際一服つけたのが最後である。

そうだ、シガレットケースはあそこにおき忘れてきたのだ！　ようやく気がついて廊下にもどると、安孫子の部屋のドアをあけた。正面の窓にカーテンがたれているからほの暗い。由木はまよった表情で室内を見まわした。さて、この部屋のどこで吸ったんだっけ？

いくら考えてもその先が思いだせない。めんどうだ、片っ端から探してやれ！　カーテンをひきはらって室内を明るくすると、狂った浚渫機《しゅんせつき》のように手当り次第にひっかきまわした。そして洋服ダンスの扉を乱暴にあけたとたん、思いもかけぬものを見つけて、自分の目をうたぐった。

洋服ダンスの中には、安孫子が残していった二枚のアロハと二枚のカッターシャツがぶらさがっている。その片隅に、息をひそめて潜伏する犯罪者を思わせる恰好で、数枚のカードがそっと身をちぢめているのだ。手にとってみると、まぎれもなくあの一連の札である。スペードの８からキングにいたる六枚がちゃんと揃っていた。

由木は犯人の頭脳のよさをいまさらながら讃嘆していた。捜査ずみのこの洋服ダンスは一種の盲点となっているから、安孫子が帰って来るまでは二度と開けられることがない。彼（もしくは彼女）はそれを充分に勘定にいれた上で、ここを一時の安全な隠し場所としたにちがいないのである。

いまいましくも残念なことだが、これを隠した人間が牧であるか鉄子であるか、由木にはまったく見当がつかなかった。彼はしばらく呆然としてその場に立ちつづけていた。

「おい、由木君。由木君！」

階下のほうで警部の呼ぶ声がしたので、由木はわれにかえった。原田もまた、なにかを発見したらしいのだ。

星影竜三

一

「こっちだ、こっちだ」

いささかうわずった声である。叫ぶだけで場所をいわない。声をたよりに飛んでいくと、彼は浴室の扉口から大きな顔をのぞかせていた。浴室は調理室に入ったところの右手にある。

「どうしたんです」

「あれだ、あれだ、あれを見てくれ」

ふとい指が籐《とう》で編んだ脱衣籠をさしている。見ると、乱暴にぬぎすてられた女の服の上に、ブラジャーとパンティがおいてあるのだ。赤い花模様のワンピースには、由木も見覚えがあった。

「尼リリスの服ですな」

「ああ、おれも覚えている」

ガラス扉をあけて奥をのぞいた。浴槽のふたはとったままになっており、タイルのながしの上には石鹸と、タオルをひたした桶とがおいてあった。

「すると現場は――」

「ここだね」

無愛想な口調だった。由木に対して怒る理由がないのに、腹を立てているようだ。

「どうりで髪がぬれていると思いました。頭からシャワーを浴びている最中に……」

「まあ、そんなところだな。水を浴びていると他の物音は聞こえないから、犯人はなんなく近づけたわけだ」

「そこをグサリとやったんですな」

「いや」

と、警部はふとい首をふった。

「そうじゃあるまい。廊下には血がたれていないだろう。だから失神させただけなんだ。そいつを三階まではここび上げると、そこで刺したんだろうな」

「なぜ浴室で殺さないで、三階まではび上げると、三階まで連れていったのでしょうね」

「それはきみ、犯人に訊かねばわからんよ」

と、警部は不機嫌に答えた。大きな顔一面に、渋い表情をうかべている。

また由木は、あの、つねづね花の毛氈《もうせん》の上に寝て星を仰ぎながら死にたいという言葉を思いだした。犯人は、尼リリスを殺害したあと、せめて生前の彼女のロマンチックな望みだけでもかなえさせてやろうと考えたのではあるまいか。

「由木君、きみは覚えていないかな、日高鉄子が一昨日《おととい》語ったことを」

「どんなことをですか」

「犯人がヴァラエティに富んだ殺しをやるって感心していたことだよ」

由木も思いだした。

「だが今度はまた刺殺という手段をとっている、第三の事件とおなじようにね。彼女が主張するように、もし犯人が見栄で殺しに変化をつけていたとするならば、早くもアイディアが涸渇したことになるな」

由木はうなずいて同意した。そのくせ二人とも合点のいかぬ面持ちであった。原田警部のこの考えが早呑込みにすぎぬことがわかったのは、尼リリスの死体が解剖され、その報告を受けたときだったのである。

由木は話題を変え、忘れていたカード発見のいきさつを語った。

「見つけた？」

怒ったような顔でひったくると、今朝芝生の上でひろったスペードの7をポケットからとりだして、息をつめて見比べた。

「こりゃいいものが手に入ったぞ。愚図愚図していたらきみ、今度はこのトランプが役立たされたかも知れないぜ」

スペードの8を指でピンとはじいてみせると、七枚のカードを、満足げにポケットにおさめた。いままでの不機嫌が急に吹きとんでしまった。

「さ、あっちへ行こうか。駐在巡査はもう来ている。それから問題は食事だ。万平老人の具合がよかったら手伝わせてなにかつくってくれないか。お客をあのまま発たせるわけにゃいくまいからな」

原田はつとめてテキパキといったが、元気のあるのは表面だけのことで、ひと皮むけば由木と同様、頭のなかはすっかり混乱しているのだ。筋みちだったことを考えるのはまったく不可能な状態だった。

調理室のそばの万平の部屋をたずねてみたが、リューマチスは一向に恢復の気配がみえない。結局、食事の支度は洗面をすませた鉄子がすっかりやってくれた。その一挙一動に由木の監視の目が光っていたことは勿論である。

ほどなく大型のジープと小型トラックが死体運搬のために到着した。どちらの車も黒く塗られていたわけではなかったが、見るものには、死臭を嗅ぎつけていちはやく集まってくる不吉な鴉のように思えた。係官の一人は、尼リリスの死体を積みこむときに、不謹慎にもヤッコラサと声をかけた。牧数人は呆けた顔で、鉄子は怯えた表情をうかべてそれを見送った。

二人はプラスとプラスの磁石がはじき合うように、左右の石積柱のそばに離れて立っていた。

パーゴラの上の死体をテラスにおろしたさい、ちょっと意外なことが明らかにされた。それまでは、刺されたのちに投下されたものと考えられていたのだけれども、そうではなくて、彼女の背中をつらぬいた兇器は、蔓バラを押えるために植木屋がとりつけていった太い針金なのであった。とすると、犯人はそこにそうした針金のあることを知っていて死体を落したのであろうか。

朝食はそのあとで始まった。由木が手伝ってこんがりと焼けたパンを応接間にはこんだのだが、根が感受性のするどい芸術家のことであるから、食欲のでるはずもない。それにひきかえ原田警部と由木は生首をみたぐらいでどうということはなかった。朝食の時間がおくれたせいか平素よりも喰い気があるくらいである。口いっぱいにほおばった。

牧と鉄子はたがいに少しはなれた席に坐って黙々と口をうごかしている。僚友を失った鉄子と婚約者を失った牧と、これまた食欲が旺盛であるはずもなかろう。自分でパンを焼いたくせに、鉄子はほんの少しかじったきりだった。

赤い手をしているのは牧であるのか、鉄子であるのか、はたから見ただけでは全然見当がつかない。だが彼らにしてみれば、きわめて簡単な算術によって、どちらが犯人であるかちゃんとわかっているわけだ。自分が潔白ならば犯人は相手にきまっている。だから一夜明けたいまの二人は相互によそよそしく、伏せた眸の中にははげしい敵意と警戒の色がみてとれるようだった。

やがて食事がすむと牧は無言のまま二階へ上っていったが、鉄子は椅子にかけたきりしばらく居心地わるそうにしていた。

「……あのう、あたし、牧さんと二人きりで二階にいるのこわいんです」

「なぜです？」

「だって……。あの人、精神がおかしくなっているのじゃないでしょうか。そんなひとと二人きりでいるの、いやですわ」

「するとあなたは、牧君が犯人だといわれるんですな？」

警部の言葉は、いやに念をおすふうに聞こえた。

「だって、あたしがやったのでないなら、あの人に決ってるじゃありませんか」

鉄子の返事には不服そうな調子がある。

「それはそうだが……。しかし、牧君が相愛の尼君をなぜ殺す必要があるだろう？」

鉄子に質問したところで、彼女が答えられるはずもない。原田は少しはなれた椅子に坐っている由木刑事に問いかけたのである。しかし、答えたのは鉄子だった。

「そんなこと、あたし知りませんわ。ただ……」

「ただ、なんです？」

「ただ、恐ろしいんです。今度わたしが殺される番じゃないかと思って……」

身をすぼめて怯えた眸になった。警部は素直に彼女の言葉をうけとることはできなかった。

いうまでもないことだが、日高鉄子にもまた疑ぐる余地があると思っていたからである。

「まさか、真っ昼間に殺人事件がおきるはずもないですよ。わたしの考えでは、もうこれ以上殺人はあるまいと思うのですがね。仮りにあなたが殺されたとしたら、のこった牧君が犯人であることは明白となります。そうした愚かなまねを犯人がやるはずはないです。それともあなたには、牧君に殺されても然るべき理由がおありなんですか」

「ありませんわ。でもあの人だったらねえ……」

と、まだ心配そうである。

「ま、部屋に入ったら鍵をかけておくことですな。それでも心配だといわれるならば、本署から警官が来るまで由木君に警戒してもらってもいいです」

「お願いしますわ」

ほっとした面持ちで鉄子が食堂からでていこうとすると、警部はにわかにそれを止めた。

「あら、なにかご用？」

「あなたは、皆さんとここに来られてから、中途で一度東京へお帰りになりましたね？」

「ええ」

原田警部がなにをいいだすのかわからないものだから、とまどった表情だった。

「東京へもどられたのはいつです？」

「二十一日の午前中ですわ」

「二十日に来られて、つぎの日に帰られたというのはどうしたわけです？」

「あたくしを疑っていらっしゃるのね」

醜い顔が、原田警部を軽蔑するようにゆがんだ。

「いや、疑ぐる疑ぐらぬということより以前の問題ですよ。生きのこった人間があなたと牧さんの両名だとなると、犯人はそのどちらかに相違ありませんからな。牧さんの行動も徹底的に調べますが、しかし日高さんの動静についても、一点のくもりもないように明白にしておく必要があるんです」

「わかりましたわ。絵具が一本たりないことに気づいたんで、買いにもどったんです」

「その説明は由木君からも聞きましたよ。しかし、わたしはどうも納得できんのです。われわれ素人ならともかく、あなたがた専門家が絵具を忘れるとは信じられん。考えてもごらんなさい、兵隊が鉄砲も持たずに戦場にいくことがあるでしょうか」

警部は話が長びくと思ったのか坐るようにすすめたが、鉄子はかたくなに首をふって立ったままでいる。

「……加うるにです、絵具を買った以上は明日にでも帰ってこられるにもかかわらず、あなたはそうなさらなかった。二十一日に東京へもどって、そのまま二十三日まで向うにいらしたじゃありませんか」

そうつっ込まれて鉄子は一層ふてぶてしい顔つきで、相手の肥った顔を見つめていた。

「本当のことをいいますと、ここの空気が面白くないから帰ったんですわ。ご存じかもしれませんけど、不愉快なことがあったんです」

不快なことというのは、懸想《けそう》していた橘を紗絽女にうばわれた一件をさすのであろう。警部はだまって目でうなずいてみせた。

「そんなわけで、気分転換のつもりで東京でぶらぶらしているうちに、紗絽女さんやお花さんや橘さんたちが殺される事件がおきたもんですから、恐しくなって余計にもどる気がしなくなったんです。でも、荷物がこちらにおいたままになっていますし、お友達が殺されたというのに知らぬふりもできないと思ったので帰ってきたんですわ。二条さんも行ってみたいとおっしゃるし……」

「荷物をのこしたまま東京へもどられたというのは、他日ふたたびりら荘に帰ってくるつもりだったからですね？」

「ええ」

「それほど不愉快なことがあったのなら、つまりここを飛びだしたいくらいに不快なことがあったならば、いっそのこと最初から荷物を持って東京へ帰ればいいじゃありませんか」

と、原田は相手をのぞきこむようにして追及した。彼女ははじめて微かなたじろぎのいろを見せた。

「……ここで絵をかきたかったからです。不愉快なことから逃避したいという世俗的な気持と、ここで絵をかいてみたいという芸術的な意欲がまじりあっていたんです」

「何枚かかれました？」

「まあ、かく暇などあるはずがないじゃありませんか。二条さんが殺されたのにつづいて、その血が乾くまもなく今度は尼さんが殺される。これでは落着いてキャンバスに向う気持になれるもんですか」

喰ってかかるような口吻だ。

「牧さんだって安孫子さんだって、歌の練習なさったこと一度もないですわ。それとおなじことなんです」

「わかりました、わかりました」

原田はいささか辟易したようだった。

「とにかくですな、先程も申したとおりあなたと牧君の行動ははっきりさせる必要があります。そこで、あなたが二十一日に東京へお帰りになってから、二十三日に向うを発ってここに戻ってこられるまでの三日間の動静を、よく思いだしてメモにして頂きたいのです。とくに二十二日、つまり橘君や松平君、お花さんが殺された日の行動は念入りに書いてもらいたい。いいですか」

鉄子は、いかにも疑られたのが心外だといいたげに警部をにらみつけていたが、やがて黙って食堂をでていった。由木もすぐあとにつづいて二階へ上る。彼女の心配を、単なる取越苦労として黙殺するだけの根拠は、彼にもなかった。由木は廊下の端にたたずんで、鉄子と牧の部屋の扉にそれとなく警戒の視線をなげていた。

三十分もたたぬころ、鉄子の扉がかたりと音をたてて開くと、そっと由木を手招きして、ノートの切れはしに細かい文字でしたためたメモをさしだした。

「これでいいでしょうか」

いくぶん機嫌のなおった声だった。

「どれどれ」

と由木は手にとって、すばやく紙面に目をはしらせた。

「結構だと思いますな。警部に見せてきます」

「あたしを犯人だとお思いになるのは結構ですけど、早くもどってきて頂きたいですわ。一つしかない命ですもの、殺されるのはたまりません」

小さな声でいうと、向う側の牧の扉を、レンズの奥の腫れぼったい一重瞼の目でそっと見た。鉄子が内側からドアに鍵をかける音を耳にしてから、由木は廊下におり、原田警部の姿をもとめた。

その原田はテラスの端に立ちつくして、じっと彫像のように思いにふけっていた。犯人が二人の男女に限定されてみると、日高鉄子に対する疑惑が、真夏の空の積乱雲のように勃然とわき上ってくるのを覚える。鉄子は東京へ帰ったと称しているけれど、はたしてそれは事実だろうか。東京にもどったとみせかけて、ひそかにこの近辺に身をかくしていたならば、獅子ケ岩で橘を襲うことも、裏庭でお花さんを葬ることも容易であったろうし、深夜に荘内の廊下にしのび込んで行武を倒すこともまた、決して不可能ではないと思うのだ。原田は由木刑事がさしだした紙片にするどい視線をはしらせた。

メモによると彼女は、二十一日の昼間、絵具を買いがてら銀座を歩いて、夕方下宿にもどっている。問題の二十二日は日中を洗濯などをして過してから、夜は自分の部屋で読書したと称しているのだった。

「由木君、手のあいている者を東京へ出張させて、調査してもらおうと思うんだ。きみ、ちょっと駐在所まで行って本署に電話してくれないか」

「電話はここにもあるじゃありませんか」

「彼女には聞かせぬほうがいい。このメモを持っていきたまえ」

「はあ」と、由木は即座に立ち去った。

霊柩車が到着したのはそれから十分ほど後である。急に応接間のあたりがざわめいてきた。待機していた芸術家たちが二条の棺をかつぎだしていったのだ。警部もこれを見送るべく本玄関に廻った。痩身の未亡人は相つぐ変事にすっかりとりのぼせて涙もでないようだ。立っているのがやっと、という風に見える。

警部の姿を見かけて、顎鬚をはやしたベレ帽が近づいてくると、未亡人たちは寄居の宿屋に泊ることにしたからと告げた。本来ならば今夜はここに一泊して骨あげに行く予定になっていたのが、物騒なりら荘にすっかりあいそをつかしたらしい。つぎの犠牲者にまつり上げられるのは真っ平だという気持が、彼の顔に露骨にあらわれていた。とりもなおさず、それは警察力への不信を意味している。原田は、情けなくもまた憤りたい複雑な気持をおさえて、諒解した旨の返事をした。

二条の未亡人と二、三人の友人代表がハイヤーにのって棺を追ってでたあと、それを見送った芸術家たちは応接間にもどって、各自のつぶれたタバコの箱などをポケットにねじこみ、やっと解放された思いの声高で喋りながら靴をはいた。そして外に立つとあらためて事件のあったテラスやパーゴラを離れたところでながめ、そろって鉄の門から歩き去っていった。

とたんにりら荘はあらゆる物音をのこらず持ちだされてしまったかのように、死の家らしいしずけさにもどった。あのにぎやかでお喋りな尼リリスがいなくなったためであろうか、その静寂は、いままでになく痛いほどに感じられるのだ。原田はひとけのない食堂にもどると、ドサリと椅子に坐って、気ぬけした表情で頬杖をついていた。

やがて玄関に元気な靴音がしたと思うと、連絡をすませた由木刑事が帰ってきた。

「やあご苦労、どうだった？」

「本署から県本部を通じて申し入れをし、ひまな者を行かせてくれることになりました。なるべく早く報告をくれるよう無理をいっておきましたが……」

彼も家のなかのしずまり返った空気にはすぐ気づいたらしい。

「絵の先生たちは帰ったんですか」

「いま帰った。未亡人たちも、もうここには戻ってこないよ。寄居の旅館にとまるそうだ」

「おやおや、われわれ見限られたとみえますな」

口元をゆがめて苦笑いをしている。

正午過ぎに橋本《はしもと》検事の一行が三台の車をのりつけたが、そのいずれもがしぶい顔をしているのは、原田たちが終夜応接間に坐っていたにもかかわらず、目と鼻の先に発生した事件を防止できなかったことを非難するためか、安孫子を犯人と誤って断定した自分たちの捜査のいたらなさに腹を立てているためか。

原田も由木も、いくぶん具合のわるそうな不面目な表情で一行をテラスに案内し、さらにパーゴラの上の窓口にみちびいた。現場写真がとられたのち、死体を収容するのに時間をくって、検証がおわったのは三時を過ぎた頃である。ただちに応接間で訊問が開始された。

牧数人と日高鉄子はべつべつに呼ばれてきびしい質問をうけたが、得るところはほとんどない。ジュースに睡眠剤が入っていたらしいことが明らかになった程度で、新事実の発見はなかった。その途中で一人の警官が一升瓶をさげてくると、ぬき忘れられていた浴槽の水をつめていった。大学の研究室から依頼されたというのみで目的についてはつまびらかにされなかったが、訊問の最中だったために、検事のほうでもくわしく追及しなかったのである。

訊問がすむと、休むことなしに捜査会議がはじまった。一同はいそがしそうに扇子をつかい、ハンカチで汗をふきながら、白熱の論議をたたかわせた。検事も署長も刑事たちもあらゆる細かい点を検討しつくして、西日に照されたカンナが庭にながいかげをひく頃に、日高鉄子犯人説が出席者のほとんどの支持を得る結果になった。彼女が帰京したとみせかけてこの近辺に身をひそめていたと仮定してみると、牧数人に比較してはるかに楽に犯行の説明がつく。まだまだ不明の点は多くあるけれども、それは今後の調査がすすむにつれて明らかになるであろう。結論はそうしたところにおちついて、席上にはほっとした空気がながれかけた。

解剖の結果がもたらされたのは、その時分である。検事の一行を驚かせたのは尼リリスの死因であった。左の肩胛骨《けんこうこつ》の下部にささった針金のために死亡したのではなくて、溺死だというのだ。肺と胃のなかにかなりの量の水が入っていることから、浴槽のなかで溺死させられたのち、さらにパーゴラの上からなげ捨てられたことになる。器官のなかに充満していた水と浴槽から汲みだした水とを分析し比較した結果、この推定には誤りがないという。

「すると、あの針金がつき刺さったときはすでに死んでいたというわけか」

と、しなびた顔の署長がいった。しわだらけになったのは腸チフスをやったからで、それ以前は生気潑剌《せいきはつらつ》とした美男子だったと自慢している。

「そういわれてみるとそうですな。もし生体につき刺さったならば、現場一帯に血がとび散っていなくてはならない」

大きな体をちぢめるようにして原田警部は面目なさそうだった。それまで大勢を決していた形の日高鉄子犯人説にとってかわって、あらためて牧数人がクローズアップされてきた。

「死体を三階までかついでいったとすると、これは男の仕事だね。彼女には体力的に不可能だろうからな」

「しかしですね、北海道のヒグマが馬を襲うときは半殺しにしておいて、前脚をかついでいくそうではないですか。馬のやつはまだなかば意識がのこっているから、後脚で歩いていくという。ちょっと、故障した車を牽いていくレッカー車みたいですが……」

「なるほどね。尼リリスを半死半生にしておけば、女でも彼女を三階へつれて上ることは可能だというんだね？」

「ええ。われわれが酔っ払った友達と肩をくんで歩くみたいにやればですね」

「そう上手くいくだろうか。溺れかけたものを扱った経験はないんだが」

と、署長は懐疑的だった。

「しかしね、相手は素っ裸なんだよ。そんな光景を目撃されれば、日高鉄子としては釈明の仕様がない」

検事は頭から否定した。

「それは牧としても同じではないですか。裸の女を抱えていくのですから」

「だが牧の場合は婚約者を抱いているんだ。浴槽の中で眠っていたから、すくい上げて部屋につれていくんだという弁解ができる。日高鉄子に比べると、それほど人目をおそれる必要はなかったんじゃないかな」

大半のものが検事の説に同調した。尼リリスが眠っている云々と検事が発言したのは、胃の中から微量の尿素系の睡眠薬の存在が立証されたからである。微量だったのはあらかた吸収されてしまったためであった。嚥《の》んだ量もしくはのまされた量が少ないというわけではない。

「浴槽で溺死させるというと、第一次大戦当時のイギリスに有名な事件があったね。あれは犯人が夫だったから浴室に入っていけたわけだが、今度のケースでも牧は婚約者なんだし、あの日高鉄子は同性なんだから、どちらがやっても、被害者としては安心していたことになる。もし由木君でも入ったら、裂帛《れっぱく》の悲鳴をあげたろうけどね」

由木は黙って苦笑していた。そして部屋のなかが暗くなったのに気づいて立ち上ったとき、電話のベルが鳴った。由木は廊下にでていった。

「ええ、読んで下さい。こちら署長も検事もそろっておいでです」

由木のたかぶった声は応接間にもつつぬけに聞こえてくる。最初のうちは何を話し合っているのかわからなかったが、そのうちに、日高鉄子のアリバイ調査の報告だということがのみ込めてきた。一瞬一座はしんとなる。署長も、検事も警部も、応援に来ている数名の刑事たちも、耳をそばだてて、由木の短い相槌のうち方から吉凶を判断しようとつとめていた。

やがて通話はおわって受話器をかける音がした。ついで由木が入口にあらわれたが、興奮していくのか目が光っている。

　由木は一歩入ったところに立ち止って、一同の顔を見渡しながら言葉をつづけた。

「日高鉄子が東京にいたことは絶対に間違いないという返事です」

　検事が立ち上がりかけた。

「その結果、二十一日に東京の下宿にもどって二十三日に向うを発つまでの三日間の動静は、彼女のメモのとおりであるというのです。とくに二十二日の行動に重点をおいて調べてくれたんですけど、これも間違いありません」

　沈黙が支配した。検事は由木の顔を穴のあくほど見つめている。あとの連中は無言のまま顔を見合わせていた。

「……信じられん」

　ややあって検事がポツリとつぶやいた。

「……信じねばならん」

　と署長が弱々しく応じた。ふたたび沈黙がつづいた。

「そうだ、信じねばならん。警視庁の調査とあれば信じなくてはならない」

　と、検事は結論をつけた。髪はすっかり後退してしまっているが、四十歳というわかさだ。ふちの太い眼鏡をかけているせいか、顔を見ているとある種の昆虫を連想する。

「すると犯人は牧数人ということになるが、先程も検討したとおり、彼を犯人とするには数々の困難がある。あり過ぎる……」

　検事はながい指を卓上にひろげて、一つ一つ勘定しながらそれを折っていった。

「炭焼きが殺されたとき、りら荘をはなれなかったというアリバイがある。松平紗絽女のカップに毒を入れるチャンスがない。橘和夫が獅子ケ岩で殺された際には、川下で農夫と話をしていたというアリバイがある」

「それに、動機が考えられない」

　また沈黙がつづいた。蛍光灯がはげしくまたたきをした。片手で神経質に扇子をもてあそんでいた検事が、音をたててそれをテーブルになげだすと、ずらりとならんだ渋面を見廻して口をきった。

「どうもこの事件はわれわれの手に負えない。二条義房という男が真相をみぬいたという話だが、残念ながらわれわれにはなに一つとしてつかめたものがありません。わたしはいま、ふと妙案を思いうかべたのだが、これによればかならず事件を解決することができると思う」

「なんです、それは？」

「わたしが東京在勤中つき合った人間に、星影《ほしかげ》竜三《りゅうぞう》という素人探偵がおるのです。素人探偵といっては語弊《ごへい》があるけど、われわれとはまったく無縁の畑ちがいの人間だ。が、ふしぎなことに、犯罪事件の推理になみなみならぬ才能をもっておるのです。この先生に解決を依頼してみたらどうかと思うのだが……。勿論本人は謝礼を要求するわけではなし、事件の謎を解いたからといって、それを吹聴するわけでもない。その点、決して心配はいりません」

きりつめられた捜査費用から足を出すようなことになっても困るし、警察の非力を宣伝されるようでも困る。一座はふたたび顔を見合わせて、ひそひそと囁いた。しかし検事の自信にみちた説明が力あってか、だれも反対するものはなかった。

「星影竜三……？」

「そう、星影竜三です」

「あなたの提案に異議があるわけではないが、あまり聞いたことのない名ですな」

署長はいくぶん心もとなさそうな口調だった。

「そこがそれ、表面に立って名を売ろうなんてつまらんことを考えないからですよ」

検事は必要を感じて、この素人探偵が知恵をかしたがために解決をみた事件の二、三を引用してみせた。それらの中でも、ある医大の解剖室でおきた殺人事件のエピソードが、人々の関心をひいたようであった。深夜の解剖台の上で女子医学生が惨殺され、解体切断された。この事件は、解剖室の二重の扉も窓もそれぞれ厳重に施錠されていたことにより、にわかに謎を深めたのである。扉の鍵は責任者が保管しており、だれにも渡さなかったことが明白となった。その密閉された解剖室に、犯人はどうやって出入し犯行したのだろうか。星影竜三はこの難問をあざやかに解明するとともに、犯人の正体をみごとに推理し指摘してみせたのだった。

検事のこうした話が終った頃、ようやく一同は、星影竜三なる人物に信頼と期待と興味の念をいだきはじめたかにみえた。

「ではその、星影さんとやらに頼んでみましょうか」

「賛成だな。だが、すぐ引き受けてくれるだろうか」

原田警部が不安そうに声をひくめた。本来ならば、局外者に事件の解決をゆだねることに賛意を表するような彼ではない。だれにもまして、当局の面子というものを気にする人間である。

「わたしが直接頼んでみれば、それに本人が多忙でなければたいてい大丈夫だと思いますな。ただ断っておかなくちゃならんことは、先生少々変りものでね。いや、変人というほどではないが傲岸不遜なんです。気に入らん人間とは口もきかないというわがままなところがある。しかし彼の世話になるのだから、多少のことは、大目にみて我慢してもらうんですな」

検事はそう語って、疲れた顔をニヤリとさせた。この日の捜査会議は事件の解決を星影竜三氏に依頼すること及び、安孫子宏をただちに釈放することを決議して、解散となったのである。尼リリスの両親がマーキュリーを乗りつけたのは、ちょうどその頃だった。

二

検事の一行が帰ったあと、原田警部と由木刑事は牧たちとつれだって尼リリスの遺族に会い、くやみを述べた。母親は胸に大袈裟なタックをとった小豆《あずき》色のワンピースをきて、小さなレンズの近眼鏡をかけ、娘とちがって体つきも小柄であるし色も黒かった。しかし他人の思惑などてんから無視してずけずけ口をきくところが、やはりリリスそっくりであることを、間もなく原田たちも思い知らされたのである。

彼女がリリスの死をさぞ悲しむであろうと思ったのは、仏教徒である原田たちの思い違いであった。この骨ばったヒステリタイプの婦人は昂然と肩をゆすぶり鼻の孔を思いきりふくらませて、パリサイ人《びと》をながめるキリストのような顔をすると、娘が天なる神に召されたのはクリスチャンとしてまことに幸福であるという意味のことを述べて一同を仰天させたきり、あとはむっつりおし黙って、口をきこうとはしなかった。しかしそれも無理ないことではあった。このなかにわが子の命をうばった憎いやつめが混っているのだし、原田警部と由木刑事ときては頭上のパーゴラに死体がなげおとされたのも知らずに眠っていた能なし警官なのだから、顔をみるだけでも癪にさわるはずだ。いくらなんでも、娘が殺されたことを、まさか本気で幸福だと思っているわけでもあるまい。

リリスの父親というのは、むくんだような浅黒い顔にもっさりした髭を生やした肥大漢で、肥っていることはリリスによく似ているけれども、よくもまあ色白の娘が生まれたものだとふしぎな気もする。彼は以前代議士をしていた時分に収賄事件がばれて小菅《こすげ》入りした経験の持主であるが、それ以来とんと人気がなくなって選挙のたびに連続落選のうきめにあっていた。勢力挽回のつもりで手をつけた軽工業の会社も赤字つづきの有様で、この二、三年すっかり意気銷沈の状態であった。そこにただ一人の愛娘《まなむすめ》が殺されたものだから、魂をぬかれたデクの坊みたいになっている。

「もうじきお夕食の仕度ができますけど」

「いいえ、あたしたちはサンドイッチ持ってきたから結構。あなた、リリちゃんの荷物を車にはこんで頂戴。なにぼやぼやしているの、こっちよ！」

鉄子に敵意をこめた視線をあびせておき、もと代議士に気合をかけて、二階のリリスの部屋に上がっていった。他人が見ていなかったならば耳をつかんで引きずってゆきそうな剣幕である。階段の下に立って一同はただ苦笑いをするばかり、すっかり女丈夫《じょじょうふ》に気をのまれた形だった。

また夕食の時刻がめぐってきた。食欲もなければ話題もはずまぬ、気だるく陰気な食事がはじまった。このおなじテーブルに七人の若者が顔をそろえて、婚約したの失恋したのと悲《ひ》喜《き》こもごもの青春劇の幕をあげたのは、つい一週間前の夕方である。わずかのあいだに四人も減ったその変化のはげしさをかえりみると、悲哀よりも恐怖よりも、まず驚きの念が先にたつのであった。

いま食卓についているのは牧と鉄子と原田たちの四人に加えて、ついいましがた警察ジープで送り返された安孫子宏である。食卓の空気が重くるしいとはいえ、釈放された安孫子の表情は明るく、一方アリバイが認められて嫌疑のはれた鉄子もうれしそうだ。原田たちの監視の目が、自分ひとりにあびせられていることを意識している牧は、先程からだまってまずそうに口を動かしていた。

しかし、かつて安孫子も鉄子も殺人の嫌疑をこうむり、そしてふたたび疑惑がはれたことを思ってみると、これはりら荘にいるだれしもが一度はかからねばならぬハシカだともいえよう。とするなら、今度は牧が罹患《りかん》する番であるし、余病を併発せぬかぎりは、やがて恢復することであろう。余病を併発せぬかぎりは……。

すっかり暗くなってから、尼リリスの死体が白木の棺に入れられて戻ってきた。あの元気だったミソサザイのような饒舌家、人を人とも思わぬ勝気なわがまま娘の尼リリスが、このようにものもいわぬ死体となって帰ってきたことを、だれもがまだ信じられぬ面持ちで迎えた。まして事件当時その場にいなかった安孫子には、一層この感がふかいらしい。

リリスの母親は手をかそうとする牧たちをにべもなく拒絶して、自分たちの手で棺をマーキュリーの後部に移すと、毒のある視線を一同になげておいて闇のなかに消えていった。無能な警察官を侮蔑するような後味わるい一瞥をくれて……。

三

このりら荘に星影竜三が姿を見せたのは、翌る二十八日の午後であった。そのとき学生たちは食堂のテーブルに坐って、銘々が勝手に本をよんだり、ぼんやり考えごとをしたりしていた。彼らをひとつ所に集めたのは原田や由木が監視をするのに便利だからであり、三人の男女は係官のこうした指図に不平をいうにはあまりにも元気がなくなりすぎていた。牧も鉄子も虚脱したように無気力になり、多少とも活気ののこっているのは安孫子だけであるが、彼とても犯人扱いをされた暗い数日間の経験が、肉体的にも精神的にもこたえていることは明らかだった。

原田たちは、さきに東京へ赴いた橋本検事から素人探偵出馬応諾の報を得ていたが、勿論学生たちはなに一つ聞かされてなかった。だから検事が星影をつれて到着しても、相変らず無気力な面持ちで、まるでアヘン患者のように反応一つおこさなかったのである。

食堂の監視を到着した三人の刑事にまかせて、原田と由木は応接間に入った。リリスの通夜の席のあとはすでに片づけられて、いつものように大きなテーブルが部屋の中央にすえられてある。咲きつづけていた赤いカンナもついに盛りをすぎたとみえ、しぼみかけて黒ずんだその姿はトウの立った美人を連想させるのだった。

原田たちはこの部屋で、星影と初対面の挨拶をかわした。色白の、ととのった顔に気障なコールマン髭を生やした中年の紳士は、よほど身なりに気をつかうとみえてじつにあかぬけした服装をしている。すぐ気づいたのはテーブルの上にのせた華奢な手の指だが、それは芸術家のように先がほそく、形のいい爪が美しくみがかれていた。検事がいうほど傲慢無礼な人間にはみえないけれども、眉のあたりに神経質な気短かそうなピリリとしたものが漂っていて、それが対座するものに一種の警戒心を起させるのだ。要するに原田たちのうけた第一印象は、くつろいで語ることのできぬ気づまりな男ということであった。

星影は捜査担当者の口からもう一度事件の内容をくわしく聞きたいと希望したので、原田警部は手帳をひろげて、いかなる些細なことも見逃すまいとするように、注意をはらって語りはじめた。

「最初に殺されたのは炭焼きの須田佐吉という男でして、これが尼リリスのレインコートを盗んで頭からかぶって歩いていたというのが、そもそもの間違いのもとなんです。彼はここからさらに四キロほど山奥の小屋に住んでいて炭を焼いているんですが、事件当日は営林署に用事があったため山をおりて、その帰りみちに遭難したわけです」

星影は黙って発言者の目をみつめている。おのれの才能に自信を持った人間がよくみせる、あの落着いた視線だった。

「はじめ私は、コソ泥をやるのが目的でここに忍びこんだのかと思ったんですが、殺されたあとで彼の妻君や炭焼き仲間に訊いてみると、決してそんな悪人じゃないという。ですからレインコートを盗んだのもおそらく出来心なんでしょう。たまたまこの近所を通りかかったとき、内部からもれてくるわかい男女の声にふと興味を感じて裏玄関からのぞいてみた。ところが鼻の先にレインコートがおいてあってだれもいない。おりから雨が降っていたことでもあるし、ついふらふらと失敬する気になったのじゃないかと思ったわけです」

「それで？」

「その日は朝から霧雨が降っていたものですから、須田は盗んだレインコートをかかえて用件をすませると、それを頭からかぶって山へ帰りつつあったらしいのです。町中でそんなものをかぶっていては人から怪しまれますし、また営林署の連中にきいてみても署に寄ったときはまだレインコートをかぶっていなかったという。ですから山路にさしかかって人目がなくなってから、安心してそれを着用したのではないかと想像するわけです。……そのころ霧雨はやみかけていたので、この寮にあそびにきた連中の中には散歩に出かけたものがいる。たまたま炭焼きの姿を見て、女物のレインコートをかぶっていたためにその人物を尼リリスもしくは松平紗絽女と誤認して、油断をみすまして崖からつきおとしたものと考えておるのです。現場は絶壁のふちをとおっているほそい山路でして、雨の日はとくに危険なところなものですから、毎年事故がある。いきなりつきとばされれば、屈強な男でもひとたまりもありません。つるりと辷《すべ》った跡がついていましたよ」

「犯人の足跡はどうですか？」

と、星影がはじめて質問した。

「ええ、なにぶん悪がしこいやつですからね、自分の足跡を残すようなヘマはやりませんよ。草の上をふんで接近すればむずかしいことじゃないですし、二条義房を殺したときも草履をはいて足跡をかくすと、あとでその履物を風呂のかまどに放りこんで処分していますからな」

星影はまばたきもせず警部の顔を見つめていたが、ややあって訊いた。

「もう一つ疑問があります。須田という炭焼きが雨具ほしさにレインコートを盗ったとのことですが、当日朝から霧雨がふっていたとすると、本人は山をおりたときすでに蓑《みの》なり合羽なりを着ていたと思うのです。これがさらにレインコートをぬすんで着るということは考えられない。屋上屋《おくじょうおく》をかさねることになるんじゃないんですか。この点どうですか」

「さあ、そいつは……」

原田の顔に動揺のいろがうかんだ。炭焼き小屋に妻女を訪問してはみたけれど、そこまでは訊かなかったのである。なるほど、噂にたがわぬ頭のするどい男だ。

「あとで結構ですからその点をはっきりさせて下さい」

「はあ、いま刑事を呼んでしらべさせます」

少々面目を失った彼は、食堂につめている刑事を呼んで、炭焼き小屋まで行ってくるように命じた。

刑事が出ていくと、星影はふたたび口をひらいた。

「もう一つ、崖から下におりることができるのですか」

「ええ、ずっと廻りみちになりますけど、河原に降りることはできます」

星影は軽くうなずいて、話の先をうながした。

警部は炭焼き殺しの際の各人のアリバイを語ったのち、順に松平紗絽女、橘和夫、お花さん等々の事件に言及した。動機とアリバイと可能性の問題について、星影は無愛想な、しかしするどい質問をこころみた。警部が由木の助力をかりてそれに答える場面も何回かあった。

原田との質疑応答が終ると彼は席を食堂にうつして、ここであらたに学生たちを相手に座談をはじめることにした。

星影の端整な、どこか気むずかしげな容貌をみたとたんに、学生たちは一様にピンと緊張したいろをみせた。星影は彼らの気分をやわらげるようにつとめながら、若者たちがここにやって来てからのさまざまな出来事を思いだすままに語ってもらった。話のタネがつきそうになると、「まだあるでしょう、なんでもいいのです、思いつくままに喋って下さい」といって三人を鞭うち、せき立て、励ましながら、日毎のトラブルや軋轢《あつれき》のみならず、お花さんが笑ったとか、二条義房が怒ったとか、原田たちが聞いてはあくびのでそうなつまらぬことを、微に入り細をうがって聞きほじっていた。星影の表情は異常に熱心である。

「だんだんわかってくるよ」

食堂を出たときこの素人探偵は、満足そうな表情をうかべて検事をかえりみた。

「二十二日の夜明け前に、尼君がトイレットの帰りに経験したという話をどう考えるかね。そのとき食堂の中にひそんでいた人物はだれで、なぜハートの3とクラブのジャックを盗んだのか、それについて説明できるか」

「いや、それは全然……。二条義房もその点だけは解釈できないといったが」

「それじゃぼくと一緒に来たまえ。きみにヒントを与えてやろう」

「どこへ？」

「園山万平老人のところにさ。しかし他の諸君には待っていてもらいます。かれは気の小さい男だというから、大勢で押しかけてびっくりさせるのは避けたほうがいい」

検事の案内で星影は園山老人をたずねた。まだ、リューマチスが痛むらしく、ほとんど身動きができないという。白い不精髭が頰から顎にかけてうす汚くのびて、いかにも老いさらばえた感じだった。

「園山さん」

と、星影はゆっくりと声をかけた。

「あんたが酒好きだと聞いているので、あとで酒屋から特級酒を一本お見舞に上げるが……」

「ああ」

万平はうすきみ悪そうに、寝たままの恰好で星影の顔を見上げていた。

「それとも洋酒のほうがいいか」

「洋酒はだめだ」

「ほほう、日本酒のほうがいいのか、洋酒はなぜいやかね？」

「あんな酒は嫌えだ。甘かったり薄荷が入っていたり……」

そこまでいいかけたとき、万平のにぶい顔がそれとわかるほどにハッとした。

「ぼくは約束をまもる男だよ。きみが日本酒が好きだというなら日本酒を上げる。そのかわり、きみも本当のことを話してくれなくちゃいけないぜ」

万平はだまって力なく目をしょぼしょぼさせた。しわのなかに怯えと狼狽のいりまじった不安な表情だった。

「あの学生たちの持ってきた洋酒の瓶が食堂の棚にのせてあったのを知ってるね？」

「ああ」

「あれを夜毎に呑んでいたのはきみだね？」

万平は布団の中で身をちぢめた。

「べつに心配しなくてもいいんだよ」

星影は笑ってみせた。

「ぼくらが探しているのはお花さんたちを殺した犯人なんだ。あんな酒を呑んだからといって、そんなことをとやかくいいはしない」

「うン」

「間違っていたら訂正してもらいたいんだが、きみは夜中になるとお花さんの寝息をうかがって、そっと寝床をでた。そして食堂にしのび込んであの酒を呑んでいたのだね」

「ああ」

万平は観念したように目をつぶった。

星影はおだやかな調子で訊問をつづけ、お花さんがケチで酒を呑ませてくれないためホームバーのセットに誘惑されたこと、二十日深更から二十二日の払暁にかけて毎夜呑みに出かけたこと、その二十二日にはだれかがトイレットに降りてきた気配がしたので発見されたら大変と蒼くなってちぢこまっていたこと、女房が殺されてから以後は身をつつしんでいるが、すでにあらかた呑んでしまったこと等々を訊きだした。

「そのとき棚においてあったカードをいじったのはきみかい？」

「おれじゃねえ」

と、彼は枕の上で無造作に首をふった。

「ほんとかね？　あのカードのなかから二枚の札を抜きだしたのはきみじゃないのか」

「おれがいじったのは酒の瓶だけだ」

万平が小心で嘘のつける男でないことは、一見すればわかる。この老人がハートの3とクラブのジャックを盗んで、なんの役に立つというのか。

万平の部屋はすでに暗かった。星影竜三は電灯のスイッチをいれるともう一度日本酒の贈物の約束をして、廊下に出た。いまの訊問で得たことを整理するかのように二人はちょっとの間を無言で歩いていたが、やがて星影が口をひらいた。

「きみ、どう思う？」

「あいつは仮病じゃないかな。だれも万平を診察したものはないしさ、ほんとに身動きできないのかどうか、大いに疑問だと思うな」

「ぼくのいうのはそうじゃない。尼君がトイレットに降りたとき食堂にひそんでいた人物は園山万平なんだ。つまりカードが盗難に遇《あ》ったのはそのときではない、ということなのだ」

「するとそれ以後か」

応接間の扉をあけながら、星影がそれに答えようとしたときに、いち早くその姿を目にした原田警部が立ち上って声をかけた。

「星影さん、いま炭焼き小屋を訪ねた刑事が戻ってきました。その報告を受けたところです」

「結果は?」

星影は待ちかねたように幾分声をはずませた。この人が感情らしきものを表面にだすということは、りら荘にきてはじめてのようである。

「妻君の話では雨傘をもって出たというんです。ゴムの合羽があるんだけれど通気がわるくてムシムシするからといって、傘をさして出かけたそうです。だから須田は、おそらく途中でそれを紛失するかどうかして、やむなく尼さんのレインコートを失敬したんじゃないかと思うんですがね」

「ありがとう。それで結構です。ぼくの思ったとおりだ」

星影はふたたび表情をおし殺して、あまり抑揚もつけることなくいった。そして愛用のヴァージンブライアをとりだすと火皿にグレンジャーをつめ、おもむろにパイプのつやをながめたのち、細い指でロンスンのライターをにぎって板についた動作でタバコに火をつけた。

うまそうに目をつぶって一服する。それは謎を解いたあとの寛ぎのようにもみえるし、またつぎの飛躍をひかえての小休止のようにもみえた。他の人々も思い思いに紙巻をくゆらした。

「いかがなもんでしょう、調査の結果は？」

ただ一人タバコを吸わない署長は手持ちぶさたのあげくに、さっきから試みたくてうずうずしていた質問を、遠慮勝ちにいってみた。署長のみならず、一座のすべてのものが、星影竜三の才能に大いに期待する一方では、本職の自分たちにすらきわめられなかった謎を、この素人探偵に解けるわけがあるまいと思っていた。星影を推した検事自身でさえもが、心の一隅ではやはりそうした思いを捨てきれなかったのである。人々の胸のうちを見抜いたものかどうか、星影は眉に八の字よせて非難するように一同を見まわすと、不快げに答えた。

「全部の謎を解くためには東京へもどらねばならん。しかし大体のことはわかっています」

「犯人の正体もですか」

「そう」

「動機の問題も？」

「ええ」

「犯人は牧数人……じゃないでしょうか」

署長は気をひくようにいった。しかし星影は否定も肯定もしないでグレンジャーの青いけむりをみつめていた。署長の発言が耳に入らぬかのようである。

「……だが」

と、暫くたってから口をひらいた。

「ただ物的証拠がとぼしいです。できるならもっとはっきりした事実をつかんで、あなたがたに納得してもらったほうがいいんじゃないかと思う」

「とおっしゃいますと?」

署長はのみこめぬ面持ちだった。スペードの十三枚のカードも、犯人が各殺人の際にもちいた兇器も押収してある。星影はなにが不足だというのだろうか。

「わなを仕掛けて犯人をおびきだすのですよ」

依然としてのみ込めない顔つきだった。一体どんなわななのか。そううまくひっかかるものだろうか。

「今夜というわけにはゆかない。もう四日待ってもらいます。その間にぼくは東京にもどって謎の残った部分をしらべて、すべてを明らかにしておきます」

二条義房がそうであったように、この男もまた東京に帰って調査する必要があるという。

「学生諸君にはなんとか了解してもらって、あと四日間だけここにいるようにして頂きたいなお――」

星影は敏感に一同の危惧の念を読みとって、先手をうった。

「ぼくの考えではこれ以上の殺人は起きない。なんとなれば動機がないからです。また本人は自分の犯罪について自信を持っている。したがって自殺をはかることもあり得ない。だからここに残って警戒をつづけるのは、由木刑事だけで充分です」

由木がなにか抗議しようとするのを押えつけるようにしてつづけた。

「それも監視をするということではなくて、むしろイージーにやってもらいたい。心底からそうする必要はないが、少なくとも表面をみたところではのんびりした印象をあたえるようにやってほしいと思う。犯人をわなにかけるには、そうしたほうがいいのです。ただ眠るときには必ず鍵をかけるよう、この程度の用心はしてもらいます」

はたしてそのまま信じてよいものかどうか、一同疑念がないでもない。しかし星影の非常に自信ありげな口吻と、うっかり下手な質問をして星影のつむじをまげてはよろしくないという憂いから、二、三の問答があったのち、人々はその言葉にしたがうことになった。

話がきまった。すると星影は例のスペードの札のなかから一枚貸してくれるよう所望し、それをポケットにおさめると、今度は酒屋の所在をたずねたのち、腰をあげた。酒店のありかを訊いたのが万平老人に約束の特級酒を贈るつもりであることはわかるが、スペードの札をなんに用いるのかさっぱり想像がつかない。しかしこれまた迂闊な質問をしてヘソを曲げられても困るから、やはり一同なにも訊くことをしなかった。

星影が愛用のベンツを駆ってりら荘から去っていったのちまでも、のこされた係官はたがいに顔を見合わせるばかりで、まるでタブーであるかのように、暫くはそのことを口にだすものはいなかったのである。

青い夕焼

一

珍しく気象庁の予想が的中して、八月三十日は朝から大雨がふりつづき、夜になると、山間部にちかいこのあたりの暗い空をひきさくようにして、稲妻が走った。どちらかというと、このような晩は自宅でくつろいでいたいものだけれど、本署の応接室には署長をはじめ、原田警部や橋本検事が言葉すくなにひたいを寄せて坐っていた。窓をうつはげしい雨脚と頭上にとどろく雷とに消されて、柱の六角時計が告げた十時半の点鐘も聞こえなかった。彼らは目的も明かされぬまま、星影竜三に呼び集められたのである。

「どうしたというのかな。星影氏の話では、今度りら荘にくるのは来月の一日だということだったが……」

「それにしても遅いじゃないか。もう半を過ぎとるぜ」

そうした噂をしているとき、表のほうで、夜勤の警官の応答する声がして、聞き耳をたてている一同の前に、ぬれたコートを片手に持った星影が入ってきた。うしろにがっしりとした見知らぬ顔の四十前の男、一目見て自分たちと同じ警察界の人間と思われる人物をつれている。

「待たせたかね？」

検事に向っていうと、腕時計に目をやった。

「もう時間がないから愚図愚図しちゃおれん。宿屋で休んでいたんだが面白いテレビがあったものだからね、つい遅刻してしまったよ。さあ、出かける仕度をしてくれたまえ」

「星影さん、あなたがなにを目論《もくろ》んでおられるのか、ちょっと話して頂けませんかな。われわれまだなにも知っちゃおらんのですから」

署長にそういわれた星影竜三は、べつに機嫌を損じた様子もなく椅子に腰をおろした。

「失敬失敬、そいつは悪かった。ぼくが目論んでいるのは、いうまでもなく犯人を罠にかけることですよ。一昨日諸君にお話ししたとき四日後に来るといっておいたが、それは犯人をあざむくためのことで、東京の調査がすみ次第戻ってくるつもりでいた。紹介するのが遅れたが、こちらが警視庁捜査一課のなかでも敏腕家として知られている水原《みずはら》刑事です」

星影は、水原刑事と一同が目礼をかわすのを待って言葉をつづけた。

「東京の調査は水原君の協力を得て、昨日いっぱいと今日の午前中で片がついた。だから今夜はだしぬけにりら荘をおそって、犯人の虚をつこうというわけです。じつは、われわれは夕方りら荘の近くの駐在所まで行って、そこに由木刑事を呼んで、三人でいろいろ手筈をきめてきた。そのときに、ぼくが東京で準備しておいた犯人おびきだしの手紙を、そっと犯人の部屋になげこんでおいてくれるよう由木刑事に依頼しておいたのです。勿論筆者がぼくであることを悟られてはまずいから、スリラー小説の故智《こち》にならって、新聞紙の活字を切りぬいて貼りつけておきました。便箋も封筒も、日本芸術大学の紋章入りのやつを使ってある。だからそれをみた犯人は、差出人が学生の中の一人であると思うにちがいないのです」

「どんな内容です？」

「犯人の心にきわめて動揺をあたえるべきあるものを同封して、ただ一言、マントルピースと書いただけです」

「マントルピースというと――」

検事が問いかけた。

「マントルピースはあの大きな建物のなかで、応接間だけにしかない。だから、この一語だけで、示した場所はすぐわかるわけなのです。これは犯人にとって、とても気味わるい手紙なんだよ。と同時に、なんとしてもそいつを手に入れて破棄してしまわねばならぬ重大なものが、そのマントルピースの近くに隠してあるという意味になるんだ」

犯人にショックをあたえるあるものとは、なにか。しかし、訊いたところで説明するような星影でないことはわかっている。

「おそらく犯人は、そのものの発見者であり、かつまた手紙の筆者である人物が、ただの親切心からこうした封書をくれたものとは思わない。当然なにかの交換条件を持ちだすことは予期するにちがいないだろう。しかし、その危険をかえりみてはいられぬほどの重大なものなんだ。だから犯人は一か八か、のるかそるかの気持でやって来ると思う。おそらく兇器を持っているだろう」

星影はふたたび時計に目をやった。正面の柱に六角時計がかけてあるけれども、自分のナルダン以外は信じたくないといった彼の態度に、署長は軽い反撥を感じた。

「十一時まで由木君が応接間に腰をすえて、ゆうゆうと読書していることになっているんだ。だから犯人がやってくるのは十一時以後ということになる。由木君があくびをしながら階段をのぼって自分の部屋に引っ込むのをみて、さらに寝入るのを待ったのち、応接間にやって来るだろう。われわれはこれから真っ直ぐにりら荘にいって、テラスから応接間にしのび込む。そして犯人が現われるのを待つのだ。テラスの鍵は由木君がはずしておいてくれることになっている」

それだけの説明を聞いたのち、一同は立ち上って外に出た。ふりしきる雨の中に、星影のベンツと警察のジープが停車している。人々はそれに分乗して、暗い雨の夜道を、いちずに三峰口の方向へつっ走った。稲妻が青くひかるたびに、丘や木や家が異様な地獄の風物のようにうかび上り、そして、一瞬ののちに墨汁のごとき闇があたりをのみつくした。

二台の車を駐在所の前にのりつけて、あとは歩いてりら荘へむかった。雨は車道にあふれて川のようにはげしくながれ、原田は足をふみあやまってしぶきを上げてその中に落ちこんだが、長靴をはいているため辛うじてことなきを得た。

やがて、一同の視線の中に、黒々としたあの豪壮な建物がうかんできた。闇夜のせいかいつもに比べてずっとたけが高く、まるで一行を威圧するように見えた。北側と東側の一部の窓が明るいのは、廊下とトイレにちがいない。鉄門の鍵も前もってはずされてあったから、人々はわけなく庭に入った。

ポーチの前をとおり、角をまがって南側にまわると、テラスはすぐ目の前にある。二階の各部屋のあかりは消されていた。どの部屋の主も夢路をたどっているように見えるが、ただ犯人のみが眠ったふりをして大きな目をあけているにちがいなく、それを考えると、みなの胸は妙に高鳴ってくるのであった。待ちに待った犯人の正体が明らかにされるのは、数刻のちに迫っている。しかし、果して星影の計画どおりにはこぶであろうか。

人々は足さぐりでテラスをふみ、ガラス扉を手にあてると、そっと押した。あらかじめ蝶番《ちょうつがい》にあぶらがさしてあるから、音もなく開く。無言のまま靴をぬぎ、それを手に持って水をきると、つぎつぎと応接間にすべりこんで合羽をぬいだ。しんがりの橋本検事がしずかに扉をとじた。雨の音がいくらか小さくなった。彼はほっとしながら、機械的に腕の夜光時計の文字盤をみた。十一時五分をさしている。

人々は思い思いのカーテンのかげに身をひそめて、犯人のあらわれるのを待つことにした。大体のことはすでに打ち合わせができていたし、細かいことはその場合の各自の判断で処理することになっていた。だから警部は、ガラス扉を背後にしてマントルピースを右にみる位置でカーテンにくるまり、検事は彼から数メートルはなれた右手の、入口の扉と向い合ったところに身をひそめた。その入口の扉は、由木が閉めてでていったままになっている。

雨脚は一向におとろえない。ときおりカーテンのすき間から稲妻がはしって、大きなしずまりかえった応接間の中を昼間のように明るく照し、それにつづいて、おどろに鳴る雷がガラス扉をびりびりとふるわせた。だれも咳ひとつしない。いや少しぐらいの身動きをしても、さいわい雨の音に消されて人の耳には聞こえなかった。

やがて十二時、そして十二時半。依然としてだれもあらわれない。一時。一時十五分……。一時半……。原田はそろそろ膝頭がいたくなってきた。連続した緊張をゆるめるためにタバコが吸いたくなった。しかし、勿論吸うことはできない。

果して犯人は来るであろうか。星影の計算ちがいではなかろうか。あの素人探偵を頭から信用したのがそもそもの間違いではあるまいか。大体あの男はうぬぼれが強すぎる。自分たちがさんざん首をひねってわからなかった真相を、中途からひょっこりでてきて解けるはずがない。

……一時四十五分。……そしてやがて二時になろうとしたそのとき。正面の黒々とした壁に、にわかに金色にかがやく一本の縦縞があらわれた。ギクリと身を固くしているうちに、その黄金の筋は目にみえぬ速度でじわじわと太さを増していく。そうだ。犯人がドアをあけているのだ。そう気づいたとたんに、警部の心臓は口からとびだしそうな激しさではずみはじめた。

廊下からさしこむ光線によって、応接間はかすかに明るくなった。テーブルや椅子やマントルピースのたたずまいがかなりはっきりと見えた。ドアはなおもしずかに開けられ、四十度ほどの角度になったとき、ピタリと停止した。

しかし犯人は姿をみせなかった。二、三分間、いや正確に時計を見て計ったならば二、三十秒であったかも知れないが、空白な時間がながれた。原田警部は他の連中に目をやる余裕もなく、ただ正面の入口を見つめつづけていた。

急に廊下の方から黒い人影があらわれたと思うと、スルリと部屋の中にすべりこみ、くらい隅にとけるように見えなくなった。それが待機していた犯人であることは、もはや疑う余地はない。影はしばらくそこにたたずんで、暗闇に目がなれるのを待っているらしかったが、やがてそろそろと歩きはじめた。

相手の姿が、原田の目とカーテンの隙間とをむすぶ線の上からずれて見えなくなったので、彼は頭の位置をずらして調節をはかりながら、ふたたびその姿をキャッチした。犯人は、マントルピースの前に立ってしきりにあたりを手さぐりしている様子だった。雨の音にまぎれてなにも聞こえぬけれど、そうした気配が、警部の肥った全身の毛穴から感得された。中途で飾り皿がたおれる音がすると、犯人は凍りついたように暫時立ちすくんでいた。

やがて火床をかきまわすと金属性の音がかすかに断続していたが、そこから何も発見できなかったとみえて、今度は煙道のくぼみに手をのばして探っている気配がした。犯人は慎重に、すばしこく、そして大胆にその調査をつづけて、ようやく目的のものを発見したようにその動作をとめた。

入口からさしこむ光線のなかで、小さな紙包みが照しだされた。犯人は包みの中身を光の下で確かめようとしているらしい。が、昂奮しているためか慌てているためか、紙をひろげるのにひどく手間取った。と犯人はどうしたわけかそこでギクリとした様子をみせると、急に身をひいてピタッと壁によりそった。

原田にはなぜ身をかくしたのかわからなかった。が、その疑問はすぐ氷解した。ドアが無造作におしあけられると、長方形にくぎられた光線をバックにして、由木刑事が立ちふさがったからである。スイッチを入れて天井の蛍光灯をつける。彼はランニングシャツにズボンというでたちで、いかにも寝そびれた様子にみえた。壁にはりついた犯人の姿は死角になっており、由木は全然それに気づかぬふうである。由木は入口を背にして椅子にかけると、ピースに火をつけて一服し、中央の丸テーブルに伏せてあった読みさしの本を、頬杖をついて熱心に読みはじめた。

星影をのぞく他の連中は、刑事のしていることが実際のものであるかお芝居であるのか、にわかに判断をくだすことができかねた。由木はときどきピースを吸っては、熱心に読みふけっている。容易に腰をあげる様子はみえない。

警部は、扉のむこうに缶詰にされた犯人のことを思い、由木の姿と扉とを、半々に見つめていた。それから四、五分経過したであろうか、扉のかげからきわめて徐々に犯人の腕があらわれ、やがて胴と胸と首とが出ると、開いたドアから廊下ににげようとして、足音をしのばせて歩をふみだした。由木が腰をすえたからには、いつまでも扉のむこうにかくれて立ちつくしているわけにはゆかない。

青白い蛍光灯をあびた犯人が、正体をカーテンのかげの監視者たちにさらけだして、まさに扉口をまたごうとした瞬間、その足は宙に固定したように、しばらく停止してしまった。ふりむきざまに由木が「待った！」と声をかけたからである。ぎくっとした犯人は、だが決断力に富んでいた。くるりと向きをかえると、この目撃者の息の根をとめるために、右手にかくしもったナイフをひらめかせて、床をけって飛びかかった。

由木がいつ立ち上ったとも見えなかった。どさりという音が聞こえたとき、犯人はすでに床の上に転倒していた。きらりと光ったナイフが弧をえがいて空をとぶと、絨毯に落下して音もなくつき刺さった。

水原刑事がカーテンを排してとびでるとすばやく手錠をはめ、ひと足おくれて、星影や署長たちがあらわれた。この意外な伏勢に、犯人はようやく自分がわなに陥入ったことを知ったらしく、蒼白んだ頬をひきつらせて人々をにらみすえた。

星影は、身をよじって抵抗を示す犯人のポケットに手を入れてもぞもぞやっていたが、すぐになにかをひきだして、一同の前に開いてみせた。それは犯人が苦労してマントルピースの隠し場所からとりだした、スペードの8からキングにいたる六枚のカードであった。

二

天の底をぶちぬいたように降りつづく雨の音に、すべての物音が消されて、階上の二人の学生はいまだに目ざめることなく眠っている。

派出所においてある二台の車が廻送されてくるまでのあいだを利用して、簡単な訊問が星影によってこころみられたのち、虜囚は、警察自動車にのせられ、由木刑事の護送のもとに、りら荘をはなれていった。小止みになりかけた雨は、ふたたび窓ガラスをやぶりそうに激しく降ってきた。

雨にぬれた髪や服をハンカチでふきながら、由木がりら荘にふたたび戻ってきたのは、それから小一時間のちのことである。彼の帰りを待ちかねていた人々は、すぐさま由木刑事を食堂にひっぱりこんで、さて頭数のそろったところで星影の推理を拝聴することになった。犯人の正体が判明したいまでも、彼の説明をきかぬ限りは合点《がてん》はいかぬことが多い。

「さあ、なにから話したらいいか……」

星影はしばらくグレンジャーをくゆらしながら考えていた。

「この事件には数多い被害者がでているが、本来の殺人計画の槍玉にあがっていた犠牲者は、ただ二人の人物にすぎないのだ。ところがその殺人に当って思わぬ齟齬《そご》をきたしたものだから、家計簿の赤字がふくれ上るように、止むを得ない殺人がつづいたのだよ。どれもこれも、犯人が自分の身をまもるための必要に迫られてやったことなんだがね」

「その二人というのは?」

「松平さんと橘君さ」

「動機はなんです?」

「そう、それが面白い問題だね。この事件の根本の動機は、最初から諸君の目の前にちゃんと掲示されていたんだ。にもかかわらず、だれひとりとして気づいたものはない。ぼくを除いてはね」

星影は、しかしべつに得意そうな顔をするまでもなく、一同を順ぐりに見廻した視線を、最後に検事のところでとどめた。

「どうだね、諸君、まだわからないかなあ」

「さあ……」

「二十一日の晩のことを思いだしてみたまえ、寝室にひっこんで読書をしている牧君を、橘君がひそかに訪ねてきたときのことだ」

いわれて人々は、当夜のテノールとジャズピアニストの間のエピソードを想い起した。だがそれがどうしたというのだろうか。

「橘が牧に向って、婚約した女から告白された彼女の不行跡の悩みについて相談したことかね？」

「そのときの話の内容を、牧君が語ったとおりに再現してごらん」

「だから、あのピアニストは、婚約したばかりの松平紗絽女から告白された不貞な行為をいかに処理すべきか――」

「そうじゃあるまい」

と、星影はいらだたしそうに、じれったそうに、検事の言葉を中途でさえぎった。

「橘君は相手に対して、『婚約した女が不貞であることを知った場合、きみならどう処理するかね？』と訊ねたんだ。紗絽女さんが不貞であるとは、一言半句もいっていないのだよ」

「しかしあの場合、橘の婚約者といえば松平紗絽女にきまってるじゃないか」

「まだそんなことをいってる」

星影は批難するような目つきになった。

「橘君は『自分と婚約した女』とはいっていない。りら荘の中に婚約している男女は、橘・紗絽女のペアだけではないじゃないか」

「というと……？」

「もう一組の男女といえばだれとだれになる？」

「牧数人と尼リリスのコンビじゃありませんか」

と、そばから由木が口をはさんだ。

「そうです。橘君が意味した不貞な女というのは牧君の相手の女、すなわち尼リリスのことなんだよ」

人々のあいだにざわめきが起ったが、星影が話をつづけることによって間もなくしずまった。

「牧君という人物は、昨今のみだれた男女関係を批判的に見ている、近頃めずらしいまじめな青年だ。一方、橘君は偶然のことから尼リリスの前科を知ったのだが、この尼リリスが自分の不行跡をほおかむりして牧君と結婚しようとしていることを、黙って見ていることができなかった。おそらく何回か尼リリスに注意したことだろうし、彼女がその忠告をきかぬ場合は、橘君自身の口から牧君に告げるといっておどかしたこともあるだろう。それにもかかわらず、尼リリスはおのれの不貞を決して牧君に告白しようとはしない」

「そりゃ無理ないですな。ぶくぶく肥って器量がわるい上に、わがままで、勝気で、うぬぼれがつよくて、度しがたいリリスのような女を嫁にもらってくれる人間は、牧をのけたらまあないでしょうからね。しかもあの青年は歌手としての将来性もあるし、その上に好男子です。尼リリスには不相応の旦那さんですよ。彼女はそれを自覚していたから――」

「いや、ぼくはそうは思わないですな。女のなかには、自分の器量のことを知っていじらしいほどに萎縮するものと、反対に人並以上にうぬぼれの強いものとがいる。いろいろ聞いたことから想像するに、尼リリスは自分の身の程を知っているようなしおらしさを持っていなくて、ひどく図々しいタイプに属する女であるようだ。とすれば由木君の考えるのとはちがって、ただただ牧君を愛するがゆえに、その愛する男から捨てられまいとして、自分の過去を告白しなかったものと思う。さらにまたああした素直さのない女は、他人の忠告などにしたがうものではありません。却って反撥を感じて、逆の行動に出る場合が多いです」

なるほど、星影の推察は正しかったのだ。

「いつまで待っても忠告にしたがう様子がないから、しびれをきらした橘君は一夜とうとう自分で牧君をたずねて、尼リリスがふしだらな女であることを遠まわしにほのめかした。ところが、牧君は勘違いをした。この友人が、婚約したばかりの紗絽女さんから婚約前の不倫な行為の告白をうけて悩んでいるものと早呑込みをして、逆に相手を激励する目的で、不倫許すべしといった意味の発言をしたのです。一方、橘君は橘君で、またそれを誤って解釈してしまった。つまり、牧君が妻となるべき尼リリスの犯したあやまちを寛大にも許すものと考えて、それならば敢えて彼女の秘密をもらすにも及ばないだろうということで、彼女の不行跡をうち明けずに帰っていったのです」

人々の混迷した表情が次第にすっきりしたものとなっていった。八月二十一日の夜、牧の寝室で行なわれた両人の会談が、終始その対象とするものを誤解していたとは、本人同士は勿論、係官たちもいまのいままで気づかなかったのである。

「で、その尼の不倫な行為というのは、具体的にどんなことなんです？　橘がどうして知ったのですか」

原田警部の問いに対して星影は直接答えることをせずに、かたわらをかえりみて水原刑事に発言させた。水原は、低いおちついた声で説明をこころみた。

「わたしは星影さんの要請をうけまして、尼リリスの身辺を洗ってみました。その結果、彼女が二年あまり前に遊び半分のアルバイトとして、府中の米軍基地に勤務したことを知ったのです。なおも調べてみますと、おなじ職場の軍曹《サージャント》と関係ができて、日曜ごとに新宿のホテルでデートをしていたことをつきとめました。おそらく橘さんは、この両名がホテルからでてくる姿を偶然目撃したのではないかと想像するんですが……」

「その軍曹との関係はいまでもつづいているんですか」

「いえ、もう一年ほど前に切れているはずです。というのは、相手の下士官が帰国してますから」

「わかりました」

肥った警部がうなずくと、星影は話をつづけていった。

「さて尼リリスはだね、この秘密を牧君に知られてしまっては一大事なんだ。いいかね、牧君が不倫許すべしといったのはそれが他人のことだと思っていたからであって、自分に関係のあることとなれば寛大であるわけはないのだよ。リリスは、だから禍《わざわ》いのもとを絶つために、この事実を知っているただ二人の人間である橘君と松平さんの口を封じることにした」

「そうなりますと尼リリスは、橘と牧との会話の結果を知らなかったのですか」

「そうなんです。会談の結果は、双方の誤解のためにリリスにとって好ましい終結をみました。つまり橘君は、リリスのふしだらな行動について沈黙をまもろうと決心したわけですね。ところが、肝心の彼女はそれを知らずにいた。知っていたなら当然殺人は思い止ったでしょうな」

「ほう、じゃそれを知らなかったがためにあれだけの人が殺されたのか」

検事が嘆声をあげた。

「彼女のその計画は、りら荘に来る前から立てられてあったんだよ。ところがたまたま二十一日の午後、おりから雨が晴れ上がったので散歩に出かけた途中で、偶然にも通りかかった崖の下に足をすべらせて転落している炭焼きの死体を発見した。そのとたん、この死体を利用して自分のアリバイをつくり、それによって有利な立場をつくっておこうと考えたんだ」

期せずして一同の口から驚きの声が出た。殺されたものとばかり思っていた炭焼きが、じつは過失死だったとは！

「ですけど星影さん、炭焼きは白いコートを着ていたものだから松平紗絽女と誤認されて、つき落されたのじゃなかったのですか」

「ちがいます」

と、星影竜三は署長の顔をじっと見つめて答えた。

「炭焼きはあやまって転落したのです。皆さんは彼がコートを盗んで着ていたように思っておられるが、これも先刻の婚約者の不貞問題の場合と同様に、大変な思いちがいをしています」

「とおっしゃいますと……?」

「あのコートは、炭焼きがかぶっていたものではない。須田なにがしというその男は、生きていた時分に尼リリスのレインコートには一指もふれたことはありません。これは当人の名誉のためにもはっきりいっておきます」

「そ、それではなぜ死体のそばに落ちていたんです?」

「落ちていたのじゃない、置いたのですよ。死体を発見した尼リリスが、その足でりら荘にもどってとってきたものを、そっと置いたにすぎないのです。これをもっとくだいていえば、炭焼きの死体を利用することについて咄嗟に計画をたてた彼女は、カメラのフィルターを忘れて取りにもどったという口実のもとに自分の部屋にとって返すと、コートをかかえてふたたび現場にかけつけた。そして遠廻りをして崖下におりると、コートとスペードのAの札を死体のかたわらに遺棄したのです。そのさい、炭焼きがさしていた傘はとりあげて、どこかに隠してしまったものと思う。この点について本人に確かめるわけにはゆかないから、実際にどう処分したのか知ることもできないが……」

「すると、コートを午前中に盗まれたというのは嘘ですか」

「そう、洗濯するつもりで裏玄関の近くのテーブルの上に出しておいたなどというのも、まったくのつくりごとです。コートは最初から自分の部屋においたままだった。万平老人がその日の十時頃に掃除したさい階段の下の小テーブルの上にコートがなかったというのは、盗まれたからなかったのではない、初めからそこに置いてなかったのだから、万平さんの目に入らなかったのが当然なのです。仮りにもし午前中に盗まれていたならば、ああしたお喋りな性格の彼女が黙っていられるはずはない。ただちにその紛失したことをふれ歩いて大騒ぎするにちがいないのです。しかし実際に騒ぎだしたのは夕方になってからではなかったですか。その点から考えても、午前中に盗まれたと称するのが嘘であることがわかります」

一同はいまさらながら尼リリスの悪知恵には呆れる思いだったが、すべては彼女の思惑どおりに運んで、リリスには完璧なアリバイができたのである。いやアリバイのみではなく、安孫子という容疑者を製造することにさえ成功したのであった。

「すでに気づいていることと思うけど、食堂においてあったカードのなかからスペードの札ばかり十三枚ぬいたのは、尼リリスなのだよ。その目的についてはのちほど述べるつもりだが、まさか自分で自分のものを盗むとは思わないから、それが盲点となって疑われずにすむ。そこがリリスの狙いであったわけだね。……さて、炭焼きの死体を自分のアリバイに利用しようと考えた彼女は、そのカードの最初の一枚を死体のかたわらにおくことによって、これが連続殺人の最初の犠牲者であることを強調したんだ」

尼リリスのなみなみならぬ頭のよさについては、一同すでに充分理解できた。しかしのみこめないのはその後の事件の真相である。犯人が彼女であることはわかっていても、さてリリスがどのように行動したかということになると、やはり星影の解説を待たなくてはならなかった。

三

「橋本君。つぎの犠牲者はだれだと思う？」

星影竜三は神経質な容貌に皮肉な笑みをうかべて、検事をかえりみた。

「きまってる。松平紗絽女じゃないか」

「そうじゃないさ。彼女は二番目に殺されたんだよ」

「だから紗絽女が――」

「いいかね橋本君、炭焼きは殺されたのじゃないんだよ、過失死なんだ。ぼくが松平紗絽女は二番目に殺されたといえば、彼女の前にもう一人だれかが殺されていることがピンとくるはずじゃないか」

「ああ、そうか、すると……」

と、検事は髪の薄い頭に手をあてて、おのれの血のめぐりのわるさに赤面していた。

「第一番目に殺されたのは橘君さ」

「しかし――」

「二十二日の昼食前後のことを思いだしてみたまえ。リリスはどこかへ外出したのではなかったかね？」

「そうそう郵便局へ行きましたよ」

と由木が答えた。

「あなたはそれが事実であるかどうか調査してみましたか」

「いえ、そこまではまだ」

「われわれはここに来る前、局によって調べてみたのです。その結果、二十二日に尼リリスがきた事実がないということを知りました。予想したとおりですけれどね」

「それじゃなんのために外出したんだ？」

「彼女が外出したのは、電報を打つためでもなければ書留や速達を出すためでもない、獅子ケ岩で待ち伏せして、釣りにくる橘君を殺すためだったんだよ。門を出るときに、スペードの2を郵便函にいれていったことはいうまでもないがね。やがて、そんなこととはつゆ知らない橘君が河原に降りるとそばに寄って、なにくわぬ顔で釣りを見物する。尼リリスが自分の命をねらっているとは夢にも思っていない橘君は、彼女が駅前の郵便局からもどって、魚釣りをひやかしに来たものとばかり思っている。警戒するわけがないのです。その橘君の油断をみすまして、いきなり背後からなぐりつけた。昏倒した彼の延髄にナイフをつき刺して息の根をとめると、スペードの3を残してりら荘にもどったんだ。いかにも郵便局から帰ったふうをよそおってね」

　原田警部は、そのときの彼女がほとんど昼食に手をつけなかったということを思いうかべた。いくら彼女が冷血な殺人鬼であるにしても、人を殺した直後では食欲のおこらないこともまた当然である。

「いいかね、橘君と紗絽女さんの殺害を逆にみせる、そこが犯人のトリックなんだ」

一語一語くぎるように星影は語っていった。

「だから彼女は、この二つの殺人の順をひっくり返してみせるというその目的を果すために、あらゆる努力をこころみている。その第一がスペードの札を利用することなのだ。最初に彼女が考えていた計画では、まず橘君を殺してスペードの2の札を置き、つぎに紗絽女さんを殺してスペードのAをなげる。これによって彼女のほうが先に殺されたように印象づけるはずだったんだ。実際はAを炭焼きの死体に使ってしまったけれど、橘君と松平さんの殺人に二枚のカードの順を逆に用いたという点では、やはり初めの計画どおりであったわけなのさ」

人々はなるほどというふうに無言でうなずき、無言で話のつづきを待っている。

「ここで橋本君にたずねたいが、橘君のビクの中にあった鮎は何匹だったかね？」

「はて何匹だったかな？」

と、検事は小首をかしげた。

「十六匹ですよ。わたしは鮎の塩焼きが好きですからよく覚えてます」

由木刑事が応援をかってでた。

「腐ったのは？」

「十三匹でした。喰い気の恨みは忘れませんよ」

「十三匹の鮎がなぜ早くいたんだか、それに疑問をもちませんでしたか」

　問いつめられて由木は心細げな表情になると、落着きなく眸を動かした。

「そこが重要な点なのですがね。あの話を聞いたときわたしは、腐った十三匹の鮎は橘君が釣ったものではなくて、それよりもずっと以前に他の人の手によって獲られたものではないかと考えました。もっとはっきりいえば、魚屋で氷に漬けて売っていた鮎ではないかと考えた。ご存知のように氷でひやしてある魚は、外に出すと早くにいたむものだからです」

「とおっしゃいますと、あの鮎は尼リリスが魚屋から買ってきておいたやつで、そいつをビクのなかに投げこんでおいたというわけですか」

「そう。前の日に尼リリスが影森の駅の前にある魚屋で買って来ると、こっそり冷蔵庫に入れておいたのです。それを持って獅子ケ岩へ向かったわけですね」

　教えられてみると調査の手落ちがいたるところにあり、一同は面目なさそうな面持ちで耳をかたむけていた。

「尼リリスが魚屋から買っておいた十三匹の鮎、それに橘君が釣り上げた三匹の鮎、それでビクのなかに計十六匹の獲物が入っていたわけです。あのときビクをのぞいた万平老はなんといいました？」

「ええと、待って下さいよ。……そうですな、『橘さんの腕前では十六匹釣るのに三時間はかかったべえ』といったようですな、確か」

「そう、そこですよ、彼女が狙った点は。ほんとうは、橘君は三匹釣ったとき殺された。決して十六匹釣り終ったときにやられたのではない。釣り上げた三匹の獲物の数から正確な所要時間をわりだすことは勿論不可能ですが、釣り始めてから間もなく殺されたということ、つまり紗絽女嬢より先にやられたのだということは、十三匹の鮎がいたんだ事実によってはつきりとわかる。尼リリスという女は、ビクのなかに十三匹の鮎を入れたことによって、犯行時刻を五倍も遅らせることに成功したのです。その結果、橘君は紗絽女さんよりも後まで生きていたように思われてくる。じつに巧みなやり方じゃないですか」

「まったくうまいもんですな」

「加うるにです、橘君の死体をそのまま陽のさす河原に転がしておいたのでは死後変化が早く進むから、正確な殺害時刻というものが比較的容易に指摘できる。いかに鮎の数で誤魔化そうとしてもむだです。それをふせぐためにわざと水中にひきずりこんでおいた。なにしろ川の水がつめたいから、ああすれば冷蔵庫の中に入れておいたと同様な効果があるわけです」

一同は声もなく尼リリスの天才的な悪の才能に感嘆していた。窓ガラスをうつ雨の音は少しもその勢いに衰えをみせず、星影の声はときどき消されがちである。人々は一言も聞きのがすまいとして、一層体を前にのりだしていた。

「尼リリスのトリック、すなわち橘君の死と松平さんの死を逆にみせかけようとする目的のもとに用いられたトリックは、スペードのカードによるものと、鮎によるものだけではない。

これら二つの手段は間接的な、なまぬるいやり方だったけれど、それだけでは印象がよわいから、もっと強烈な方法をとる必要があった。尼リリスはそう考えたのです。橘君がなぜ延髄をさされたかという理由もここにあるのだがね」

星影竜三はそこで言葉をきると、またヴァージンブライアをとりだしてゆっくりとグレンジャーをつめ、おもむろに火をつけて旨そうに一服した。殺された二条も気障な男だったけど、この素人探偵のポーズにも似たところがある。由木刑事はそう考えていた。

いま星影が提出した疑問については、先に由木刑事と原田警部のあいだでとりあげられたことがある。犯人は橘のすきをうかがって石で後頭部を殴打して昏倒させた。この場合相手のとどめをさす気ならば、その石塊でもう一度なぐりつければいとも容易に殺害することができたはずである。ところが犯人はそうしたこともせずに、きわめて小さな器官である延髄をもとめて、これにナイフをつき立てている。なぜであろうか。

この疑問は、しかし原田も由木もついに解くことができなかったのである。星影はそれにどんな解答を用意しているのだろうか。一座の中のだれよりも、二人はそこに興味を感じていた。

「ここで諸君にちょっと質問を呈したいのだが、この場合に兇器として使用されたナイフの形状を記憶しておられますか」

「ペンナイフでしたよ。赤いプラスチックの柄がついたナイフで、白字でMと彫ってありました。Mというのはいうまでもなく所有者の頭文字です、つまり松平のイニシャルですな」

星影は署長の発言が終るのを待って、言葉をつづけた。

「そこでもう一つうかがいたいが、あの学生たちのなかで同じようなペンナイフを持っているのは誰とだれで、その形状はどんなものです？」

「それはわたしが知ってます。一つは尼リリスの所持品でして、クリームと紫のマーブル模様です。イニシャルはいうまでもなくAです。もう一つは橘和夫の持ってるやつでして、彼のは黒にTのイニシャルがついています。ほかに牧数人もグリーンのやつを持っていたんですが、紛失したといっていました」

由木が記憶のいいところをみせた。星影はだまってうなずくと、さらに語をつづけていった。

「では、尼リリスが用いたもう一つのトリックについて説明します。このトリックは、松平紗絽女さんのナイフと牧数人君のナイフがおなじ形であるばかりでなく、ともにMというイニシャルが彫ってあるということ、いいかえれば、この二つのナイフは、柄の色彩をべつにすると瓜二つであるということを利用したのです。これに目をつけた尼リリスは、多分事件当日のことでしょうが、機会をみて、両君のポケットからそれぞれのナイフをこっそり盗み出しておいた。なにぶんにも彼らはきわめて親密な間柄だから、お互いが頻繁に部屋に出入りしていた。したがってナイフを失敬するといっても、べつに難しいことではありません。さてりら荘で夜を明かして、いよいよ計画を実行にうつす段になると、彼女は紗絽女さんから盗んでおいた赤いペンナイフを隠し持って釣り場へむかったわけです。昼食をすませてやって来る橘君を待ちうけていたことは先に説明したとおりだが……」

「わかった。犯人の狙いはアリバイ造りにあったわけだな」

と、検事は大発見したようにいった。

「そう」

星影はぶっきら棒にうなずいてパイプをくわえた。が、火が消えていることに気づくと、火皿の灰をかきだしてあたらしく刻みをつめかえた。一同は黙々として話のつづきを待っていた。

「殺人を犯して寮にもどって来た犯人は、昼食をすませると、何くわぬ顔をしてチェスの試合に加わった。その最中に砒素入りココアを松平さんにのませ、毒殺をはかったのはご承知のとおりだが、苦しんでいる彼女を介抱するとみせかけて、牧君から盗っておいたもう一つのペンナイフをコトリと床の上にすべりおとした。いいですか、このナイフは尼リリスが故意におとしたものですよ。ところがその場に居合わせた人間――というのは行武君ひとりだが、その行武君が、松平嬢の服のポケットから転がりおちたと錯覚してしまったのは当然のことです。なんとなれば前にもいったように、そのナイフにもMのイニシャルが入っていたからです」

「ですけれど、それは少々無理じゃないですか。いかにも二つのナイフは形も大きさもそっくりだし、刻んである頭文字はおなじですけれど、色がちがいます。橘の延髄につきたっているのは赤で、松平さんのポケットから転がりでたのはグリーンなんですよ。それに、行武という男は洋画科の学生時代に、色彩感覚が非常にすぐれていたため教授から可愛がられたというんですから、赤とグリーンを錯覚するとは思えないです」

原田警部の疑問は、同時にすべての係官の疑問でもある。この点だけはどう考えても星影の推理のミスであると思われた。

だが星影は表情も変えずに、話をすすめた。

「そこですよ、問題は。ぼくは行武君の胸中を思うたびに、子供の時分によんだエクトル・マローの『家なき児《サン・ファミーユ》』を連想する。あの中に出てくる優しい旅芸人の師匠は、自分がそのむかし名を知られた宮廷歌手のなれのはてであるという前身をかくすために、非常に心をくだいている。行武君の場合もそれに似たものがあったんですよ」

「とおっしゃいますと？」

「水原君、例のものをみせて上げてくれたまえ」

いわれて水原刑事はかたわらの鞄をひきよせ、なかから紙につつまれた四角な平たいものをとりだした。好奇心にかがやいた一同の視線が彼の手もとを注視した。水原刑事が紙をひろげると、そこに一枚の油絵があらわれた。玉川の丘のあたりをえがいた風景画で、新緑の候ででもあるのか、空や山や林が、あざやかな緑、浅葱《あさぎ》、青の絵具でぬられてある。

「いかがです、この絵は？」

「さあ……」

と人々は返答に躊躇した。犯罪者の人相をみることは得意だけれども、絵画の鑑賞はあまり得手ではない。

「すがすがしい風景じゃありませんか。初夏ですな」

星影はそれに答えずにニヤリと笑って、発言者をみた。

「これが『さらば草原よ《アディオス・パンパミーア》』です」

「は？」

「『ブルー・サンセット』ですよ」

「ブルー・サンセットですって？」

行武が、紗絽女にからかわれて激怒した『ブルー・サンセット』という言葉が意外なとき星影の口からもれたものだから、一同は呆然とした面持ちで、素人探偵と油絵とを交互に見較べていた。

「行武君は、これを夕方の景色のつもりで描いたんです」

「これがですか？」

「そう、夕焼の描写です」

「これが夕焼？　妙じゃありませんか、どこも赤くそまっていない」

「そう、だから青い夕焼ですよ。行武君はキャンバスに茜色《あかねいろ》の空をかくつもりで、コバルトブルーの絵具をぬっていたんです」

そう説明されてみても、人々は納得ゆかぬ面持ちだった。

「どうも、芸術家のやることはわれわれに解せませんなあ」

「そうじゃない。行武君が誤ってしたことなんです。本人は赤系統の絵具をぬったつもりでいたんですがね」

「しかし星影さん、幾度もくり返すことですけれど、行武は色彩についてはきわめてデリケートな感覚の持主だったんですよ」

と原田警部が反論した。

「以前はね。しかしこの絵を描いたときはそうではなかった。赤と青とを識別することすらできなくなっていたんです」

警部はまだ納得しかねる表情で小首をかしげた。

「お言葉を返すようですが、色が識別できないのは先天的なものだと聞いていますが」

「必ずしもそうじゃない。メチルアルコールで視神経をやられた場合に、ごくまれですがそうなることがあるんです。失明する一歩手前までいった人の中にね」

ほう……と人々は期せずして嘆声を発した。だから、彼は音楽学部へ転部したわけなのか。それにしても彼が色を識別しなくなったことを、いかにしてこの素人探偵が知り得たか、それがふしぎであった。

「行武君はむかし非常な酒豪であったが、洋画科から声楽科に転籍した前後からプッツリ禁酒してしまったことは、諸君もご存知と思うが……」

「うん、ここに到着した夜のことだが、婚約の発表を祝って盃をほせ、ほさぬで大いにもめたといっていたよ」

「そうなんだ。彼は、自己の芸術的天分をつみとった酒というものに対して極端な憎悪の念をもっていたはずだ。その気持はわれわれにも理解できるじゃないか」

行武の無念の心境を思ってだれもが大きくうなずいた。当夜の彼の胸中にそうした感情の動きがあったということは、やはり説明されるまではだれにもわからなかったのだ。

「彼がこの青い夕焼の絵を画いていたときは、まだ自分の色彩感覚には気づかなかった。ところがたまたま、これが尼リリスや松平さんの目にふれた。赤くぬったつもりの夕焼空が緑色になっているということを聞かされたとき、行武君は大地がくずれるような驚きを味わったことと思う」

星影はなおも暗い表情でいい、そして検事のほうを向いた。

「ねえ橋本君、彼は画家としての将来を期待されていた男だけに、自分の色感をだれにも知られたくなかったのだ。洋画科から声楽科に移った理由を、心境の変化とのみいって深く問われるのを迷惑がったのも、自分の過去のプライドを傷つけられたくなかったからなのだ」

「すると松平紗絽女が『さらば草原よ』のアメリカ名が『ブルー・サンセット』だといったのは、一種のいやがらせだったのか」

「そうさ、口からでまかせのことなのだ。『ブルー・サンセット』なんてタンゴは存在しないからね。いやがらせであると同時に揶揄《やゆ》でもあったわけだ。紗絽女さんという女は、彼のそうした心理を見ぬいていたんだね。そのことに触れられると行武君の心がいかに激しく痛むかということを、よく知っていたのだ。相手の痛みを見ぬいて、これを面白がってからかっていたのだから、考えてみれば、なんとも残酷な女だ」

星影がいうと、そのあとをひきついだ水原刑事が補足した。

「わたしは、行武君がメチール禍にあったときにかかった内科医と眼科医をつきとめて、いまのお話にあったようなことを確かめたわけです。この絵は行武君の遺族の方に連絡をとりまして、至急あの人の遺品のなかから送ってもらいました」

星影氏はその間グレンジャーをふかしていたが、話が終るとパイプを片手ににぎって口をひらいた。

「さあ、これで同君が赤と緑とを識別しないことが立証できた。だから話をもとにもどして、尼リリスが松平さんを介抱したさいにころげ落ちた緑色のペンナイフを見た行武君は、その形を一見しただけでは果して松平さんの所持品か牧君の持物か見わけることはできなかったわけです。しかしあの場合は、前後の事情によって、紗絽女さんのものと思い込むのがきわめて自然でもあり、当然でもあった。あのとき、その場にいたのは行武君ひとりであったことを想い起して下さい。他の連中を追い払って行武君のみを残しておいた点にも、尼リリスのこまかい神経のくばりようがよくあらわれています」

一同はだまってうなずいた。しかし彼らが感嘆しているのは半分はリリスのゆきとどいた殺人計画に対してであり、あと半分は、それを見事に看破した星影竜三の推理の才能に対してであった。

「これで兇器にペンナイフが使われた意味がわかったことと思うが、ご承知のとおり、あのペンナイフは玩具みたいに可愛らしい。だからこれを兇器とすると、心臓を刺したぐらいでは致命傷にもなりません。結局、延髄につき立てるほかはないということになるのだよ」

「そういうわけでしたか」

と、原田警部は疑問の氷解をよろこぶように大きくうなずいた。

「由木君、松平さんが毒にやられたときのことを思いだして頂こう。人々が婚約者の橘和夫君を探しに行こうとしたとき、リリスはなんといいましたか？」

「そうですな……」と刑事は顎をなでながら、目をつぶった。「彼女は、当人が獅子ケ岩で死体となっていることを知っていながら、わざと反対の方角を教えたようですな」

「そう。あのとき反対の方向を教えたのは、橘君の死体が見つかっては困るからです。松平さんが殺されたのちに橘君がやられたように見せかける必要があるのだから、是が非でも、松平紗絽女さんの息が絶えた後で橘君の死体を発見させなくてはならない。彼女が舞台の名女優のように困難な芝居をやりとげたことを、ぼくは讃嘆せずにはいられないのだよ」

星影がそういってひと息いれると、原田警部があらたな疑問をもちだした。

「ですが星影さん、犯人はどうやって松平紗絽女に毒入りココアを飲ませたのでしょうか。あのカップを彼女にわたしたのは安孫子でして、そのため彼は非常に不利な立場に追いやられたんですが、この点がどうしてもはっきりしません」

すると、星影はすぐ答えることなしにしばらくグレンジャーをふかしていたが、細面のその顔には次第に微笑がひろがっていた。

「すっかり尼リリスのトリックにはまりこみましたな。これもじつに簡単なことなんですよ。ぼくがなぜそれを見破ったかというと、先日学生諸君といろいろと話し合った際に、牧君が色の黒い女を嫌っていることを知ったからです。さらにその婚約者である尼リリスが、透きとおるような色白な皮膚をしていたことも聞いた。さらにまた、同君がもともとは色黒であったことも知ったのです。これから考えてみると、尼リリスは牧君にきらわれぬために、色を白くするように努力したことも想像できる。あのように透きとおった皮膚をつくる漂白剤は、ただ一つしかありません」

「砒素だ！」

と検事が叫んだ。

「そう、効果のあざやかな漂白剤といえば、砒素の水溶液であるファウレル水ではないかということにすぐ気づきます。砒素水のことをあなた方に向ってくどくどいうのは釈迦《しゃか》に説法だけれど、これをのむとたしかに透きとおるような独特の皮膚の色になる一方、砒素に対してきわめてつよい抗毒性をもつようになる。おそらく彼女は液体のファウレルを持ち歩く不便さをさけるために、その材料である粉末の亜砒酸を持ってきたにちがいないと思う」

原田も由木もこの薬剤のことは知っていた。

ファウレル水というのは亜砒酸の一パーセント水溶液なのだ。ふつう亜砒酸の許容量は〇・〇一乃至《ないし》〇・〇二グラムであり、〇・〇五グラムのむと中毒症状を起す。しかしファウレル水を服用して徐々にその量をふやしていったものは、やがて十グラム以上、すなわち許容量の千倍以上というおどろくべき大量にも平然と耐えられるようになるのである。砒素は、そういう特別な性質をもっている。

「なるほど、わかりました。彼女は前以《も》って台所の砂糖ツボのなかに粉末の砒素をまぜておいたのですな？」

「そう、珈琲や紅茶は食卓にはこんだのち、角砂糖なりテーブルシュガーなりを入れるわけだが、ココアに限って調理室で砂糖をまぜて練るのですから、砒素入りの砂糖が安孫子君や行武君、さては大切な婚約者であるところの牧君の飲み物にいれられるおそれはないのです。つまり尼リリスと松平君の二つのカップにのみ砒素入りの砂糖が用いられることになるのです。つまり尼リリスは毒入りココアを飲んだのだが、抗毒性のある犯人は、無毒のココアを飲んだ場合と同じで、それに少しも影響されることがないわけだ。これが、あの事件の真相です」

肥った警部は上体を起すと、ほっと吐息した。が、疑問が氷解してすっきりした気持になれたのは、単に原田ばかりではない。

事件が発生したのち、当局はただちに砂糖ツボを押えて中の角砂糖を分析してみたが、その結果は何の毒物も発見されなかった。しかしそのときはすでに、有毒の砂糖が無毒のそれらとすりかえられていたからに違いない。リリスには、そうする時間の余裕はたっぷりあったはずだからである。

原田警部は、尼が紗絽女のカップのみを大切に保管しておきながら、自分のカップはさっさと万平に洗わせてしまったことを思いだして、犯人のぬけ目のないやり方に思わず苦笑した。同時にその笑いは、自分の間抜けさ加減に対する自嘲にも通じていた。

カードの秘密

一

人々は由木がわかしてくれたあつい珈琲を飲んだ。だれも一向に眠いとは感じていなかったが、応接間の暗闇のなかで緊張した数時間をおくったせいか、やや疲労を覚えていた。平素は珈琲ぎらいな橋本検事も、そのときのひとカップは非常にうまいものに思えた。雨はなおも降りつづいているが、雷鳴だけはほとんど止んで、ときおり遠くのほうで光る程度であった。

「質問があるんだが」

と、禿げ上がった検事が切りだした。

「なんだい」

「尼リリスがスペードのカードを持ちだしたのはわかるんだが、なぜ、十三枚も必要としたのだろう。本来ならば二枚でよかったはずだ」

「それは不測の事態の発生を計算に入れていたからだろう。すべてが計画どおりにいくものではないからね」

「しかし、十三枚というのは多過ぎやしませんか」

かわって署長がそう訊ねた。

「多過ぎるといえば多過ぎるな。当人が死んでしまったいまとなっては訊くわけにもいかないが、一つはミステリアスな雰囲気をだそうとしたのではないかね。一体どれだけの人間がやられるのだろうという恐怖感と、底知れぬ不気味感とをだすためにね。必要な枚数だけ取りだしたのでは、こうした効果はでないだろう」

黙ってうなずいている。

「それに、殺しは二件だから二枚持ちだすというのでは、犯罪の骨格を見すかされるという心配もある。だから彼女としては、もう一つの未遂事件を起して、そこに三枚目のカードを残すぐらいの予定だったかもしれないな。そうすれば、犯行の動機というものもぼやけてくるしね。それやこれやで区切りのいい十三枚というカードを持ちだしたのかもしれぬ。しかし結果からみると、決して多過ぎはしなかったではないか」

星影は癇のつよいたちらしく、眉の間にくっきりとしたたてじわが寄ってきた。それに気づいた検事がそっと署長の袖をひいたので、どうやら感情の爆発はまぬかれた。

「さてつぎの犠牲者、つまり三番目に殺されたお花さんの件になるけれども、この場合問題になるのは動機がなにかということと、紙片にしるされてあった謎の数字の正体はなにかということになる。もっとも動機については、当のお花さんが殺される直前に万平老人に語ったことから大体の見当がつけられる。ですから、われわれはまず、あの六桁の数字が何であるかを考えなくてはならないわけです」

「電話番号じゃないのですか」

といったのは、わざわざ東京まで赴《おもむ》いて調査をしてきた由木刑事である。

「ちがいますね」

星影氏はにべもなく否定した。

「電話番号だといったのは、その数字が六桁から成立しているために尼リリスが咄嗟に思いついた嘘であって、電話番号とは何の関係もありません」

由木は脳天をどやされたように、暫くの間うつろな表情をうかべていた。小娘の口車にのせられて、わざわざ酷熱の東京まで出かけて行ったのが残念でもあり、滑稽でもある。また、急の場合にあれだけの嘘をついた尼リリスの抜け目なさにも驚かされたのであった。

「橋本君、犯人はこの六桁の数字を土台にしてたちまち電話番号を思いついた。きみは逆に東京の電話番号である六桁の数字から、一体なにを連想するかね？」

「さあ……」

容易に答えられそうもない。すると水原刑事は鞄の中から一枚の新聞紙をとりだして卓上にひろげた。それは二十一日付の夕刊で、社会面の右隅に赤インクで囲まれた一郭《いっかく》が目についた。自治連合宝クジの当選番号である。

いぶかしそうな人々の表情は、視線がその一個所に釘づけにされると同時に、ふかい驚きのいろに変った。なんと、最上段に記された特等四百万円に当選した幸運な番号が、係官をさんざん悩ませた２５９７８９なのであった。

「そうか、宝クジの番号だったのか。たしかにこいつは六桁だよ」

「それをあの小娘めよくも電話番号だとホラを吹きやがった」

「いや騙されるほうがおめでたいぜ」

「そういえばお花さんの財布のなかにクジが一枚入っていたよ」

係官たちはいまになってようやく思い当ったことを恥じたためであろうか、言い合せたようにうつむいた。

「このクジの抽選は、二十一日の午前十一時から横浜の公会堂で行われたんだが、ＮＨＫがその実況放送をやってるし、正午のローカルニュースでもアナウンスしているんだ。おそらくお花さんはたまたまその発表を食堂のラジオかなにかで耳にして、自分が買っていたクジが四百万円に当ったかどうか、とりあえず特等の当選番号だけをメモしたいと思ったんだろう。そこで近くにいた尼リリスから万年筆をかりたわけなんだが、このちょっとした行為がのちのち彼女の命取りとなったわけだから、不運というほかはない。ところで由木君」

と星影は刑事をかえりみた。

「炭焼きの死体のかたわらにおちていた例のレインコートですがね、そのポケットに入っていた品物は何となにでしたかね？」

星影は再三係官の記憶力をテストするようなことをやるものだから、うっかりできない。

「そうですねえ、山手線の回数券と百円札、それに万年筆……」

いいかけて彼はハッとした表情になった。ぬけめなさそうなその顔が、興奮のためみるみる赤くなった。

「そうだ、わかりました。クジの抽選は十一時からあったのだし、お花さんが尼リリスの万年筆をかりて当りクジをメモしたのは正午のことです。ところがその万年筆は、三時間も前の午前九時頃に、レインコートとともに盗まれたことになっています。お花さんはこの矛盾に――」

「そう、由木君のいうとおりです。尼リリスは、正午過ぎまでちゃんと万年筆をもっていた。

これは否定できない事実です。いいかえれば、レインコートは正午過ぎまで無事だったことになるのです。それなのに彼女は九時に盗られたと主張している。お花さんがこの矛盾からどのような結論に到達したかは知る由もないが、矛盾を矛盾として胸のなかにしまっておくことができなくなって、納得のいく説明をもとめようとしたのですよ」

「そうだったのか。あのときお花さんはわたしたちに何か話したいことがあるといってきたのですよ。しかしこっちは忙しくて耳をかす暇がなかったから、相手にしなかったのです。あとでゆっくり聞いて上げるからと追い返しましてね」

由木が申しわけなさそうに小声でいった。

「さて尼リリスにしてみると、この矛盾がみんなの知るところとなれば身の破滅です。炭焼きの死んだのが午前十一時頃だというのに、肝心のレインコートはりら荘の本人の部屋にあった。これが俊敏な由木刑事の耳に入ってみなさい、レインコートを持っていって死体のかたわらにおいたのは彼女の仕業だということがたちまち見ぬかれてしまいます」

由木は皮肉をいわれたように、不器量な顔をあからめた。

「まあそれだけのことだったら、面白半分にやったとか退屈しのぎに仲間をびっくりさせたとか、言い逃れはできただろう。人騒がせをして怪しからんというわけで由木君から叱言をくうものの、学生だからということで大目に見られます。ところが、そうした言いわけは通用しなかった」

「どういうわけですか」

「お花さんに呼び出され、つっ込まれたときには、すでに尼リリスは橘君を殺し、紗絽女さんを毒殺したあとだった。もはや、退屈まぎれなどという弁解が通用する段階ではなかったからです」

「なるほど」

「もう一つは、レインコートを死体のそばにおいたのが尼リリスだったということになると、スペードのAをおいたのが彼女であったこともわかってしまう。そればかりでなく、なぜそんな真似をしたかという理由を訊かれた場合に、彼女には説明ができないのです」

「そうですね」

「さらにまた、橘殺し、紗絽女殺しのさいにカードを遺留したのが彼女であることも知れてしまいます。カードを残すことによってアリバイを造るという狙いが逆に作用して、殺人現場に署名を残してきたのと変りないことになる。まさかお花さんがそこまで見ぬいたとは想像できないけれど、犯人としては、あの矛盾をつきつけられたときには理屈のこねようがなかった。きみたちが仮りに尼リリスの立場にあると仮定してみたまえ、どんなに頭をしぼったところで、絶対に逃げ道のないことが解るだろう。ぼくは、お花さんから説明をもとめられたときの尼リリスのショックはじつに大きなものだったろうと思うな。犯人は、そのときはじめてぬきさしならぬ失敗をしたことに気づいたのだ。これがお花さんを殺した動機です」

一同の間から、またほっとした吐息がもれた。

「さて、つぎは行武君のことになるんだが、彼の生命は、最初からきわめて不安定な立場におかれていたのです。ここでもう一度、二十三日の夜のこと、お花さんや橘君や松平さんのお通夜でくたびれた学生諸君が、この食堂に集まってしばらく息ぬきをしたときのことを思い出してほしい」

当時その席にいた原田警部と由木刑事が顔を見合わせた。

「その際に行武君が、グラスに注がれたペパーミントフィーズをのもうとした情景を思いうかべて下さい。平素は酒ぎらいの行武君も、気分転換のつもりか盃に手をふれた。そしてひと口のんでから、これはペパーミントじゃないかと文句をいったでしょう?」

「ええ、自分は平素からペパーミントは嫌いなのだ、と腹立たしそうにいってましたよ」

「そうだ、ぼくも覚えてるよ。尼リリスが、だれかが盗み呑みしたもんだからペパーミントしか残っていないのだというようなことをいって、それから彼女と安孫子のあいだに口論がもち上ったんです」

と警部も口をそえた。

「問題はそこにある。行武君はひと口のんでから、そのリキュールが薄荷《はっか》の味のするペパーミントであることを知った。しかしこの酒は濃い緑色をしているのですから、呑まなくても、色を見ただけでペパーミントであることはわかるはずです。にもかかわらず味わうまでそれと気づかずにいたのは、行武君が色を識別しなくなっていることを示している。それが明らかになれば、あの赤とグリーンのナイフを利用した尼リリスの犯罪が、極度の危機にさらされてしまうという点に注意していただきたい。おそらく犯人は、行武君のこの何気ない失敗をみて胸中慄然としたでしょう。幸いだれも気づいた様子がないのでほっとしたものの、このまま生かしておいては、今後いつまたしくじりをやるかも知れない。だから彼女は、行武君が、二度とこのようなヘマをくりかえさぬうちに処刑してしまう必要があった。で、その夜トイレに行った行武君のあとを追ってなぐり殺してしまったのです」

またもや一つの謎が明らかにされた。毎度のことながら、原田警部も由木もそれをおのれの目で見ていたくせに、星影に指摘されるまでは見抜けないのである。二人とも冷汗がでる思いだ。

「ここでちょっと触れておくが、紗絽女殺しの場合はココアに毒をもるほかはなかった。男性たちは珈琲をのむのだから、珈琲にファウレル水をおとしたのでは、犯人にとって大切な牧君まで死なせてしまうのだからね」

「そうですな」

と由木は相槌を打ったものの、星影がなにをいいだそうとするのか、見当がつきかねた。

「橘君をやったときは、ペンナイフを用いなくてはならなかったわけだが、あの小さなナイフを用いるからには、延髄を刺す以外にはない。つまり、炭焼きが墜死をしたこととはべつとして、二つの殺人の手段はそれぞれ必然性があったのだよ」

「わかります」

「犯人がヴァラエティ云々を意識しだしたとすれば、それはお花さん殺しのあたりからになるんだが、しかし必ずしもそうとばかりはいえない。タオルにしても火掻棒にしても、炊事場をのぞいてみるとその辺に転がっているんだから、ふとそれを利用する気になったのかもしれない。刃物を使うのとちがって返り血をあびずにすむし、しかも手っ取り早く勝負がつくからね」

「そうですね。持ち歩いているところを人に見られても怪しまれることはありません」

「そうなんだ。ところでつぎの吹き矢になると、また必然性がでてくる。あの場合は安孫子君の犯行にみせかけなくてはならないのだから。つまり、両手の自由がきかなかった安孫子君にとって、吹き矢が唯一の兇器になる。こんなふうに考察すると、毎回殺人手段をかえたのは、べつに奇をてらったわけでもなかったということになるのだ」

少し話が先走ったようだと呟いて、星影は言葉をもどした。

「ところが尼リリスの決意はおそすぎた。行武君の些細なつまずきに気づいたのは彼女一人ではなくて、二条君もそうであったのです。同君はそれからそれへと推理をはたらかせて、たちまち犯人が設定しておいたあらゆる欺瞞《ぎまん》を払いのけ、連続殺人の真相に到達してしまった。彼の推理才能はぼくも賞讃せぬわけにはゆかない」

星影竜三は二条義房をそうほめたのち、すぐに批判的な口調にかわった。彼が他人を無条件でほめることはまずないのである。

「ただ同君には芝居気があった。大向うのヤンヤの喝采を期待するという単純な性格の持主だったのです。だから安孫子君を留置場から呼びよせておいて、おもむろに尼リリスの犯行をあばいて見得《みえ》を切り、大いに演出効果をあげようと考えていた。同君が命を失ったのは、その俗物根性のためです」

星影は咳ばらいをした。

「さて二条君の失敗の理由を検討してみると、犯人尼リリスの実行力というか決断力というか、それを甘くみていたことが数えられるんです。行武君が色を識別しなくなったことをみずから暴露しかけた以上はですよ、犯人が彼を生かしておくまいと予知していたくせに、二条君はすぐに適切な手を打たずにいたから、行武君を殺させてしまった。それでもなお尼リリスのやりくちをみくびって油断したために、今度は自分が毒矢で射殺される羽目になったわけです」

「あのとき、わたしが二条君の到着時刻を伏せておけばよかったんですが、電話口で大きな声でどなっていたために、彼女に乗ぜられてしまったのです。どうもわたし自身が犯人の手助けをしたような気がしてならない」

二条が殺されたときのこと、リリスが由木をつかまえて、被害者の幽霊がでるとこわいから泊ってくれるよう哀願したのを思いだした。あの殺人鬼が二条のお化けを恐しがるほど殊勝なはずもないから、あれはもっぱら自分がかよわい女性であることを強調するのが狙いであったに違いないのだ。由木刑事は、彼女の悪知恵にあらためて感嘆するのだった。

「いや由木君、きみが到着時刻をもらさなかったとしても、相手は尼リリスです。必ずなにかの手段で殺していますよ。生かしておいては自分が危ない。生きるか死ぬかという、せっぱつまった立場に追いこまれていたのですからね」

星影は由木をなぐさめておいて、唇にしめしをくれた。赤い女性的な唇だ。

「この事件の犯人は、当初から行武君と安孫子君に嫌疑をむけるように心掛けていたのです。毒の吹き矢を用いて殺人をやったのも、当時手錠をかけられて自由を失っていた安孫子君の犯行にみせかけるためです」

「そのことはわたしも気づきましたよ、ええ」

原田警部は得意気に口をさしはさみ、自分で相槌をうった。これでいくらかでも名誉回復したつもりである。

二

「ところがさすがの犯人も、今度はとんだどじを踏んだんです。何だと思います？」

由木が日に焼けた首をかしげた。

「矢尻にぬるトリカブトの根をぬいているとき、予期せぬ人に目撃されてしまったのですよ」

そういわれて由木は、ようやくことのなりゆきをおぼろげながら想像することができた。

「目撃したのは日高鉄子ですね？」

「そう」

由木はゆくりなくも五日前の二十五日の夜のことを思いだした。安孫子の洋服ダンスの下から発見したトリカブトの根を日高鉄子に見せたとき、彼女が急にプイと立って自室に入ってしまったのは、由木が想像したように何事かが気にさわったせいではないのだ。彼女は由木に見せられた植物の球根から尼リリスがトリカブトの根をぬいたことを直感した。そのことから導きだされる結論はひとつしかない。吹き矢の根にトリカブトの毒を塗った人物も、二条の体を的にして毒矢を突きたてた人物も、尼リリスにほかならない。そのことを日高は反射的に悟ったにちがいない。

そこまで考えてきた由木刑事は、急に顔を上げた。

「すると日高鉄子は、われわれに相談することなしに直接自分で尼リリスに談じこんだわけですね？」

無視されたことが面白くない。

「そう、そういうことになります。しかしそれは無理ないですよ。あなたは気づかなかったかもしれぬが、日高女史は安孫子君に好意をもっている。これは先日ぼくがこの目で観察したことだから間違いありません。このひそかに愛している人間を、当局は殺人犯だと思い込んで逮捕したのだから、内心あなたがたに対して大いに敵意を抱いていた。と同時に、愛する男を絞首台に追いやろうと企んでいた尼リリスに対する怒りも非常なものだったでしょう。この爆発した憤怒は、正規の裁判手続をすませて法的な制裁を加えるようなのんびりしたやり方を待ってはいられない。彼女が直接行動に出た止むにやまれぬ心境は、ぼくには充分理解できるのだが……」

　そこで星影はゆっくりとした口調にかわった。

「しかしねえ、日高女史をしてああした行動に出させた最大の理由は、またべつにあると思うんだ。連続殺人の犯人が安孫子宏ではないことを当局に信じさせるには、彼が留置場にいる事実を逆用して強固なアリバイたらしむるように、『第七番目の殺人』をりら荘で発生させるに越したことはない。『安孫子宏を救うために！』これが彼女のスローガンだったのだ」

　わが身が絶対安全であることを確信しての上の犯行ではあるけれども、愛人を救わんがために敢て殺人するという彼女の決断を聞かされたとき、由木ははじめて日高鉄子を女傑であるといった原田の言葉を理解したのである。

「なにぶんにも短時間だったから、ぼくは彼女とは充分な話はできなかった。要点だけは訊いておいたが、それにぼくの推理を補足すると、大体のことは見当がつくのだ。安孫子君がつれていかれた夜のことなのだが、日高女史が眠れぬままに窓から外を見おろしていると、花壇のところでなにかこそこそやっている人影に気づいたんだな。眸をこらして見ていると、尼リリスが花の根を掘っていることがわかった。珍しい植物を失敬して帰って、自分の家の庭に植える気なのだなと解釈した。いかにもわがまま娘の尼リリスらしいやり方だが、花盗っ人は風流なものだと考えて、日高女史はなにも訊ねずに目をつぶっていたわけだ。仮りに立場が逆だったなら、尼リリスのような勝気な女が容赦するわけがない。みんなの前で詰問して恥をかかせてやろうぐらいのことはやりかねないのだが、その点、日高女史はおとなしいんだな」

殺人犯の肩をもつような口調に、由木はいささか批判的だった。だが星影は、由木の顔つきなど頭から無視して話をすすめた。

「ところが由木君があたえたヒントから、例の植物がトリカブトであることを知り、ひいては尼リリスが連続殺人の犯人であることを見抜いてしまったのだ。一方、尼リリスのほうでは、決定的な場面を目撃されたとは少しも気づいていない。したがって自分が橘君を殺し紗絽女を殺し、お花さんその他の連中を殺した犯人であることがばれたとは、夢にも思っていない。だから日高女史に対してもすっかり気をゆるしていた。もし尼リリスが覗かれたことを知って相手を警戒していたとしたら、日高女史はああもやすやすとリリス殺しに成功するはずはなかったのだがね」

由木は投げやりにうなずいた。

「さて、溺死という殺害手段をえらんだのは、これまた由木君の発言がヒントになっているといっていた。由木君が射殺と溺殺という二つの手段をあげ、そのうちに射殺はすでに実行されている。そこで日高女史は、残った溺死に挑もうとしたわけなのだよ。ヴァラエティに富んだ殺害方法を用いることによって、尼リリスの死もまた、いままでの連続殺人の一環であることをそれとなく強調するのが狙いなんだな」

大きくうなずいたのは署長だった。

「最初は、彼女が入浴中に浴室に行って浴槽のなかに押しこむつもりだったそうだが、いろいろとアイディアを練っているうちに、三階まで死体をかつぎ上げれば、非力の自分は嫌疑の外に立つことができると、そういうことを思いついたわけだ。さらにその死体をバラの花の上に投げだしておけば、余計に牧君が犯人らしく見えてくるのではないか、ということにも思いついた。説明するまでもないことだが、ロマンチックな死に方に憧れていた女に、せめて死んだあとでもいいからその夢をかなえさせてやろうと考えるのは、彼女の恋人以外にないのだからね」

「われわれもそうした解釈をしたものですよ」

と、原田警部が汗をふいた。

「それにしても星影さん、犯人が日高鉄子だとすると、あの肥った尼リリスをどうやって搬び上げたのでしょうかな？」

星影に質問をするときは、署長ですら多少遠慮気味になるのだった。

「搬び上げたのではない。そう見せかけたにすぎないのです」

「どうやってでしょうか」

「それはですね、彼女の説明によるとこうなるのです。牧さんについて、秘密の情報があるという口実で、夜がかなり更けた頃に、ひそかに尼リリスの部屋を訪ねた——」

「しかし、ああした雰囲気のなかで、よくまあ警戒もせずに扉をあけたものですな」

と原田警部が感想をもらした。話を中途でさえぎられた星影は、明らかにむっとしたように押しだまると、相手の顔を軽蔑したように薄笑いをうかべて見つめていた。

「勘ちがいをしてはいけない。尼リリスにしてみれば、連続殺人の犯人は自分なのだから、りら荘のなかに恐ろしいものがいるわけがないんだ。怯えているように見せかけたのは、自分がかよわき女性で、犯人ではあり得ないことを、それとなく暗示するためだったのだぜ。しかも安孫子君が犯人として逮捕されたあとなのだ。彼女としてはいかにもほっとした様子を見せなくてはならない。警戒して扉をとざしていたとすると、そのほうがかえって不自然なのだよ」

「なるほどね」

と肥った警部は自分の思い違いを指摘されて赤面した。

「加うるに、牧君についての情報を知らせてやるから、といわれれば、冷静ではいられない。ご承知のように牧君が美男子であるのに反して、尼リリスはさして器量もよくない。表面ではわがままいっぱいに振舞っているが、牧に捨てられたらどうしようという心配はつねに念頭から去ることがないのだ。彼女としてはその愛している男の最新情報を聞かぬうちは心がおさまらないわけだよ」

「いや、わかりました」

「雑談しているうちに牧はうつらうつらしはじめたのですが、これは原田警部や由木君と同じように、ジュースのなかに一服もられたからなのです」

「睡眠薬を？　尼リリスの部屋から失敬したわけですか」

「そうではない。日高女史は失恋して以来眠れなくなっていたものだから、スーツケースのなかに持ってきていたといっている。それをジュースに入れたわけだが、牧君には倍ちかい量を用いておいたので、当時はすでに熟睡していたことになる。彼が婚約者の部屋をおとずれて、日高女史の仕事を妨害するような心配はないのだよ」

「頭のいい女ですな、まったく」

原田警部が感にたえぬようにいったが、星影はうなずきもしなかった。

「だれだって少し頭をひねれば、その程度の知恵はでますよ。余程の馬鹿でないかぎりね」

「そんなもんですかな」

警部はあてこすりをいわれたと思ったのか、鼻白んだ表情になった。

「さて、その睡眠剤が効き目をあらわして、いまやふらふらになったリリスに手を貸すと、三階へつれていったのだが、そこには前もって浴槽のお湯が入った洗面器が用意してあった。尼リリスをひざまずかせると、そのなかに顔をつっこませて押えていたのだ。女という生物は残酷なことをやるもんだね」

言葉を切ると、星影はよく磨いてある爪をじっと見つめていた。しかし一同が黙りこんでいたのは、必ずしも星影とおなじことを考えていたからではない、尼リリスが水死した現場が三階であったことの意外さに驚いたためであった。

「洗面器で溺れたのですか」

「そう。日高女史の狙いはいまも述べたように、牧君を犯人に仕立てるためでした。べつに牧君が憎いというわけではないが、だれかを犯人にしない限り自分が疑われてしまう。まあ、いってみれば女のエゴイズムだな。それはともかく、浴室で溺死させておいてその死体を三階までかつぎ上げたとなると、だれが見ても牧君の犯行ということになる。この場合、動機なんかは二の次です。牧君以外には可能性はない。しかるがゆえに牧君が犯人だと断定されてしまうのです。尼リリスに過去のあやまちを告白されて逆上したんだろう、と詰めよられても、否定することはできないわけですよ。牧君としてはアリバイもないし、蟻地獄にひきずりこまれたアリとおなじことです。いくらもがいたところで救かる途《みち》はない」

署長がしなびた顔で相槌を打った。なにか追従めいた口調であった。

「さて、尼リリスの死体から服をはぎとった目的は、いうまでもなく入浴中にやられたように見せかけるためだが、ぬがせた服を持って一階に下りると、脱衣籠のなかに入れた。その上タオルや石鹸を持ちこむという芸のこまかいところまで演出したわけだよ」

「ところで、彼女はあのカードをどこで見つけたのでしょうか」

そう訊ねたのは由木刑事だった。安孫子の部屋をさがしても発見することのできなかったカードの隠し場所を、ああした風采のあがらぬ画学生ふぜいにあっさり見つけだされたのでは、警部や署長や検事の手前面目がたたない。

三

「いや、そこにも誤解がある。彼女はついに尼リリスを葬ってしまったが、これが連続殺人の一つであるように見せかけるのが最初からの計画だった。いうまでもなく二十二日に発生した三つの殺人、すなわち橘、松平、お花さん殺しの場合は、自分は東京にいたという立派なアリバイがあるから、尼リリスの死が連続殺人の一環とみられる限りは、自分の身は絶対に安全です。さてそう見せかけるには、ただ単にスペードの7の札を尼リリスの死骸のそばになげすてておけばいいわけだ。ところがすこぶる都合がよかったことに、彼女もまた尼リリスのカードとそっくり同じものを持っていたのです。いや持っていればこそ尼リリス殺しを決心することになったのでしょう」

「なんですって？　日高も同じカードを持っていたとおっしゃるんですか」

これでは少々話がうますぎるではないか。だれもすぐには信じかねる表情をうかべていた。

「そう。説明をしなくては理解してもらえまいが、二十二日の早朝のことを思いだして頂きたい。尼リリスがトイレに降りたとき、食堂にだれかがいる気配がしたということは諸君もご存知のとおりです。さてその日の朝の朝食の席で、スペード十三枚がひきぬかれ残り四十枚になっていたはずのカードのなかから、さらにクラブとハート各一枚が減っていた事実が発見された。そこで当然その二枚の札を盗んだのは、その日の払暁に食堂のなかにひそんでいた人物にちがいないと見当づけられて、前日の午前中にりら荘をでて東京へもどって行った日高女史は完全に嫌疑外に立たされてしまった。ところがです。現在ではトイレに降りた尼リリスを脅かした食堂の怪人物の正体は万平老人であって、カードを盗んだのは彼ではないということが明らかになっている。とすると、日高女史がカード盗人の張本人であることもありうるではないですか」

「なぜです？　なんの用があって二枚のカードを盗んだんです？」

「サンプル用ですよ」

「サンプルとは？」

「諸君は、彼女が絵具を買いにもどったという口実を訝しいと思わなかったのですか」

「ええ、それは思いましたよ」

「そのとおり、絵具を買いにもどったというのは嘘です」

「それじゃ、なんのために帰ったんでしょう？」

「あたらしいカードを買うのが目的ですよ。尼リリスが持っているのとそっくり同じのカードを」

「なぜ急にそんなものが欲しくなったんです？」

追いかけるようになされる由木刑事の質問に対して、星影竜三が答えたものはつぎのとおりである。

一同がりら荘にやってきた当日の夜のこと、日高鉄子は気鬱を散じるために、食堂の棚においてあったカードをもちだして、自分の部屋で独り占いをはじめた。スペードのふだが全部紛失して、クラブとハートとダイヤ及びジョーカーの四十枚しか残っていないが、それでもけっこう占う方法はある。

秘かに胸をこがしていた男性をあっさり紗絽女にさらわれた直後であるだけに、そのとき鉄子が占ったのも自分の結婚運かなにかであったろう。

「ところがついうっかりして、火のついたパイプタバコをハートの3とクラブのジャックの上に落として燋がしてしまったというのですよ。すでにスペードがぬけた残りの半端なカードですから、もはやゲームの役にも立たぬしろものではあるが、元来が尼リリスという女は意地がわるい。正直に謝ったとしても決して快よくゆるしてくれるとは思われなかった。いや、わがままな彼女のことだから仲間の前で罵倒されるかもしれぬ。かねがねブルジョアのぐうたら娘として軽蔑の目でながめていた女から面罵されることは、日高女史としては耐えられぬ屈辱です。とうてい我慢ができることではありません。とすると、どうしたらいいか」

「口をぬぐって知らん顔をしているわけにはいかんですか」

「食堂から借り出すときに、牧君に見られたといっていました。もっとも同君は紳士だ、告げ口をするようなはしたない真似はしなかったが」

「だから同じものを買おうとしたわけですか」

「そう、日が暮れたのちまでさんざん頭をひねった末に、そっと同じ一組のカードを求めてきて、そのなかのハートの3とクラブのジャックをもどしておけばいいという結論を得たのです。そこで夜中にふたたびカードを盗りにいったわけです。スペードの札の紛失にのみ、皆が気をとられてましたがね」

星影が言葉を切ると、横から水原刑事が例によって落着いた口調で、日高鉄子が二十二日に銀座のデパートにゆき、店員にハートの3を提示して一組のカードを購入したことをつきとめた旨の報告をした。

「だから二十三日にりら荘に戻ってきた彼女のポケットのなかには、当然そのあたらしいカードが入っていたわけです。尼リリスを殺したときに役立てたスペードの7は、あたらしく東京で求めてきたカードのうちの一枚だったのだよ」

「すると日高は、尼リリスのカードの隠匿場所は知る必要はなかったわけですか」

由木はなおもその問題にこだわりをみせた。

「そう、手持ちの札を使えばいいのだから、苦労して尼リリスのカードを探す必要はないのです」

「ではわたしが見つけたスペードの8からキングに至る六枚のカードは、尼リリスが隠しておいたやつじゃなかったわけですな」

彼のいうのは、安孫子の洋服ダンスのなかで発見した札のことである。

「そう、あの六枚のカードも、日高女史が東京で買ってきたあたらしい札の一部ですよ」

「なぜそのような真似をしたんでしょう？」

「その理由はこうです。二組のカードの存在を知らない当局は、あれを発見し押収することによって、すっかり安心してしまう。まだ何処かに隠されてあるはずの尼リリスのカードを探そうとはしなくなる。そこが日高女史の狙いです。なぜそんな真似をしたかというと、二組のカードの存在することがわかってしまえば、尼リリスを殺した犯人が、それ以前の連続殺人を犯した犯人と同一人物であるごとくみせかけた日高女史の企みが崩壊する。そうさせぬために、由木君の目につく場所にスペードの8からキングに至る六枚のカードを置いたわけです」

嚙んでふくめるように星影は説明した。どうやら人々はそれを了解したようである。

「そうしますと、尼のカードは、まだどこかに隠されていることになりますね」

「そう、これだけ大きな邸だから探しだすのは容易じゃないでしょう。だが、ぼくは、尼のカードがまだ発見されないということを逆に利用した。先日ぼくがここを発とうとしたときに、用途をあかさずに原田警部からカードを一枚借用しましたが、それもまたサンプルにする目的だったのです。いいですか、ようく聞いていないと話がこんぐらかって、わかりにくくなる。じつは、ぼくも日高女史がやったようにあれを持ってデパートに行くと、あの見本とおなじ品物を一組買った。そしてそのなかからスペードの7を一枚えらんで封筒に入れたものを、由木君に託して、日高女史が食事中をねらってそっと二階の部屋になげ込んでもらったのです。つまり、この事件に関連しておなじカードが三組あることになるわけだ」

話はいよいよ今晩の終幕の場に及んだ。一同はさらに真剣な顔で星影の言葉に耳を傾けていた。

「ぼくが書いたみじかい手紙を、彼女はすぐに理解した。ここでもう一度くり返しておくけど、彼女は当局に対して、あくまでカードが二組あることを秘密にしておかなくてはならない。尼リリスのスペードの札の残りの七枚が存在することは、なんとしても知られてはならないのです」

星影は一同が理解しやすいように、ことさらにゆっくりした口調でくり返した。

「ぼくはいま、尼リリスの札の残りが七枚あるといったが、それはわかるでしょうな？　尼リリスの死体のそばにおちていたスペードの7は日高女史自身で投げすてたカードだから、尼リリスがひそかに隠し持っているスペードの7は使用されていないわけです。つまり、死んだ尼リリスの手持のカードは、スペードの7からキングまで七枚ある、ということになる。

いいですね？」

「ええ」

「そのスペードの7が封入してあったものだから、彼女はてっきりその手紙の筆者が、尼リリスの持ち札を発見したものと思いこんでしまった。ぼくがもう一組のおなじカードを買ってきたものとは夢にも思わない。自分が使ったトリックに自分がはまりこんで、それとは気づかないのだ。そこで彼女は、なんとしてもマントルピースの近くにかくされている残りの六枚のカードを手にいれて破棄しなくてはならないと決心した。こうした彼女の心の動きは、手にとるように想像できたのです。果してその想像はまちがいではなかった。とうとうぼくの仕掛けた罠にかかって、由木君にたのんでかくしておいたカードをとりだしたことにより、尼リリス殺しの犯人であることを諸君の前にみずから立証してみせてしまったのです……」

星影の長広舌《ちょうこうぜつ》がおわると、魔法使いのために石にされていた人間の呪咀《じゅそ》がようやく解けたように、人々は各自の動きをとりもどした。署長と由木とは雨のなかをふたたび署へとってかえし、残った人々はそれぞれ手頃の部屋に入って、夜があけるまで休息することにした。

四

夜来の激しい嵐もおさまって、ひときわすがすがしい朝であった。牧よりもひと足さきに目ざめて洗面所におりた安孫子は、早くも庭を散歩している星影竜三の姿を見ておどろきの目をみはった。いやそればかりではない。食堂をのぞいてみると、意外にも橋本検事が朝刊をひろげているではないか。

「おや、検事さん！」

「やあ、おはよう。眠れましたか」

「ええ、ぐっすり」

先日訊問をうけたときとはまるっきり変って、明るく感じのいい人柄にみえる。酸いも甘いも知りつくしたような禿げた頭と、ふとぶちのロイド眼鏡のおくの柔和な眸が、ひどく頼もしい印象をあたえていた。

「ずいぶんお早いお着きですな」

「いやあ」

「星影さんも見かけましたが、あなた方がおいでになるのは明日の予定じゃなかったんですか」

昨夜のさわぎを少しも知らぬらしく、少々間がぬけた挨拶である。

検事のかいつまんだ話を聞いていて安孫子はたちまち顔色をかえた。しばらくは言葉もなく相手の顔をじっとみつめていた。

「ぼく、牧に知らせてきます」

くるりとうしろを向いて出ていった。

牧は、起きぬけの一服をやろうとしてピースに火をつけたところだったが、安孫子を迎えいれると、ベッドに腰を下ろした。

「どうした、朝っぱらから……」

「おい、大変なことができた。昨晩日高君が逮捕されたぞ」

「そうか」

意外にも彼はおどろく気配を見せなかった。

「なんだ、お前も知っていたのか」

「逮捕されたのは初耳だが、あれが尼君を殺した犯人であることは知っていたさ。事件当時ここにいたのは彼女とぼくの両人きりだったから、ぼくが殺したのではない以上、彼女が犯人であるにきまっている」

「そんならなぜ早く原田さんにいわなかったんだ」

「馬鹿な！」

と牧は白い目をした。

「ぼくのいうことを彼らが信用してくれるものか。それにだ、彼女が犯人であることは知っていたけど、その日高君が橘や紗絽女さんをどうやって殺せたか、そいつがわからない。当日彼女は東京にいたというアリバイがあるそうだからね」

「そうじゃない、違うんだ。日高君は尼君を殺した犯人だ。しかし行武や二条や橘たちを殺したのは、その尼君なんだぜ」

「なんだって！」

立ち上る拍子に、サイドテーブルの上の灰皿を落してしまった。

「おい安孫子、冗談いうな！」

「ほんとだよ、いま検事から聞いたばかりなんだ。嘘だと思うなら、お前じかに会ってみろ」

真剣な安孫子の表情に、詳細はわからぬながらも牧は、やがて妻にむかえようとした女が殺人鬼であったことをようやく悟ったようである。彼は力なくベッドに腰をおろしたきり、二度と口はひらかなかった。三十分ほどたって朝食がはじまったが、その席上で、二人の学生ははじめて検事の口から事件のくわしい説明をうけた。安孫子が皿のトーストをたいらげて牧のほうをみやると、彼はまだ一枚も手をつけずに頭をかかえていた。

食事が終りかけたころに、由木刑事が扉口に元気な顔をみせた。

「今日は手のすいた連中を動員させましてね、なにがなんでも残りのスペードのカードを探しだすつもりですよ。署で考えたんですけど、枕だとかクッションのなかなんか絶好の隠し場所じゃないかと思うんですがね」

猟犬のようにはりきっている。事件が解決をみせたせいか笑い声が明るい。そのすばしこそうな、それでいて不器量な顔を見ているうちに、安孫子はふと、ハードボイルド小説に登場するようなぶっこわれた顔つきだ、と称した行武の言葉を思いうかべた。気の合わぬ男だったが、その九州男児もいまは亡い。

十時にちかく、牧と安孫子の二人は星影のベンツに同乗して、このさまざまな思い出のあるりら荘をあとにすることとなった。そろそろ出発が迫ったときに安孫子は万平老人に別れを告げにいったが、この管理人のリューマチスは星影が見舞いに贈った特級酒をちびちびやったせいか、急に快方に向っていた。それに、遠い親戚ではあるが気立のやさしい娘さんがつきそってくれることになったので、安孫子も心のこりなく発てるというわけである。もっともこのがらんとした大きな建物のなかで、しかも殺人が数多くおこなわれた直後に二人きりで日夜をおくることは少々刺激がつよすぎるから、当分のうちは、近所の農家の青年たちに泊ってもらうよう頼むという。安孫子もこれには大賛成だった。

学生たちは身仕度をととのえて、スーツケースをベンツにはこび入れた。牧は黙々として後部座席にのり込んだが、安孫子のほうは応接間をのぞき庭をながめて、しきりに名残りを惜しむふうであった。昨夜の豪雨にテラスも芝生もぐっしょりとぬれ、気づいて見ると、この十二日間を女王のように咲きつづけたカンナの花は、あわれにも吹きおとされている。

送りに出た係官たちの中で、由木刑事は特に安孫子に向って、深く頭を下げると嫌疑をかけた非礼をわびた。彼はいつものように胸をそらし、顔を赤らめ、はにかみながら何か答えていた。

運転席に星影が、助手台に水原刑事がすわる。車がUターンをして庭からでようとした際に、牧はここに到着した夕方、エプロンでぬれた手をふきつつ小走りにあらわれたお花さんの元気な笑顔を思いうかべた。そのにこにこしたお花さんの丸い顔が、石積柱にからんで咲いた朝顔の紅い花にオーヴァラップして見えたとき、車は鉄門をとおり過ぎるところであった。

大通りに出た星影は、アクセルをふんでぐんと速度をあげた。奥秩父の風景は、空も、大気も、木々も畑も、そしてひなびた白壁の家も、一夜を境にしてにわかに秋の気配を濃くしたようである。

星影はじっと前方を見つめながら、日高鉄子が安孫子を愛していたことを本人に告げたものかどうか、しきりに思案していた。

呪縛再現

この一篇を宮原竜雄《みやはらたつお》、藤雪夫《ふじゆきお》両氏に捧ぐ

読者諸君の中に、犯人探しに興味を持たれる方がおいででしたら、一つ犯人の名とその推理をきかせて下さい。凡てのデータは七章に出揃っています。各事件を通じて一人の犯人に依る単独犯行です。

挑戦篇

宇多川蘭子《うたがわらんこ》

第一章　七人の大学生

人吉《ひとよし》市と云っても、九州人士でない限り、おそらく知る人は少《すく》なかろう。もう少し説明を加えるなら、日本三急流の一、熊本県は球磨川《くまがわ》の丁度中程に位置する、人口五万に満たぬ小温泉都市である。その温泉が湧出《わきで》たのも昭和に入っての事だから、それ以前は鮎と焼酎《しょうちゅう》とを除けば、殆《ほとん》ど特長もない町であったろう。

球磨川は市の南端を東から西に流れているのだが、丁度そこで合流する支流の胸川《むねがわ》は、更に南に逆上《さかのぼ》って鹿児島との県境に源を発している。その鹿児島側を噌唹《そお》郡と云い、こちら側を球磨郡と呼ぶのだけれど、此《こ》の双方を合せて球磨噌唹となるのは、往昔豪族熊襲《くまそ》が住んでいたからなのだ。一説には山の隈《くま》や背に屯《たむろ》していたから、その隈背が訛《なま》って熊襲となったとも云うが、それは兎《と》も角《かく》、人吉駅背後の横穴式古墳《こふん》を見ても、相当以前から開けた土地である事は納得できよう。

此処《ここ》に作者がくどくどしく、しかし出来るだけ簡単にと心掛けつつ地理を述べようとするのは、やがて起った複数殺人を理解して頂くのに、些《いささ》か役立つ事があるだろうと思うからである。その殺人は、犯人が綿密に計画した謂《い》わば完全犯罪或《ある》いは不可能犯罪とも称すべきで、若《も》しここに彼《か》の具眼《ぐがん》の士《し》がいなかったなら、県当局の努力だけでは、おそらく解決を見るには至らなかったであろうと思われるのだ。犯人は終止眼の前にいながら、論理的に推理をすすめていくと、犯人のいない殺人事件と考える他《ほか》はなく、県本部が誇る名捜査課長の辛《から》島《しま》警視も、殆ど為《な》すすべを知らなかった有様である。

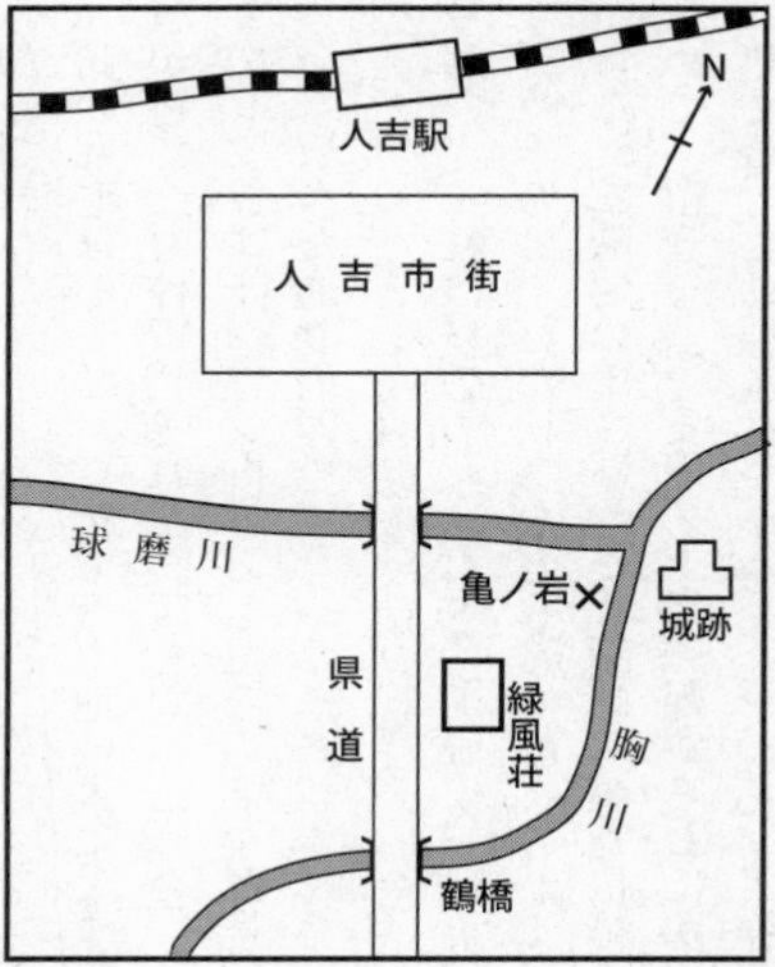

筆が横にそれた様だ。話をもとに戻すとして、もう少し退屈な地理に耳を傾けて頂きたい。さて此の胸川に平行して一本の県道が走っている。ループ線で知られた大畑《おこば》方面に鉄道が敷設されてからは、めっきり人通りも絶えて今では廃道に等しくなって了《しま》った。問題の緑風《りょくふう》荘は胸川を逆上ること二キロ近く、この県道とにはさまれた雑木林の中にあって、その昔てくてくと県道を歩いた人々は、梢《こずえ》越しに見える赤い洋《よう》瓦《がわら》のマンサード風の屋根を里程標《りていひょう》として

いたのであった。

此の邸宅はそうした意味でも土地の人によく知られた存在であったが、もともと領主の一族が建てたもので、それが斜陽となった昨今、所有主は熊本市の九州芸術大学に移って、学生のレクリエーション向けとしてその名を緑風荘とつけられたのである。

今も云った通り周囲をぶなやネムの雑木林に囲れ、西にさびれた県道、北に胸川の流れを控えた、場所としては決して眺望のよい処《ところ》ではなかったけれど、内湯の温泉と胸川でとれる鮎と、それに夏の涼しい事とがとりえで、従って学生に利用されるのも専《もっぱ》ら夏休の間許《ばか》り。時季をはずれた秋冬などしんと静まりかえって、閑古鳥《かんこどり》さえ鳴きはしなかった。木蔦のからんだ二階建の壁、ぴったり閉じられた白枠の窓、煙り一筋出ない煙突、何《いず》れもが息をひそめて、留守を司《つかさど》る田《た》ノ上《うえ》老夫婦からしてが、すっかり無口になって了《しま》うのであった。

処で今、この緑風荘を中心として起った一連の殺人事件を省《かえり》みる時、作者は何処《どこ》から筆を執《と》るべきか迷うのだけれど、時節はずれも十月の二十七日、七人の大学生が緑風荘に泊りに来たわけから語っていくのが順序であろう。

わけなどと云うと、推理小説の読者はすぐ目に角《かど》を立て勝ちなものだが、別に深い何かがあるわけでもなく、ただ一週間続く大学祭りを利用して、日頃交《まじわ》っていたグループが喧噪な大学から軽い逃避をする意味で、一寸《ちよつと》した息抜きを試みたに過ぎないのである。尤《もつと》も鋳金《ちゆうきん》科の牧村光蔵《まきむらみつぞう》は、人吉を中心とした郡内に鎌倉初期の仏像が多く、毎日腰弁で歩くつもりで来たのだから、全員が全員遊ぶのが目的であったわけでもない。現に牧村の婚約者の柳《やなぎ》なおみにしても、来てみて画心をそそられたらしく、毎朝スケッチに出歩いている位だ。

先に作者は七人の大学生と云ったが、気心の合ったのはその中の六名であって、日本画科の行武栄助《ゆきたけえいすけ》は同学年でこそあるが平素は寧《むし》ろ疎遠な仲、これは全く別個に、独り息抜きにやって来たに過ぎない。併《しか》しいくら気が合わぬとは云え、こうした場所で共同生活を送る以上、互いに腹の虫を押えて、何とかやっていかなくてはならなかった。

さて、それは一同が緑風荘に着いた翌日の、夕食前の事であった。ディナーチャイムの合図で人々が階下東南の角の食堂に集ると、顎で頭数をかぞえていた洋画科の柳なおみが、ひとしきり椅子の音の静まるのをまち、妙に改った、しかし何処か悪戯《いたずら》っぽい瞳を輝やかせて、まるで小学生が学芸会でやる芝居の様な切口上で云ったものである。

「皆さま、今夕は皆さまに大変嬉しいニュースをおきかせ致します。この度、橘和夫《たちばなかずお》さんと松浦沙呂女《まつうらさろめ》さんとの間に婚約が成立したのです。結婚の日取りはまだ未定でございますが、大体来春と承《うけたまわ》っております」

当の二人はなおみの紹介が始るのと同時に立上っていた。未来の新郎は些《いささ》か気障《きざ》っぽいめかし屋で、この秋縫わせた上衣の塵を気にし乍《なが》ら、度の弱いボストン型の近眼鏡の奥の瞳を、得意気にくるくると動《うごか》している。

これと並んだ松浦沙呂女は大柄の派手な顔付の美人だが、シャンタン絹のキモノスリーヴの白い衣裳を着て、耳輪と首輪と腕輪をはめた処は、極めて虚栄心の強そうな性格に見てとれるのだった。巴里《パリ》女が鼻の穴に輪をはめたと云うニュースをきけば、おそらく彼女も敢然且《かつ》卒然と鼻輪をぶらさげて、得々として街を闊歩《かっぽ》するに違いない。だが今は流石《さすが》に女だけあって、神妙に下目を使う事に依り、しおらしさの効果を挙《あ》げんものと努めていた。

「よォ、旨《うま》い事やりやがったなァ」と大声を出したのは牧村光蔵で、交互《つと》に両名をニヤニヤ見やり乍ら、折柄《おりから》入って来た臨時雇いの女中シメに、

「乾盃だ、乾盃だ。君その棚に僕等が持って来た洋酒がある。葡萄酒《ぶどうしゅ》を出してくれ」と独りではしゃいでいた。

尤《もっと》も、彼は前述の如《ごと》くなおみと婚約ができて、この年の暮にはどてらにくるまってハネムーンをやらかすのだと云っているから、何もやっかむ筋合《すじあい》のものもない。だがあとの男女の示した反応は、なおみや牧村の様に決して陽性のものとは云い切れなかった。

橘の隣りの行武栄助は、俺は洋酒は嫌いだから地酒の球磨焼酎にしてくれと云ったきり、全く何の感情をあらわす事もなく、幾分そっぽを向いて頬の無精ひげを手でまさぐっているが、その隣りの日高鉄子《ひだかてつこ》は完全に不意をつかれた様に、乱視の眼鏡の背後から、斜視気味の虚《うつ》ろな瞳を、前の壁に投げていた。

沙呂女の隣りの横田義正《よこたよしまさ》は食卓の下で握りしめた両の拳を小刻みにふるわせ、平素から蒼白い顔をぐいとねじって、沙呂女と橘のプロフィルを喰い込む様に睨《にら》んでいる。脂気《あぶらけ》のな

い髪がざんばらと額にたれ、その周囲から何か殺気に似たものが発散している様だった。

無理もない、鉄子は橘を、横田は沙呂女を夫々《それぞれ》想っていただけに、今斯《こ》うして美事《みごと》な肘鉄砲をくらってみると、両人の胸中も察しがつくと云うものである。芸大随一の醜女と噂される鉄子ならば、本人は自惚《うぬぼ》れがあろうから一概には云えぬまでも、幾《いく》ら逆立《さかだち》した処で美男子の橘が友人以上の好意を見せる筈《はず》もないけれど、横田となると苦《にが》ンだ好男子、学内の女性の中には彼に焦れる者も少くない有様だ。引揚者と云う経済的なハンディキャップは意識しても、容貌と学業とでは決して橘にひけをとらない自信があったのだ。その自信が今、小気味よい程にペリペリと音を立てて引裂かれると、沙呂女のパムプスの下で無惨にも踏みにじられて了ったわけである。つい今し方、そう云う事は少しも知らずに、彼女の椅子を引いて腰かけさせてやった愛人気取りの間抜けさ加減が、何とも腹立しくてならないのだった。

なおみはこの場の空気を形容して、後日事件が発生した時駆つけた係官に、次ぎの様に云っている。

「皆さんがあれ程ショックを受けるとは思いませんでした。どす黒いもやもやしたものが部屋一ぱいに拡っていく様な気がして、何か不吉な事が起らなければいいがと、胸の中で祈らないわけにはいきませんでした」と。

そのせいか取なし顔で盃を並べ、シメが持って来た葡萄酒と球磨焼酎で乾盃の用意をととのえたのはなおみで、そこで一同は盃をあげて橘と沙呂女の婚約を祝した。プロージットと云ったのはなおみと牧村の二人きり。行武栄助は正雪《しょうせつ》ばりの総髪をゆさぶって、彼等の口から洩れた横文字を苦々し気な表情でき乍ら、盃をぐいと干した。焼酎好きの行武が焼酎を呑みつつこの様に苦い顔をしたのは、おそらく後にも先にもこれきりだったろうが、併《しか》し彼が神風連《じんぷうれん》一味の末孫に当るときけば、頷《うなず》けないものでもない。祖父譲りの攘夷《じょうい》思想は彼の胸中に根強く残っていて、電線の下を通るとき扇子でおでこを隠す事は流石《さすが》にしないが、日本画科を選んだのも、そうした国粋主義的な考えがさせた業《ごう》とみえる。左利きの事とて左手に絵筆をとり、昭和の左甚五郎《ひだりじんごろう》を気取る単純な面もあるが、その単純な性格ゆえにこそ、橘達のアメリカナイズされた思考行動が、ピンからキリまで不快に感ずるものに違いなかった。

彫刻科の横田は、それでも紳士らしく盃を挙げ、微《かす》かに唇をふるわせただけで、相変らず蒼い顔色をしている。彼は肉体的な事情から第一志望の油絵科を断念し、彫刻科に籍をおいてこつこつ鑿《のみ》を叩いてはいるが、鉛筆を持たせればその素描は学内随一の評がある。

日高鉄子は美術評論家が志望だ。根が勝気なだけに今も感情を必死に押殺したまま、形式的に盃に口をふれたきりで食卓におき、その拍子に少しの液体をこぼして了った。牧村が気軽にハンカチを取出してふいてくれたのを、まるで気づかぬ様子だ。

愉快そうなのはあとのよったり、云う迄《まで》もなく牧村となおみ、橘と沙呂女のカップルであった。特に橘と沙呂女は幸福に酔い痴れた為か、それとも元来が他人の思惑にこだわらぬたちなのか、しきりと無遠慮に笑いさざめいて、沈み勝ちの食卓を独り賑わしていた。

食事が終ると、日高鉄子は手紙を書くからと云って席を立ち、横田もそれを真似る様に階上の自室へ戻ろうとした。牧村は素早く階段の下で彼を捉えると、その耳許に囁く様にして、

「なあおい、然《そ》うくよくよするなよ。女を摑える時にゃ全力をつくせ、それで失敗したらさっさと諦めるんだ。世界中に女は掃く程いるんだからなァ」と聞いた風な科白《せりふ》で慰めた。

「俺がくよくよしてるって？　冗談云うな」

横田は怒った様に頰をふくらませ、だがその眸は友情の暖さを感謝する如く光っている。牧村は黙って笑顔と共に彼の肩を軽く叩いて、くるりと背を向けて上っていく相手のかたくなな姿を、じっと見送っていた。

行武は食堂の隅に席を移し、おもむろにナタ豆ぎせるに刻みをつめて、スリッパの足を組みかえてから、やにの音をジイジイさせて煙草をふかし始めた。神風連の祖父が戦いの渦中に落して、単身敵陣に拾いに行ったと言う曰《いわ》くつきのきせるは、行武栄助自慢の品である。

橘や牧村達は階下のホールでダンスを始めた。沙呂女やなおみのはしゃいだ声が時折食堂にもきこえて来る。その度に行武は腹立しそうな表情で煙草盆を叩いていた。横田や日高鉄子の部屋からは物音一つ洩《も》れて来ない。

＊　　＊　　＊

その夜もふけて沙呂女は不図《ふと》眼をさました。舞踏の興奮が彼女の神経を少し高ぶらせていたとみえる。しんとした静けさの中から、ポツン、ポツンと雨滴《あまだ》れにも似た音がきこえて来

るのだ。窓をすかせば星づく夜、決して雨滴れである筈はない。そうかと云って、ひねり忘れた水栓から水が落ちる音とも違う。何時から始っていたのか、その音は断続する事二、三分、やがてパッタリと止《や》んで了った。次いで仄《ほの》やかに廊下を歩く人の気配が夢ともなくうつつともなく感じられたと思う中《うち》に、総《すべ》てはしんとしたもとの静寂に還《かえ》って——。

沙呂女はそうした物音に、軽い疑問以上のものは感じなかった。そしてすぐに忘れて了った。いや、忘れると云うよりは、再び襲った睡魔に身を委ねた方が先であったろう。その物音が、己《おの》れの一身上に重大な関係があると知っていたなら、決して眠る処ではなかったろうに。

＊　＊　＊

翌る二十九日の朝、日高鉄子は私用と称して熊本市へ発って往《い》った。

第二章　スペードのA《エース》

事件が起ったのは三十日だから、当日の事はできるだけ精《くわ》しく叙述していく必要があろう。後日振返ってみると、一寸《ちよつと》した言の端《はし》にも、些細な行動の中にも、謎を解くに足る大きな意味が潜んでいたのである。

さて、朝食のチャイムで第一番に食堂に入ったのは行武栄助だった。彼は何時も誰彼がする様に、壁にかけられた大型の日めくり暦《こよみ》に手を伸ばすと、今日の日付を出すべく、昨日の一枚をビリッとはがした。すると異《い》な事には、そこに二つ折りにした白紙が端をのりではりつけられて、落ちない様にとめられてあるのだ。行武はいぶかし気な、しかし幾らか腹立し気な表情でそれをはがすと、荒々しい所作《しょさ》でひろげてみた。タイプした横文字が一行、英語という見当はついても、国粋主義者の彼は元来外国語は苦手だ。肩越に覗いている横田に気付くと、無言のままそれを手渡して、さっさと己《おの》れの席について了った。もう食堂には全員が坐って、突立っているのは横田一人。

彼は右手にその紙を持ち、左手で上衣のボタンをまさぐりつつ、不審に堪えぬ面持だった。

「何《ど》うしたい？」

こんな時口火を切るのは、きまって牧村である。

云われた横田は、丁度行武がやった様に無言のまま相手に渡した。他の連中も一様に腰を浮かし頸《くび》を伸ばす。

Otsugas curse will appear on you again. Z

「お津賀《つが》の呪い、汝《なんじ》が上に再現せん……か。下手な英語だな」

「何のまじないかな」と横田は牧村の名訳に一向感心した風を見せない。

「まじないと云うより、悪戯《いたずら》だろう」

橘は片手を沙呂女の腰に廻し乍ら、落着いた口調で云った。そして一方の手で紙を受取るとしげしげ眺めて、小首をかしげた。

「だが悪戯をする程子供っぽい者もいない様だがなァ」

「悪戯やいやがらせじゃ無かろう。俺は殺人の予告だと思う」

ぶっきら棒に云ったのは行武である。

「俺は英語って奴は大嫌いなんだが you が単複同型である事位は知っとる心算《つもり》だ。牧村が〝汝が上に〟と訳したのは違っとる。これをタイプした人物は〝汝等が上に再現せん〟と云ったのに違いない。お津賀の伝説を考えてみれば、直《す》ぐに判る事じゃないか」

それ迄《まで》ものも云わずに、発言者の面上に転々と視線を馳せていた二人の女性は、この時になって始めて異口同音に、「まあ嫌や」と云った。併し、女の斯《こ》うした言葉にはさしたる語意はなく、単に間投詞の一種に過ぎないのだから、彼女等が事の真相を察知したものと解釈するのは、誤りであるかも知れぬ。

文中のお津賀伝説については、一座の誰もが知っていた。田ノ上老から話をきいていたし、現にこの邸内の一隅に、お津賀祠として祀《まつ》ってある位である。その伝説をここに精《くわ》しく述べるいとまは勿論《もちろん》ないが、碑文を掻いつまんで誌《しる》してみよう。

今を去る八百年の文治《ぶんじ》の昔、平家《へいけ》が壇《だん》の浦《うら》に滅亡した頃、下総《しもうさ》は佐倉《さくら》の領主が人吉荘に封ぜられて、遥々《はるばる》南下して来たのが事の起りである。当時の人吉城主は平《たいら》ノ恒盛《つねもり》と云い、情愛にあふれた若人だったが、易々《やすやす》として城を明渡すわけがなく、決戦を交えようとした。余談ながら、平家の一族が近頃ヒエつき唄で知られた椎葉村《しいばそん》や、子守唄で有名になった五木村《いつきむら》、さては五個ノ荘《ごかしょう》に落のびて来たのは、この人吉城主を頼ったからである。処で遠来の源氏《げんじ》方の大将には之《これ》に打勝つ自信がなかったのか、それとも無用の流血を避けたかった為か、謀略を以《もっ》て城を落そうと試みた。即《すなわ》ち奇智に依《よ》って恒盛の新妻を誘い出して害し、残された夫の精神的な動揺を狙って、城中の逆臣を唆《そそのか》して彼を弑《しい》させたのであった。

　城主の老母お津賀はこれを嘆き憤ったものの、源家の世となった今では如何《いかん》ともする能《あた》わず、球磨川上流水上《みずかみ》村の通称猫寺で自殺して了った。この老女の怨霊《おんりょう》が代々佐倉家に祟《たた》りをなし、慶事ある時にはさめざめと泣き凶事ある時にはからからと笑う声が何処ともなくきこえてくる許《ばか》りか、二代、三代、五代、七代と四度にわたって怪事が起ったと云うのである。その何《いず》れも城主の嗣子《しし》が若い奥方を迎えて二年内に彼女が城内で変死を遂げ、残された夫が充分に悲嘆を味《あじわ》った頃、これも亦《また》怪死して了う。古文書に誌された死因には毒死もあるし水死もあるし、病死も狂死もある。人吉の俚謡《りよう》の中には、この若い数組の夫妻を慰めるものが残っていて、聴く者をしてお津賀の怨みを犇々《ひしひし》感じさせるのだった。

　郷土史家の間には、平家時代の忍びの者が子孫にその秘技を相伝して、彼等が城中深くわけ入っては亡き城主達の恨みを果したのであろうとの、極めて合理的な解釈が行われている。佐倉家がお津賀の為に祠を建てて彼女の霊を祀ると共に——その祠が今では緑風荘の敷地に入っているのだけれど——怪事がピタリと止んだ点をみて、この説をなす者は自己の解釈の妥当性を主張しようと試みるのである。

今お津賀伝説を思出した一同は、如何《いか》にも行武の説が正しい事を認めぬわけにはいかなかった。

「すると君は、我々の中から二人の者が殺されると云うわけだね？」

「二人の男女だ。先《ま》ず女がバッサリやられて、残された男が嘆いている中に、こいつも殺されると云う筋書だな」

「止して頂戴。あんた一体何の恨みがあってそんな事云うの？」

上ずった声でキンキン云ったのは沙呂女で、そのあとは言葉が続かず、口を金魚の様にぱくぱくさせている。

「御婦人をからかうのはよせ。それともZと云うのは君なのか」

橘は例に依《よ》って騎士気取りでたしなめた。行武は不貞腐《ふてくさ》った様にせせら笑う。一頃の横田なら一言なかるべからざる処だが、今朝は黙りこくって相互の顔を見比べているだけだ。牧村は卓越の沙呂女を慰める様に、小声で何か云っていた。口の動きからみると、〝気にする事はないよ〟とでも呟いているのであろう。

だがこうした波紋も、食事が始まるにつれて静まり、人々は殊更《ことさら》この話題にふれるのを避ける様にして、話を他の方向に持っていこうと努めていた。併し一番ショックを受けたのは沙呂女らしく、一度平衡《へいこう》を失った心は容易にもとに復さず、それでも自《みずか》ら強《し》いて口をひらこうとすると、とんでもないうけ応《ごた》えをしたりした。その度に橘は優しく慰める。だが横田にとってはそれが寧《むし》ろあてつけととれるらしく、二人を見る眼付がとげとげしかった。

同じ女性でも、なおみは何時もと変らぬ朗《ほが》らかさだ。沙呂女に比べて遥かに合理的な性格の彼女は、怪談をきいて身ぶるいをする前に、怪談そのものを信じる事ができない質《たち》だった。留守番の田ノ上老が初めてお津賀伝説を語ってきかせた時、彼の口調が堂に入って講釈師みたいだと云ってけらけら笑い出し、田ノ上老人がびっくりして暫く呆気にとられていた位である。男達にしても怪談を信じる者はなく、従ってタイプされた一連の文字も、単なるいやがらせかいたずらという事に落着した様であった。ただ横田は係官に斯う語っている。

「いやがらせをやりかねない立場の人もいました。例《たと》えば日高さんとか、斯《か》く云う僕ですね。併しお互いの気心とか教養の程度を知っている僕には、その人がヒステリー女の様な、それも極めて無智なヒステリー女の様な低俗な真似をする者がいるとは思えんのです。するとこれは一組の男女を狙う犯人の、殺人予告とでもいいますか、つまりそんな物ではなかったかと考えられてくるのです。併し面と向ってそんな事を云うのは、若《も》し何事も起らなかった場合、一生笑い話のタネにされますし、それよりも現実の問題として考えてみると、矢張《やは》り馬鹿馬鹿しい気がして、そうした考えを強いて頭の中から追払《おいはら》って了ったのです。それに、こんな事をやりそうな人間は、誰が考えても日高君より先《ま》ず僕自身ですからね」

それは兎も角、食事は静かに終った。味噌汁のわんの中にナイフが入れてあって、意地の汚い男が喉にひっかけて了ったと云う様な事件が起きたわけでもない。そして次第に興奮がおさまって来ると、ああした事で喧喧囂囂《けんけんごうごう》とした自分達の態度が、何かはしたない様に思えて来たとみえ、女中が食器をかたづけて了ったあとの卓上で、気分転換のためカードを始める事に話が決った。行武は例に依って西洋の遊びは好かんと云い、さっさと食堂を出ていった。

その頃になると、目白《メジロ》の様に肩を並べて、おびえた眼を大きく見開いていた二人の女性もどうやら生色をとり戻したらしく、そろそろはしゃぎ始めて来た。沙呂女は気軽に立上って食器棚の扉をあけた。彼等が持って来た酒瓶がずらりと並んだ右端に、カードを置いておいた筈である。

「一寸なおみちゃん、あンたトランプ知らない？」

「あなたそこにしまったのじゃなくて？」

「それが無いのよ」

先夜の婚約発表があって以来の気まずさから、カードで遊ぶ事はなかったのである。

「あたし知らない」

なおみも棚を覗いたが、何処にもない。終《しま》いに男達も手伝って探したにもかかわらず、矢張り発見する事はできなかった。

「図書室かしら？　誰か御自分のお部屋に持っていらしたのじゃなくて？」

なおみの問に併し答える者はなく、横田一人が首を横に振ってみせた。

一同が探しあぐんで椅子に腰をおろした頃、田ノ上老が入って来た。五十七、八の六尺に近い筋骨質の大男で、五分刈のごま塩頭の、如何にも好人物らしい顔をしている。常に仕事着をきて、膝と腰をくの字に曲げているのは、鴨居に頭をぶつけまいとする心構えが、何時しか身についたものだろう。一見没趣味の男の様に思えるけれど、鮎を釣らせては天下の名人と自称していた。元来球磨川の鮎は佐藤垢石《さとうこうせき》が賞讃おく能《あた》わざる真魚《まな》だが、田ノ上老に云わせると、垢石の鮎釣りなど児戯に類するものだそうだ。

老人は黄色い歯を見せてあいそ笑いをした。

「町サ行こうと思うバッテン、橘さん、鮎の鈎《はり》は間に合っとるかね？」

「まだいいや、おじさん。併しおじさんの指導で随分腕が上ったよ。もともと手筋が諸君とは違ってるんだからな、ハハハハ」

夏休みに来た時から釣りの教えを受けていた橘は、釣りの話になると益々上機嫌になるのだった。老人は彼の笑いには無頓着で、

「昨日から女房が熊本の縁家へ泊りに行ったで、何うも不自由でなンねえが、今日の午すぎには帰る云うとりますけん、夕めしから旨かお御馳走を喰わせられるタイ」

昨夜からの女中まかせの食事について、一寸言いわけ染みた事を云ってから、急に思いついた様な口調になって、

「そうそう、こげん物が落ちとったバイ。こりゃァあンた方の遊び道具じゃないかにゃ？」

何気なく受取った牧村は、おやと云う表情になった。

「これは紛《な》くなったカードじゃないか」

「どれ」と横合から手を出した横田は、唇の端をぴくりとさせて、

「確かにそうだ。併しスペードのAとは何う云う意味かな。おじさん、何処で拾ったのかい？」

「あそこですバイ」と老人は窓の向うを指さして、「今朝方の線香を上げに行くとナ、これが置いてあったとですタイ」

田ノ上老が毎朝お津賀祠にお参りする事は、一同が知っている。するとこの紛失したカードの一枚が、それも選《よ》りに選って死を意味する筈のスペードのAがお津賀祠に供えてあった事を、如何に解釈すればいいのか。

牧村と横田とは、とまどった視線をかわした。沙呂女は虚ろな瞳をカードの上に落している。なおみは窓外の渦まく深霧にじっと見入ったまま、そこからカードの意味するものを探り知ろうと努めるかの様であった。老人は、自分の投じた石の波紋が音もなく拡がっていくのを、いぶかしむ様に見ている。

ただ橘のみが相も変らず楽天的であった。

「なァに悪戯さ、気にする事ァない。ハッハハハハ」

彼は明るく笑いとばし、それは強《あなが》ち虚勢とは思われなかった。

「そうだ、気にする事はいるまい。偶然にあのカードが風にとばされて、落ちた処が偶然にお津賀祠の前だったと云うに過ぎない」

牧村は無理に同調しようと努めていた。

「用心した方がええぞ」

何時の間に戻って来たのか、扉の処で行武の声がした。横田も二人の女性も黙って頷いた処を見ると、彼等は少くとも表面から察する処では、お津賀怨霊と云う古代伝説と近代ゲームに用いるカードとが生み出す奇妙なコントラストの中に、Zなる人物の呪詛《じゅそ》を犇々と感じた如くであった。

第三章　スペードの女王《クィーン》

霧は正午近くになってはれた。あの重苦しくたれこめていたヴェールが文字通り霧散して了うと、まるでそれが嘘の様に、頭の上には南国の強烈な秋の太陽がじりじりと輝いているのだった。夢魔にうなされていた人が、夜明けと共にほっと胸を撫でおろす如く、爽かな青空を仰いだ一同は揃って生色《せいしょく》をとり戻し、緑風荘にはようやく男女の笑い声がきこえる様になった。自室でハガキを書いていたなおみは、収集時刻に間に合わなくなると云って、昼食もたべずに町の入口のポスト迄出掛けて行った。牧村にしても、Zを名乗る人物が一同の中にいるならば、人々が昼食を摂っている間は独り外出しても安全な筈だと考えたのだが、彼がその様な気になったのも、明るい太陽の光線のせいに違いなかった。

　朝と違って昼の食事は愉快に終った。橘は早々に食卓を離れると素早く二階に上って身仕度を整え、開襟シャツに半ズボン、ミルキイハットと云ういでたちで降りて来た。そして食堂を覗いて声をかけ、ビクを片手に竿をかついで颯爽《さつそう》と出て行った。彼としてみれば二度にわたる妙な出来事も、自分が沙呂女を獲得した事に対する、敗北者の哀れなもがきとしか映らなかった。寧ろそれは、勝者としての彼の優越感を一層あおるのに役立つだけである。憂国の志士である処の行武栄助にしてもが、殺人予告を真に受けた様な言辞を弄《ろう》するのは、要するに美男美女に対するひがみにしか過ぎないのだ。口を開けば排外思想を唱え、現代の思潮を慨嘆するけれど、それは己れの頭でっかちで足の短い醜悪な肉体から来る劣等感が、更に男子と生れ乍ら到底美しい女性と共に語る事を得ない絶望感が、国粋主義的な言葉を吐いて若い女性の風俗をこきおろす事に依って慰められているのを、本人が意識していないのに、橘はちゃんと見抜いていた。従って彼は行武の逆手逆手に出て、此の男をからかい嬲《なぶ》るのが愉快でたまらなかった。昼食を済ませた橘が口笛をふいて、何時もの時刻に日課の鮎釣りに出かけた時の心境は、およそ以上の様なものであった。

　筆の進み方が遅い様だ。早く殺人の場を展開しないと、気の短い推理小説の読者は、本を投出して了うおそれがある。少し急がなくてはなるまい。

若者達が食卓を離れた頃、卓上には唯なおみの分の食事が載せられてあった。彼等が娯楽室に行ってラジオを入れると、NHKの第一放送が気障な口上と共にジャズをやっているので、行武は他の放送局にダイヤルを廻そうとして沙呂女と鋭く対立した。何時もならこのまま押切る彼女が、行武に譲って浪花節をいれたのは、後から思い合せてみると、何か影がうすい様な感じがするのだった。

浪花節をきいて感激している行武を残して、牧村、横田等がホールに出た時、出逢いがしらになおみが戻って来た。マンダリン・カラーの水色のブラウスに水晶のネックレス、スリムのスカートにサドルシューズと云う軽快なよそおいは、愛くるしいの一語につきる。黄色のベレを右手でとって、

「御飯済んで？」

「とつくよ。早くお上りなさいな」

「又椎茸の煮つけ？　いやねえ。この頃牧村さんの耳みても、椎茸を思い出すわ。あら、和夫さんもうお出掛け？」

「二十分許り前に出ていったわ。釣り狂いよ、あのひと」

「お淋しいでしょ？　お察ししてよ」

「あらいやだ」

なおみは少し息をはずませた様に冗談を云って、手を洗うと食堂に入った。あとの三人も食卓に坐って、とりとめのない雑談を交していたが、なおみは椎茸は飽きたと云い、殆ど箸をとらなかった。

食事が終ると、彼等の間に西洋将棋《チエス》を戦わそうと云う牧村の動議が持上った。カードが紛失して何も出来ないから、チェスのリーグ戦をやろうと云うわけである。

横田はすぐ乗気になった。二人の女性は余り気乗りがしないらしかったが、それでもいやだとは云わなかった。浪花節をきいている行武は、日本の将棋なら兎も角、チェスはやるまいから、放っておく事に決った。

試合の有様をくどくどしく書くわけにもゆかぬし、亦チェスに興味のない者にとっては、それは迷惑至極な話だ。劈頭《へきとう》沙呂女となおみが対戦した時、沙呂女は馬鹿詰《フールズ・チエック》であっさり勝った。これは僅か二手で王手詰《チエック》となる奇手で、少しでも指す者は決してこの様な詰方はされない。忽《たちま》ち一座に爆笑の渦がまき、試合は和気藹藹《あいあい》の中に進められていった。併し普段は強い方の沙呂女も今日は鋭さが見られず、二人の男性からたてつづけに黒星を頂戴した。やがて不敗同志の横田と牧村が、両名に云わせると〝世紀を賭けた大決戦〟をやる事となった。二人が気負って駒を並べている時に、

「沙呂女ちゃん、珈琲いれて下さらない？」となおみが云った。

珈琲の通を以て自認している沙呂女は、他人がいれた珈琲にけちをつけこそすれ、口をつ

け様とはしない。ここに来ても、珈琲をいれるのは沙呂女の専任であった。

「いれて上げるわ。何時もの通りね？」

牧村となおみは珈琲嫌いで、ココアしかのまない。

「でも、よくまあ臍《へそ》曲りが揃ったものね。三通りいれなくちゃならないなンて」

戸棚からグラニュ糖の壺とミルク容《い》れを取出し乍ら彼女がこぼしたのは、国志行武栄助が例によって珈琲もココアも嫌いで、専ら日本茶を愛飲しているからである。

それでも口ほどではなくいそいそと調理場へ行き、やがて珈琲の香りがぷんぷん漂う頃、沙呂女は一盆を捧げる様にして戻って来た。そして、珈琲とココアを自ら配り終ると、残った緑茶を眼でさして、

「なおみちゃん、持って行って呉れないこと？　あたしあの人大嫌い、傍へ寄っただけでもぞっとするのよ」

「よくってよ、御苦労さま。お坐んなさいな」

なおみは盆を受取って娯楽室へ行き、程なく、

「眠ってるのよ、口をあけて」と云い乍ら空手で戻って来た。

牧村は余りのみたくないらしく、一口つけただけで卓においた。横田は一息でのんで了うと同じく卓上において、さァいこうと云うふうにひと膝のり出して駒をつまんだ。二人ともの み物を味っているゆとりはない様である。斯《か》くして歴史的大決戦はその幕を切っておとさ

れたのだった。

なおみはココアをゆっくりと味《あじわ》い乍ら、疲れた様な光りのない眸で、じっと盤面をみつめている。沙呂女は口に片手をあててあくびを噛殺すと、つと立上って窓際に寄り、こちらに背を向けて、硝子越に庭の菊を眺めている様だった。ややあって、それは霧が晴れた事を意味したのだろうか。

「今時分になるといいお天気ね」と独りぐち、耳をすませる様に一寸黙ってから、

「あら郭公《かっこう》かしら」と云った。

秋も終りに郭公が鳴く筈はない。おそらく山鳩か何かだろうが、なおみも他の二人も黙っていた。牧村が音をたてて騎士《ナイト》を動かし、横田は反射的に左手で自分のえり頸を抱えた。両人とも攻防酣《たけなわ》、指しつ指されつの熱戦に我を打込んでいる。

そうした状態が暫く続いた頃、窓際にたたずんでいた沙呂女のくるりとこちらを向いた気配に、牧村は何か異常なものを感じたのか、ふと顔をあげて見ると、彼女は幾分眼を吊上げ、頬を紅らめ呼吸をややはずませて、自分の手で己れの喉をぐいと締めつける様にしている。

横田となおみがそれに気付いた時、沙呂女は体に波をうたせ、一声二声うめくと両手でワンピースの胸を掻むしる様にひきさいて、床の上に仰向け様にゴトンとぶっ倒れて了った。

牧村が顔をあげてから倒れるまでほんの五秒か十秒の間の事で、それまで呆気にとられて凝然と坐っていた三人の中、なおみが一番早く金切声で叫び乍ら、沙呂女の体にとびついた。

「何うしたのよ、何うしたのよ」と掻抱いたが、彼女は豚の様に喉の奥をならすきりで、もう物も云えぬらしい。両の拳を固く握りしめ、苦しみの余りペンダントをひきちぎったとみえ、細い金の鎖りが右の拳からダラリと床にのびていた。

「あなた達何をぼんやりしてるのよ、牧村さん急いで田ノ上さんの処から金盥《かなだらい》を持って来て頂戴！　ついでに娯楽室の行武さんを起して、橘さんを呼びにやらせるのよ。あなたがいらしっちゃ駄目よ、あとで二階に抱いて行って頂くのですもの。橘さん？　鶴橋《つるはし》の上流の方に行って釣るんだって、今朝云ってたわ。早く行く様に仰言ってね」

牧村はあたふたと出て行って田ノ上老人に金盥を頼み、行武を叩起《たたきおこ》して鶴橋へ走らせた。鶴橋と云うのは県道に出て南の方角に二粁《キロ》近く行った、胸川の上流に架《かか》る古い木橋である。行武が飛出していったあと、沙呂女は眼を吊上げ、歯を喰いしばってひとしきりもがいた。横田は中腰になって、ただおろおろするだけである。なおみは彼女をだき抱え、

「しっかりして、しっかりして。今すぐ楽になるわよ」と熟練した看護婦の様な落着をみせていた。

二度目の痙攣《けいれん》が起きて沙呂女が体を弓なりにそらせると、ポケットから転げ出たのか、Mのイニシャルの入った小さなペンナイフが、ことりとおちた。

「あら横田さんまだそこにいらっしゃるの、早くお医者さんを呼びに行って頂戴よ。ああ一寸その赤いナイフとペンダント拾って、このテーブルにのせて下さらない」

横田はそれを卓上におき乍ら、

「医者は何処だよ」

「何処だよって、あそこよ。県道を右へ真っ直ぐ行った処に渕田《ふちだ》さんと云うのがあったじゃないの。お願い、早く行って頂戴、途々《みちみち》きいていけば判るわよ」

横田と入違う様にして、田ノ上老人が入って来た。

「あら済みません。おじさん。あたし吐かせますから扉の外に立っていて下さらない？　牧村さん、あなたも出ていって頂戴。女の人って汚い処を見られるのは恥しいものなのよ。早く早く」

この場合、男は全く度を失って、ただなおみのてきぱきとした命令を受け、叱言をいわれて右に左に動いた。横田はとうに走り出し、田ノ上老は扉の前に立っておどおどする許り。

「こげん時は女房がおればええのに、生憎《あいにく》なもンですタイなァ」と老人は傍らの牧村を省みた。平生なら人一倍落着いている牧村も、今は気もそぞろ、

「ああ、ああ」と上の空だった。

田ノ上老はそれに気付かぬらしく、

「牧村さん、こんな物が落ちとったがな」と仕事着から小さな紙片を取出した。面倒くさそうに受取った牧村は、それに視線を馳せた途端、今にも喰いつきそうな表情に変った。

「おじさん、何処に落ちてたんだ」

「ここですタイ、ここですタイ」

「ここって、此の食堂の入口だね」

牧村は荒い息づかいと共に、手にした紙片を見詰めている。まごうかたなき紛《な》くなったカードの中の一枚で、今朝程のと同じスペードだが、今度は女王の札だ。そこにタイプされた文字は、
The first death（最初の死）

と読めるのだった。

田ノ上老人にしても、牧村が驚愕した理由に思い当るべくもないけれど、自分が拾い届けたカードが二度迄も大きなショックを与えたのを見れば、訝しいと気付くのは当然である。

彼は牧村の顔をまじまじと眺めて、何か物問いたげな面持だったが、二人の黙劇は内部からの切迫した叫びに依って中断された。

「早く来て頂戴、早く。牧村さん、田ノ上さん、早く早く」

ただならぬなおみの声にあたふたと扉を押あけると、沙呂女は手足を小刻みにふるわせ、正に息をひきとる処だった。なおみはその体にとりすがり、髪を乱した半狂乱の態で、しきりに沙呂女の名を呼んでいるが、最早《もは》や何の反応もない。牧村は脈をみ、ワンピースの上から胸に耳をあてて心音をきき、更に懐中鏡を鼻孔に近づけていたが、固い表情でなおみと田ノ上老を見返ると、

「駄目だね」と短く云った。常に厳粛であるべき人の死を告げるのに、それは余りに非人情な表現であったかも知れない。而《しか》も相手は今日の今まで愉快に語り且《かつ》遊んだ親友である。だが彼の胸中があのカードから受けたショックで充たされていたとするならば、それも許されなくてはならないだろう。

牧村の言葉をきいたなおみは、目を伏せて黙ったまま頷いた。そしてポケットからハンカチを取出して、死者の顔にそっとのせた。老人は茫然自失の様子である。三人はそのままの姿勢で、石像の様にじっとたたずんでいた。小さなハンカチの下から覗いている沙呂女の可愛い顎の先が、いたいたしく眼に映って、橘がこれを見たら何《ど》れ程《ほど》嘆く事だろうかと、牧村はやりきれぬ思いがした。

やがて横田に案内されて医者が来た。時に二時半、沙呂女が息をひきとって十五分程経っていた。

第四章　日高女史の帰還

あとできいた処では、誰もが単なる発作としか思わなかったと云う。横田は彼女が病を患っていたとは知らなかった。なおみにしても、急激な食当り位に思って習慣的に吐かせようと努めたが、事の真相は勿論知らなかったと語った。それは兎も角、牧村がスペードの女王を一同に示し、他方医師が毒死と判断して当局に変死の通知をした時から、若者の間には興奮と恐慌とが渦巻き始めたのである。

当局の一行が到着したのは、ほぼ三時二十分であった。人吉市署の捜査主任以下に交って、一きわ目立った赭顔《しやがん》猪頸《いくび》の肥大漢は、折柄《おりから》郡下で発生した狂信者の殺人調査の目的で、熊本市の県本部から来人していた辛島《からしま》警視である。

彼は黄色い皮膚の痩せた川辺《かわべ》検事と何事か囁くと、沙呂女の屍体を担架で運び出させ、他方自ら陣頭に立って、沙呂女のカップの底から珈琲の残りを採取したり、卓上のグラニュ糖、ミルク、台所の珈琲ポット、珈琲ビーンズ、カップ、スプーン等々を組織立って手際よく試験管や箱にわけ入れ、それを受取った警官は猟犬の様な素早さで飛出していくのだった。

田ノ上老、それに鶴橋まで橘の姿を求めにゆき、結局見当らないと云って戻って来た行武を含む五人の人々は、看視の警官の視線を一様にじりじりと浴び乍ら、扉の開いた入口越しに、当局の活動振りを見ていた。

「行武さん、見付からなかったの？」となおみは幾分ふるえ声で囁く様に訊ねた。

「ああ」と行武は視線を警察官達に預けたまま、ぶっきら棒に云った。その短い返事の中に、〝髪の縮れた爪の赤い女〟に対する反感が見てとれる様である。或いはまた、平生軽蔑している女の命令に易々と従い、足を棒にして歩いた口惜しさが、胸の底にしぶとくわだかまっていたのかも知れぬ。

「あなた、橘さんを呼んで来るのがいいのじゃないかしら。沙呂女ちゃんがああなったと云うのに、のんびりお魚を釣ってる場合じゃなくてよ」

なおみは真剣な表情で牧村を省みた。

「僕も然《そ》う考えていた処なんだ。直ぐ僕等が探しに行こう」

「ええ、それがよくてよ。でもあなたがいらしっては、あたし心細いわ。ここにいらして、警告状やカードを警視さんに見せてあげなくちゃならないわよ」

「だがねえなおみさん、仮りに犯人が僕等の中にいるとすると、そいつを逮捕するために当局に協力するのは、何だか気がすすまないな」

「何云ってらっしゃるのよ、あなたらしくもないじゃないの」

牧村はなおみの声が次第に大きくなるのに気付くと、思わず警察官の方に眼をくれてから、

「何《ど》うだおい、橘に急を知らせた方がよくはないか」と横田と行武の方を振返った。

横田は直ちに賛成し、行武は不平そうに、

「先刻徹底的に探したが、何処にもおらん」と眉をあげた。

「鶴橋の上流と限ったものでもあるまい。今度は鶴橋の下流から球磨川の合流点まで探すといいよ。僕は一寸警官に云いたい事があるから、あとで行く」

牧村は持前の強引さからいや応なしに納得させ、横田達は警視の許可を得て出て行った。

その後で、折をみて提出された例のタイプされた警告状やカードに、辛島警視や川辺検事

は非常な興味を示して、首を並べて検討を始めた。

「お津賀の呪いが、汝の上に再び下るであろう――か」と検事が直訳したとき、

「汝ではなくて汝等だろう。お津賀の呪いの相手は二人に決っとる」

はしなくも行武と同じ意見を吐いたのは、両名の背後に立つ漆黒《しっこく》の髪を七三にピタリとわけ、コールマン髭を生やした、如何にも洒落《しゃれ》者らしい紳士だ。血色のよい卵型の顔もギリシャ型の鼻も、何か高貴な印象を与える。秀でた眉とやや切長の眼、それに頬の真っ青な剃刀《かみそり》のあとが、彼の俊敏な性格を物語っている様だ。六尺近い長軀をウーステッドのダブルの服で包み、その衿に鮭桃色のカーネーションを一輪。余程の煙草好きとみえ、先刻からヴァージン・ブライアのパイプを離さない。

牧村にしてもなおみにしても、此の紳士が何者であるのか薩張《さっぱ》り見当がつき兼ねた。その口のきき方がぞんざいな処、警視や検事が一目おいている様だけれど、容姿をみると、検察関係の人間にはない洗練性がうかがえる。肥満短軀の辛島警視とは、特によい対照をなしていた。

「ちょいと君、その紙をよくみせて呉れ給《たま》え」

検事の手から警告状を受取った紳士は、眉を寄せて仔細に調べていたが、牧村に声をかけると、図書室のタイプライターを調べたいから案内してくれと云った。

図書室は階上の東南の角、丁度食堂の真上に当る。左右の壁を書棚にあて、中央に大机と六脚の椅子、窓際に小机とタイプライターがおかれてあった。紳士は入って来ると忽ち書棚

に気をひかれ、ヴァージン・ブライア片手に丹念に背表紙をみていた。

「ほうほう、あるある、流石は芸術大学の寮の図書室だけあるよ。見給え辛島君、ここに並んでるのはカイエダールだ、仏蘭西《フランス》の美術雑誌だよ。一九二六年から集めてあるのは、僕も初めてお目にかかった。牧村君、先輩の寄贈かね、これは。カイエダールがあるのなら、ヴエルヴがあってもよさそうなものだ、おや、ここにある。これは原色版の多い高級美術雑誌でね、川辺君。日本の印刷技術では到底こうした色は出ないのだ」

彼が雑誌を引出して頁を開き始めたので、見兼ねた警視が注意をした。

「おや失敬。何うも好きなものでつい夢中になって了った。成程、これがタイプライターか。スミス・アンド・コロナの標準型だね。日本では戦前からレミントン・ランドとアンダウッドが有名だけど、スミスも古いタイプライターなんだぜ。元来タイプライターの文字にはパイカとエリットの二つの種類があるんだが、問題の警告状もスペードの女王もエリットで打たれている。このスミスが果してエリットか、それともパイカか、打ってみれば直ぐ判る事だ」

紳士は小机の前に腰をおろし、引出からタイプ用紙を取出してはさむと、熟練した速さでホイットマンの詩の一節を叩き、それを引ぬいて一同の前に差出した。

「見給え、エリットだ。別に科学的な検査をする迄もなく、小文字のd、p、eにインクがつまっている点や、大文字のTの磨滅した処をみると、同じスミスでタイプされた事は一目瞭然じゃないか。辛島君、川辺君、この警告状やカードの文字が、ここのタイプライターで打たれた事は、最早や疑うべくもない事実なんだぜ」

紳士は左手に握ったヴァージン・ブライアを音楽指揮者の様に振って話をつづけた。

「ふむ、これは面白くなった。あの女性が他殺か自殺か過失死かはまだ軽々しく云うべきでないが、他殺だとすると、事件は新たな展開をするに違いなかろう。これは君、タイプを殆どやった事のない人が打ったものだよ。上手なタイピストだと、指の力の入れ方が平均しているから、インクの色が一様に同じ濃さになるんだけれど、こいつはむらが多いし、全体にうすい。つまり一本の指で、音を立てない様に気をつけポツリポツリと打ったものだ」

「そいつが犯人だナ」

「それは速断だ。今も云った様に自他殺の別もはっきりしないし、他殺としても、タイプした者と犯人とが同一人物だと云う根拠が何処にあるもんか」

彼は警視を素気なくたしなめておいて、二人の若者を省みた。

「君等の中に、タイプを打てない者あるかい？」

「さあ」と牧村はなおみと顔を見合せ、「此のなおみさんを除くと、皆一本指で叩く組ですな」

「ほう、なおみさんとか仰言《おつしや》いましたね。あなたのタイプの腕は……？」

「WPM48ですわ」

彼女はこの横柄な口をきく紳士に、余りよい感じを抱いていないらしく、簡単に答えた。

「あなたはタイピストですか」と紳士は、女性に対しては丁重である。

「芸大の学生ですわよ。アルバイトに夜だけ駐留軍でタイプを打ってます」

「アルバイト？　ほうそれは大変ですな。ＷＰＭ48とは大したもんだ。処で牧村君、僕もこちらの出身なんだから、お津賀の伝説についちゃよく知っている。併し僕にしても君にしても、お津賀の呪いが再現してあの婦人が死んだなどと考えはすまい。誰かの意志が働いて、その結果彼女が毒死したわけだ。自殺他殺は別として、彼女が死ぬなり殺されるなりしなくてはならぬ理由を僕は知りたい。何うですか君達、一つざっくばらんな処をきかせてくれませんか」

緑風荘の若人の中でも、牧村は物事を筋立てて語る才能に恵まれている。彼は要領よく掻いつまんで、橘和夫と松浦沙呂女の婚約発表、失意のライバル横田義正と日高鉄子、こと毎にいがみ合う行武栄助について語ってきかせた。

「ふむ、その行武と云う男と被害者が対立した事があるかね」

「ありますよ」と牧村は言下に答えた。「此処に着いた夜、彼女が持って来た婦人雑誌に、皇太子妃の候補者の写真や記事が載っていたんです。すると彼女は、こんな何処の馬の骨だか判らない女が皇太子のお嫁になるんなら、あたしの方がまだましだと云う様な事を喋ったんですな。尤も沙呂女さんの意味する処は、皇太子妃たらんとする婦人が商業雑誌の営業政策の対象となる様では、余り安っぽくて、将来国母陛下として敬愛の念を抱くのに妨げになりはしないかと云う、逆説的なものだったんですが、単純な行武にはそんな事は判りません。忽ち真っ赤になると、肩肘張ってテーブルを叩き、不謹慎だと激昂《げっこう》する始末です。それに対して横田や橘がたしなめると、火に油をそそいだ様になって手におえません。私がなだめてようやくおさまりましたが行武と他の人達とは、イデオロギーの相違から、一緒にいる限り何時かは衝突しなくてはならない間だったんです」

「ふむ。沙呂女君が他殺であるとしてみると行武にも動機があるわけだな」

「執念深いたちで、物事を何時までも根に持つ男ですから、充分あり得ますね」

牧村としても、行武栄助に好感は抱いていない。

「横田は何うかね？」

「友人のことを何う斯う云うのはいやですから、直接本人に当って頂きたいのですが、彼は沙呂女さんを実に真剣に想っていましたね。それ以外の事は云いたくありませんよ。併し沙呂女さんがこっそり彼に断るなら兎も角、人々の前で堂々と宣告したのは、一寸考えが足りなかったと思うなァ」

「あら、じゃあたしが余計なおせっかいをやいたと仰言るの？」

平素はおとなしいなおみが、些《いささ》か気色《けしき》ばんだ様に云った。尤もそれは婚約者同志の、愛情遊戯であったかも知れない。

「まあまあ」

真に受けた警視が急いで割って入った。

「で、橘と云う男は？」と紳士は男女の争いなど意に介しない。

「逢ってみりゃ判りますよ。スマートなダンディで、純情一本槍の横田と違って仲々要領のいい男です」

それに対して紳士が何か云おうとした時、階下で警官と口論する女の声がきこえたので、人々は扉を開いて階段の手すりから下を覗いた。ホールの正面に両手を腰においた女が立ち、いきりたって警官をたしなめている。そして相手が鼻白んだ拍子にすたすたと階段を上って来ると、牧村達には見向きもせず、自分の部屋に入るや、ぴしゃりと扉を閉めて了った。

川辺検事は不審の面持をあらわにして、一、二段階段を降りた処で、

「何うしたのかね、一体」と警官に訊ねた。

「いきなり入って来たので名前をきくと、怒り出したのですタイ。何故怒るのか、薩張りわけが判らんとですバイ」

納得ゆかぬ警官の言葉を引ついで、

「いや、あれが日高鉄子さんですよ。熊本市から戻って来たとみえますね。橘が沙呂女さんのものと決って以来、少々常軌《じょうき》を逸《いっ》した形なんです」と牧村が説明した。

「それにしても、あの権幕はちと異常ですなァ」と警視が眉をひそめる。

「あたし行って来ます」

云い残したなおみは、廊下を歩いて鉄子の扉を軽く叩いた。

「不可《まず》いわ、駄目よ、駄目ッ。あとにして頂戴！」

噛みつく様な口調の中に、悲痛な嘆願の響きをききとって、なおみははッとした様なたじろぎを示し、幾分狐《きつね》につままれでもした様な、納得ゆかぬ表情で戻って来た。

「何うしたんだい、日高女史は？」

牧村達にも、度を失った彼女の声はきこえたとみえる。

「知らないわ。でも、暫くそっとしといて上げた方がよくてよ」

なおみは表面牧村に応えたが、内心では当局の者に対して云ったのだった。

「ほほう、あれが日高鉄子ですか。橘と云う人は美男子だと云うが、あのおな子は亦《また》不器量でごわすなァ」と検事は感に堪えぬ面持だ。

「何やらは思案の外と云いますからね。それに真の愛情と云うものは、容貌の美醜を越えた処に湧くものじゃないかな」

と辛島警視が珍しくしんみりとした口調で云った。

「醜い女を創ったのは、神の失態だね。僕は美を追究するのが趣味だから、醜いものには人一倍の不快を感じる」

紳士はヴァージン・ブライアを激しく振って、腹立しそうに云った。

「大いに神々を責めて貰いたいですな」と検事は胃が痛みでもするかの様に顔をしかめて、

「それにしても何が彼女をああさせたか、些か疑問ですな」

「急ぐ事はない。何《いず》れあとで判るさ。本題に戻るとして、最後に沙呂女と云う人について伺いたいね」

「そう、近代的な女性でしたね、いい意味でも悪い意味でも。このなおみさんとはまるきり違って、男友達とはよく手を組んで外出する、ダンスをやらしても麻雀をやらしてもうまいし、水泳でもスケートでも玄人はだしです。父親は保守党の代議士で、先刻打電させましたから明日辺りは飛んで帰るでしょうが、兎に角金廻りがいいので彼女も仲々派手な性格でした。尤も異性と外出するから、操行が何うのと云うのじゃありませんよ。僕が云いたいのは、大胆で派手な、悪く表現すると見栄坊な人だった点です。沙呂女って名前からしても本名じゃなくて、かつえと云う本来の名前を嫌って自分でつけた画名なんです」

「ふむ。大胆と云うのは」

「例を挙げれば早く呑込めるでしょう。私共鋳金科では春の新学期になると、かまどの火入れ式があるんです。それは〝神聖な儀式〟と称されていて、その為に鋳金科には女性の入学者がいないのですけど、芸術院会員になっている先輩が来て火入れ式をしたあと、ヨカチン踊りをやるんです」

「ヨカチン踊り?」

「ええ。丸裸になると、前にビール瓶をぶらさげて、これをムチで叩き乍ら、〝それヨカちんちん〟と掛声をかけて踊り廻ると云う、実に野蛮且下品な行事でして、私も初めて踊らされたときは、なんで鋳金科に入ったろうと嘆いたものでした」

「ほうほう」と警視は思わず乗出して来る。

「処が今年の春でしたか、皆が踊り疲れてひたいの汗を手でぬぐい乍ら、行き処のない視線をもて余している時に、いきなり部屋の暗隅でパチパチと拍手が起って、素敵素敵と云う声がきこえたんです。一同ぎょっとして見ると、それが何と沙呂女さんでした。あのひとはのこのこ真ん中に出て来て、ああ面白かった、また来年見せて頂戴と洒々《しやあしやあ》と云うんですな。さあ我々の慌てたの何のって、芸術院会員の先輩なんて泡喰って、瓶の上から他人のさるまたをはいちまったと云う騒ぎでした」

「ふふふ」と警視は快心の余り、些か品のない含み笑いを洩して、傍らに控えるなおみの面白からざる視線に気づくと、無理に真面目な顔につくろった。

「いや成程、仲々大胆なおな子ですな、全く」

　それから急にしみじみとした調子で、

「併し死んで了っては万事おしまいだな。今頃は解剖が進んどる頃だろうが」

　彼が感慨に耽《ふけ》る間、人々は誰も口を開かなかったが、ややあってその紳士が牧村に向い、質問ともつかずに云った。

「仲々面白い。だが君は自分の事については少しも喋らなかったね。いやいや――」何か云おうとする牧村を押とどめ、「君の事は他の人から訊くからいいよ。処で辛島君、僕の心配している事はだね、沙呂女の死が殺人であったとすると、続いて第二の殺人が起るのじゃないかと云う点なんだ。勿論お津賀の呪いなど信じていやせん。我々の周囲にいるZ氏の意志に依って、もう一人誰かが殺されるのじゃないかと恐れるんだな。而《しこう》して僕思うに、第二の犠牲者は男とみて間違いあるまい」

それに応えて検事が口を開きかけたのと同時に、階段を駆上る音がして、行武が何時になく狼狽した顔を覗かせた。

「おい牧村、早く、早く来てくれ。た、大変な事が起きたんだ」

彼は走りつづけたとみえて、息をはずませ、満足に口もきけぬ様だった。そしてごくりと唾を呑込むと、牧村の袖を引張り乍らあとを続けた。

「あいつが殺られた、あいつが殺られたんだ」

第五章　スペードの王《キング》

色めいた当局は、とる物もとりあえず、一部の警官を後に残して、行武を先頭に林の中のじめじめした小道を急いだのである。牧村も、担架を持った田ノ上老と共にその殿《しんが》りに加わって、ひたすら現場へと心をせかしていた。あとで聞いた処に依れば、屍体を発見するに至ったいきさつは次ぎの様なものであった。

緑風荘を出た行武と横田とは、もともとが気の合わぬ男同志の事とて、この時も互いにむっつりと押黙ったまま、林の小道を辿って胸川のほとりまで出た。五メートル程崖下に、清冽な流れが音を立てている。

「お前そっちへ行け、俺は川上へ行く」

行武の言葉には変屈者らしい意姑地《いこじ》な調子があるので、横田もむっとした様に答えた。

「いいとも。併し橘が見つかったらすぐ知らせろよ。無駄な努力を払うのは馬鹿馬鹿しいからな」

行武は肩をゆすると返事もせず、ぷいと崖ぶちの道にそって、上流へ歩き出した。横田も白々しい気持で、崖の下を覗きつつ、流れづたいに下っていった。

十分も歩いた頃だろうか、川が大きくカーヴを描いた俗称亀ノ岩近く来た時、そこの岸の小石の上に、ビクと竿とが投出されているのを発見した。元来が物淋しい場所で、釣師の姿など全くみない処だ。ひょっとすると橘の持物かも知れぬ、それにしても彼の姿の見えぬのは何うした事であろう。横田の胸を、不安な予感が冷たい風を伴って吹き過ぎた。

横田は足許に気を払いつつ崖ぶちの坂路を降り、ごろごろする石塊を踏しめ乍ら竿に近づいて行った。

確かに見覚えがある。橘の竿に違いない。半ば水に浸ったビクも、彼がぶらさげて出ていった物に相違なかった。

「おい橘ァ……」

辺りを見廻し乍ら呼ぶこと三度四度、併しそれに応えるのはせせらぎ許りだった。何か変事があったのだ。横田は、己れの不安な予感が次第に明確な形をとって表れて来るのを悟った。彼は額に玉の汗を浮べ、そしておそらくは小鼻をぴくぴくさせていた事であろう。と、深くえぐられた洞窟の辺りから、ぬッと伸びている二本の脚に気がついた。石に足をとられてよろめき乍ら、あたふたと駆けつける。而《しこう》して見た！

橘は仰向けに、体の半ば以上を水に浸して、最早や完全にこと切れている様だ。顔は血の気を失って蒼白く、併しその表情は軽く眼を閉じて、穏かであった。横田の胸に、忽ちあの警告状がよみがえって来た。Ｚ氏を名乗る人物は第二の犠牲者として橘を狙い、美事にその目的を果したのであろう。つい先頃元気に口笛を吹いて出て行った橘は、今幽冥境《ゆうめいさかい》をへだてて、川岸のひたよせる小波に微かに体をゆすぶっているのだ。ぎょくんと飛上った横田の心臓が何うにかもとにおさまりかけた頃、彼は橘の眼鏡とミルキイハットが紛《な》くなっているのに気付いた。屍体の周囲に視線を馳せている中に、石の間におちて片方のレンズのわれたボストン型の眼鏡を発見し、次いで水にぬれたミルキイハットを見出した。だがここで彼は、更に妙なものを見つけたのである。

ミルキイハットの横に、まるで空から舞いおりた様に軽くおいてあるのは、まごうかたなきスペードの王。そしてその表面には例に依って、

The second death（第二の死）

とタイプしてあった。

勿論その時の横田には、沙呂女の死についてスペードの女王の札が存在する事など、到底考え及ぶべくもなく、ただただ身をふるわせて、橘を葬った犯人が何処かにじっと身を伏せ、己れの様子を窺っているのではあるまいかと兢々《きょうきょう》としていた。兎も角急を行武に報じなくてはならぬ。彼は再び崖を上って、小道づたいに流れを逆上っていった。

行武が横田の呼声を遥か背後にきいたのは、まだ一粁《キロ》もゆかぬ中だった。腹立しい表情を隠そうともせず、振返りざま、

「いたのか」と訊いた。

「いた、いた」と横田は肩で息を切り、はあはあ云って相手の手を引いた。

「何するんだ」

「来てくれ、来てくれ、何うも様子が変なんだ」

行武の白い眼をみて、彼は更に説明の要を感じた。

「橘が倒れているんだ、一緒に来てくれ」

相手は半信半疑の様子で、それでも横田の真剣な表情をみると黙ってついて来た。

現場に降りた行武は、小腰をかがめて様子を見て、「死んどる」と短く云った。流石に彼も顔色を変えて、平素の元気は失せた様だが、俺が知らせに行くと云ったとき、横田が僕も

一緒に行くと云うと、忽ち肩を張って怒鳴った。

「馬鹿ッ、貴様は残っとれ！」


今警察の嘱託医は死者の服を脱がせて、外傷の検査をしようとしている。両腕を組んで仁王立ちになった辛島警視は、それに視線を預けたまま両人の話を聴いていたが、やがて唸る様にふうむと云った。そのふうむは、部分的には信じもするが、全部を鵜呑みにはできないぞと云いた気なふうむであった。そしてすぐに行武の方を向くと、

「君は上流を探し、こちらは下流を探したと。それを云い出したのは何っちですか」

「それはわしですな」

「ふむ、君がそれを云い出して、横田君が応じたわけだね」

警視は念を押して、黙り込んだ。田ノ上老人の唱える念仏の声が、単調に、とだえ勝ちにきこえている。

すると屍体の周囲からわッと云う驚きが湧いたので、警視や検事は思わずそちらに歩み寄った。警察医が警官の手をかりて屍体の上体を起したとき、何とその延髄には、一本のペンナイフがぷッつり突立っていたからである。蒼白なうなじに刺った真っ赤なナイフの柄は、実に鮮かに見えた。

背後から覗いた行武と横田は、白字でMのイニシャルが入ったそのペンナイフに、よく見

覚えがあった。

「警官、これは松浦沙呂女のナイフですぞ。なァおい」

「然《そ》うです。さっきあのひとのポケットから転げ出したやつです」と横田も相槌を打った。

警視は黙って頷く。警察医はハンカチでナイフの柄をくるみ、指紋を消さぬ様に要心してそっと抜こうとしたが、筋肉がからみついていると見え、何うしても抜けなかった。

すると今迄黙々としていた例の紳士が、

「生体に突刺した証拠だな。ねえドクター、これが致命傷ではないですかね」

「然う、即死ですね。死んでから突立てたのでは、斯う筋肉がからむと云う事はありません。すぐ抜ける筈です」

医者はあいそよく云って、あとを続けた。

「他に外傷は、一つの例外を除いてはありません。ほれ、ここの後頭部に一寸したこぶが有るでしょう。これが撲《なぐ》られてできたものか、刺れて倒れる拍子にできたものかは判断がつきませんが、これだけで意識を失う事は、充分断言できますね」

「自殺の可能性は？」

「全然」と彼は強くかむりを横に振った。

「重要なのは死亡時刻の問題ですが、屍体がこの様に冷たい水に浸っている時は、より一層困難なものでしてね。何しろ胸川の水は真夏でも一分と手を入れてはいられない冷たさですから、屍体も冷凍されている様なものです。甚《はなは》だ大幅で申訳ないと思いますが、せいぜい正午から三時までの三時間とみて下さい」

紳士がふっと吐息をして、田舎の警察医は駄目だなァと吐捨《はきす》てる様に小声で云ったのを、耳覚《ざと》く行武が聞いて、忽ちムカムカと赤くなるとはったと相手を睨みつけた。この紳士の正体が何であるかを知っていたなら、おそらくそうした真似はしなかったろう。

警視の耳にもそれが聞えたとみえて、幾分名誉回復の意をこめて、

「ハハ、あなたは仲々慎重ですな。この被害者は二時十五分以後にやられたと云うデータを我々は持っとるのです。だから殺害時刻は三時までの四十五分間と考えられるわけですな」

沙呂女が二時十五分に死亡した事を思い出した警察医は軽く頷いた。

「いや、別に負惜《まけおし》みを云うわけではありませんが、私は自分の経験に依って推定時刻を申上げたまでです。誰が診てもあの三時間と云う推定時刻を誤りだと断言はできまいと思います。併しそれが縮小されたのは何よりでした」

紳士はそっぽを向いて、ヴァージン・ブライアに詰めたグレンジャーをしきりに吸っていた。

やがて屍体が運びさられたあと、十名近い警察官が犯人の遺留品や足跡を探すべく犬の様に嗅ぎ廻っているのを横目に、警視たちはスペードの王の札を検討していた。仔細に調査するまでもなく、それは紛失したカードの一枚で、図書室のスミスで打ったものである。田ノ

上老人は然うした事には全く興味が持てないのだろう、橘青年が遺したビクを覗いて、微かに首をふった。

「十三匹釣っとる」憮然とした様に呟き、「仏様にゃ悪いが、釣りの腕は下手じゃった。あン人がこれだけ釣るにゃ、たっぷり二時間はかかったろうにゃァ」

周囲の人々は彼の言葉の中に、釣りの手ほどきをした師匠が、弟子の手腕を冷静に批判し乍らも、その弟子を悼《いた》む暖い愛情の流れているのを充分に汲む事ができた。

現場から緑風荘へ帰るさ、黙々と歩む葬列の中で、牧村は不図《ふと》傍らの警視を省みて、紳士の正体について訊ねてみた。

「あれは星影竜三《ほしかげりゅうぞう》氏ですよ」

ああ星影竜三！　野球の川上《かわかみ》選手が地元出身である事は知らずとも、名私立探偵星影氏が人吉の生れである事を知らぬ市民はない。あれが音に聞く星影氏なのか。

指折り数える迄もなく、蟻巣川《ありすがわ》元侯爵《こうしゃく》邸の青ダイヤ事件、横浜外人墓地のチャーリー殺し、ドラゴンホテルの密室事件、或いは大阪駅頭に於ける探偵作家殺害事件等々、ここ二、三年の中に迷宮に入りかけた数々の難事件を鮮かに解決し、天才の名をほしいままにしている名探偵！　若し犯人の耳にそれがきこえていたならば、必らずや大きなショックを受けたに違いなかった。

第六章　訊　問

熊本県警察本部の鑑識課は、つい先頃まで捜査課の一隅に居候《いそうろう》をして、ほんの五、六名の係りがちょこちょことやっていたに過ぎなかったけれど、戦後当局のやり方が民主的に改められると共に新発足をして、今では面目を一新している。捜査活動の中では縁の下の力持ち的な、極めて地味な存在であるのだが、そこを覗かれた諸君は、白い仕事着のうら若い女性も混っているのを知って、なごやいだ雰囲気を感取すると同時に、充実した内容に一驚されるであろう。

この度の事件でも飛電一閃《ひでんいっせん》、鑑識函片手の係りが大急ぎでかけつけ、二人の被害者の剖見が発表される頃には、こちらの結論もちゃんと出ていた。

捜査本部に当てられた緑風荘の食堂で、辛島警視がそれ等の結論を読上げたのは、秋の陽もとっぷりと落ちて、窓外はぬばたまの暗闇。彼等は夕食をとる事も忘れ、只管《ひたすら》事件の調査に没頭しているのだった。

解剖の結果は、直腸温度の測定も不可能の事とて、正午から三時間と云う警察医の殺害推定時刻を裏書したに過ぎず、他方沙呂女の死因は砒素化合物に依る中毒と判明した。他に彼女の死を誘発させる如き内臓所見並びに外傷は皆無。また昼食後から死亡する間にかけて砒素を呑まされた形跡――例えばカプセルの如き――は全然見当らなかったし、牧村達も彼女がその様な物を呑まされたなら、必らずや誰かの目にふれない筈はないと強硬に主張する事に依って、毒物は彼女が喫《の》んだ珈琲以外になかった点がはっきりとした。沙呂女の死亡時刻については牧村等三人が立合っていたから、改めて測定の要もなく、亦《また》橘のそれにしても、先刻警視が云った様に、四十五分間に縮小されて異論なかった。

一方警告状並びにスペードのA、女王、王の三枚のカードについては、各人の指紋が無闇《むやみ》矢鱈《やたら》にべたべたと出た他は何等参考になる発見もなく、川辺検事達の期待は裏切られて了った。

やがて訊問開始となり、警官が牧村、横田、行武と、なおみ、日高鉄子の五人を呼んだ。此の日の昼まで我物顔で振舞っていた食堂に、若い男女はまるで未知の客間にでも招じられるかの如く、いとも神妙な表情で入って来るのであった。併しよく観察すると、彼等の顔色も、その性格を反映してか若干の相違はある。行武は眉をあげて肩を聳《そびやか》し、牧村は外交官の様にとりすまし、横田は少々上気した様に、なおみは毛糸のチョッキを着て下眼勝ちに愛らしく、日高は全く無感動に見えた。

彼等は食卓を挟んで警視や検事達と対座した。その食卓も、愉快に談笑したあのテーブルとは一変して、冷たい警察の事務机でしかなかった。

検事の左側に坐る人物の正体が、あの鬼才と謳《うたわ》れる星影探偵である事は、既に五人の男女が知っているとみえ、特に横田は彼の視線を浴びる度に、頬を紅潮させるのであった。

辛島警視は卓上で両手の指を組合せ、慣れた口調で語り始めた。

「や、お呼立して恐縮です。私は自分の遣り方として、斯の様な場合、一人一人を呼込んで訊問すると云う事はせずに、皆さん一堂に会して貰って大いに論じて頂く。その中から事件を解決するに至るに足るヒントを得られれば、それに越した事はないと云うわけです。では先ず我々の方から、その後判明した事柄を洗いざらい申上げましょう。沙呂女さんの胃の中からは砒素が検出されました。死因は砒素化合物を呑んだ、或いは呑まされたからで、それ以外の原因はありません。それから沙呂女さんが喫《の》んだ珈琲カップとスプーンからも同じ毒物が付いている事が判明しています。一方台所にある珈琲ビーンズですとか、あのひとがいれたポット、この卓上にあったミルク、グラニュ糖等からは、毒物は全然検出されてはおらんのです」

「それは然うでしょう。同じ様に砂糖やミルクを入れた珈琲を喫んで、横田の方はケロリとしているんですからな」と牧村が口をはさんだ。

「念には念を入れるのが、今の警察のやり方なのでしてね。そうしたわけで、原料や調味料に毒物のない事が判ると、誰かが沙呂女さんの口に入るまでの間に、カップにそれを投入したとしか考えられなくなります。然うした点を調査致したいと思うのですが、一つ皆様の御協力を得たいと存じます。如何でしょう」

「と云いますと、毒薬を誰が持っているか身体検査をしたいと仰言《おつしや》るのですか」

「いや身体検査許《ばか》りでなく、各自の部屋の検査ですね」と警視は牧村の問に穏やかに答えた。

「犯人が今まで毒物をポケットに入れているとは私も思いませんよ。併しそこがそれ、念には念を入れるのです」

「いやですな」と牧村は素気なく云った。

「強権を発動すると仰言るなら兎も角、私はいやだとお答えしますな」

「わしはいい、清廉潔白の身だ。何処をつつかれてもやましい処は無いタイ」と行武は反り身になった。

「牧村さん、意味もなく忌避されると、当局に悪い印象を与えますよ」

警視が注意するのを横田が些《いささ》か興奮した口調でひったくる様に云った。

「辛島さん、牧村がいやだと云うのは僕の事を思ってなんです」

「君の事を思って？　何う云う意味ですか、それは？」

「実は僕、強壮剤として砒素水を常用しているんです。今も二階のトランクの中に一瓶入れてあります。その事が皆さんに知れると、私の心証が悪くなると思って、牧村はああ云ってくれるんです」

横田は感激家のたちとみえ、牧村の好意に感動した様にペラペラと喋った。なおみは男らしい婚約者の横顔を、頼母《たのも》しそうに見上げている。

若者達の中で無感動なのは行武と、それから日高鉄子であった。仮令《たとえ》牧村が忌避した処で、当局が強権を発動するのは、殺人の調査をしている現在、当然の事だ。それを知っていて、一応甲斐ない忌避を申立てる所に、牧村の猾《ずる》さがあり、利巧さがある。彼の狡猾《こうかつ》さに気付かず、却ってこれに感激する横田となおみの無智単純な低能振りに日高は、嘔吐を催しそうになるのであった。

「ふむ、フォーレル水ですな。私の若い頃にもはやったものだ」と警視は横田の顔をしげしげと眺めた。致死量以下の砒素水を呑むと、皮膚が白くなるのである。強壮剤と云うものの、死んだ沙呂女の心をひこうとして、色を白くする目的で使っていたのであろう。警視の視線を浴びた横田は、まぶしそうに下を向いた。

「処で横田さん、そのフォーレル水の量に異状はありませんか」

「ええ、それがその、あるんです」

「何？」

大きな声を出したのは警視でなくて、隣りに坐る川辺検事だった。

横田はへどもどして、

「はあ、つまりその、一昨日の夜寝しなに服《の》もうとすると、三ｃｃ許り減っているんです。訝しいなと思いましたけど、誰かが色を白くする為に、いや、その、強壮の為にとって行ったのだと考えて……」

「あなたがフォーレル水を服んでいる事を、他の人も知っていますか？」

「それは知ってます。僕たちがここに到着した翌る朝の事ですが、この食堂で話題に上りました。ですから死んだ橘や沙呂女さん達を含めて、全員が知っていたわけです」

「ふむ」

警視は追究の手をゆるめ、改めて一同の許可を得て捜査主任に身体検査及び室内検査をさせたが、横田のフォーレル水以外に何の発見もなかった。

一方その調査と並行して、食堂では訊取りが続行されていた。警視達は何時誰が沙呂女のカップに投毒したかをつきとめる為、台所で沙呂女のする事を見ていた小女のシメを呼込んで徹底的に訊問を行い、縁もゆかりもない彼女が投じなかった事は勿論、沙呂女が台所を出て行く迄の間、誰一人としてその様な行為をした者のない事を明白にした。余りいじめられた小女が涙を溜めて出て行ったあとで、牧村は一同を代表した様な調子で云った。

「併しですね、沙呂女さんは盆の上のカップを終始自分で配っていたのですよ。その間私は勿論、横田もなおみさんも全然手をふれていません。彼女は自分のカップを手にとると、離れた窓際に一人立って啜っていたのですから、誰にしろ毒を入れる事はできやしません」

牧村の意見は横田となおみに依って強く支持された。併しそうなると、沙呂女のカップに毒を投じるチャンスが全くなくなるので、川辺検事も不満な表情になり、星影一人が如何なる目算あるのか、微笑を浮べてヴァージン・ブライアをくわえていた。

「すると彼女は自ら毒を入れた、つまり自殺したというわけですかな」

「飛んでもない」といきり立った様に、たち処に反対したのは横田である。「沙呂女さんは自殺する様な性格じゃありませんよ。楽天的で金があって、それに夢中になっていた男性と婚約を結んだ直後じゃないですか。仮りに自殺をするとしても、もっとスマートな死に方をしますよ。あのひとは四六時中スタイルに許りこだわっていたのですからね」

横田の言葉には、何か皮肉な響きが感じられぬでもない。

「そりゃそうよ。女って、できるだけロマンチックな死に方をしたいものですわ。あのかただって、菫《すみれ》が一面に咲いた草原に寝て、奇麗な顔で睡る様に死んだのでしたら自殺だと云えるかも知れませんけど、あんなに悶えて、床にゴツンと頭をぶつけるなんて、何うしたって自殺とは思えないわ。それにあのかたは、横田さんの仰言る様に自殺なさる性格じゃありませんわ」

なおみの言に、日高鉄子も牧村も無条件で賛成した。

「成程ね。すると残るのは過失死だと云う事になる」と今度は検事が云った。「本来なら他のカップに投じるべきを、自分のカップに投じて了ったと云うわけだ」

「他のカップと云いますと？」

横田が不審気な顔をした。

「同じ外観のもう一つの珈琲カップですな。ひらたく申せばあなたのカップにです。緊張の余りとり違える事は、有り得ない話ではないのですよ」

「冗談じゃない、彼女が僕を毒殺しようと企んだと仰言るんですか。沙呂女さんが僕を殺すわけがありませんよ。僕も彼女の婚約を得ようとして、懸命にお世辞をとって来たのですからね。僕があのひとを殺すならわけは判ってますがね、ハハハハ」と横田は自嘲的に笑ってのけた。「加うるに検事さん、犯人は殺人予告をしたり、殺人番号をタイプしたカードを提示して、計画殺人である事をほのめかしているのですよ。その点を考えても自殺じゃない事が判るじゃないですか」

「うむ。カードを犯行現場に遺した点については、犯罪者に共通した犯行誇示の心理の表れなんだが、併し弱ったな、そうなると論理的に殺人説は成立しない」と検事は呟いた。

「と云って自殺とも過失死とも考えるわけにはゆかぬ」と警視が相槌を打つ。

「何か割切れぬものがある様な気がするな。何処かに打開する路がありそうなもんだが、八方塞《ふさが》りだ」と検事が応じた。星影探偵だけが彫の深い横顔に相も変らぬシニカルな笑みを浮べて、すぱすぱとグレンジャーをふかしている。

流石の辛島も腹立《はらだた》し気な表情で、

「休憩だ、めしにしよう。被害者が釣った鮎を塩焼にして貰おうじゃないか。十三匹あれば沢山だ。おい君、田ノ上の爺さんを呼んでくれ」

云われた警官は腰を上げて扉から半身をのり出し、田ノ上老人に鮎の塩焼を頼んだ。日高鉄子は、死人が釣った魚を気味悪がりもせずにたべようとする当局の神経に、些かあきれていた。

間もなく扉が開いて、田ノ上老人が首をのぞかせた。

「旦那、あんな魚は喰えませんバイ」

「なに、そんな事構わんさ。斯んな商売をしていりゃ、死人が釣った魚を気味悪がる事はない。いいから焼いてくれ」

「そうじゃなかですタイ。十一匹腐っとって、あげんとを喰うたら腸《はら》ばこわしますバイ。残った二匹はまだ何ともなかですがな」

間が悪い時は仕方のないものだ。

「何？　腐っとる？」

警視は再び機嫌を損ねて大きな声を出し、田ノ上老は亀の子の様に頸をすくめた。

名探偵、鬼才星影竜三がとりなす様に中に入り、彼一流の明快な論理で犯人に迫ったのはこの時である。

第七章　名探偵の推理

「何《ど》うも空気がピンと緊張している様だ。何うだね、気持をほぐす為に、ひとつ我々に洋酒をふるまってくれないか」

「あなたが通だと云う事は伺ってます。お口に合うか何うか判りませんが、砒素水でも入れてあるといけません。ひとつ新しいのを抜きましょう」と牧村が気をそらさぬ様に応じた。

他の若者達も気分転換の目的で、この提案を歓んでいる様子である。

シメにグラスを持って来させ、牧村がバーテンダーに早変りした。行武も今は仕方なしにウイスキーを注がせて、喉をならせて呑んでいる。

「僕は甘口だからリキュールがいい。牧村、キュラソーかマンダリン……」

キュラソーは褐色の、マンダリンはオレンジからとる真っ赤な甘い酒である。

「リキュールか。ジャズで踊ってリキュールで更けてと……」

牧村ははしゃいだ様に云って、

「御婦人達は？」

「あたしもリキュール、ペパーミントがいいの」

ペパーミントはその名の如く薄荷《はつか》の味のついた、濃緑のリキュールである。牧村は新しいペパーミントの瓶をあけて、三つのグラスに注いでだした。

「リキュールはシャルトルーズかペパーミントしかない。あとは品切れだ」

牧村が断ったのを、日高と囁き合っていた横田にはきこえなかったらしい。一口啜《すす》ると、むっとした顔付になって、

「何だペパーミントか。僕はこれ嫌いなんだよ。マンダリンかキュラソーと断ったじゃないか」

「怒っちゃ駄目よ、ね」と日高鉄子が駄々っ子を扱う様に云った。

牧村は故意にはしゃいでいる。横田は何かいらいらしている様だ。行武は至極満悦で、しきりにグラスを傾ける。二人の女性は機械的に唇をふれ、低い声で何か語らい、頷き合う。

そうした若者達の有様を、一流の能弁で警視達に洋酒の知識を披露していた星影氏は、ちょくちょく横眼でうかがっては、満足そうな笑みを洩すのであった。

「では諸君、洋酒をちびちびと呑み乍ら、僕の推理をきいて貰おう。沙呂女の死が論理的に自殺であるか他殺であるか、将亦《はたまた》過失死であるかを決定できないのは、一に君達の推理自体が盲点に落込んで、それに依って矛盾を来《きた》しているからに他ならない。ではその盲点は奈辺《なへん》にあるのか、僕はとうに気付いているのだが、今は順を逆にして、沙呂女殺しに次いで発生した第二の殺人、即ち、橘殺しを追究する事に依って、犯人たり得る可能性の範囲を縮小する事ができるか何うか、検討してみようと思うのである。何となれば、この方が遥か簡単な問題だからだ」

名探偵、鬼才星影竜三はその端麗な顔で一同をじっくり見廻すと、悠揚《ゆうよう》迫らぬ手つきでヴアージン・ブライアを口にくわえ、すぱりすぱりと一服した。若者達は云い合せた様にグラスを卓上において、咳をする者もない。

「誰がやったかを推理していくには、云う迄もなく機会と動機のある者を探す事に依って、目的が遂げられる。第二の殺人の場合、嫌疑の対象は、当時この家を離れなかった牧村、なおみの両君を除き、医者に走った横田、鶴橋に橘の姿を求めに行った行武、及び駅からここに戻って来た日高鉄子の三君に限定されてくるのだ。横田君が医者を呼びに行ったと称し、それにしては少々時間がかかりすぎたが、これは医院を探すのに手間どったのではなくて、橘を刺殺するのに手間どったのかも知れぬ。行武君が鶴橋に行って手を虚しうして戻ったのも、実は亀ノ岩で犯行を終えて来たのかも知れないのである。更に日高君がここに帰った時に示した常軌を逸した態度も、或いは可愛さ余って憎さが百倍の橘に、恨みの止めを刺して来たためであったとも疑えるのだ。三君、果してその潔白を証するに足る反証を挙げ得るか否か」

鬼才星影竜三は三者の面上にはったと鋭い一瞥を呉れた。行武は眉を上げ肩を聳して不敵をよそおうが、唇の端がぴりぴりと動くのは内心の動揺しているせいか。一方横田は色全く蒼ざめて、しきりに何か云おうと努めている様に見えるけれど、それがようやく声になるまでには、少くとも一分間はかかった。

「ボ、僕は真っ直ぐ医者へ行った。僕は何もしやしない。ボ、僕……」

「君等には動機がある。橘のみならず、沙呂女に対しても充分過ぎる動機があるのだ。併し日高君、君にも動機はあるんだぜ」

名探偵は、小次郎《こじろう》燕返しの切先にも似て、間髪を容れず日高鉄子に迫った。

「何とでも仰言い。沙呂女さんはライバルだったし、橘さんもあたしに背いた憎い人だわ、だけど探偵さん、都合に依ってはアリバイを出してみせるわよ。一体橘さんは何時殺されたと仰言るの？」

彼女の怒りの為に一層醜くなったその顔付に星影探偵の方が一寸たじろぎをみせた。

「いろんな悪条件が重ってね、オリンピックの記録と違って何時何分何秒と迄割出す事は出来ないんだが、先ず二時から三時の間とみれば間違いない」

「それなら大丈夫よ。丁度熊本から人吉へ来る途中だもの」

「歩いてかね」

「冗談はやめて頂戴、歩いて来れるもんですか」

「何に乗って来たのかね」

「勿論汽車ですわ」

「何の列車？」

星影竜三の追究に、彼女は栞《しお》りに印刷された県内の列車時刻表をポケットから取出して、テーブルの上においた。

「この三三列車と一〇七列車よ」

三三列車と云うのは東京発鹿児島行急行〝きりしま〟の事であるが、ここにその時刻表を抜書しておこう。何となれば、これが後日事件の解決に一寸した役を演じる事になったからである。

「ふむ、それが事実とすれば、人吉駅に到着するまで列車内のアリバイは有る。併し八代《やつしろ》駅で肥薩《ひさつ》線を待合せるのに一時間と十五分近いゆとりがあるね。この間の行動も念の為はっきりさせて貰いたいな」

「探偵さん、そんな御心配いらないわ。熊本から人吉まで、ずうっとここのおばさんと御一緒だったんだもの」

「ほう、一緒に来たのか」

なる程、そう云えば田ノ上老の女房が熊本へ出掛け、今日の午後帰って来ると聞いていた。警視が直ぐに田ノ上タカを呼よせて、事の真偽をただす事にした。

タカは完全な南九州人的な風貌の女で、人吉駅まで終始日高鉄子と行動を共にしたことを証言したが、流石は辛島警視だけあって、人吉駅下車後に於ける日高の行動について訊出すのを忘れなかった。

タカと日高鉄子は、梨と葡萄を買うために市場へ寄る事にして、市場のほぼ三百メートル程手前まで来た時に、何うしたわけか鉄子が急に先に帰ると云い出し、緑風荘の方向へすたすたと歩いて行って了ったというのである。

日高鉄子が人吉駅に下車した頃、既に橘は屍体となっていたと考えられるのだが、星影探

33列車
熊本発　11:20
八代着　12:00
107列車
八代発　13:14
人吉着　15:12

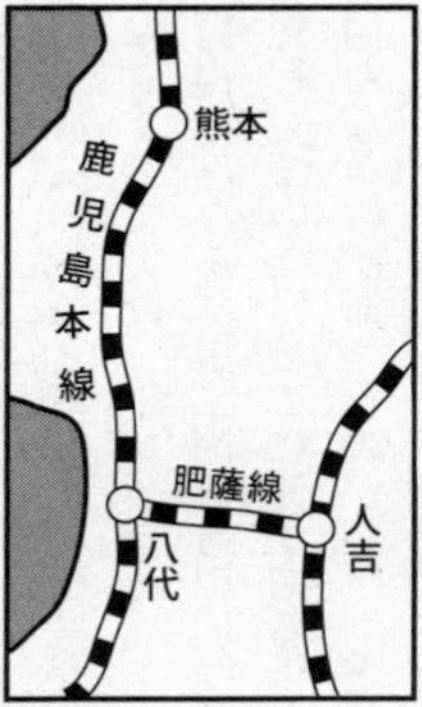

偵も云う様に三時ジャストと限ったものでもない。併しタカと別れた日高鉄子が現場に向ったとしても、到着するのは四時近くなって、彼女の犯行とみなすのは些か困難と云わねばならぬ。警視は鼻の下のチョビ髭をしきりにこすっていた。

では日高がタカと別れたのは何故か。警視のみならず星影探偵も川辺検事も、彼女が緑風荘に還った時のあの不可解な興奮振りを想起していた。そこに何かある！

「それじゃ君がおばさんと別れたのは、何んなわけがあったのかい？」と星影竜三は追究の手綱《たづな》をゆるめなかった。

「無いわ」

「無い事はないだろう。君が思考を持つ動物なら、目的なしに行動するわけがない」

「無いったら無いわよ」

「それじゃ訊くが、君はここに戻った時、何うしてあんなに神経を尖らしていたのかい？」

「神経を尖らしてだって？　まあ、勝手な表現するのねえ」

彼女は次第に硬い表情になって来ると共に、その返事も挑発的な語調を帯びて来た。

「併しね、探偵さん、あたしには立派なアリバイがあるのよ。それに殺人の度にカードを配って歩く芸当なんか、何う考えたって出来ないじゃないの」

「いや、君は僕の質問に応えていない。君がここに還った時、明かに理性を失っていた」

「……」

「君、僕等は殺人犯人を探そうとしているのだ。伊達や酔狂で斯んな真似をしているのじゃない。何とか云い給え」

「何を仰言るの。あたしにアリバイがあったら、もう犯人でない事は明かよ」

「それじゃもう一つ訊こう。君が熊本へ出掛けたのは、何う云う目的があったのかね」

日高は探偵のしつこい質問に、憎悪と憤怒《ふんぬ》の入り混った斜視の瞳をギラギラと輝《かがやか》した。

「学校の前の書店に洋書を注文したのよ。今月一ぱいで締切になるし、手紙じゃ用が足せないの。そりゃああした不快な時だったから、気分転換の意味もあったわ。併しこれ以上は何を訊かれても返事の必要は認めないわよ」

彼女は柳眉《りゅうび》（と云っておこう）を逆立てると、ぷいと横を向いてグラスを手にとり、そこに一寸気まずい空気が生れた時、それを救う様に口を開いたのは牧村であった。

「ね、星影さん。私は橘が沙呂女さんを殺して自殺したのじゃないかと思うんですがね」

「そりゃ違うね。自分で延髄にあれ程深くナイフを突立てる事は到底できないよ」

星影竜三はにべもなく云い、川辺検事が興をひかれた様に代って訊ねた。

「あなたは亦、何うしてその様に考えられるのですかな」

「いや別に根拠もないのですが」と牧村は余り語りたくないらしく一寸躊躇を示していたが、検事にうながされて仕方なしに口を開いた。

「こんな事は云わずに済めば云いたく無いのですが、あれは婚約が発表された次ぎの夜でした。橘がパジャマのまま私の部屋に入って来てとりとめのない雑談をしたあと、〝女ッちゃ全く油断できない代物だなァ〟とつくづく呟くのです。何故だときくと直接それには答えないで、〝女房の不貞に気付いた時、君なら何うするね？〟と云います。それは実際真剣な、深刻な表情でした。沙呂女さんはああした派手な性格でしたから、男出入りの一つや二つはあるに違いないのですが、併しそれに今頃気付いて悩むのも余りお坊ちゃん過ぎます。私は〝雨降って地固ると云うじゃないか。結婚前に誤ちを犯した女房は、つぐないを無意識の中に意識して、却って忠実ないい女房になるもんだよ〟と慰めてやったんです。矢張り他人となると、心にもない事を云うものですな。私にしても自分がああした立場でしたら到底そんなのんびりした気にはなれませんし、だから橘が私の言葉でその気になったとも思いません。あの晩はそれきりで戻って行きましたが、そんなわけで沙呂女さんが何か自分の行動を告白し、橘はそれを悩んでいたのじゃないかと思ったのです」

「ふうむ。全く近頃の若い女のやる事なす事は無軌道だからなあ。まともな女を女房にしようとするなら、幼稚園の女の児とでも婚約する他はないよ」

検事が慨嘆したのを、牧村は幾分吃《きっ》となって、

「全部がそうとは限りませんよ。貴方の目の前にいるこのなおみさんにしても、品行方正の箱入り娘ですからね」

彼はそう云って傍らのなおみの背に手を廻し、愛おしそうに自分の方へ引寄せた。なおみ

はいじらし気に頬を染めて下を向いている。日高鉄子がフンと云う様に鼻を鳴らしたが、生憎と彼女の事を品行方正と称する者は、誰もいなかった。

今までグレンジャーをふかしていた鬼才星影竜三は、この時になるとヴァージン・ブライアを左手に、右手で食卓をどんと叩いた。

「諸君、日高君のアリバイを認めるとして、次に横田、行武両君の反証を訊ねたい。行武君が緑風荘を離れたのは鶴橋へ橋を探しに行った時と、更に鶴橋の下流へ横田君と一緒に出掛けた時の二度あるんだが、何うだね君」

きめつける様な探偵の口調に、行武は憤然として向き直った。

「探偵、あんたは忘れ物をしとりますバイ。橋は沙呂女のナイフで刺されとるんですぞ。そのナイフは、わしが鶴橋へ行ったあとで、沙呂女の服から出たのではなかですか。そのナイフでわしが橋を刺すちう事がでけるとですか」

「出来ないと云うのだね、ふン」

星影竜三は鼻の先で笑うと、

「それならそれでいい。では二度目に出掛けた時は何うだ」と名探偵は挑戦的に云った。すると傍らから口を出したのは横田である。

「星影さん、その時は問題ありません。林を抜けて胸川に突当った所迄一緒に行ったんですけど、それからあとは僕独りでした。僕の先廻りをして橋を殺す事はあの一本道では絶対にできません。それに星影さん、僕たちが緑風荘を出たのは三時五十分で、その時橋はとうに殺されていた筈ではありませんか」

「横田君、我々は念には念を入れるのです」と辛島警視が口をそえた。

「すると――」と川辺検事が云いかけたが、鬼才星影竜三はこれを無視した様に、

「第二の事件の犯人たり得る者が誰であったか、今更それを喋《ちよう》喋《ちよう》するのは諸君をバカにするものであろう。僕はこれから第一の事件を検討する事に依って、第二の事件の犯人が同時に第一の犯人たり得る事を立証せんとするのである」

「第一の事件と第二の事件とが同一の犯人に依ってなされたと考えるのは、些か早計ではないでしょうか」と警視が云った。

「早呑込みは馬鹿がやる事だが、呑込の遅いのも利巧がする事じゃないぜ。今更そんな愚問に応えている暇はないよ。処で君等が自己のセオリイに矛盾撞着《むじゆんどうちやく》を来《きた》したのは、要するに君等が田舎者であったからだ。即《すなわ》ちココアも珈琲も同じ卓上の砂糖を入れてのむものと決めてかかったのがそもそもの間違いの始りなんだ」

「おや、ココアは砂糖でなくて、酢でも入れてのむものなんですか」

「馬鹿な。僕が云うのは、ココアは珈琲と違って、予《あらか》じめ砂糖を入れてサーヴする点だ、いいかね。即ちこの食卓のグラニュ糖を用いたのは、珈琲をのんだ横田、沙呂女の両君だけなんだぜ。ここがこの事件を解く唯一の突破口なのだ」

「ハハァ」と警視達は眼を丸くした。

「沙呂女にしたって珈琲の通を以《もっ》て任ずる位なら、ココアのサーヴの仕方位は知っていよう。そう思ったから先刻なおみ君に訊いてみたのだが、矢張りココアの方は予じめ台所の三盆白《さんぼんじろ》を入れて出したのだそうだ。だから今も云った通り、ここの食卓にそなえてあったグラニュ糖を用いたのは、珈琲をのんだ横田、沙呂女の両君という事になる」

「ハハァ。併し誰もそんな事は云わなかった」

「そりゃ凡《すべ》ての人にとって日常茶飯の常識的な事になってるからさ。ここで考えねばならぬのは、横田君のフォーレル水が減っていたからと云って、これが犯行に用いられたと決めてかかるのは、早計のそしりをまぬがれぬという事だ。被害者の胃中から検出されたものは確かに砒素化合物だが、それがフォーレル水であると云えぬ事は、言をまたぬではないか」

名探偵、鬼才星影竜三はヴァージン・ブライアで掌を一語一語叩き乍ら、

「このグラニュ糖に混ぜるべきもの、それは液体であってはならぬ、色がついていてはならぬ、味があってはならぬ、臭気があってはならぬ。それにピタリと当てはまるのは、即ち亜《あ》砒酸《ひさん》ではないか」

「亜砒酸か、ふうむ」

「然《しか》り。而《しこう》して共に亜砒酸入りのグラニュ糖をのんだ横田君は、平素フォーレル水を用いている事から生じた対毒性に依り、沙呂女の致死量も同君には何の影響をも与えなかったの

である」

「すると星影さん、亜砒酸をグラニュ糖に入れるのは、誰でも出来たのですね？」と検事が訊ねた。

「勿論。例えば日高君がやったとするなら、グラニュ糖の中程に亜砒酸を混ぜておく事に依って、緑風荘を去った後に事件が発生する様企む事ができるのだ。まして君等は液体のフォーレル水が犯行に用いられたと考えているから、彼女は完全に嫌疑から除外される」

「まあ非道《ひど》い、何て事仰言るの」

「いや、例えばと断ったじゃないか。それに君は毒入りのグラニュ糖を無毒の物とすりかえるチャンスがなかった。だがあとの四人には、そのチャンスは幾らでもあったのだぜ」

「うむ」

「従って犯人が今まで亜砒酸を所持していると考えるのは甘すぎる。只今までに幾らでも処分するチャンスはあったのだから、今更身体検査をするのは愚の極みだ」

名探偵、鬼才星影竜三は警視に一本釘をさしておいて、さもうまそうにグレンジャーをくゆらした。

「処で僕がこの事件を面白く思うのは、多くの小道具の使い方だね。お津賀伝説を以《もっ》て予じめ警告を発し、スペードのカードに依っていやが上にも効果を挙げる」

「加うるに沙呂女嬢のナイフを拾って、素早く橘に突立て、以て神秘的な雰囲気を助長しておる」

川辺検事が星影探偵の口調を真似て云った。

「いや、彼の演出ぶりは自信と稚気に満ちているのだ。僕は斯うした犯人と闘う事をこよなく愉快に思っているよ。処で今も川辺君が言及したが、僕が一寸知りたいのは、沙呂女のポケットから落ちたあのペンナイフを拾ったのは誰かと云う事だ。勿論彼がその現場を人に見られる様なヘマはやるまいと思ってるがね。何うだろうか諸君、あのナイフを最後に見たのは何時だったか」

「さあ……」と男女は顔を見合せた。

「何しろ慌てていたもんですから。なおみさんに云われて食卓にのせた事は覚えてるんですが。それ、そのペンダントと一緒にです」と横田は脅《おび》えた様な表情だった。

「わしは知らん、俺は知らんぞ」行武がうそぶく。

「一向記憶にないですね」と牧村も云った。

「いや、判らないなら判らないでいい。もう一つ訊きたいのだが、ああしたペンナイフを持っているのは、沙呂女一人かい？」

「いいえ、私が持っています。私と沙呂女さんとは同じ高校を出たんですが、その時全国展覧会に絵を出して、二人とも一位に入賞しました。九州から賞に入ったのは我々二人きりで、校長が大変喜んで頭文字入りのペンナイフを作らせて、記念に呉れました。随分嬉しかったものです」

牧村は無邪気な高校時代を追憶する様に云って、上衣のポケットから同じ型の、グリーンの合成樹脂の柄のペンナイフを取出した。

「盲人が一番見たいと云う色はグリーンだそうだね。や、有難う」

星影竜三はそれを牧村にではなく、手近にいた横田に差出した。

横田は左手で受取り、牧村に渡した。

「諸君」パイプにグレンジャーを詰め終った名探偵は、きりりとした面持で若い男女を見廻した。髭の剃り跡が真っ蒼で、商売女ならばふるいつきたい程の魅力を感じるに違いない。

「諸君」と彼は再び呼かけて、あとを続けた。

「僕は諸君が僕の調査に必らずしも充分協力してくれなかった事を遺憾に思うのである。例えば日高嬢の奇怪な振舞いについて、同嬢が一言の説明を加える事をも拒否した如き、これであるのだ。併し諸君、僕は自分の犀利《さいり》なる頭脳を駆使した結果、わけもなく犯人を指示する推理の組立てに成功した。僕が遭遇した数々の難事件に比べれば、これは正に朝めし前の仕事でしかなかったのだ。諸君、僕は犯人が誰であるか知っている。而して毒の付着したカップとスプーン、ペンナイフ等々の物的証拠も揃っているのだ。奇しくもお津賀伝説になぞられて遂行された二つの殺人事件、それは犯人が誇るべき完全犯罪であったかも知れないが、今は早や誇るべき何物もない瓦礫の集積にしか過ぎぬ。付言しておくが、あの警告状の英文にしても稚拙極《きわま》りない。高校の生徒、いや中学校の生徒でも書けるものである。併し諸君、僕は警察官ではないのだ。而して警察官でない事を、今つくづく幸福に思っている。何故であろうか諸君。犯人は九州芸術大学の学生として大きな矜持《きようじ》があるに違いない。その誇りに対して、縄目の恥を与えるのは忍びない事ではないか。犯人が殺人犯として起訴されるのは免れぬが、男らしく彼が自ら名乗って出て、堂々と裁きを受ける様望むと共に、僕は彼がそうする事を確信しているのである」

語り終ると星影竜三はハンカチで額の汗をそっとふいた。五人の男女は共に名探偵の肺腑《はいふ》をつく叫びにうたれたらしく、身じろぎもしない。

「辛島君、川辺君。君等は町の与太者を相手にしているのじゃないぜ。教養を持つ学生を相手としているのだ。僕の願いをきいて、せめて両三日の間待ってくれ」

「他ならぬあなたの事です。待たぬわけにはいかないでしょう」

「有難う。事件は一つの段階まで来た。若干の警備の者にあとを委せて、引上ようではないか。君が垂涎《すいぜん》おく能わざる鮎の料理は、僕が行きつけの店で御馳走しよう。他に何か訊きたい事があるのか」

「いや無い。皆様、不快な思いをかけて誠に恐縮でした。何うぞお引取り下さい」

辛島警視の言葉に、若い男女は蘇生した面持で、ただ黙々として席を立っていった。そして殿《しんが》りの行武だけが扉の処でくるりと振返り、捜査陣の人々に軽く目礼をした。

なおこの訊問の際に、検事が作成したメモを次に掲げておこう。各人の動きを見るのに、亦何かの参考になるかも知れぬ。

〇時半　橘鮎釣りへ
一時　なおみ帰る
一時半　チェス開始
二時五分　行武鶴橋へ
二時十分　横田渕田医院へ
二時十五分　沙呂女死す
二時三十分　渕田医師来たる、横田戻る
三時　行武鶴橋より戻る
三時十二分　日高人吉駅着
三時二十分　係官到着
三時五十分　横田と行武、橘を探しに出る
四時　日高戻る
四時十分　横田、橘を発見す

後

篇

中川　透
なかがわ　とおる

第八章　スペードの兵士《ジャック》

十一月の一日から三日間、人吉市は時ならぬ祭りで賑《にぎわ》っていた。と言うのは、列車のダイヤが全国的に改正されるのを期に、山口県に配車される予定であったディーゼルカーが、地元の運動が奏功して肥薩線を走る様になったからである。

肥薩線は山陰本線と同じくトンネルが多くて、機関士は瓦斯《ガス》マスクをかむって運転しなくてはならない。冬場は兎《と》も角《かく》、夏になるとまるで蒸し風呂に入った様。客にしてもおちおち窓を開けていられないので、かねてから何とか手段を講ずる様にとの声が高かった。ディーゼルカーの配車は、電化するまでの姑息な手段ではあったが、クリーム色のスマートな車体がこの小都市の人々に与えた歓びは、決して小さくはなかったのである。尤《もつと》もこうした小さな都会では、お祭りと言っても変りばえのする物とてなく、喉自慢だとか仁輪加《にわか》芝居にまじって、爆竹の様な音をたてて、花火がパチパチと打上られる位のものであった。

その十一月の二日。午前中の深霧がはれ損《そこな》って、地上はミルクの底に沈んだ様だった。

人吉市警察署では辛島警視と川辺検事とが、乳色の街並にとりとめのない視線を預けたまま、放心した様にぼんやりとしていた。名探偵星影竜三と約束はしたものの、犯人はいまだに自首して来ない。警視にしろ検事にしろ、犯人が誰であるか充分推量がついている。星影との約束さえ顧慮せずに済むならば、たち所に取りおさえてやりたかった。

と、二時を半ば過ぎた頃にけたたましく電話のベルが鳴って、受話器を耳にあてていた署員はひどく緊張した表情で、それを警視にぬっと差出した。

「何？　儂《わし》に？　ああ、もしもし辛島です。え？　ふむ、え？　何だって？……」

やがて荒々しく受話器をおいた警視は、そのままの位置でズボンのバンドをぐいとしめなおした。

「川辺さん、事件は終りましたよ。犯人が自殺したという知らせです」

「横田がですか。何時、何処で？」

「駅のうしろの、古墳の入口です。ほんの十分許《ばか》り前だそうです」

素早く身仕度を整え、星影竜三に取急ぎ連絡をとり、ジープを駆って現場に到達したのは五分もたたぬ中《うち》である。単なる自殺事件には見られぬ仰々しさで、警視が降り、検事が降り、警察の属託医があとにつづいた。

そこは駅の背後の崖の中腹で、四つ並んで口をあけた横穴式古墳の前。すぐ眼の下は鉄道線路を距《へだ》てて人吉駅になっているのだけれど、深い霧につつまれて何も見えず、ただ機関車の響や旅客案内のラウドスピーカーの声がきこえるので、それと判るのであった。

一行の姿を認めて、先着の警官達が人垣をほどいて道をあけた。横田の屍体は一番手前の洞穴の前に、仰向けになって横《よこた》わっている。バーバリーコートの胸が朱に染って、右手に拳銃を握りしめ、軽く眼を閉じた様は、追つめられた彼の覚悟の程を語っているようであった。屍体の周囲には、あの緑風荘の食堂から紛失したカードが一面にばらまいてあって、まるで花弁を散り敷いたかと思われた。

医者が跪《ひざまず》いて検屍を始めた頃、一人の警官が進み出て挙手の礼をして、屍体発見のいきさつを語った。この警官は先日の緑風荘事件の時、現場に派遣された一人である。今日の午後、公用で人吉駅前の派出所に来て、丁度帰りかけた時に駅員の注進で事件を知らされた。駅員は崖の真下で検車していたので、いち早く銃声をききつけたわけである。時に二時二十分。

銃声ときいた警官は多分に要心して古墳の前に近づいたが、そこで横田の屍体にぶつかった。その胸からは、まだどくどくと血があふれ、口から血泡をふいている。緑風荘でよく観ていたから、屍体が横田である事は直ぐに判ったが、なおも念を入れて身許を確めようとした時に、バーバリーコートの遺書に気付いた。今警視と検事が検討している一枚のカードとタイプ用紙がそれである。

カードの方は紛《な》くなった例のもので、スペードの兵士《ジャック》。図書室のスミスでタイプしたものである事は、活字の特長を見ればすぐ納得いくのであった。

「ふむ、The last death か。そちらのタイプ用紙の方は何とあります？」

「Here Mr.Z Kills himself. Z氏ここに自殺す。簡にして要を得とるが、些か気障ですな」と警視が応じた。「併し全く横田は、沙呂女を護衛する兵士を以《もっ》て、自ら任じていたのじゃないですかね」

「うむ。だが春秋《しゅんじゅう》に富《と》む身を、つまらん事から人殺しをした揚句、あっさり自殺をして了《しま》うとは、近頃の若い者の心理は判った様で判らんですね」

検事がそう云った時、周囲の人垣の中から無遠慮な笑声の起るのを耳にして、黄色い顔に不快そうな表情を浮べて吃《きっ》と振返ったが、そこに星影竜三の姿を見出して、外交的な笑顔に変った。

「川辺君、いや失礼。つい笑って了ったが、悪く思わんで呉れよ。処《ところ》で一寸《ちょっと》伺いたいのだが、君はこの男をほんとに自殺と見なしているのかい？」

「思うのかいって、犯人と推定されていた横田が斯《こ》う云った状態で死んでいれば、自殺と断定する他はないじゃないですか」

「そりゃ訝《おか》しい。なる程横田には動機もあるし、沙呂女のナイフを拾い上げて、これで橘を殺すチャンスもあった。併し表面に現れた事のみを以て彼を犯人だと決めてかかるのは、まんまと真当《ほんとう》の犯人の手に乗った事になるんだぜ」

「真当の犯人ですと？　あなたが何を云われるのか薩張《さっぱ》り私には呑込めない」と警視が口を

出した。

「星影さん、辛島君許りでなく、私にしても同様です。これが自殺でなくて他殺だと云うなら、一つその真犯人を教えて頂きたい。あの時それを仰言って頂ければ、こうして横田を殺さずとも済んだでしょうからねえ」

名探偵星影竜三にずけずけ云われてみれば、皮肉の一つや二つ云いたくなるに違いない。と云っても検事の言葉には些かも批難めいた調子はなかったのだけれど、星影探偵は妙に気を廻して、不快そうな表情になった。

「それはそうだ。併しあの時は犯人が横田を殺すとは想像もつかなかったのだ。何となれば、犯人は所期の目的を充分達していたからなのだ。今の僕にしても、横田が殺されねばならない理由については、全然知る処がない。不測の事態が発生したに違いないんだ。それにしても僕は君等がもう少し利巧者かと思っていたよ。多いに買い被っていた様だ。あの時僕が考えていた犯人と、君等が推理到達した犯人とが全然別者だったとは、今始めて気がついたものさ」

彼は落着いてヴァージン・ブライアに火をつけると、旨そうにすぱすぱとやってから、言葉をつづけていった。

「君等は三十日の夜、緑風荘でカクテルパーティをやった時、横田の動作から何か結論を得なかったかい？」

「さあ。私は彼がいらいらと怒りっぽく、神経質になっているのをみて、犯人に違いないという推理に一層確信を抱いたのですがね」

「ほう。情けないもんだ。それではヒントを与えてやろう。横田はあの時キュラソーかマンダリンを注文して、ペパーミントを出されると一口啜《すす》って怒ったね？　何故だろう？」

「余程ペパーミントが嫌いなんですな」

「月並《つきなみ》だねえ、両君とも。つくづくいやになるよ。まあ仕方がない、先をつづけよう。僕の云うのはね、何故一口呑んで怒ったかと云う点だ」

「だから、二口と呑むのが嫌やな位、ペパーミント嫌いだったんじゃないですか」

「いや、僕が云うのはそうじゃない。何《ど》うも君等は見当違いの事許り云う様だ。いいかね、ペパーミントは君等も知ってる通り、毒々しい程濃緑のリキュールだぜ。一口呑まずとも、色を見ただけでマンダリンとは区別できるじゃないか。だから僕は彼が色を識別できないのではないかと断じたんだ」

「なある程」と警視達は名探偵の観察力に今更乍《なが》ら驚嘆の色を示したが、星影竜三はそれを無視して語っていった。

「いまこの屍体を解剖した処で、現代の医学じゃ視覚のことは判らないんだが――」

「お話中ですが星影さん、彼は美術大学の学生ですよ、そんな筈はないでしょう？」

「黙ってきき給え。僕はあの晩牧村君に確めておいたのだから間違いない。入学試験の時は身体検査を誤魔化して入ったんだが、第一志望の油絵科には入れないものだから、色彩感覚を余り必要としない彫刻科に籍をおいたわけさ。尤も彼の色感については、仲間も皆知っているがね。つまりなおみも日高も行武も知っていたんだ。いいかね」

　ここで名探偵、鬼才星影竜三は愛用のグレンジャーをすぱりすぱりとふかした。

「さて、ここに柳なおみと云う女性がいる」

「では彼女が犯人――」

「馬鹿な。あれが犯人であってたまるかい。もう少し落着いて僕の云う事をきいて貰いたいもんだね。犯人は、恐らくなおみを脅迫したのであろうが、彼女に或る形容詞を一語喋らせ、更に極めて簡単なゼスチュアをさせた。それに依って、彼は実に美事なアリバイを偽造して了ったのだよ」

「ほんとですか」

「ほんとかとは何だね、君は僕の推理の才能を疑おうと云うのか。東京にも明智小五郎《あけちこごろう》とか金田一耕助《きんだいちこうすけ》とか藤枝真太郎《ふじえだしんたろう》などと云う同業者がいるが、アメリカのピンカートン探偵事務所と特約があるのは、はばかり乍《なが》ら僕一人なんだぜ」

　星影竜三は余程自尊心の高い性格に違いない。警視の一言がすっかり彼を怒らせた様である。

「いや、気にさわったら謝ります」

「そうか、悪いと気がついたならいい。言っておくが、僕がなおみについて語った事は、単なる想像じゃない、直接横田自身に当ってたしかめておいたんだ。具体的に云うと、彼女は犯人の命によって牧村のポケットから彼のペンナイフを抜取《ぬきと》る。影と形の様に離れない二人の事だから、そんな事は朝めし前の話だろう。そしてぶっ倒れた沙呂女の体を抱上《だきあ》げたとき、如何にも沙呂女のポケットからずりおちた様に見せかけて、そのナイフを床におとし、これを横田に拾わせる。いいかね、この時彼女がナイフが赤い色をしているという暗示を与えれば、横田はその緑色の牧村のナイフを、沙呂女の赤いナイフと思い込んで了うのだよ。言わなくとも判るだろうが、彼には赤と緑の区別がつかないのだからね」

「ほほう。何んな風に暗示を与えたのでしょう」

「簡単さ。横田にきいた処、〝その赤いナイフ〟と言っただけだそうだ」

「すると沙呂女自身のナイフは？」

「それだ。ちと頭を働かせるのだね。鶴橋に橘の姿を求めに行ったと称する行武は、予《あらか》じめ沙呂女からすりとっておいたナイフ、いいかね、これこそ赤いナイフなんだぜ。そのナイフをポケットに秘めて、鶴橋ならぬ亀ノ岩に向うと、橘の頭を撲《なぐ》って昏倒させておいて、悠々と延髄を刺したというわけだ」

「む、む、……」と警視達は唸るのみだった。何と云う鮮かな推理、鋭い観察！　流石は名探偵、鬼才星影竜三である。犯人の自殺で幕を閉じんとした三幕の悲劇が、舞台裏に邪悪な演出者のひそむ事を、星影なくして誰が想像したであろうか。

人垣は粛《しゅく》として声もなかった。名探偵、鬼才星影竜三一人が、そのくっきりと彫の深いプロフィルを霧の中に浮べて、誇らし気に立っているのであった。彼の足許に散らばるカードは、何時しかしっとりとぬれていた――。

第九章　残った四人

緑風荘はひっそりとしていた。解剖の後ダビにふされた一組の婚約者の遺骨は、それぞれ親の手に抱かれて熊本市へ還《かえ》り、日を改めて葬儀を営むと云う話であった。残った行武栄助と日高鉄子、それに牧村となおみの男女はすっかり滅入った表情で星影たち一行を迎えた。行武は、あとになってみると理由があったのだが、不精ヒゲを生やし、睡眠不足ででもあるのか腫れぼったい目瞼《まぶた》をしている。なおみがピッチリと身にあった黒のうす手のスウェーターを着ているのは、死者を悼《いた》む喪服のつもりなのであろうか。象牙を模したネックレスと、小さな金色のブローチがよくマッチしていた。日高女史は相変らず野暮くさい。醜さもここまで徹底すると、洒落《しやれ》るで滑稽になるし、と云って無造作をよそおえばますます醜悪さが目につくものだ。乱れた髪の毛はこの一両日櫛《くし》をあてた事もないらしく、その分厚いレンズの奥の瞳は何か別の事を考えている様に見えた。牧村は、唯一人牧村のみは、例の如くゆったりと落着いていた。然《そ》うした彼の態度は、横田殺害の報をきかされても、殆《ほとん》ど動揺する処がなかったのである。

四人の大学生が僚友の死を告げられたのは、例の食堂に於《お》いてであった。それ迄《まで》窓外に視線を預けていた日高女史はギクリとこちらを振返り、その軽い斜視が今度許りは酷《ひど》くひきつって見えた。なおみは凍った様に体を固くして、椅子の肘つきをぎゅっと握りしめている。行武は汚れぬいた手ぬぐいで頸筋をごしごしこすって、卓上の茶を慌《あわただ》しくゴクリと呑んだ。

星影竜三は自信あり気に一座を一渡り見廻したのち、その視線を再び行武の上にピタリとおいた。正に名優が十八番の名科白《ぜりふ》を吐かんとする刹那にも似ている。

「行武君、君に一寸訊きたいが、今朝からずっとここにいたのかね？」

「いいや、出ておったです」

「ふむ。それじゃ戻って来たのは何時だね？」

「三時過ぎですタイ」

行武栄助は腑におちぬ表情である。

「うむ、よろしい」と探偵は満足そうに一つ頷いてから、「横田はだね、今日の二時二十分に殺されているんだ。その時分君は何処にいたね？」

「そ、それは言えんとですタイ」

「うむ、よろしい。併し是非ともそれを云って貰わなくてはならないのだ。もう一度訊こう。君はその頃何処にいたのか、さあ云って見給え」

星影竜三はうす笑いを浮べて、嬲《なぶ》る様な態度で行武を追究する。彼としては斯う云う時に、その仕事の醍醐味を満喫するらしかった。

「それは言えんとです」と行武は強情に言い張り、バサリと総髪をゆすぶる。この時傍らの警官の一人が、「探偵」と呼《よび》かけたが、星影は振向もせず、

「行武君、僕は何も君にそれを強要しようとは思わない。併し君が日本画家なら、画材に鯉《こい》を手掛けた事もあるだろうが、少しあの魚を見習ったら何《ど》うかね。往生ぎわが悪いぜ」

「探偵、あンたは勘違いをしとるのじゃごわせんか。わしは横田を殺した覚えは無かとです。絶対にわしは潔白です」

「ハハハ、君、笑わしちゃいかんよ。沙呂女殺しも橘殺しも横田殺しも、凡《すべ》て君がやったと言うネタはちゃんと挙っているんだ。君がしぶとい様だから、僕はもう一度自分の推理を語らなくてはならん。全く面倒な話だ」

星影探偵は、先程古墳の前で述べた推理を再びながながとくり返してから、ヴァージン・ブライアにつめた刻みを旨そうにくゆらした。だが怒気心頭に発したのは行武である。正《しょう》雪《せつ》ばりの総髪をバッサリ打振って我鳴り立てた。

「探偵ッ、わしは何もせん、わしは何もせんですぞ」

「強情な男だな、全く。犯人が君以外におらんと言う事は、今僕が説明した許りじゃないか。いい加減の事を言うのはやめるんだ。君がやったのでないなら、さっさとアリバイを挙げてみろ」

「探偵ッ、それを言うと、わしは自分の学校に泥を塗る事になるのですタイ」

「泥を塗る？　オヤオヤ、君は絵具を塗るのが仕事かと思っていたら、何と左官屋をやるのかい」

「探偵ッ、これはわしにとって真剣な話なんですぞ。あんたが無理にわしのアリバイを言わせようとするなら、わしも男ですバイ。大学の名誉を疵《きず》つけるより、日本男児らしく堂々と腹を切りますタイ」

「ハラを切る？　ウハハ、こいつは観物だ、とんだアトラクションだよ。さっさと切るがよかろう」

「ああ切りますタイ。立派に切ってみせますタイ」

売り言葉に買い言葉、星影が然う言う以上は、行武としても誰かが押とどめる事に期待をかけ乍ら、どっかと床の上にあぐらをかき、上衣をとりシャツを脱がぬわけにはいかなかった。従容《しようよう》として、その実はしぶしぶ上半身はだかになると、とんでもない成行になったのを悔む様にフーッと太い息を洩らし、アサリの剝身《むきみ》そっくりの己《おの》れの臍《へそ》を、情なさそうな面持でつくづくと眺めていた。

だが、誰もがこの馬鹿気たお茶番の結着を見ぬいている為か、生憎《あいにく》ととめ立てするものは一人といなかった。日高女史にしてもが、軽蔑した視線を坐せる日本男児の上にそそいで、フンと鼻の先で嘲《わら》っている。

「誰でもいい、台所へ行って出刃包丁か何か持って来てやり給え。所で諸君、僕はこのハラキリ芝居と言う奴が何うも気に喰わんのだ。我が親愛なる同胞諸君は、何かと言うとハラを切りたがるんだが、もっと楽で失敗率の少い方法がいくらでもあるのに、事あれば得たりと許りハラを切りたがるのは何《ど》ういうわけだろうか。理由は簡単さ。彼等の頭が極めて単純である上に、健全性を欠いているからなんだ。本人はハラを切るという自己虐待によって、妙にパセチックな気分に陶酔できるし、周囲の人間共は滅多にうかがう事のできない他人の自殺の場を見物する事によって、サジズムの心理を充分にみたす事を得るんだ。特にハラを切る事は拳銃自殺と違って時間が長くかかるし、首つりと違ってたっぷりと出血もする。こうしたドラマチックな効果が、本人にとっても見物の衆にとっても、極めて珍重されるゆえんなのだ。殊に近松の〝長町女腹切《ながまちおんなはらきり》〟となると、問題は倒錯した異常心理からも論じなくてはならない。何《い》ずれにしても不健康な話だよ。我々は日本人の中から斯うした不健康な好みを追い払わなくてはならないのだ」

星影探偵はぷかりと一服して、行武の姿を見おろした。

「何うだね、君。出来得《できえ》べくんば君のハラキリドラマなる珍芸をとくと拝見したいんだが、併《しか》しそう簡単に死ぬ事はできないんだぜ。尋常の人間にゃ腹壁を切るのがやっとだ。だがそれだけじゃ注文通りお陀仏《だぶつ》になるわけにいかん。腹の大動脈は腹腔の奥を通っているのだから、そいつを切るためにはナイフや短刀では到底間に合わない。日本刀の業物《わざもの》を持って来た所で、普通人の力では動脈に届く事はまずなかろう。たとえ届いて切れたとしてもだ、大腸や小腸が同時に切れるから、血と共に腸内の汚物が流れ出して、悪臭ふんぷんとなる。いいかね、僕等としてもそんな場面につき合う義務はないんだ。こいつは一番願いさげにして貰いたいもんだね」

探偵が再びヴァージン・ブライアをくわえた時、先刻から口をはさむ機会をうかがっていた例の若い警官が、遠慮勝ちな調子で話しかけた。

「探偵、あなたは最前からこの人物のアリバイを問題にしておられますが、これが今日の事件の犯人でない事は私が知っております」

「何？」と星影はだしぬけの証言に、不快の表情を露骨にみせて、

「そりゃ何う言う意味だね？」

「は、実はですな……」と警官が語り出したのは、次ぎの様な次第である。

十一月一日の夜、行武は微醺《びくん》を帯びて（これは本人の表現で、客観的にのべるとヘベレケになって）人吉駅に現れ、構内の靴磨きに向って「おい磨け」と云った。そして断られると、「何をッ、貴様は女の客を磨いとったくせに、わしのを磨かんと言う法があるか」と怒って、矢庭《やにわ》に靴磨の頭を撲り、かけつけた巡査を腰車で挑《は》ねようとして反対に取押えられ、とどのつまりは豚箱入りとなった。彼が釈放されたのは今日の二時半だから、その点極めて完璧なアリバイがあると云うのである。

「ふーむ、確かに本人に違いないか」

「は、ありません。この男を留置所から出したのは本官ですから、絶対に間違いはなかです」

「ふむ」と星影は腕を組んで深刻な表情になり、警官は気毒そうに相手の顔から視線をはずした。

「併し訝しいね、その靴磨きは亦どうして磨く事を拒んだのかね？」と云ったのは川辺検事である。行武は具合わるそうに横を向き、質問に応えたのは例の警官だった。

「は、本官が現場にいたのではありませんが、この人物は下駄をはいておったのであります」

「下駄ァ？」

警視が呆れた様におうむ返しに云うと、一同は思わず声をたてて、ゲタゲタと笑った、と書くのは最も愚劣な駄洒落である。それは兎も角、一座の中で笑わなかったのは行武と、それから星影竜三の二人であった。無理もない、彼が組立てた推理の高楼《こうろう》は一瞬の間に崩れおちて、醜い瓦礫《がれき》の集積となって了ったのだ。と云って、何処に手ぬかりがあったのか、幾ら頸をひねってみても薩張《さつぱ》り判らない。いや、彼の手になる設計図には、一ミリの誤差もなかった筈だ。

するとその時、

「ちょいと星影さん」

何時になくピリリとした口調で呼掛けたのは、なおみだった。つぶらな眸が輝きをおび、その頰は興奮した様に紅《あか》らんでいる。

「何？」

「あの、あなた先刻仰言いましたけど、行武さんがあたくしを脅迫して、グリーンのナイフを赤い様に思い込ませたのでしたわね？」

「うむ」

「あたくし、牧村さんの誤解を受けたくございませんわ。何んな事情で脅迫を受けたのか、はっきり仰言って頂けません？」

「うむ」

「仮令《たとえ》ない事にせよ、婚約者の前でその様な事を仰言られては、迷惑に存じますわ」

「うむ」

「行武さん、あなたも何とか言って頂戴！」

うながされた行武は、今度許りはすなおに彼女の言う事をきいた。

「探偵」と彼は上衣のボタンをはめ乍ら、

「あれはあンたの勘違いですタイ。わしがこのおなごを脅迫した事も無ければ、脅す様な事情もありまッせんタイ」

「判ってる、判ってる」

星影探偵は不快そうに激しく首を横にふり、

「僕の推理が間違っていると自認した以上、君がなおみ君を何う斯うする必要はない。何うも気に入らん、僕は何うも面白くないのだ」

彼は額に青筋を立てると、堪《たま》り兼《か》ねた様に押えていた癇癪《かんしゃく》玉を爆発させ、ピタンと卓を叩いた。

「畜生ッ、天才星影竜三ともあろうものが、こんな泥臭い田舎犯罪者にしてやられるとは、実に不愉快だ。そもそも君等が充分に協力してくれないのが悪いんだぞ。協力なくて何で犯罪が解決するものか。僕をして恥をかかせしめたのは、みんな君等のせいなんだ。たとえば日高君、君が人吉駅からここに戻って来た時、如何なる理由からああした奇妙な態度をとったのか。その原因が事件解決に役立つか否かは、君ごとき素人が独りで判断すべきじゃない。僕に委せるべきなんだ。今でもいい、さあ君は何うしてあの様に興奮していたのか、今度こそはっきり言って貰おう」

地団太踏《じだんだ》まん許りに怒った星影は、右手のパイプで日高鉄子を指すと、ハッタと許りにねめつけた。彼女はその見幕におそれをなした如く、暫《しばら》く椅子の中に身を固くしていたが、いきなり卓上に伏せると、肩をふるわして泣き始めた。辛島警視をはじめ一同のと惑い気味の空気の中で、独り恬然《てんぜん》としているのは言う迄もない星影である。

「何うも女って動物は泣きすぎる様だね。星がまたたいたと言っては泣き、花が散ったと言っては泣く。女の泣くのには、僕はもうげんなりしているんだぜ。僕は日高君がここの女性の中で多少とも理智的な人間だと思っていたが、案外月並なのには落胆したよ。生憎だが泣き落し戦術に誤魔化される様な僕じゃないんだ。無駄な芝居はやめて貰いたいね。僕がききたいのは、君の玲瓏《れいろう》の如き泣声じゃなくて、君が示したあの奇妙な態度の、依《よ》って来たる理由なんだ」

こうした星影の情なき言い方に対し、日高鉄子はなおも激しく身をふるわせ、その口から切れと切れに意味の通じない言葉が洩れて来た。

「あたし……ブロ、ズロ……ゴム……」

「え？　なァに？」

なおみは彼女の口もとに耳をよせて、その意味を捉えようと努めていたが、鉄子は首を振ったり頷いたりしながら、小さな声でと絶《だ》え勝《がち》に何かを語るのだった。

やがてなおみはきッとした表情で星影を見詰めると、棘々《とげとげ》しい口調で、

「星影さん、日高さんがあの奇妙な態度をとったわけが判りましたわよ。このひとは田ノ上のおばさんと市場へ行く途中で、ズロースのゴム紐が切れて了ったのですわ。誰だってそうなれば慌てますわよ」

「ははン、ズロースの紐がねえ」

辛島警視と川辺検事は、意想外な話に思わずぷッと吹出した。星影は笑いもせず、頗《すこぶ》る沈潜した表情で、

「男にとっての喜劇が、女にとって悲劇となる事もある。併し女にとっての喜劇が、男にとって悲劇となる事は絶対にないものだ。所詮女と言うものは――」

「探偵さん、よくもあたしに恥をかかしたわね」

星影の言葉をさえぎって、日高女史は涙にぬれた顔をヒステリックに歪めて罵《ののし》った。

「それもこんな大勢の人の前で。あなたは名探偵だの天才だの図々しく自称しているけど、とんでもない凡《ぼん》くらよ。そのくせ妙に気取ったポーズで愚にもつかない事を喋ったり、鼻持ちならないわッ」

「何ッ」

二人の男女はすっくと立上り、相手の面上に憎悪と怒りの視線を浴せたまま、暫くは身じろぎもしなかった。

第十章　超人対凡人

入浴する事とココアを呑む事と音楽をきく事と、それからもう一つ旅行の趣味を除けば、彼の人生は実に索寞《さくばく》としたものになるに違いない。今度も十日程溜った休暇を潰す為に、折《おり》柄《から》或る事件が解決したのを幸い、スーツケース一つを提げてぶらりと旅に出た。旅は道づれと言うが、気兼ねのいる道づれならば、寧《むし》ろ一人旅の気安さにしくはない。

先《ま》ず一挙に南下して熊本に下車、在満時代の旧友を訪れると、生憎と人吉に出張中だと言う。だがそこが一人旅の呑気さ、再び駅に戻って県の観光パンフレットを求め、南へ乗りつづけて八代《やつしろ》から肥薩線で人吉へ向った。

鹿児島本線からこのローカル線に乗換ると、途端に乗客の訛《なま》りが露骨になって、何を言っているのか少しも判らない。この山奥をふる里とする人があるならば、彼は肥薩線に乗った時、始めて故郷に近づいた感激を新たにするであろう。

列車は数々のトンネルをぬけて、球磨の急流に沿い、あえぎにあえいで傾斜を上っていく。車窓の眺めは丁度奥多摩の青梅《おうめ》線のそれを二廻り大きくした如く、ゆくりなくも数年前にかかりあった或る難解な事件を想起していた。それは、容疑者が巧妙に設定したアリバイを確める為に青梅線で氷川《ひかわ》までゆき、更にそこからバスで小河内《おごうち》村を訪ねた記憶であったが、実にこの肥薩線の風景は、奥多摩の印象とそれ程似ていたのである。ただあの時は楓《かえで》の色も褪《あ》せた冬であったのに、今見る山腹は一面に紅葉し、強い陽差しを浴た処はゼラチンを塗った様に輝いていた。

人吉と言う小都市は、彼にとって余り聞なれぬ名前だが、案内書に依ると「伊賀越道中《いがごえどうちゅう》記《き》」に〝落行く先は九州佐倉……〟とあるのがそれだと言うから、知らない方が迂闊《うかつ》のそしりを免かれまい。「伊賀越道中記」は、説明する迄もなく荒木又右衛門《あらきまたえもん》の仇討《あだうち》を脚色した物である。渡辺数馬《わたなべかずま》に狙われた河合又五郎《かわいまたごろう》は、人吉佐倉藩主を頼って西下する途中伊賀の国で討たれて了ったのだが、佐倉侯は彼の為に小さな邸を築いて、到着を待っていたのだと言う。その建物は里人に依って又五郎屋敷と呼ばれ、やがて軒も壁も崩れおちて、それでも礎石のみが今も残っている。列車がその近くを通過する時、この見当と思う方向に頸を伸ばしてみたが、辺りは一面の竹藪で朽果《くちは》てた邸跡らしいものは見えなかった。

人吉は小さな温泉町だ。警察署までタクシーを駆ろうと思うのに、一台も見当らぬ。仕方なしにスーツケースを一時預けし、土地人に道を訊きつつテクテクと歩いた。奇妙な事には、この土地の人間に道を訊ねると、教えてくれる方が有難うと礼を言う。秋だと言うのに、額をチリチリと焼く日の光りが如何にも南国らしく強烈だ。併しその割に人々の顔は色が白い。

訪ねる相手の辛島警視は、予期せぬ彼の出現を心から歓んで、先に立って人吉城址にいざなった。明治初年の失火で城閣は焼けて了ったけれど、そのあとが市民の公園として開放されている。石垣のふちのベンチに腰をおろすと、足の下を球磨川が流れ、昔登城の侍たちが渡った長い橋が、時代めいた姿で架っていた。対岸には商家の土蔵が立並び、その真っ白の壁は西に廻った陽を浴びて茜《あかね》色に輝いて見える。

「まるで広重《ひろしげ》か北斎《ほくさい》の版画をみている様だ」

「うむ」と警視は深く頷いて、「せめてこうした地方の小都市だけは、近代の機械文明に患わされたくないものだ」としみじみした口調で言った。

辺りには人気なく、時折モズの高鳴きがきこえる許り。ただ何処かの宣伝カーから流れてくるレコードの唄声が、この古びた町の落着いた空気を手荒くかき乱していた。

やがて一別以来の話題がはずんだのち、辛島はこの小都市に出張している理由を語り、緑風荘事件について精《くわ》しい説明を試みた。彼にしても、星影竜三氏でさえ手を挙げて了った事件を、この昔の友人に解決する能力があるとは思わなかったけれど、頼りにしていた私立探偵がすっかりお冠りを曲げて一向に解決の兆《きざ》しも見えぬ今、藁《わら》にでもすがりたい心理であった。

遠来の客は、辛島の話が終ったのちも長いこと黙々と考え込んでいた。そして警視が、己れの失敗談を赤裸々に語った事を悔いかけた頃、相手は落着いた深みのあるバリトンで、ポツリポツリと意見を述べ始めた。

「星影氏と言う人物の才能について、僕の評価が君のそれと同じか何うかは後廻しにするとしてだ、流石に鋭い処があるね。たとえば、美校の学生に色を識別しない者がいる筈はない、その先入主にとらわれず、ペパーミントの呑みぶりから横田君の色感を見破ったのは、矢張り星影氏でなくては出来まい」

「そうだな。僕もあの時は容疑者たちの動作を観察して、犯人の目星をつけようと努力をしていたんだが、横田君の態度に冷静を欠いた処があったものだから、てっきり彼が犯人とのみ思い込んでいたよ。併し今考えりゃ無理もない、表面的には誰がみても彼が怪しく思えるのだし、彼とてもその事はよく察していたろうから、心穏やかならざるものがあったろう」

「併しだね辛島君、仮りにあの時横田君の色彩感覚が明かにならなかったとしても、僕は遡《そ》上《じよう》的にそれを指摘できると思うよ」

「そうかね、何う言う意味かよく判らないが……」と辛島は正直に言って、「色を識別しなくても芸大に入れるのかと訊いてみたら、彫刻科などは左程不自由はしないらしいね。尤も入学時許りでなく、毎年身体検査が行われるそうだが、横田君は巧みにそれをパスしていたそうだ」

「成程ね」と相手はこっくりと頷いた。次いで極めて明るい表情になると警視の顔をまじまじと見詰めて、

「ねえ辛島君、僕は頗《すこぶ》る凡庸な推理力しか持っていないのだけど、この事件は簡単だね。起承転結が実にはっきりしてるじゃないか」

「冗談じゃないよ鬼貫《おにつら》君、僕にしろ星影氏にしろすっかりゆき詰って、もう二進《にっち》も三進《さっち》もいかないんだぜ」と辛島は眉をあげた。

「そりゃね、君が悪いんじゃない。或る事情によって君の推理力にかすみがかかってるんだ。そこが図《はか》らずも犯人の有利になっているのだがね」

「ほう、すると君は犯人が誰であるのか、ちゃんと判っていると言うんだね？」

「ああ、第一と第二の事件の犯人は、掌《たなごころ》を指《さ》す様に判ってるさ。ただ第三の事件では、もう少し各人の動静を調べてみぬと、迂闊には言えない」

鬼貫の事もなげな調子に、辛島警視は驚きを隠そうともせず、

「ほ、本当か？　すると共犯がいるだろう？」

「いや、共犯はいまい。併しそんなに驚く事はないのだぜ、君にしたってちょいと見方を変

えりゃ、忽ち凡《すべ》ては見通しになるだろうからね」

鬼貫はふいと言葉を切って暫く黙っていたが、やがて、

「ねえ辛島君、あの拡声器から聞えて来る唄を知ってるかい？」

「うむ、『黒い瞳』というロシヤ民謡じゃないか」と彼は鬼貫の質問が呑込めぬ様である。

「そう。あの歌詞を聴いてみ給え、男が女の黒い瞳をしきりに讃美している。処が原語ではその反対なんだ。女が、黒い瞳を持った男の事を唄っているんだよ」

「へえ……」と辛島は益々いぶかし気な表情になる。

「と言うのはだね、я увидела《ヤー・ウヴィーヂエラ》うんぬんと唄う文句があるからすぐ判るんだ。何も君に向ってロシヤ語の講義をする気はないけど、あの国の言葉では男女の性別によって、過去動詞の語尾にａの字がついたりつかなかったりする。従って、この民謡の主人公が若《も》し男であったなら、今言った歌詞は、я увидел《ヤー・ウヴィーヂエル》となるべきなんだ」

「へへえ」

「それを英語になおすと、何れも I met となって、性別はたち所に消えて了うのさ。だから英語あたりから重訳した作詞家は、月並な先入主に支配されて、主人公を男に仕立てて了うわけなんだ」

「ふむ。しかし君は亦《また》何を――」

「いや、僕が意味するのは、英語なる媒介物を経たが為に、女が男に化けて了った点が、今

度の事件に似ていると言う事なんだ。君が最初から独りであの事件に当っていたなら、おそらく斯うした結果にはならなかったろうが、天才的な私立探偵として名高い星影竜三氏の名声にすっかり打込んで了って、彼の眼を通じて事件を見ていたのが誤りのもとだったんだ。言ってみれば、直接ロシヤ語から翻訳すべきだったのだね。君自身の眼で事件を見詰めるのだよ」

「ふうむ。すると君は星影氏の眼は狂っていたと言うのかい？」

「そうさ」

「だって彼は有名な私立探偵なんだぜ」

「いやいや、それがそもそもの間違いさ。如何《いか》にも彼は名の知れた名探偵だよ。併し君はこう言う事を知っているだろう？　手品師が左手に握ったタネをポケットに隠そうとする時には、必らず観衆の視線を右手に集める事を。星影氏はそのコツをうまく使っているのさ。彼は常に成功した事件のみを公衆の面前で謳《うた》って、失敗した事件は左手でこっそりポケットにしまって了うんだ。この手は近頃の新興宗教でもよく使うじゃないか。教祖の門前を毎朝心をこめて清掃すれば、霊験あらたか、必らず本人の病気が治ると言う。如何にも永年の胃病が軽恢《けいかい》したという患者もいようが、その裏面には、却って病気を重くした結核患者もいるわけだ。処が教祖様は悪化した患者はヒタかくしにかくして、専《もっぱ》ら喰い意地から胃をこわした患者の恢復のみを宣伝これつとめる有様だ。僕をして言わしむるならばだね、星影氏は新興宗教の教祖になる資格は充分あるし、一方君にしても、簡単な大道手品師に瞞着《まんちゃく》されているんだから、お芽出度《めでた》い信徒どもと五十歩百歩という処なんだ」

鬼貫の皮肉に警視が応えようとした時、ベンチの後ろで咳払いがきこえたと思うと、西陽を背負った長い影が近寄って来た。それが星影竜三である事を察した辛島は、まずい場面になったものだと胸中で舌打をした。

星影はウーステッドのシングルの背広に赤いボウ、例の如くスネークウッドを斜にかいばさみ、右手にヴァージン・ブライア、左手でコールマン髭をペッタリなでつけ乍ら、激しい敵意のこもった視線をギロリと鬼貫に浴せると、辛島警視の方を向いた。

「署に君を訪ねたら、城址の方に行ったとの事でここに廻った。きくともなしにきいたんだが、こっちの男は妙な事を言っておったな。僕としても一言なかるべからざる所だが、口で言うより事実を以て、僕が如何に天才的な推理力並びに観察力を持っているか示してみよう」

星影竜三はピリピリと疳《かん》の高ぶった口調で言うと、ステッキの先でベンチの下をゴソゴソやっていたが、やがて長くむかれたリンゴの皮をすくい上げた。

「いいか。この皮をむいた人物が如何なる者であったか君等には判るまいが、僕は眼前にその人と対峙《たいじ》する如く正確に言う事ができるのだ。まあ聴け。このリンゴをむいたのは、戦後派成金の妻君で、年の頃四十から五十位、社会道徳を余り心得ず、辛棒強く注意深い性格の持主だ。左ききだと大きな特長になるが、生憎と右ききだ。何うだ、君には判るまい」

星影は歯をむき出し、フフンとせせら笑って話をつづけた。

「出鱈目《でたらめ》だと言われるのは馬鹿馬鹿しいから、一つ種明しをしてみせよう。このリンゴがゴールデン・デリーシャスである事、ゴールデン・デリーシャスが南国ではより一層高価な果物である事を考えると、貧乏人が喰べるわけがない。然るに皮が極めてうすくむいてある点をみれば、当人が以前はしみったれた生活をして、その時代の癖が今もってぬけていない事が判る。言う迄もなく新興成金さ。その妻君なら、年の頃も見当がつこうと言うものだ」

「それじゃ、女だと言う点は何うして判ります？」と辛島が訊ねた。

「皮の幅が狭いじゃないか。女持ちの小型ナイフでむいたからだ。その皮をくず函に入れない点をみれば、公衆道徳を無視した人間である事が判る。加うるに皮の初めの部分をよくみると右手でナイフを持った事も知れるし、この様に長くつづけてむいた所から考えれば、性格の見当もつくのだ。何うだい、そちらの紳士君」

お前等には判るまいと言わん許りに反り身になると、星影探偵は傍らのくず函にその皮をポイと捨てた。

「いやなかなか大したものですな」と鬼貫はニコニコして言った。「併しですね、私にもそれに似た事ができるのですよ。例えばここにおちている南京豆の殻を御覧なさい。この南京豆を喰べたのが何んな人物であったか、お判りですか？」

星影竜三は眉をひそめて渋い顔になった。

「先ず君の意見をきこう」

「お望みなら言いましょう。これを喰べたのは男です。年の頃五十一、二の日雇い労働者風。右脚が悪くて、鳥打帽に茶のコールテンの上衣を着て――」

「黙れッ」と星影探偵は、佐藤賢了《さとうけんりよう》ばりの高飛車《たかびしや》な態度に出た。「出鱈目を言うな。南京豆の殻一つから、そう言った事が推理されてたまるか。敢て出まかせでないと言張るなら推理の過程を述べてみせろ」

スネークウッドのステッキで地面を叩き乍ら、激しい見幕である。

「いや、そう怒っては困ります。大事なステッキが折れたら大変じゃありませんか。私は何も推理してみせると言った覚えはない。この南京豆を喰べたのが何んな人物であるか御存知か、と言っただけです」

「卑怯者、詭弁《きべん》を弄すな。やまかんでなくて、何うして鳥打帽だの脚が悪いだのと言えるか。何とか言え、おいッ」

星影探偵は蟹《かに》の如く口からあぶくを吹かん許り。

「私は見たのです」と鬼貫は相不変《あいかわらず》おちついたものだった。

「その男は私の眼の前で南京豆を喰べた。だからよく承知しているわけです」

「うぬ、このペテン師めッ」

「私がペテン師であるかないか、それは何うでもいい事です。ただこれだけは申しておきたい。私どものやり方は、一にも二にも実証主義なのです。つまりハッタリはかけない。地味で骨の折れる方法ですが、その代り必らず正確な答に到着します」

「すると何か、君はあの事件を解決できるとでも言うのか。ウハハハ、こいつは面白い。まあ、やってみろ。但《ただ》し後で吠《ほ》え面《づら》はかかぬ方がいいぞ、ウハハハハ」

星影竜三は片側の頰を褐色に染め、西日の中で正気を失った様に笑いつづけていた。

第十一章　真犯人

その翌日、二人は熊本市に帰って来た。当時緑風荘にいた学生たちも、今は大学祭も終って通学しているのだから、人吉市に喰いついている必要はないと言う鬼貫の主張を、辛島警視が素直に入れたからである。尤も鬼貫としては、犯人の目星がついているのだから、これは当然の話であった。

鬼貫は焼増《やきまし》をさせておいた或る人物の写真を数名の刑事に渡して、市内のいかがわしい旅館やホテルを片端から廻らせ、自分は辛島の案内で水前寺《すいぜんじ》公園をそぞろ歩きした。ここの泉水の美しさを、熊本人は何よりも自慢している。併し鬼貫は、そこに建てられている宗不早《そうふかん》の歌碑を興深げに見ていた。世俗に抗しつづけた不羈《ふき》なこの歌人は、晩年の一日ぶらりと散歩に出たまま、ようとして消息を絶って了ったのである。

昼食を摂って戻った処に、一人の刑事が報告を持って来た。天神町の裏側にあるホテル・

フラジオレットのおかみが、写真の人物を記憶していると言うのである。鬼貫と辛島は直ちに車を駆った。

目指すフラジオレットはまだ眼新しいよそおいの安ホテルだった。桃色のカーテンをひいた窓に白と緑の日よけをかぶせ、コバルト色のモルタル塗りの壁に、Flageolet の英文字が蛇の抜け殻の様にのたくっていた。

二人はおかみの私室に通され、そこで鬼貫は改めて先刻の写真を取出した。

「この人物がちょくちょくお宅を利用していたそうですが」

「はいはい、よくおいでになりましたですタイ」とおかみはあいそがよかった。

「それはいつ頃の事？」

「はい、今年の始めから、九月頃まででしたタイ」

「九月頃ね？　それからあとは来なかったの？」

「はい、ぷっつりお見えにならなくなりましたですなァ」

「ふうむ、急にね」

おかみは大きく頷くと、茶を入れる為に出て行った。その足音が遠のくのを見計って、鬼貫は小声で語るのだった。

「実に簡単な事件だったよ。君にしたって、星影氏と言うレンズを通して結んだとんでもない虚像を見せられていたから、見当はずれな結論に到達していたんだが、君自身のレンズで事件を検討すればよかったんだ。僕は昨日も言った通り、星影君のレンズが案外やす物である事を知っていたから、余り磨かれてはいないが、自分のレンズに頼ったわけだ。そこで一つ訊きたいが、橘君のビクに入っていた十三匹の鮎の中、十一匹が腐っていた事を何《ど》う解釈する？」

「何うって、たまたま鮎が腐ったからと言って、別に意味がある筈はないだろう？」

「成程ね。それではもう一つ訊こう。犯人がスペードのキングだのクイーンだのを持出した理由を何だと思う？」

「それは星影氏も言っていた事だが、事件にミステリアスな色彩を添える為だろう？」

「そいつが不可《いか》んのだよ」と鬼貫は相手の肩を軽く叩いた。

「星影君が何う斯《こ》う言ったとて、君は君の考えを確立しなくては駄目じゃないか。カードを遺留すれば、それだけ手掛りを当局に与える事になるんだぜ。そんな危ない真似を、単なる彩どりの為に犯人がやるものかい。これはお芝居じゃないのだよ。さあもう一度訊こう。犯人の狙いは何であったか」

「さあ」と辛島は眉をよせて顎をなでている。

「単にカード許《ばか》りではないよ。犯人がわざわざお津賀伝説を持出したのは、如何《いか》なる計算に依るのだろうか。事件に神秘感を盛るためでないとすると、残った答は唯一つさ」

「………」

「僕は自問自答したものさ、沙呂女嬢が橘君より先に殺されたとみなすべきデータは、何一つないのに気付いたんだよ。そうなると、犯人がカードを残した理由はすぐ判った。つまり、女が先にやられて、男がその次に殺されたと言う先入主を、君達の頭に叩込むのが狙いだったのさ。お津賀伝説を持出したのも、詰る所は同じなんだ。医師の屍体検案書を読んで見給え、ちゃんとそう書いてある」

「うん、知ってる。死亡時刻の推定に、非常に大きな幅があった」

「橘君の屍体を冷たい水につけたのは、勿論その点を犯人が狙ってやった事さ。だが、君等が犯人のペテンにひっかかったのは、まだあるんだよ」

「………」

「先刻ふれた鮎の問題さ。橘君の手腕であれだけ釣るのには、二時間余りかかると言う事だったっけね？　だから君達は、彼が釣り始めて、少くとも二時間は生きていたと思い込んで了う。即ち殺害時刻が二時半頃であるとされて了うわけだ。これも犯人がもうけたおとし穴なんだ」

「うむ、そうだったのか」

「合点がいったろう？　本人が釣った鮎はたった二匹さ。あとの奴は犯人が前の日に魚屋か漁師から買っておいたものだろう。氷につけて鮮度を保たせておいたに違いないと思うが、いざ橘君のビクに放り込むと、当然の事だけれど、先に腐敗して了ったんだ。そう考えて来れば、答は誰にでも出せる。沙呂女嬢が殺された時より前に緑風荘を出たのは、一人の男と一人の女きりだ。男の方が被害者なら、加害者は言う迄もなく女の方さ」

鬼貫はおかみの席の前においてあった写真を、辛島の方に軽く指ではじいた。併しはじかれた柳なおみは、相も変らぬ愛くるしいえくぼをみせて、にッと笑みつづけているのだった。既におぼろ気ながら犯人の見当のついていた辛島は、ただ黙々として吐息をし、がっくりと肩をおとした。

「それにしても鬼貫君、僕はこの女が結婚前の婚約期間を、ただ無邪気に楽しんでいるものと思っていたんだが、すると何かね、被害者の橘が牧村青年を訪れて、女と言うものは不貞な動物だと語ったのは沙呂女じゃなくてなおみを指していたわけだね？」

「当然そうさ」

「すると横田の色感を利用したのは、なおみだったのだね？」

「そうさ。星影探偵も一歩手前まで漕ぎつけていながら、先入主にわざわいされて真相を観破できなかったのは、実に惜しかったと思う。まだこれは想像の域を出ないけど、彼女は己れの不行跡を、橘君と沙呂女嬢に気付かれていたとみてよさそうだ。橘君としてみれば、牧村君がただ邪気のない乙女とのみ信じている彼女の正体がとんだ喰わせ物である事を、友人として忠告したかったろうが、相手の失望をみるに忍びなかったためか、なおみを哀れんだためか、とに角躊躇《ちゅうちょ》していたのだね。おそらくだよ、なおみに身を退く様勧告した事だろう。言う事をきかなければ、真実を暴露すると迫りもしたろう。そうしている中に、あべこべにバタバタとやられて了ったのだ。事件の輪郭をみただけでは、はっきり断言できないが、彼女が殺意を抱いていたのは前からだろうけど、それを計画し実行に移したのは、緑風荘に行ってからだろうと思うね」

「そうだな、場所が変っていたら、犯罪の機構も違っていたろうからな。併し頭のいい女だね」

辛島は心から感に堪えぬ風に言った。だが彼がなおみの頭の好さを見せられたのは、実にこの後の事だったのである。

やがておかみが戻って、お茶を配るのを待ってから、鬼貫は先刻の話のつづきに入った。

「時におかみさん、この女のお連れと言うのは何んな男だった？　学生？　会社員？」

すると彼女は大仰にかぶりをふり、

「お連れと言うてもですね、日本人じゃなかですタイ」

「すると外国人かい？」

「はい、アメリカの兵隊さんですバイ」

「米兵か」と流石に鬼貫は意外な面持だった。「そうか、だがそう言えば夜間駐留軍でアルバイトをやっていたそうだね。だが真逆《まさか》連れがＧＩとは思わなかった。彼女の相手というのは横田君じゃないかと考えていたんだ。ＧＩと遊びほうけていたなんて、いやらしい感じがするな」

「全くね。僕の知ってる娘が駐留軍に勤務していた事が判って、縁談がこわれて了ったのがあるよ。所でおかみさん、この女がプッツリ来なくなったと言うのは、何うしたわけだろう」

「はい、わたしにはよく判りまッせんが、こんな事がありました。GIと二人連れでここを出ようとなさった時、丁度入って来た二人のお客さんとパッタリ出逢って、ひどくびっくりなさったとです。それっきり、お見えになりまッせんけん、何か具合の悪か事があったのじゃろうと思っとりますタイ」

「丁度入って来た二人の客と言うのは、これとこれじゃないかい？」と鬼貫はポケットから橘と沙呂女の写真を出して、押やった。

「何う？　よく見て御覧」

二人の写真をちらりと見たおかみは、いきなり喉がつまった様な声をあげて、大きな掌をピシャリと叩いた。

「それですタイ、それですタイ。このお二人さんはそれからも始終見えられましたけん、覚えとります」

「そうだったか」と鬼貫は、彼女に反比例した冷静な口調で言った。「それで辻褄《つじつま》が合う。まだはっきりしないのは横田君が何故殺されたか、と言う点だ。彼がなおみの遊び相手をつとめていたとするなら、潔癖な牧村君と婚約ができた以上、邪魔者となるのは当然さ。橘君や沙呂女嬢に劣らぬ危険人物だから、殺される動機もあり得る、とまあ斯んな風に考えていたんだ。併し君が先刻言った様に、当局が彼を犯人と見なしていると、彼とても必死になって真犯人を推理しないわけにはいかない。自分の色彩感覚を省《かえり》みたとき、被害者のポケットから転り出たナイフが果して赤であったか何うかと言う事に気付いたかも知れぬ。そうなると、彼は己れが犯人でないことはよく知っているから、犯人探しの条件は星影探偵より有利になるわけだ。そして僕と同じ結論に達したとしたら、何うするだろう。直ちに当局に告げるよりは、一応彼女に通告する事が考えられる。まして仲のよい間柄であったから、友情としてもそうする事は当然だろう。その結果がああなったと僕は推測するのだが、当日の彼女の行動は何うなのかい？」

「うむ、それは直接君がなおみに訊ねてみた方がいい。併し言っとくがね、あの日は彼女のみならず、凡ての関係者にアリバイがあったんだぜ。早い話が行武だ。前の日の昼間に火葬があったものだから、あの男はしめっぽくていけないとか何とか言って、夕食の後町に出て酒を呑んだがもとで、留置所入りだ。おかげで堅固なアリバイが出来たわけだがね。一方牧村青年と日高女史とは、事件当日一歩も外出していない。これは管理人の田ノ上夫婦が証人になっている。残るのが柳なおみだけれど、これにもちゃんとしたアリバイがあるんだよ」

「ふむ、ちゃんとしたアリバイがね」と鬼貫はおうむ返しに言って、一口茶を啜った。

「事件の前の日、つまり十一月の一日に二人の犠牲者が火葬にふされた事は今も言ったけど、彼等の両親が遺骨を抱いて熊本へ帰った時、なおみも一緒について行った。沙呂女の母親が可哀想だからつき添って行く、と言う口実だったそうだがね。ま、そうしたわけで、われわれが横田の屍体を発見して緑風荘に駆つけた時、行武は留置所から戻った許りだったし、またなおみも熊本から還った許りの処だったんだ」

「ほう」

「精しくは本人に逢って訊いてみた方がいいだろう」

辛島警視は、瞬間むずかしい表情になって鬼貫を省みた。

第十二章　アリバイ

九州芸術大学の洋画科製作室を訪れると、柳なおみは窓際に鏡をおき、キャンバスに向って自画像をかいている処だったが、辛島の姿を認めるや微かに笑を含んで、絵筆をおいて立上った。写真でみるより遥かに愛らしい感じの、絵具に汚れたガウンの姿は、亦《また》一層魅力的であった。彼女は聞かずして辛島の用向《ようむき》を察したとみえ、手早く用具を片づけ、そそくさとガウンをぬいで、二人を校庭の芝生の上に誘い出した。

クローバーの上には、休講の学生が二、三たむろしているきりで、青い空から降りそそぐ陽の光りが、快く身にしみる午後であった。三人が向き合って鼎座《ていざ》したとき、辛島警視は鬼貫を紹介して、自分はオブザーヴァーの地位に退いた。

鬼貫がその特長である優しい大きな眼でじっと相手を見つめ乍ら、深みのあるバス・バリトンで語るのを横からみていると、まるで兄が愛する妹をさとしている様に見える。

「あなた方芸術家となる人は幸せですね。自分の好きな道を進んで行けるのですから。だがわれわれとなるとそうではありません。何も人の後を追駆《おいかけ》まわすのが趣味じゃないのですよ。併しこの道に入った以上は、仕事にベストをつくす事以外に、自己を活かすすべは無いんです。私がこれからあなたに質問することも、お気に召さない点があるかも知れませんが、そこはひとつ私が職務に忠実たらんとする処に免じて、お許しを願いたいと思います」

「よく判りますわ」となおみは冷静に応えた。「そう御丁重に仰言《おつしや》られると、いたみいりますわ。前の探偵さんはほんとに嫌味な方で、無理にひねくれてみたくなりましたけど、あなたはそんな事ございません。どうぞ何なりと」

「いいえ柳さん、私だって場合によっては嫌味たっぷりな男に見えるかも知れませんよ。併しそこはそれ、今も申上げた様に、どうかお許しを願いたいのです。さて、今月の始め、精しく言いますと十一月二日の午後二時二十分に、人吉駅の背後にある古墳の入口で、お友達の横田君が射殺されました。私はその当時の皆さんのアリバイを調べて歩いているのです。既に牧村君や日高さんは、当時緑風荘から一歩も出ていない事が判りましたし、行武君は警察の留置所に入っていた事が明らかになっています」

　鬼貫はここで一寸口調をかえて、

「行武君は何うしました？　大学の不名誉になるとか言って、大いにしょげていたそうですが」

「ええ、一週間の停学になりましたの。その昔学生が男許りの時代には随分蛮《ばん》カラで、留置所入りも珍しくなかったそうですけど、男女共学になってからすっかりきびしくなったのだそうです。それでも、一週間の停学はいい方ですのよ」

辛島警視はこのカインの末裔《まつえい》の輝く様なあどけない美貌と、その頭脳にぎっしりつまった邪悪の賢《さか》しさを眼のあたりに見て、感に堪えぬ面持で顎を撫でている。

「成程ね。処で、当時の行動のはっきりしないのは、あなただけなのです。そこで今日はその点をお訊きしたいと思いまして」

「承知しました。でも、アリバイを明かにする為には、あの日の朝の事からお話しした方がいいのじゃないかしら」

「何卒、精しければ精しい程結構なんです」

鬼貫は相手の気をそらさぬ様に言った。

「そうですわね」なおみはショート・ヘアの頭を軽く傾け、「思い違いの点があるかも知れませんわ、他の方にもきいて下さいましね」

「ええ、そうしましょう。さあ何卒」

「あの前の晩、つまり一日の夜になりますけど、わたくし沙呂女さんの御両親たちと御一緒に、こちらに戻って参りましたの。とても力をおとしておいででしたし、わたくしにも、学校のほうや沙呂女さんの親しい女のお友達にも連絡をとっておく事がございましたから。そこで翌る二日の朝、学校に顔を出しまして、人事課のかたや同級生のかた達と話をすませ、牧村の方に戻る事に致しました。学校から熊本駅についたのが十時半頃でして、駅の食堂で昼食をとり、11時10分発の列車にのりました」

「ちょいとお待ち下さい」

鬼貫はポケットから列車時刻表をとり出し、鹿児島本線下りの頁を開いた。十一月一日改訂の新ダイヤである。

「11時10分発というのは……ははァ成程、この一三五列車ですな」

改訂列車時刻表

鹿児島本線

一三五列車

熊本発 11:10

八代着 12:20

肥薩線

	八一七列車	八一九列車
八代発	12:05	13:50
人吉着	14:00	14:48

「はい」

「すると八代着が12時20分と――」

「はァ、左様でございます」

「それから？」

「はァ、肥薩線に乗換まして、人吉まで参りました」

「ふむ、八代で一時間三十分の待合せで、13時50分発の八一九列車にお乗りになったわけですか」

「はい。ですからそれで御覧の様に、人吉着は14時48分でございます。そこから真っ直ぐ歩いて緑風荘に参りました」

なる程な、と鬼貫は胸中で頷いた。彼女がこの列車で人吉に着いたと言うのが本当ならば、横田はそれよりも畧《ほぼ》三十分も前に殺されているのだから、なおみの容疑は消滅する事になる。

「ようく判りました。その点もっと徹底した調査をしてみたいのですが、あなたがこの八一九列車で人吉に到着したと言う証人はないでしょうか」

「はあ」と彼女は伏目になった。

ふン、仲々やりおるわい、と辛島は舌をまいた。この殊勝な仕草をみて、なおみの悪女である事に誰が気付くであろうか。

「それがございませんの」

なおみは残念そうに言って、すぐ気をとりなおした様に後をつづけた。

「でも、熊本駅から下りの一三五列車に乗って、12時20分に八代に着いた事は証人がございますのよ」

八代着が12時20分であるならば、八代発の肥薩線は13時50分の八一九列車に乗る他はなく、従って犯行時刻に現場にある事は不可能だと言うわけだ。

「その証人を挙げて頂きましょうか」

「はあ。先程は申し忘れましたけど、学校から駅までお友達と四人で参りました。みんな長くつづいた大学祭に飽きて了って、四人きりでお喋りをしたかったので、駅の食堂で食事をしながら、いろいろなお話をしました。その中に列車の改札が始りましたから、わたくしホームに出たのです」

「するとあとの三人は食堂に残ったわけですね？」

「いいえ、一緒に改札口の処で別れましたわ」

くどい様であるが、なおみが熊本・人吉間を列車で行ったとしたならば、横田の殺害時刻に間に合う為には、彼女が利用したと称する肥薩線八一九列車より前の、14時0分人吉着八一七列車に乗っていなくてはならない。従って、八代発12時5分の八一七列車に乗らんが為には、熊本を11時10分発の一三五列車で往ったのでは僅か一五分の差で間に合わないから、一三五列車よりも前に熊本を発つ列車を用いなくてはならない事、言を俟《ま》たない。だから鬼貫としては、先ず彼女が一三五列車に乗るべく改札口を通ったのが事実であるか否かを、なおみの友人に確めてみなければならなかった。

「柳さん、それでひと先ず結構です。また用があったら寮の方へでもお電話するとして、今あなたが言われた三人のお友達に逢いたいのですがね」

「呼んで参りましょう。他の学校と違って、製作時間中は割に自由がききますの」

明るいほほえみをみせ、軽い足取りで校舎の方に去っていく後姿を眺め乍ら、辛島は呆れた様に大袈裟な溜息をついた。

「ねえ辛島君」と鬼貫は時刻表に添付された鉄道地図に眼をやって、「彼女が犯人である為には、凶行時刻に現場に到達しなくてはならぬ事勿論だが、八代・人吉間を自動車でとばす事はできないかね」

「自動車道路はある事はあるよ。球磨川と肥薩線と凹凸のはげしい県道とが平行して走っているのだからね。併し県道はずっと改修工事が施工されていて、使用できないんだ。今月一ぱいはかかるそうだよ。それに、これは君の質問にないけど、球磨川を舟で逆のぼる事も不可能なんだ。何しろ日本一の急流なものだから、下る時は速いが、上る時は二日がかりさ」

「ふうむ。すると八代・人吉間は鉄道に依る以外は不通なわけだね」

「いや、そうでもない。近頃有名になった例の五木《いつき》の子守唄の五木村だな。あそこに頭地《とうじ》と言う土地があって、八代発と人吉発のバスがそこを中継点にしているんだ。併し何にしても一日仕事だから、彼女がこれを利用した事は絶対に考えられないよ」

「そうか、いや有難う」と答え乍ら、彼はこの優れた民謡の発生地を親しく訪れてみたく思った。更に稗搗《ひえつき》唄の椎葉村《しいばそん》まで脚をのばすならば、今回の彼の小旅行は思いもかけぬ収穫を加えた事になる。併し切りつめた日程を考えると、それも諦めなくてはならなかった。鬼貫としても、その翌年はからずも両地を訪れる事になろうとは、予想もしなかったのである(藤雪夫・中川透合作長篇参照)。

なおみは間もなく三名の学友を連れて来た。そして簡単に彼女たちの紹介を終えると、気をきかして席をはずして行った。あとに残された女子学生は、なおみが何も語らなかったとみえ、と惑い気味の面持で立っている。勢い鬼貫たちも立ったままで質問に入った。

「先ず最初におことわりしておかなくてならないのは、正直に言って頂きたい事です。若《も》し嘘をつかなくてならない場合があったなら、寧ろ沈黙するなり、私の質問を拒否して頂きたいのです。教養あるあなた方に、こうしたお願いをする事自体が甚だ礼を失しているのは、私もよう く承知していますが、お互いの時間と手間とをはぶく為には、やはりお断りしておかなくてはなりません」

先刻とはうって変ったキッパリした態度になると、彼女等がなおみと共に駅の食堂で昼食を摂った日付と、改札口で別れた時刻を確めたが、彼女等の記憶が新しいだけに、その返答ははっきりしていた。念を押されて、三人の中二人まで日記をつけているから日付に間違いはないと言って、寮から日記を持って来て見せる程である。亦なおみが改札口を通ったのは一三五列車が発車する二分程前の頃、つまり十一時八分であったと証言した。髪をリボンで結んだ学生は、正面の大時計を無意識的にチラと見たのでよく覚えていると言い、他の二人の学生は、既にホームに一三五列車が待機していたから、発車直前であった事は確かだと語るのだった。

併し鬼貫がそれで納得するわけはない。礼をのべて彼女等と別れるや、再び車を駆って熊本駅に向い、構内食堂の扉を排《はい》した。駅の食堂と言うものは、例え自分が旅人でなくとも、そわそわとした落着かなさを感じさせるものである。食器類のふれ合う音にも、ウエイトレスの物腰にも、人の気分をせき立せずにはおかぬ何物かがある様だ。

一つの座席に坐ってココアを注文したあと、煙草のけむりと喧噪な九州弁の渦まく雰囲気の中で、鬼貫はゆくりなくも同僚菊地《きくち》警部が経験した、銀座のプライヴェイトグリル、アスカニヤの事を思い出していた。その俊敏さと頭脳の冴えに敬愛の情を寄せているこの若き同僚が、宮城県は白石《しろいし》町の八十八銀行に起ったあの惨劇の犯人を追究した時、主犯と見なす人物がアスカニヤで食事をしていたと言うアリバイこそ、実に事件の大きなややまであったと断言できるのだ（藤雪夫作「渦潮」参照）。それを思うと鬼貫ものんびりココアなど味《あじわ》ってはいられない。

彼は通りかかったウエイトレスを呼とめて職名を明し、マスターの部屋に案内して貰った。

マスターは腰の低い、ホテルマンの様な感じの青年で、鬼貫が写真を出して用件をのべると、さあ覚えているといいがと言いたげに小首をかしげ乍ら、気軽に立上って出て行った。

マスターが一人のウエイトレスと一人のレジスター・ガールを連れて戻って来たのは、五分許りたってからである。

「この二人がはっきりと覚えているそうですよ」

「やあ何うも。おいそがしい時でしょうから、時間はかけません」

鬼貫はそう前置して、要領のいい簡潔な質問に入って行ったが、その顔はみるみる困惑の雲におおわれて了った。ウエイトレスはなおみの顔をよく知っており、日付についてもそれが二日であったと確言するのである。

「この女のかたはですね……」とウエイトレスはなおみの写真を指さして、「最初のうち珈琲を呑んで喋っておったがですね、やがて朝食を喰べる暇がなかったのよとはしゃいだ様に言って、オートミールを注文しなさりました。それがですね、オートミールは一週間許り前から品切れになっていたのが、その日ようやく補給がついたもんですから、わたしもはっきり覚えとるわけです」

彼女の言明に対し、傍らのマスターも口をそえ、オートミールの新品が入荷したのは十一月二日の朝で、早速調理場の方で用いた事を説明した。

更になおみが食堂を出た時刻については、彼女が11時10分の列車に遅れるから早くしてくれと再三言い、遂になま煮えでいいからとまで言い出したので、その時刻についても割にはっきりした印象を残していた。

「列車はですね」とレジスター・ガールが代って口をはさんだ。「たしかに11時10分発の一三五列車に乗るのだと言っとりました。料金を払おうとして千円札を出しなさったがですね、生憎釣銭が足りなくて、早く早くと叱られたのでよく覚えとります」

その時なおみは真からあせって、釣銭がなければ有るだけでいいと言ったそうである。四人がどやどやと出て行ったあと、レジスター・ガールはほっとして腕時計をみ、まだ二、三分あるので乗遅れる事はあるまいと思ったと語った。

構内食堂を出た二人は、待合室の一隅に席をしめて、げんなりした表情で坐っていた。乗降客の呼び合う声、スピーカーの乗車案内にかき乱される騒々しい空気に混って、構内売店に並べられたザボンの香が、プンと鼻をつく。

柳なおみが一三五列車に乗った事は、も早や疑問の余地はないものと思われた。既に幾度となく繰返した如く、彼女が一三五列車で八代に向ったとすると、犯行時刻に人吉に到着する事は絶対に不可能となるのである。

だが辛島の虚脱した面持に比べ、鬼貫のそれは一筋の活路を見出した様な明るさがあった。

「辛島君」と彼は囁く様な声で旧友に呼《よび》かけた。「僕はすっかり見逃していた事に気づいたよ。この列車のダイヤにのみ執着しているのが誤りであるという事に気が付いたんだ。このダイヤに載っているのは、表面的なものにすぎないのだよ」

「これに載らない列車があるというのかい？」

「大有りさ。僕等は貨物列車を忘れていたじゃないか。旅客列車のダイヤの間を縫う様にして、貨物列車が走っているのだぜ」

「貨物列車がね」と辛島は余り気のりのしない様子だった。「果して一三五列車の直後に発車する貨物列車が有るかな」と頗《すこぶ》る懐疑的でもある。

「さあ、何《ど》うだかね。併し熊本・八代間無停車で走る貨物列車がない事はなかろうし、一三五列車より六、七分早く八代に到着すればいいわけだから、そう悲観したものでもないさ」

そうは言い乍らも、鬼貫自身この考え方が余りに希望的である事はよく承知していた。だが少しでも可能性ありと思える点は、片端からつついてゆかねばならない。彼は辛島を誘って助役室の扉を叩いた。

犬童《いんどう》助役は身だしなみのよい、物腰のやわらかい四十恰好の人であった。

「さあ、何うでございますかねえ」

鬼貫の質問をきき終えると、白い手袋をきちんと重ねて机上において、

「十一月二日の貨車でしたね？」

「ええ。一三五列車の直後に、八代へ向けて発った貨物列車です」

「あるとよろしいのですが」と部下に持って来させた分厚い運行記録をくって、そのとある

頁を丹念に指で辿《たど》ってから、気の毒そうな顔付で両人を省みた。

「生憎でした、ございませんです」

「なる程、では一寸拝見」と辛島は遠慮なしに記録を受取り、真剣な眼つきで覗き込んだ。

如何にも一三五列車の後に出発する貨車は11時57分発の水俣《みなまた》行で、而《しか》も三角《みすみ》駅で三十三分間も停車しているから、全く問題にならないのである。

「この他に、記録に載らないで走った貨物列車は有りませんかな」と鬼貫は念のために訊ねた。

「いえいえ」

とんでもないと言う風に助役は首を振って、

「必ず記録する事になっとります」

鬼貫は黙って頷いていた。もうこれ以上訊く事は何もない筈だ。と言って、ハイさよならと立上るのも余りに事務的にすぎる。鬼貫は手頃の話題を見つけようとして、腕に巻いた白い繃帯に気付いた。

「何うなさいました？」

「いやあ、つまらん目に逢いましてね、バカな話なんです。この十一月一日の午前二時頃の事ですが、客を迎えに来た男が、改訂された時刻表をあてにしてやって来たのに、時刻表通り列車が到着しないのは怪しからんと言って、書換えた許りの新しいダイヤ盤を叩きこわして暴れたのです。警官が押えてくれましたが、当直だったので私もとんだとばっちりを喰いました。まだ痛みますよ、ハハ」と笑って、話好きらしくあとを続けた。「酔払いというのは何うも苦手です。酔っていれば何をしてもいいと思い込んでいるし、亦社会も、酔っているから大目に見てやれと言った調子ですからね。所で鬼貫さん、肥薩線にお乗りになったなら、白石という駅があったのを御存知でしょう？　あれは一帯が石炭岩でできているので白石村と言う名になったんですが、飲料水に石灰分が溶解しとるもんですから、肺結核の空洞をつぶすのに効果があるのですよ。ですから私はあそこにサナトリウムを建ててですな、大いに県内の患者を健康体にしたいと考えとるのです」

助役の話題は豊富で益々脱線していく。鬼貫はしお時を見て素早く腰を上げ、いとまをつげると辛島と共に助役室を出た。

「やれやれ、よく喋る助役だ。まだ耳ががーんとしてる」駅の前に出た辛島は大袈裟な表情をつくった。

「処で鬼貫君、なおみが貨物列車を利用しなかった事は明かになったね。実を言うと僕は、なおみが一三五列車に乗ったとみせかけ、そのあとに出る急行を利用してこいつを追越したのではないかとも考えたんだ。一三五列車のあとに出る急行は、門司《もじ》港発鹿児島行というのがある事はあるが、熊本発が18時20分だから、これもお話にならない。だから彼女が熊本・人吉の全行程を列車に依ったと称するのは、なおみが犯人である限り嘘に違いない」

「然《そ》うだね」

「だから彼女が空を飛んだのでない以上、あとに残された方法は斯うに違いない。確かになおみは、11時10分発の一三五列車に乗って熊本駅を発っただろう。だがそのまま八代駅に到着したのではなくて、中途で、例えば熊本の一つ先の川尻《かわしり》駅で下車してだね、そこでタクシーなりハイヤーなりトラックなりを利用して八代へぶっとばす」

「ふむ、自動車道路はたしか鉄道と並んでいたっけね？」

「ああ、これは主要幹線道路だから、舗装もいいし、充分スピードは出せるんだ。それもだよ、先刻君が言った通り、一三五列車より七分か八分早く八代駅に到着すれば、それで万事うまく運ぶんだからね」と今度は辛島警視がひどく積極的である。

二人は警察本部に戻ると、なおみを乗せたタクシー・トラック等を見出すべく、刑事を八方に走らせた。所がその反応は案外早くあり、そしてそれが唯一のものであった。

第十三章　暗　礁

刑事が発見したホワイト・タクシーと言うのは、駅の真ん前にあった。車輛を二十五台持って、その中《うち》九台がハイヤーと言うから、地方としては先ず大きな会社である。鬼貫と辛島が事務所の扉を押した時は既に夕方の六時を廻り、退社時刻もすぎていた筈だったが、営業部長と運転手タイプの男が、将棋をさして待っていた。

女事務員が帰って了ったからと言いわけしながら、部長が古びた卓に茶碗を並べるのを待って、辛島はポケットから日高女史やなおみ等の写真をとり出し、単刀直入に話をきり出した。

「何れがその女です？」

訊ねられて二人の男は、少しのためらいもみせずになおみの写真を指さした。次いで辛島の質問に応えたのを要約すると、次ぎの様になる。

なおみはその前の日に此処を訪れて、ハイヤーを一台予約した。「翌日の十一時十五分に宇土《うと》駅の前で待機してほしい、八代まで走って貰うからそのつもりでいてくれ、但し八代駅には是非とも正午に着かねばならないので、途中パンクしたりせぬ様に、充分に整備したい車を廻してくれ」と言うのが彼女の希望で、会社側は始めての客だから料金の千五百円の半金を要求し、なおみは即座に千円札を出した。

以上の折衝をしたのがこの営業部長であり、彼に続いて、なおみを乗せて走った運転手は次ぎの様に語った。

約束の時刻に宇土駅で待機していると、なおみがハーフ・コートの軽装で改札口を通って出て来た。愛らしい女客だし乙《おつ》に気取った所がないので、運転手も些かいい気持になってスピードを出しすぎ、予定していた時間を十分も短縮して、十一時四十五分頃八代駅前に着いた。なおみは約束の料金を払うとチュウインガムを一包くれて、そのまますたすたと構内に入って行った。

運転手の話に出て来た宇土というのは、熊本から八代に向い二つ目の駅で、一三五列車は11時15分にこの駅に入り、三十秒間の停車をする。なおみがこの列車から降りて来た姿は、何分駅前からホームまで見通しの小駅の事とて、運転手が目撃していた。

ハイヤーに乗ってからの彼女は、黙々としてじーっと前方をみつめ、八代に近づくにつれ、神経質に腕時計を見る様になった。その態度には、運転手の言葉をかりると〝家出娘〟の様に人眼を避ける様子があったが、併しそうかと言ってこそこそしていたわけでもない事は、チュウインガムを残して行った点をみてもよく判るのだった。

斯う言った両名の話をきいていく中に、辛島はなおみのアリバイが完全に解けたものと思う様になった。只《ただ》鬼貫のみは、話が余りにもスラスラ運んでいくので、理智的な犯罪者型のなおみがやった事としては、何処か割切れぬ思いがするのだった。

処が最後の段に至って、果して鬼貫のそれが単なる杞憂《きゆう》でなかった事が判り、事件は再びデッドロックに乗上げて了ったのである。その不吉なきっかけをつくったのは、辛島警視だった。

「するとなんですな、この女は十一月一日に此処に現れてハイヤーの予約をし、翌る二日に八代まで飛ばした――」

「うンね」

部長は中途で警視の言葉を遮り、意外な表情をするこの肥った相手をまじまじと見やり乍ら、

「予約をしに来たのが三日で、乗せて走ったのは四日ですバイ」

「何だって？　そんな事はないでしょう。それはあンたの思い違いじゃないですか。彼女が八代へ急行したのは、二日でなくちゃならん。絶対に二日の筈ですよ」

「それが四日なんですタイ。わしの思い違いちう事はなかです、この運転手に訊いて下ッせ」

そう言う営業部長につづいて、運転手もその日が四日である事を頑強に主張するのであった。

「それじゃ君、営業日誌を見せて呉れ給え」と辛島が喰いさがると、二人は俄かに狼狽して、臨時収入だから記入するのを忘れたと弁解を試みた。

　この返答は、辛島の抱いた疑念をますます膨れ上らせる事になったが、一方鬼貫は小さな脱税行為として、有り勝ちな話だと了解した。兎に角このままでは埒《らち》があかないため、二人は宇土駅に赴いて駅員の記憶に頼る事にしたのである。

　夕食もとらず、再び宇土駅へ車を走らす。暗い県道に出た時、辛島は希望に声をはずませて鬼貫を省みた。

「あいつ等はなおみに買収されたんだ。あんな可愛らしい顔をしてる癖に、なかなか遣《や》るじゃないか。だが二日を四日に言いくるめようとしたって、そう簡単に誤魔化される俺じゃないんだ」

　彼は鼻の孔をしきりにピクピクさせ、カラーの廻りにだぶついた頸の肉を、麻のハンカチーフで矢鱈《やたら》とこすった。

所が斯うした辛島の勝鬨《かちどき》は、宇土駅員の証言で忽ちぺしゃんこになって了ったのである。何しろ乗降客の少い小駅の事とて、なおみの姿は、当時ホームに出ていた駅長や駅員、更に切符を受取った改札員もよく覚えていた。なおみの顔まで記憶してはいなくとも、姿恰好や服装、ハイヤーに乗って去った事等が深く彼等の印象に残ったとみえる。而《しか》して彼等が力説したのは、今まで若い女が待たせてあったハイヤーに乗る様な事は、十一月四日の場合を除いて一度もないと云う点であった。

「確かに四日ですね？　二日の間違いじゃないですか」と言う辛島の重ねての質問に、彼等は極めて簡単にかぶりを振るのみである。

「今月の四日は宇土神社の宵祭りですから、絶対に間違いではありませんな」

駅員はきっぱりと断言し、辛島は空気がぬけた様にしぼんで了った。

腰を上げて表に出る。腹が減っているせいか、南国の夜気はうすら寒く、二人は両手を上着のポケットに入れて車まで歩いた。辛島にしても、なおみが駅長をも買収したとは流石に考えられぬらしく、その落胆ぶりはひときわ哀れだった。

「なあ鬼貫君」

ポツリと辛島が言ったのは、車が熊本市内にさしかかった頃だった。

「なおみは白かも知れん。彼女を黒とみた君の推理が誤っていたのじゃないだろうか」

「ふむ」

「星影氏は行武を黒としてこれも失敗した。行武に立派なアリバイがあったからだ。なおみにも同じくちゃんとしたアリバイがあるじゃないか。俺は負惜《まけおし》みとしてじゃなく、横田が犯人で、彼は自殺したのじゃあるまいか、と言う気がして来たんだ」

「Z氏此処に自殺す、かい？　横田青年というのはいやに芝居気のあった男とみえるね」

鬼貫は皮肉な調子で言ってから、語調をかえ、

「だがね君、彼女が白ならば、四日の行状は何うしたわけだろう。彼女を白としては、この点に説明がつかないよ」

「そうだね、もしなおみが十一月一日にああした事をやったなら、事件当日の予行演習であったとも考えられるんだが、事件のあとであんな真似をしたとは、真意がつかめない」

二人はそれきり口をつぐみ、モーターのうなりのみが車内を支配していった。

第十四章　崩れたアリバイ

宿についで入浴をすませ、白いシーツに身を横《よこた》えると、流石に疲労が滲み出て来た。だが神経は逆に緊張し、頭の中を今朝からの出来事が、とりとめなく走馬燈の様に廻転するのだった。

辛島警視があの様に言っても、犯人がなおみであるとする鬼貫の信念は少しもぐらついて

はいない。彼は宿の天井をみつめたまま、なおみのアリバイの隙間を求めて、あれやこれやと検討をすすめていた。

処が、そうする中に先程浮んだ疑問を苦もなく解決する事ができたのである。即ち、なおみが事件の後日である四日にハイヤーを八代まで駆った真意は、当局の眼をその方面に引寄せるための陽動作戦ではなかったか。然りとすれば、なおみが殊更に当局の注意をそらすべく謀ったのは、他の方面に彼女のアリバイの脆弱《ぜいじやく》な点があって、そこをつつかれるのを避けたかったからとみて差支えなかろう。とするとそれは何処か。

鬼貫はその弱点を、熊本駅にありとみなした。彼女は熊本駅で何らかのトリックを弄したに違いなかろう。それを暴くために明日は、事件当日彼女が熊本駅の改札口を通ってからの行動を、虱潰《しらみつぶ》しに調べ徹底的に洗う事に決めた。

その翌日、鬼貫は早々に辛島を訪問して彼の計画を語り、その同意を得て刑事を各方面にとばした。或る者は一三五列車の車掌を訪れ、他の者は熊本駅員を問い、また他の者はなおみがホワイト・タクシーの営業部長たちを買収したと言う仮定を裏づける為に、彼女の預金額を調査しに行った。所が熊本駅に赴いた刑事に手応えがあったのである。

この応答者は三十代の屈強な体格をした赤帽で、彼は往訪の鬼貫と辛島に対して、次ぎの様に語った。

元来が赤帽と言うのは、商売柄きわめて記憶力が好いものだ。考えても見給え、往きずりの見も知らぬ旅客から荷物を預り、雑踏する人混みを縫って再び誤りなく本人に還すのは、事、並大抵の記憶力では満足につとまる筈がない。而《しか》も赤帽や旅館の番頭が客の容姿を記憶する事、宛《あたか》も呼吸作用を営む様に極く自然に、何の努力をも要しないのである。処でこの赤帽に姿を見られたのは、柳なおみにとって終生の失敗に違いないが、併し亦駅の構内に赤帽がうろつくのは当然なのだから、その目にとまったというのも至極当り前の話だとも言えよう。

その日赤帽は非常に多忙で、二番三番のホームから架橋を渡って、幾度となく改札口の方に往復した。すると階段の中途に、さり気ない様子で佇《たたず》んでいたのがなおみであったと言うのである。その時の様子を、彼は斯う語った。

「丁度一三五列車が出るので、いさぎい（非常にの意）忙しかったとですタイ。すると階段の中途にですな、この美しか美人が立っとるのですバイ。矢張り美人ちうものは眼につきますタイなあ、ハッハハハ」

「するとこの婦人は一三五列車に乗ったわけですな。乗る姿を目撃しましたか」と鬼貫はすかさず訊いた。

「うンね、乗りはせんですタイ」

赤帽は何を妙な事を言うか、といった表情である。

「何ですって？　一三五列車に乗らなかったって？」

「はい、私も次ぎの急行のお客さんの荷物をかろうて、何度も往復したからよく覚えとります。一三五列車が出たあとで、矢張りじっと階段に立っとる姿を見掛けたです」

妙な事を言う……と鬼貫は胸の中で呟いた。辛島は寧ろ痴呆的とも言いたい表情で、それでも鼻下のチョビ髭をこする事は忘れない。

なおみが犯行時刻に人吉に到達するには、くどい様だが彼女が主張する一三五列車に乗ったのでは間に合わない。従って一三五列車に乗ったとは称するものの、途中下車してハイヤーで八代へ向ったに相違ない、と言うのが今までとって来た想定なのである。仮りに一三五列車で八代まで行ったのが事実だとしたら、なおみのアリバイは肯定するより仕方がないと考えている今、その一三五列車にも乗らなかったとすると、彼女の容疑はますますうすらいで来るのであった。

この赤帽の言を信じるべきか否かが、今の場合問題となる。彼が故意に嘘をついたのでない事は判るとして、思い違いをしているのかもしれぬ。鬼貫の前でなおみの写真を指さして、この婦人に違いない事を力説しても、その印象は薄らがなかった。

後から振返ってみると、外見上の鬼貫はなおみの仕掛けたワナにしっかりととらえられて、正にぬきさしならぬ恰好であったのだが、併しこの暗中模索の状態は解決へ向っての前進であって、決して後退でも停滞でもなかった事が判るのである。

程なく列車の到着時刻が迫って来るので、赤帽との質疑応答を切上げ、辛島はなおみの預金状態調査の報告をきくからと言って、一人戻って行った。残った鬼貫は改札口の上に掲げられた硝子板の時刻表を睨んで仁王立ちになっていた。今の赤帽の話をそのまま信用するなら、一三五列車に乗らなかったなおみは、如何にして八代12時5分発の八一七列車を捉える事ができたのだろう。彼女が熊本・八代間を自動車で走ったのでない事は昨日の調査で明かになっている。また一三五列車の後に、これを追越す急行列車があるならば、それを利用したと考えられるけれど、昨日も辛島が言った様に、然うした急行列車は存在しないのだ。

と、その鬼貫の背中をポンと叩くものがある。振向くと、犬童助役が眼尻をさげて、人の好さそうな笑顔をみせていた。

「なかなか大変でございますな」と言う挨拶が、鬼貫には皮肉染みてさえきこえる。

「や、先日は何うも」と応え乍ら、彼は胸中に索寞としたものを感じていた。相手がにこやかになればなる程、鬼貫はやり切れない気持になって来るのである。わざわざ南の果までやって来て、一人の若い女性に思うがままに翻弄されている己れのうすみっともない姿が、グーッと胸中のスクリーンにクローズアップしてくるのであった。もうよい加減に手を挙げて此の地を逃げ出した方がいいのではないか。自分が斯うしてノコノコと出て来なければ、横田の自殺で事はおさまっていた筈だ。

然《そ》う考えて来ると、正義の追究を信条としている鬼貫も、一刻も早く身を退いた方がよい様な気になって来るのである。彼は上の空で受け応えしている自分に気付いて、些か頬を赤らめて犬童助役と別れた。助役が軽く手を振った時、腕の白い繃帯が印象的に目にしみるのだった。

先に還っていた辛島は、浮かぬ表情で鬼貫を隣席に招じ、なおみの預金面に大した変化のない事、二千円許り引出されているがそれはハイヤー料金に当てたと考えられる事、従ってホワイト・タクシーの運転手たちを買収したと見なす推理は成立しにくい事等を語ってきかせた。

「なおみが買収に依って日付変更を計ったと言う僕の見込は、何うも外れた様だ」

肩をおとして力なく述懐する旧友をみれば、鬼貫としても熊本を発つという決心を切出しにくくなるのである。

「まあ然う落胆し給うな、何処かに抜穴があるんだ、ひとつそれを検討しなおそうじゃないか」と鬼貫は相手の腕を力づける様に叩いた。ここで何とか活路を見出して、辛島を歓ばせてやりたい。机上に両肘をついて掌に顎をのせ、思考力を集中しようとかかった時、辛島警視が腕頸に白い繃帯を捲いている事に気付いた。

「何うしたんだい？」

「何、釘にひっかけてね、全くろくな事はない」

辛島の口調は吐いて捨てる様に素ッ気ない。だが鬼貫はその繃帯の白さから、極めて自然に犬童助役の腕を連想し、更にこれも亦当然の事だけれど、助役が負傷した理由に思い到った。一日未明に、駅頭に客を出迎えに来た酔漢が、新ダイヤに記載された列車が到着しないからとて暴行した話である。だが今鬼貫の脳裡を去来しているのは、時刻表に載っている列車が何故到着しなかったのか、と言う事であった。

酔漢が時刻改正を知らなかったならば、こうした間違いも有り得るが、助役は確かに新しいダイヤグラムと言った筈だ。それなら、記載されている列車が到着しなかったのは、何うしたわけか。途中事故があって延着したのかも知れぬ。併し助役はその様な口吻《くちぶり》ではなかったではないか。亦助役はバカな話だと言ったけれども、それは馬鹿馬鹿しい話と言う意味ではなく、相手の男が到着しない列車を迎えに来た行為そのものに対して、〝馬鹿な〟と形容したのではなかったか。少くとも鬼貫には、助役の言葉のニュアンスを、この様に解釈できたのである。若しそれが正しいとすると、犬童助役は、その列車が到着しない事を当然のものとしていたからこそ、酔漢が馬鹿者として映ったのではないか。然《さ》りとせば、新ダイヤに記載された列車がダイヤ通りに運行されないのは、当然な事なのであろうか。常識から考えても、その様な事はなさそうだ。だが助役の言葉の裏には、当然そうした事が有る様な口吻であったのを思うと、この常識的な考え方も否定されて了うのである。

鬼貫はポケットの列車時刻表を取出して、深夜に熊本駅に到着する列車を拾い上げてみようとした。例えば、鹿児島22時発、門司港行の九二六列車がある。熊本駅に2時31分に辷《すべ》り込み、38分に発車する準急だ。いまその酔漢がこれに乗って来る客を迎えに行ったとして、何故この列車の到着しない事があるのだろう。鬼貫はくどい位にこの問題を繰返し繰返し検討するのであった。

こうして苦闘をつづける中に、彼はこの小事件が一日の未明に起った事に気付いた。十一月一日と言う限定された時日が、何かの役割を果しているのではなかろうか。一日であると、換言すれば新ダイヤに切換られた当日であると、斯うした事情が発生すると言うのだろうか。

ここまで考えてきた時、彼は鉄道人以外の者にとって盲点となっている奇妙な事実、いや決して奇妙ではなく、それが盲点となっていることこそ奇妙と言える、極めて当然な事実に思い到るを得たのである。

「辛島君」

「えッ？」

出しぬけに声をかけられて、警視は煙草の灰を膝の上におとした。

「今ね、僕は一寸した事に気付いたのだよ。そしてひょっとすると、それが彼女のアリバイを打破る事にもなり兼ねないんだ。まあ聴いてくれ給え」

彼は時刻表を机上にひろげ、ひらいた頁に片手をのせたまま、ゆっくりした口調で語っていった。

「犬童助役が、一日の未明に酔漢が知人を出迎えに来て、ダイヤに記載された列車が到着しないと言って暴れた話をしたっけね。例えばこの門司港行の準急がそれだとする。仮りに君が一日の2時31分到着のこの列車から降りる奥さんを迎えに行ったのに、待てど暮せど列車が到着しないとしたら何《ど》うだい？」

「何うだいって、何か事情があって延着するのだろうから、少しは待ってみるね」

「所がさ、そんな列車は朝まで待っても来ないとしたら、何うだね？」

「何うだねって、ダイヤに載っている以上、到着しない筈はないじゃないか。吉田茂《よしだしげる》君じゃないが、仮定の質問には答えられません、だよ」

「然るにだね、現実に然う言う事は有り得るのだよ。秋の寒い夜中に、幾ら待ってもその列車が着かないとすりゃ、その中に君もごうを煮やして、ブツブツ呟き乍らタクシーを値切って御帰還するだろう。と豈計《あにはか》らんや、我が家にはこうこうと電灯がついて、奥さんはとうに帰っている。あたしが打電しておいたのに、あなたは迎えにも来てくれないで、何と薄情なかたなのと叱られて、亭主たる君は何が何だか薩張《さっぱ》り判らない。奥さんが九二六列車に乗って来た事は確たる事実で、而《しか》もその列車は君が熊本駅に出掛けた時よりずっと以前に到着したときかされては、先日の話に出て来る酔漢じゃなくても、鉄道大臣の首をちょん切りたくなるのも無理はなかろう」

「…………」

「そこで君は朦朧《もうろう》状態で床に就くが、翌る日になってハタと膝を叩く。ハハン、判ったぞ、然うであったか」

「然うであったかと言ったって、僕にゃ何うも判らんね」

「そこを判らして上げるさ。つまり奥さんが到着したのは、旧ダイヤ時代の時刻だったのだ」

「へえ、新ダイヤに切換られたと言うのに、旧ダイヤで着く列車があったとね」

「大有りさ。よく考えて呉れ給えよ、ここが肝心かなめなんだからね。なる程十一月一日から新ダイヤに改められて、書店では改訂時刻表を売っているし、熊本駅にも大きな硝子板の時刻表が書直されている。だから例の酔払い先生がノコノコと真夜中に出掛けて行ったのも無理はないんだ。無理はないんだが、サテ、此処でちょいと頭を働かせれば、一日の未明にそんな列車が走っていない事はすぐに判る筈なんだぜ。いいかい、よく聴いてくれ給えよ。新ダイヤに切換られたと言うのは、その日から凡ての列車が新ダイヤに従って運行されるという意味じゃないのだ」

「くどいね、それは先刻から耳にタコができる程きかされてるよ。今度はひとつその先を願いたいね」

「新ダイヤに切換られるとだね、凡ての列車がその当日から新ダイヤに依って始発するという事なんだ。これは僕が喋々する迄もなく、常識的な話なのだよ。例えば、ああ君、古い列車時刻表はない？　改訂前の奴だ」

辛島は軽く頷いて机の袖の引出をのぞき込み、表紙のとれた以前の時刻表をとり出した。

「や、有難う」と鬼貫は鹿児島本線の上りの頁をあけて、「ええと旧ダイヤの九二六列車は……ああこれだ。さあ一寸見て呉れ給え。君の奥さんが乗ったのはここに書いてあるこれさ、何うだい、熊本着が1時10分、七分停車で発っていくんだから、君が二時半頃寝呆け眼をこすりこすり出かけても、逢える筈はなかったんだよ。サテ、主題に戻って、凡ての列車がダイヤ切換えの瞬間から新ダイヤに依って運行されるとしたら、とんでもない事が起るじゃないかね。例えば旧ダイヤ時代の九二六列車は、十月三十一日の午後十一時五十九分には八代辺りを走っているが、一分のちには出水《いずみ》辺りを走っていなくてはならなくなる。一瞬の間に六十粁を逆戻りしてね。だからこんな馬鹿気た真似をしなくてよい様に、旧ダイヤ時代に動き出した列車は、十一月一日になっても、旧ダイヤで走っているのは当然な事さ。その旅路の終りまでは、新ダイヤに束縛される事なく走っていけるんだ」

「ふうむ、なァる程ね。すると十一月一日というダイヤ切換当日は、旧ダイヤと新ダイヤとが混りあっているわけだね？」

「そうなんだ。十一月一日の午前〇時以後に始発した列車は凡て新ダイヤで走るんだけど、それより以前に出た列車は凡て旧ダイヤで走るというわけさ」

「然うか。言われてみれば当然の事だけど、こりゃうっかりすると見逃すね」

「そうさ。僕も旅行好きの方だけれども、切換当日に列車にのる事は未だなかったから、今まで気付かずにいたのだがね」と鬼貫はようやく持前のにこやかな表情に戻っていた。

「併しそれとなおみのアリバイとは何う関連があるのかね。彼女が十一月一日に事件を起したのなら判るけど、あれは二日だったのだぜ」

「まあ待ち給え。その点は僕もまだ確めているわけではないんだ。今からこの時刻表で調べてみようと思うのだが、そうする前に僕の推理を話しておこう。今言った様に十月三十日中に走り始めた列車でも、短距離や中距離のやつは問題ないさ。例に挙げた九二六列車にしてもだ、翌る十一月一日の中に終駅に着いて了うのだからね。だが簡単に見逃す事のできないのは長距離列車の場合さ」

「ふむ」

「仮りに十月末日の夜おそく東京を出る鹿児島行があるとするなら、これが熊本を発つのは二日の正午頃、そして鹿児島駅に到着するのは同日の夕方という事になるじゃないか。若しこの様な都合のよい列車があったなら、彼女はこれを利用して不可能犯罪を可能ならしめる事ができたわけだ」

「すると君は、然うした列車が存在したと言うのかね？」

「なくては彼女の犯罪は成立しないじゃないか。僕はなくてはならぬと確信する。まあこの旧時刻表を辿ってみようや」

鬼貫は古いダイヤの下りの頁に視線を投げていたが（四八一頁参照）、忽ち勝利の声をあげて、相手の肩をポンと叩いた。

「見給え、僕が考えた通りだよ。ここに東京発鹿児島行急行三三列車と言うのがあるだろう、東京発は23時50分だ。従って三十一日の23時50分に東京を出発したこの列車は、十一月一日の朝8時10分に京都につき、熊本駅に入るのが二日の11時15分だ。いいかね、彼女のトリックはここにあるんだぜ。如何にも彼女は11時10分発の一三五列車に乗ると言って十一時七、八分頃に改札口を通った。併し実際はこの列車に乗らなかった事、赤帽の目撃したとおりさ。彼女が乗ったのは、その五分後に到着して、五分間停車の後発車する旧ダイヤの三三列車なのだよ。普通列車は熊本・八代間を一時間余りかかって走る。併し急行はノン・ストップだから、正味四十分間しか要しないんだ。即ち一三五列車を中途で追越して、八代には12時0分に着くんだぜ。所で八代から始発する肥薩線は言うまでもなく新ダイヤで、12時5分発の八一七列車だから、彼女が利用した三三列車は充分にこの八一七列車に間に合うわけさ。見給え、五分間も待合せ時間がある。八代駅に於ける鹿児島本線の下りと肥薩線の上りとは、同一ホームの左と右に発着するんだから、一分間あれば乗換えはできるよ。さてこの八一七列車は人吉着が14時0分、横田殺害が二時二十分だから、われわれを斯く迄なやました彼女のアリバイは、ここにようやく破られた事になる」

辛島は改めて旧新のダイヤグラムを無言のまま見比べていたが、やがて深い溜息と共に呟いた。

「然うだったのか、いや鬼貫君有難う。これでやっと肩のしこりがとれたよ」

辛島の喜びは、同時に鬼貫の歓びでもある。だが一時はさじを投げようとしたなおみのアリバイが、土壇場に至って急転直下の解決をみせたのは、全く冷汗物であった。その難問が解けて了ったいまは、もう彼を熊本にひきとめておく何物もない。暫くの沈黙がつづいたあと、鬼貫は改った口調で言った。

「辛島君、もう僕の休暇も残り少なになったし、一寸佐賀に立寄って帰りたい。今から発てば夕方には向うにつけるだろう。鳥が飛立つ様でなんだが、宿の荷物をとりよせておいとましたいと思う」

「何だね、いきなり。今夜は落着いて呑みたいと考えているのに、佐賀に亦何の用があるんだね？」

と辛島はべそをかいた子供の様な顔付になった。

「満城《みつき》警部補に逢いたいと思ってね」

「ああ、あのブクブク肥って、年中BBBパイプをくわえている警部補か。君も言い出したらあとにひかない男だが、何うだい、ゆっくり語り明して、明朝発っては。なおみは出来るだけ速く逮捕令状を執行したい」

「ハハハ、お説の通り強情な性格は、自覚していても容易になおらないものさ。兎に角すぐ発ちたい。佐賀着が夜になってはまずいからな」

鬼貫は笑いにまぎらして立上った。併し実際の処は、婚約者を失うまいとして三人の友人を葬った、あのあどけない殺人鬼が、縄うたれる姿を見たくなかったのである。そして、自分がセンチメンタルな青年の域からいまだに脱却できない事を、胸中秘かに自嘲していたのであった。

「好きな様にするさ」
辛島は怒った様に言った。

エピローグ

列車に依るアリバイが崩れた事をきかされて、柳なおみは直ぐに一切を自白したそうである。あのアリバイは、彼女の自信の支柱でもあった様だ。

鬼貫の推測は殆どが的を射ていたが、取調べで更に明かになった点を付記しておこう。人吉の火葬場からの帰途、なおみが一人になる機会を狙っていた横田が、真犯人をなおみとする推理をのべて、善処を求めたのだそうだ。その時は度を失ったが、後刻冷静にかえって、ダイヤグラムを利用するアリバイを発見するや、再び横田の部屋を訪れ、自分は犯人でない事、自分は真犯人を知っているが、犯人がおそろしいからその名は言えぬ事、明日の二時過ぎにこっそり古墳の前に来てくれれば、真犯人のぬきさしならぬ証拠を見せる事等を述べて、巧みに横田をおびき出したのであった。

沙呂女毒殺の直後牧村を外に出すまいと努めたのは、グリーンのペンナイフを彼の上衣のポケットに戻すためもあったが、同時に彼に完全なアリバイを持たせておきたかったからである。第三の事件の際も、彼女は牧村が緑風荘から一歩も出ない様な工作をほどこしておいた。

なおみは決してロンブローゾの所謂《いわゆる》犯罪者型ではない。併し自己を護るために、換言すれば牧村を失うまいとして三人の親友を殺した事については、些かの呵責《かしやく》も感じていない様子だった。喰うか喰われるかと言うこの世の中では、自分が喰われる前に相手を喰って了うのは当然の話で、その心理を訝しむ辛島警視や川辺検事の方を、なおみが却って訝しんだと言う。

年が明けてまだ松のうちに、鬼貫は熊本の辛島から一個の小包便を受取った。開いてみると、いつか芸大の製作室でみたなおみの自画像で、彼女はこれを獄中で完成し、悪女と呼ばるる者の像と名付けて、鬼貫に贈りたいと希望した由《よし》である。だがそこに微笑む女像をみては、寧ろ聖女と名付ける方がふさわしかった。

武蔵野《むさしの》は国分寺《こくぶんじ》の鬼貫の家を訪ねれば、この絵は彼の小さな書斎に掲げられている筈である。

解説

山前《やままえ》　譲《ゆずる》
（推理小説研究家）

名探偵・星影竜三《ほしかげりゅうぞう》の初長編であるこの『りら荘事件』は、一九五六年九月号（発行日は八月十五日）から一九五七年十二月号（発行日は十一月十五日）まで「探偵実話」に連載された。八月号には〝本号に「白昼の悪魔」を発表している中川透《なかがわとおる》氏に九月号から連載探偵小説「白い魔術師」を執筆して戴《いただ》くことになった。本格派のホープである氏の登場に是非御期待下さい〟という、「新連載のおしらせ」が掲載されている。

鮎川哲也という新しいミステリー作家の第一作である、『黒いトランク』が大日本雄弁会講談社より刊行されたのは一九五六年七月だ。それは「書下し長篇探偵小説全集」の〈十三番目の椅子〉に入選した長編だったが、版元は刊行にあたって新しいペンネームを求めた。江戸川乱歩《えどがわらんぽ》賞が長編公募となるのは翌年である。当時としては画期的な試みの入選作には、新人というイメージが欲しかったのだろう。『ペトロフ事件』や「赤い密室」など、すでに話題作をいくつか発表していた中川透名義では、やはり話題性が薄かった。

中川透が〈十三番目の椅子〉を得たことは、作者に知らされる前から探偵小説界ではかなり広まっていたようである。その年六月、移転したばかりの「探偵実話」の編集部を訪れた鮎川哲也（まだ中川透だったのだが）に、編集部は早速原稿を依頼している。次号に短編を、そしてその次からは長編の連載を、と。

「探偵倶楽部」や「宝石」とともに斯界《しかい》の三大雑誌であった「探偵実話」にしても、その時連載していた長編は、ベテラン作家の大下宇陀児《おおしたうだる》の『災厄の樹』の一作だけだった。それまで中川透作品をコンスタントに掲載していたとはいえ、英断と言えるだろう。編集者はそれだけ話題性を認めたのだ。ただ、一九五六年八月号に掲載された短編「白昼の悪魔」は中川透名義である。さすがに機を見るに敏な「探偵実話」にしても、『黒いトランク』が刊行されるかされないかという微妙な時期に、鮎川哲也名義とするわけにはいかなかったようだ。

長編連載の依頼を受けた鮎川哲也はすぐさま、一九五三年、「SRの会」の同人誌「密室」に犯人当てとして発表された中編の「呪縛再現」を書き直そうと決断する。これはある意味、必然だったに違いない。一九五〇年代後半から、探偵文壇は沈滞期に入っていた。一九五一年にひとまず書き終えていた『黒いトランク』は、何人かの編集者や評論家に読んでもらって評価されてはいた。しかし、それを活字にする機会はまったく訪れない。懸賞小説に入選した『ペトロフ事件』の賞金を巡っての、「宝石」との確執も災いした。

長編を書き上げたとしても発表の当てがないとなれば、短編を雑誌に持ち込むしか術《すべ》がなかった。そんな状況では、長編を書き上げる余裕はなかったのではないだろうか。アイデアはもちろん色々書き留めてはいただろう。ただ、たとえ書き上げたとしても……。ようやく『黒いトランク』が日の目を見ることになった。刊行までに急いで手直しする必要があるなかで、長編のストックはなかったから、「呪縛再現」を長編化するのにためらいはなかったのではないだろうか。ただ、『黒いトランク』が入選しないのではないかという不安から（入選にはかなり自信あったようだが）、一九五六年五月から刊行が開始された、河出書房「探偵小説名作全集」の第十二巻募集に応募する長編も書き進めていた。それが「呪縛再現」をもとにしたものだったのかもしれない。

本書に併載されている「呪縛再現」を読めば明らかなように、『りら荘事件』は問題編の長編化である。なんと問題編とほぼ同じ長さがある解決編では、新たな殺人事件が起こり、超人探偵の星影竜三は凡人探偵の鬼貫《おにつら》警部に一敗地に塗《まみ》れているのだ。そのトリックの謎解きはやはり鬼貫のほうにフィットしている。星影が名探偵としてその存在を確立するのは、一九五四年の「探偵実話」に発表された「赤い密室」によってだった。

もっとも、解決編で用いられている時刻表トリックの基本となるアイデアは、いったん藤《ふじ》雪夫《ゆきお》との合作に用いたという事情もあった。藤雪夫は『渦潮《うずしお》』で『ペトロフ事件』と「宝石」の懸賞小説で競った関係だが、「SRの会」の仲間であり、よく会っては探偵小説を語り合っていた。結局、その合作は活字化されなかったので、別の鮎川長編に生かされることになる。したがって、「呪縛再現」の問題編のほうを長編化するしかなかったとも言える。

「呪縛再現」の舞台は九州の熊本県である。そこは戦争末期から一家で疎開《そかい》していた地なのだが、「呪縛再現」が執筆されたのは、一九五三年に上京してからのようだ。それは断定できないのだが、事件が何年に起こったのかが判然としないのも事実である。作中に肥薩《ひさつ》線に初めて気動車（ディーゼルカー）が走った時の描写があるが、歴史の事実としてそれは一九五一年十二月のことである。しかし、その前に国鉄は大きなダイヤ改正を行っていないのである。これはのちの時刻表トリックを用いた鮎川長編に共通するのだが、あくまで作中に示されたデータによって推理を進めるのであって、その点では現実派ではないのだ。

『りら荘事件』の構想はたちまちのうちに固まったようである。「探偵実話」の一九五六年八月号には、編集部の新連載の予告の後に、以下のような作者自身の意欲に満ちた一文が掲載されている（［　］内は補った）。

《白い魔術師について》

次号より向う半歳に亘《わた》って、長篇を書く事になりました。私としては、三本目の長篇ですが、月々の連載というのは初めての経験であり何とかよいものを書き上げたいそれのみを希《ねが》っています。編集部は、とにかく（面白い本格物）を作者に期待しているらしく、慧眼それを見抜いた以上は力点を専《もっぱ》らそのあたりにおいて筆をすゝめるつもりです。

拙作（黒いトランク）では論理を弄《もてあそ》ぶ楽しさを追求してみたのですが、今回は方向を変えて、犯人探しに重点をおきます［。］果たして如何《いか》なるものが出来るか、執筆を請け合った以上は作者にもそれ相応の用意がなくてはならぬ筈《はず》ですが、今こゝに多くを語ることは避けて、作品をもって諸氏にまみえることとします。折角《せっかく》のご声援を！

「白い魔術師」という仮題が何を意味するのか。それを推理することもできるが、結局、連載にあたっては『りら荘事件』と題された。舞台は秩父《ちちぶ》である。地形や鮎という推理の小道具は「呪縛再現」と共通しているけれど、秩父の土地鑑は不明だ。

「探偵実話」の一九五六年九月号は〈巨匠新鋭傑作探偵小説特集号〉と銘打たれている。連載の『災厄の樹』のほか、島久平《しまきゅうへい》「小さな死体」、潮寒二《うしおかんじ》「嬰児《あかご》」、土屋隆夫《つちやたかお》「死者は訴えない」、鷲尾三郎《わしおさぶろう》「身をつくしてぞ」、そして「白い魔術師」を改題した『りら荘事件』というラインナップだった。

編集部は原稿用紙にして三百枚から四百枚の長編を依頼した。たしかにそれならば、半年ほどの連載でまとまっただろうが、実際には倍以上の期間にわたって連載されることになる。『黒いトランク』によって作家活動が忙しくなったせいだろうか。少年物やラジオの犯人当てドラマの依頼があった。「講談倶楽部」や「探偵倶楽部」からも原稿を求められた。一九五七年八月号から江戸川乱歩が編集長になると、ついに「宝石」にも作品発表の場が与えられた（前年に日本探偵作家クラブの例会の犯人当て小説として書かれた「達也が笑う」が掲載されているが、それは慣例によって、だろう）。ついには編集部による前号までの粗筋《あらすじ》が、挿絵《さしえ》を含めてではあるけれど、数ページにも及ぶような事態になった。はたして「探偵実話」の読者の謎解きのモチベーションはどれくらいあっただろうか。それはともかく、『りら荘事件』の連載が中川透から鮎川哲也へと変身する過渡期の、経済的な支えとなったはずである。

そして同時に、謎解き小説としてもこの『りら荘事件』は過渡期の作品と言える。地の文で作中人物と作者の視点が混在しているのは、旧来の「本格」に分類されるのではないだろうか。どこまで真であり、どこまでが偽りの推理のデータであるのか。『りら荘事件』の叙述のスタイルでは、厳密には判断しかねるはずだ。それはまた、探偵小説から推理小説へという日本のミステリー界の過渡期と重なり合っていく。そして、当時の一般的な認識とはいえ、ある疾病をもとにした推理は、現代では断定的なデータとはならないだろう。

しかし、ミスディレクションや伏線のテクニックによって、典型的な「本格」の楽しみを堪能できるのも間違いないのである。そして、星影竜三という気障《きざ》な名探偵の持って回った謎解きも、楽しいのだ。ちなみに、その名の由来については、第一回鮎川哲也賞受賞作家である芦辺《あしべ》拓《たく》によって、一九二七年に公開された帝国キネマ作品にあると突き止められている。

『りら荘事件』は一九五八年八月、光風社から刊行された。以来、小説刊行社（一九六〇・六　リラ荘殺人事件）、春陽堂文庫出版（一九六一・十一　一九七六・十一改装新版）、宝石社（一九六四・一　リラ荘殺人事件）、日本文華社（一九六六・十　リラ荘殺人事件）、秋田書店（一九六八・八　リラ荘殺人事件）、廣済堂出版（一九七三・四　リラ荘殺人事件）、立風書房（一九七五・八）、角川文庫（一九七六・一　二〇一五・六改版　リラ荘殺人事件）、講談社文庫（一九九二・三）、創元推理文庫（二〇〇六・五）と何度も刊行されてきた。

そして、秋田書店版での大幅改稿を筆頭に、作者が手を入れることを怠《おこた》らなかったことから、色々なバージョンが生じている。たとえば星影竜三なのか星影龍三なのか（初出は竜三）、星影氏なのか星影なのかといった、ストーリーの本質には関係のないところでも、チェックをしていったら切りがないのである。謎解きの興味と同時に、鮎川哲也という作家のさまざまな一面が垣間見えるのがこの『りら荘事件』ではないだろうか。

＊「りら荘事件」のテキストは、講談社文庫版（生前の著者が入朱された最終版）をもとに、初刊本の光風社版、春陽堂文庫版を参照し、校訂しました。「呪縛再現」はミステリー文学資料館編『「密室」傑作選』（光文社文庫刊）のテキストを使用しました。〔編集部〕

光文社文庫

長編本格推理
りら荘《そう》事《じ》件《けん》　増補版
著　者　鮎《あゆ》　川《かわ》　哲《てつ》　也《や》

2020年10月20日　初版1刷発行

発行者　鈴　木　広　和
印　刷　豊　国　印　刷
製　本　ナショナル製本

発行所　株式会社　光　文　社
〒112-8011　東京都文京区音羽1-16-6
電話　(03)5395-8149　編　集　部
8116　書籍販売部
8125　業　務　部

ISBN978-4-334-79100-1　Printed in Japan

組版　萩原印刷